LA HORA DE LAS MOSCAS

ALEJANDRO MARCOS

LA HORA
DE LAS MOSCAS

PLAZA & JANÉS

Papel certificado por el Forest Stewardship Council®

Primera edición: enero de 2024

© 2024, Alejandro Marcos Ortega
© 2024, Penguin Random House Grupo Editorial, S. A. U.
Travessera de Gràcia, 47-49. 08021 Barcelona

Penguin Random House Grupo Editorial apoya la protección del *copyright*.
El *copyright* estimula la creatividad, defiende la diversidad en el ámbito de las ideas y el conocimiento, promueve la libre expresión y favorece una cultura viva. Gracias por comprar una edición autorizada de este libro y por respetar las leyes del *copyright* al no reproducir, escanear ni distribuir ninguna parte de esta obra por ningún medio sin permiso. Al hacerlo está respaldando a los autores y permitiendo que PRHGE continúe publicando libros para todos los lectores. Diríjase a CEDRO (Centro Español de Derechos Reprográficos, http://www.cedro.org) si necesita fotocopiar o escanear algún fragmento de esta obra.

Printed in Spain – Impreso en España

ISBN: 978-84-01-03470-1
Depósito legal: B-21443-2023

Compuesto en Mirakel Studio, S. L. U.

Impreso en Black Print CPI Ibérica
Sant Andreu de la Barca (Barcelona)

L034701

*A mis abuelos, Emiliano, María, Matilde y Saturnino,
por darme raíces*

Preludio
Sombra de mil dedos

No puede ver el mar la solitaria
y melancólica Castilla.

AZORÍN

Una grieta

3 de julio

Llegó la muerte.

Bernarda fue la primera en notarlo.

Al no tener corazón, sintió un soplido en el pecho que fue lo mismo que el aire que pasa entre los dientes caídos de las viejas. Como un silbido. Igual que siempre. Igual que hace doscientos años.

Curva de Arla era un pueblo grande para Castilla, pequeño para el resto del mundo. Sus casas se apiñaban en un recodo del río, como abandonadas por un mal viento contra una esquina. Curva de Arla se había expandido después de la guerra y, como un animal que exhala por última vez, después se había desinflado de nuevo hasta convertirse en un cementerio de adobe y ladrillo en el que se mezclaban las granjas, los agricultores de cereales, los bares de los setenta y las tiendas vacías. Calles asoportaladas, dos colegios viejos y un centro de salud.

Bernarda sintió la muerte, igual que sentía la de todos los curveros, y se llegó hasta el huerto caminando deprisa y rumiando una angustia que, al no poder depositar en el hueco del corazón, daba vueltas en la boca como a un garbanzo duro.

Si alguien la hubiera visto cruzar el pueblo, no habrían visto más que una viuda envuelta en un pañuelo negro. Nadie habría sabido decir la edad que aparentaba y, mucho menos, acertar con la edad que tenía en realidad. Pero nadie podía verla. Era 3 de julio y el pueblo empezaba a llenarse con los veraneantes que venían a dejar a sus hijos con los abuelos. Comenzaba un largo verano amarillo de Castilla, lleno de tardes de chicharras y vientos de polvo.

Había muerto un Medina, uno de los viejos, de los importantes. Los Medina y los Ramos portaban casi siempre la sangre más poderosa. También los Castro y los Castillo, pero solo porque se habían mezclado con los anteriores. Nunca le venía bien al pueblo que muriera uno de ellos. Bernarda se temió lo peor.

Esperó unos segundos en la puerta de la sebe. Desde las huertas se escuchaba el río, y Bernarda intentó que su sonido significara algo, que le diera una pista. Pero el Arla no le había hablado en toda su existencia ni iba a hacerlo aquella tarde.

El río rodeaba el pueblo a veces como un brazo protector y otras como una víbora que mide su presa. Y el rumor del agua nunca decía cuándo era uno y cuándo el otro. El Arla jugaba a que los curveros se acostumbrasen a su sonido, como un murmullo bajo y sordo —un ruido blanco—, que no decía nada, pero que iba tallando la ribera y también la forma de ser de las gentes.

Bernarda entró en la huerta, desde donde ya no se escuchaba nada. No había apenas más que hierba y los arbustos que rodeaban el terreno. A lo único a lo que se iba la vista era a las dos encinas. Una más joven que otra. Una de más de cien años, plantada por ella misma, y otra tan antigua como el mismo río. Bernarda se acercó a la segunda y se arrodilló frente a ella. No para rezarle, sino para tocar sus raíces.

Fue entonces cuando vio la grieta; partía de una de sus ramas y llegaba hasta el corazón del tronco. La corteza estaba astillada y, como una premonición, dibujaba un relámpago negro que llegaba hasta un hueco en forma de rosco. El hueco brillaba con tonos morados y luces negras. Bernarda sabía lo que significaba aquello. Había comenzado El paso.

Se puso en pie y se apartó un poco. La sangre del Medina era poderosa, no valdría con esperar a que naciera un nuevo curvero como otras veces. Ella era la guardiana y como tal debía intervenir. Alzó las manos y dirigió las palmas hacia la encina. Las luces se calmaron, pero la grieta no se cerró. Bernarda notaba que algo empujaba por detrás de la madera, algo oscuro que quería meter sus miles de dedos y abrir más aún la grieta. Algo que no podía contener sin sangre nueva. Bajó los brazos y las palpitaciones de luz volvieron al hueco de la encina.

De aquel hueco surgieron entonces unos hilos finos de niebla. La guardiana dio un paso atrás. Aquellos hilos se condensaron en volutas de humo y poco a poco adquirieron la consistencia de siete figuras.

Siete pesares de Curva de Arla.

Aquellas volutas de humo fueron tomando forma más definida: Bernarda pudo ver una niña quemada, un hombre cuya cabeza estaba cubierta de fango, dos hermanos con la cabeza abierta, una muchacha apuñalada en el vientre, un joven con la cabeza reventada por un disparo y un labriego con la mano y el antebrazo aplastados. Los siete formaron en fila delante de la encina. Siete. Aquello era grave.

Luego hubo un destello que venía de la grieta, no del hueco. Bernarda cerró los ojos y, cuando los abrió, en lugar del hombre con la mano aplastada, vio la figura de su marido, Daniel Ramos. Era el único de los siete que la miraba. Luego se produjo otro destello y las figuras desaparecieron.

Bernarda las notó marcharse por el pueblo y colocarse sobre seis curveros, a sus espaldas; vio cómo les respiraban en la nuca y les ponían las manos en la frente. Sabía quiénes eran, pues los seis tenían sangre poderosa. La encina dejó de palpitar y la corteza crujió, descansando. Todo quedó en calma.

Nunca habían conseguido pasar siete pesares. Bernarda puso una mano sobre la encina y supo que aquello que empujaba había dejado de hacerlo. La sombra se había calmado, por ahora, pero no le quedaba mucho tiempo.

Tocó la grieta en el árbol y tuvo una premonición traída por el viento, como la que había tenido al despertar como guardiana. No era buena señal. Vio lo que iba a suceder. Vio el entierro del día siguiente, bajo la tormenta, con todos los vecinos cantando el *dies irae* a la vez, como en cada entierro, sintió la excitación de los curveros al cantar y la vibración del sonido grave y lento en su pecho, escuchó la melodía, hija bastarda de la original, más lenta, con la letra mal cantada, y vio pasar el cortejo y llegar hasta la puerta de la iglesia. Se vio a sí misma buscando a los seis visitados.

La visión se aceleró. Vio, días después, una cama donde descansaba un muerto a la hora de la siesta, también la navaja de Daniel clavarse en el cuerpo de un muchacho, su propio esqueleto tendido bajo la encina, una mujer ahogando a una niña en un pantano; vio otra tormenta, el fuego sobre la encina, más muertes, consecuencia de estas primeras.

Supo que aquellas muertes primeras ya habían echado a andar, que no podía evitarlas. Vio que en cinco días la puerta se abriría y aquella sombra de mil dedos se extendería sobre Curva de Arla y mancharía los corazones de los curveros con sus dedos de humo. Pero también vio que esas segundas muertes aún no estaban escritas.

Separó la mano del árbol. Con un reflejo de su vida anterior, respiró agitada.

Nunca habían cruzado tantos pesares, nunca Daniel.

La imagen de su propio esqueleto desmadejado, justo bajo esa misma encina, no dejaba lugar a dudas. Sus días estaban ya contados. Era imperativo que buscara un remplazo, otro guardián. Las reglas parecían haber cambiado. Daniel no era un pesar, no había muerto de forma violenta. Posó la mano con suavidad sobre el hueco del pecho en el que debía de estar su corazón.

Aquello no estaba bien. Tenía que parar las muertes y solo contaba con cinco días para hacerlo. Las muertes que vendrán. Otra vez.

Los seis que estaban siendo visitados debían quedarse en Curva hasta que naciera alguien portador de la sangre. Y debían mantenerse con vida. Miró al cielo.

Uno de ellos, probablemente, tendría que convertirse en el nuevo guardián. Varias de las muertes que había visto estaban relacionadas con los seis a los que los pesares habían elegido. Las visiones no eran del todo claras, había que actuar con precaución.

La imagen de su cuerpo desmadejado y consumido por el tiempo bajo la encina volvió a su cabeza. Se sacudió la visión. Tenía que permanecer entera.

Si no hacían nada para evitarlo, en cinco días, la puerta se abriría y la sombra devoraría el pueblo y a todos sus habitantes.

Presintió que ya había comenzado todo, que debía darse prisa.

Suspiró y volvió a colocarse la mano en el pecho.

Cerca de allí, una bandada de vencejos levantó el vuelo, huyendo de Curva, quizá tan asustados como Bernarda.

Cerró los ojos.

Uno de los seis ya estaba soñando con su pesar.

PRIMERA PARTE
La paciencia de las piedras

En las pequeñas ciudades, las gentes se apasionan del juego y la política, como en las grandes, del arte y de la pornografía —ocios de mercaderes—, pero en los campos solo interesan las labores que reclaman la tierra y los crímenes de los hombres.

Antonio Machado

Carlos

La torre

3 de julio

Tú no lo supiste en ese momento, pero Gerardo Medina había muerto en el mismo instante en el que parasteis la obra para ir a comer. En el táper llevabas arroz con pollo. Tenías hambre, pero sabías que era suficiente. Tus dos compañeros, por el contrario, llevaban guisos correosos que sus mujeres les habían preparado el día anterior. Por eso en general preferías comer solo, sentado en tu coche, a irte con ellos. Aquel día te dio por socializar, aunque enseguida te arrepentiste. Sentías que el olor de sus tarteras te estaba engordando. Miraste a tu compañero, con aquella barriga con la que parecía imposible que pudiera colocar ladrillos sin tirarlos. Te preguntaste cuánto haría que no se veía la polla desde arriba y, al instante, al pensar en él desnudo, al imaginarte los pelos de su espalda y de la tripa, la polla colgando flácida debajo de aquel amasijo de grasa, se te fue el hambre. Te molestaba que hubiera podido dejarse así. Habías visto fotos de los dos junto con tu padre —eran amigos de toda la vida— y ninguno había resultado desagradable de joven. El jefe te había conseguido el curro en su empresa de chapuzas, y por eso le estabas agradecido —además, considerabas que se cuidaba un poco más que el otro—, pero seguía estando fofo. Deseaste que sus mujeres, las cuales sabías que eran igual de mediocres que ellos, los dejaran y se marcharan. Deseaste, mientras apartabas el tenedor y cerrabas el táper aún lleno a la mitad, que se murieran todos de un infarto, ahogados en su propia grasa.

Estabais los tres en un banco de la plaza de Valbuitre, cerca de la casa donde levantabais la tapia para separar dos jardines de hermanos que ya no se hablaban. El banco estaba a la sombra de un olmo y no se estaba mal, aunque el aire traía de las eras un polvo parduzco.

—Voy a dar una vuelta, a llamar a la Pilar a ver qué hace. Ya merendaré luego.

Tu jefe te miró y supiste que te había pillado la mentira. No dijo nada, por suerte, aunque te la sudaba lo que dijera; era tu hora libre, si querías pasear bajo el sol era cosa tuya. No hubo tanta suerte con tu compañero.

—¿No ves que no hay cobertura, idiota? Come, joder, y déjate de maricondas.

Henchiste el pecho, como si fueras un toro a punto de embestir, pero no hiciste nada más. Estabas acostumbrado a que tu padre se riera de ti por depilarte o por echarte cremas. Te machacaba tanto que escuchabas su voz en la cabeza constantemente.

—¿Qué sabes tú si me quedo aquí o me acerco al castillo a coger cobertura? Que lo sabes todo, tú.

—Hala, hala, marcha. Te tiene bien atado la Pilar, ¿eh? —continuó.

—Me tiene como me sale a mí de los cojones. —Y te los agarraste por encima del chándal.

—Venga, a ver si podemos comer en paz. Haz lo que te salga de las narices, Carlos, pero déjame comer.

Te diste la vuelta. Malditas las ganas que tenías de hablar con la Pilar. Te encerraste en el coche, pusiste el aire acondicionado a tope y condujiste hasta el castillo de Arla, a medio camino entre Curva y Valbuitre. Aparcaste a la sombra de las ruinas de la torre y quitaste las llaves. Del castillo solo quedaban una torre y dos trozos de muralla. No había nada más alrededor; nada salvo paja, cardos, polvo y, un poco alejados, los campos de trigo y de cebada. El castillo estaba lleno de pintadas y solo un pequeño cartel metálico indicaba que aquello era un monumento. El viaje en coche te había sentado bien, respiraste, apreciando el aroma a manzana del ambientador, y sentiste que aquello te liberaba un poco del veneno que habías asimilado de las fiambreras. Qué asco.

Por eso nunca dejabas que tu madre te hiciera la comida. Te enfadabas tanto cuando decía que te estabas quedando en los huesos o que por una vez que comieras tortilla o patatas fritas no ibas a morirte... Te daban arcadas. Tampoco ibas a morirte si te cortabas un dedo y no pensabas hacerlo.

Sin el aire acondicionado, empezó a hacer calor, así que bajaste las ventanillas. Corría brisa a las afueras de Curva y no se escuchaban más que las chicharras. El aire, prácticamente quemando, traía el olor del espliego. Echaste el asiento para atrás y te tumbaste un rato. «Joder, así, sí». Empezaste a jugar con el llavero de oro que te habías comprado con tu primer sueldo en la obra, cuando dejaste de entrenar aquel equipo de niños y te pusiste serio. Tenía forma de pelota y el escudo del Real Madrid grabado en él. Siempre solía estar fresco y la sensación te resultaba agradable. No te gustaba el tacto de las cosas calientes. Lo único caliente que te gustaba era el coño de Pilar y casi nunca te dejaba metérsela sin condón. Qué tontería. Algún día tendríais que tener un hijo, ¿no? Mejor cuanto antes para que pudiera recuperar la figura. Menos mal que ya te habías encargado tú de solucionar eso.

Aunque mira que si después tenías una hija y la pifiabas...

No, dejarías embarazada a la Pilar las veces que hiciera falta hasta dar otro Carlos Medina. Tu padre no te lo había dicho explícitamente, era muy suyo para esas cosas, pero tú lo sabías: esperaba un nieto. Siempre había habido un Carlos Medina en Curva de Arla y siempre lo habría.

Si la Pilar no fuera tan estrecha... Pero eso era lo que más te gustaba de ella, que le daba igual lo que pensaras, que en su cuerpo mandaba ella, te decía, y hacía que se te cayera la baba. Eso deseabas para Carlos Medina Júnior, que supiera siempre lo que quería y no sintiera que estaba obedeciendo las órdenes de alguien, como tú. Y eso lo iba a heredar de ti y de ella. Se te puso un poco morcillona al pensar en la Pilar. Te pasaste una mano por la cara para despejarte: el calor y la Pilar te estaban atontando. Las chicharras aumentaron el sonido una vez recuperadas del ruido del coche y, si cerrabas los ojos, parecía que estaban incluso dentro del vehículo. Te zumbaba el oído.

Te quedaste adormilado sin darte cuenta, sin quererlo. Cuando te despertases sentirías remordimientos; pensabas que los que se echaban siestas eran enclenques que no podían aguantar con la energía del día. La culpa era de las chicharras. Con los ojos cerrados parecía que te vibraban en los párpados, era un ruido de aire caliente. No te echabas siestas. Tú madrugabas, hacías tu trabajo y después deporte en casa. Si había suerte, hasta follabas un poco con la Pilar a la noche. Después, a la cama y al día siguiente igual. La gente no necesitaba nada más por mucho que lo creyeran así. Los demás echaban la siesta única y exclusivamente porque comían basura y vivían como perros.

No pudiste evitarlo.

Quizá fuera el olor de las tarteras o el hecho de no haber comido apenas nada excepto las nueces del almuerzo; quizá el calor o que estabas medio empalmado y la sangre no circulaba bien. El caso es que se te cerraron los ojos como dos muros de ladrillo, como las tapias del cementerio. Y, quizá por haber olido las fiambreras de tus compañeros, tuviste una pesadilla.

Soñaste con Ramón Medina, el que se había pegado un tiro en el cerro hacía veinte años. Tú solo tenías nueve cuando pasó, pero recuerdas exactamente el día y el modo en el que te enteraste. Había pocas fotos de Ramón, ninguna en tu casa. Tu padre nunca hubiera consentido tener la foto de un suicida. Alguien que no tenía las suficientes pelotas como para seguir viviendo con su mierda. Para tu padre, la rama del padre de Ramón se había borrado de la familia. La había cortado como si se tratara de una cepa podrida. Apenas teníais ya trato con él o con Ansón, el único de los hijos que quedaba vivo. «Al menos», solía decir tu padre, «no se llamaba Carlos». Aquello también te parecía un consuelo a ti. Solo habías visto una foto de él en casa de algún pariente. «Este es el que se fue al monte», le dijo alguien a tu madre. Tú eras un chaval, pero, aunque hubieras sido un adulto, jamás hubieran mencionado delante de ti que Ramón se había volado la puta cabeza. Ni delante de ti ni de nadie, en realidad. De los Medina, ninguno se había pegado un tiro, porque Ramón nunca había existido para ellos.

Pero soñaste con él. Lo viste acercarse al coche, cuando aún no sabías que estabas soñando. Querías incorporarte en el asiento, pero no podías. Notabas los bíceps y los cuádriceps tensos como si acabaras de hacer una serie. Iba vestido con el uniforme de una gasolinera y llevaba una escopeta al hombro, la misma con la que se había volado la cabeza. Se acercó al coche y llamó a la ventanilla, que estaba cerrada. Aquello te extrañó. No su presencia, sino que la ventanilla estuviera cerrada. Hacía frío. Tenía la cara un poco pálida y le temblaba el labio inferior. Era de ojos oscuros, como tú y tu padre, de nariz aguileña y pelo liso y lacio. Movía los labios como si hablara, pero de su boca no surgía ningún sonido. La mirada de Ramón iba de un punto a otro del coche, te miraba a los ojos, después el volante, luego la guantera. Parecía asustado. Entonces te diste cuenta de que tu BMW había desaparecido y estabas dentro de un Seat Ibiza viejo, de los noventa.

Te miraste las manos y las piernas, y viste que estabas vestido como él, que eras él.

Saliste del coche y Ramón te dio un abrazo. Duró mucho tiempo. Podías oler su sudor, aunque no escuchabas nada. Olía mucho a sudor. También a carne, a frigorífico de carnicero. Te ponía nervioso que te abrazaran otros hombres, así que alzaste las manos y lo agarraste por los hombros. La espalda estaba húmeda y pegajosa. Al separarte, había desaparecido. Tenías las manos llenas de sangre. Te miraste en la ventanilla y viste que eras él. Seguías en el castillo, pero dentro de su cuerpo. De pronto viste a lo lejos tu cuerpo, vestido con el chándal del trabajo, subiendo los escalones que ascendían a la torre, y comenzaste a correr detrás de ti porque no podías gritar. Ramón había cambiado su cuerpo con el tuyo. Gritar fue lo primero que hiciste, o que intentaste hacer, antes de perseguirlo. Pero no salió nada de tu garganta. Tardaste mucho en alcanzarte. Las pisadas no funcionaban igual que cuando estabas despierto. Te frustrabas. Notabas cómo se tensaban todos tus músculos, aunque no eran los tuyos, sino los de Ramón, más fofos. Paraste. Tus muslos eran enormes, gordos. Te apretaste uno de ellos con las manos y la grasa se hundió, como si quisiera absorber tus dedos. Apretaste con las dos manos y comenzaste a quitarte grasa de las piernas primero y de la tripa después. Agarrabas con fuerza encima de la camisa y estirabas, estirabas fuerte, la grasa era elástica, se estiraba hasta que tus brazos no podían separarse más de tu cuerpo. La camisa también era elástica, los pantalones eran elásticos. Estirabas y arrancabas un buen trozo, a manos llenas. Hubieras gritado si hubieras podido, aquella liberación era como cagar cuando se está estreñido, aunque duraba poco. Enseguida toda la grasa volvía a crecer. Por cada puñado que tirabas, tu barriga se expandía dos más. Tenías que alcanzarte antes de que la grasa te consumiera. Corriste lo más rápido que podías. Tu cuerpo nunca se giraba para verte y seguías subiendo escalones. Llevabas subiendo mucho tiempo, en el tiempo de los sueños, un tiempo de nieblas y de repeticiones, un tiempo denso y lento. Pero al final conseguiste llegar a lo más alto, aunque allí no había nadie. Notabas que te costaba respirar porque la grasa se te estaba enquistando en la papada, sentías cómo te apretaba la nuez. Había viento, eso sí, pero solo podías sentirlo, seguías sin escuchar nada, quizá tenías sebo en los oídos. Tus brazos estaban demasiado gordos como para llegarte a las orejas. La grasa comenzó a rebosar por tu cuerpo, reventó las costuras de la camisa, que ya no era elástica, e hizo saltar los botones. Dos enormes tetas grasientas y sudadas se vertieron sobre tu barriga. Miraste hacia abajo y entonces lo viste claro. El coche estaba justo debajo y tu cuerpo te miraba asqueado desde allí. Mierda. No podías soportar aquella mirada. No era tu culpa, no querías estar gordo, querías estar como tú, tener aquellos bíceps marcados, esos abdominales. Los pantalones reventaron en ese momento, dejando solo el cinturón apretándose contra las carnes, cubriéndose de grasa, como un ocho obeso. Sentías que ibas a reventar. Había una escopeta en el suelo, te lanzaste a por ella. La grasa y el sudor hacían que fuera resbaladiza y la arena se pegaba a tus palmas. Ningún dedo te entraba en el gatillo. Intentaste ponerte en pie, pero ya no podías, solo notabas la presión del cinturón en el estómago a punto de rajarte en dos. Te giraste sobre ti mismo y llegaste al borde de la torre. Sujetaste la escopeta entre las dos manos, la cubriste de grasa hasta que la masa de carne entró en el gatillo y te disparaste a la cara. Sentiste el disparo, aunque no lo escuchaste. Notabas la sangre cayendo por tu espalda, pero nada más. Seguías vivo y engordabas. Miraste hacia abajo, hacia el coche. Permaneciste así unos segundos y entonces supiste cuál era la única opción. Abrirte la cabeza contra el vehículo y dejar de engordar —reventar contra el capó— te pareció lo más razonable. Con un pequeño giro, te dejaste caer, sentiste el vacío y cerraste los ojos. Notaste el viento y trataste de gritar. Mientras caías empezaste a adelgazar y quisiste parar, tardabas demasiado para una caída real, pero no pudiste hacer nada. Chocaste, con el cuerpo de Ramón, ya con su peso normal, contra el capó y el golpe, entonces sí, sonó como un disparo en medio de la llanura una noche de caza.

El ruido y el golpe te despertaron y viste una piedra del castillo estampada contra tu coche. Una piedra de casi dos metros de ancho. Los cristales del parabrisas estaban rotos y salía humo del capó, aunque el motor estaba apagado. Abriste la puerta del coche y saliste, te enredaste con el cinturón de seguridad y acabaste en el suelo. Te pusiste en pie como pudiste, la boca con sabor a sangre. Te vomitaste encima y todo dio un par de vueltas, como si estuvieras en una atracción de la verbena. Miraste a lo alto del castillo y te pareció ver, entreverado por el humo del motor, a alguien allí arriba. El corazón se te subió a la boca. Parpadeaste y te fijaste en que era un arbusto. Te sentaste en el suelo, con el pantalón lleno de polvo y las manos sobre dos cardos. No parabas de repetir «joder, joder, joder», muy bajito, sin notar cómo se te clavaban las plantas.

El tono del teléfono móvil volvió a sobresaltarte, pero no dejaste de mirar el arbusto. La llamada era de tu padre.

—Papá, el coche, el castillo.

—Hijo, ha sucedido algo —te cortó.

—Sí, una piedra.

—¿Qué dices, Carlos, hijo? Escucha. Se ha muerto el tío Gerardo. Vente para aquí.

Hubo un silencio en el que no perdiste de vista el arbusto. El viento seguía trayendo aire caliente a tus pulmones. Una pequeña ráfaga también llevó algo de arena a uno de tus ojos. Te pusiste la mano a modo de visera. No entendías qué estaba sucediendo.

—Pero, el coche, joder, ¿qué?

—Trae el traje y dúchate, obviamente. Yo aviso de que te vienes y de que no trabajas por la tarde, no te preocupes.

Tu padre colgó el teléfono. El humo seguía saliendo del coche, aunque con menor intensidad. Te pusiste en pie y, sin limpiarte el polvo ni los cardos, subiste corriendo a lo alto de la torre. Los escalones estaban tallados en la pared interior. El viento silbaba en tus oídos a medida que subías y te ardía el pecho. Te tranquilizó comprobar que subías sin problemas, comprobar que estabas despierto. Llegaste arriba, donde nada era como en tu sueño. Ninguna explanada, solo un pequeño ventanuco por el que asomarse a modo de balcón. Allí no había nadie, únicamente el arbusto sujeto a las piedras con sus raíces diminutas en forma de garra.

Javier

La Regenta

4 de julio

La mayoría de los profesores se habían marchado ya del colegio para disfrutar de sus vacaciones de verano, pero Javier permanecía apoyado en la ventana de su tutoría después de haber quitado todos los pósteres y haber recogido sus materiales. Dos largos y tediosos meses se abrían ante él.

Una corriente de aire caliente hizo rodar uno de los pósteres que había dejado en la mesa y cayó al suelo, donde se desplegó del todo. Lo contempló en silencio. Era un mapa político de la provincia de Sallón. Lo cogió y lo miró, sin enrollarlo de nuevo. La provincia aparecía en un color siena muy claro, bastante discreto, le pareció, mientras que las provincias de alrededor tenían colores llamativos: verde para Burgos, Rosa para Soria, amarillo para León... Palencia y Valladolid parecían algo más desvaídos, pero, aun así, el rojo y el azul tenían más gracia que el marrón de su provincia. Enrolló el póster y regresó a su posición inicial, sin preocuparse de la corriente de aire y sin importarle si el póster caía de nuevo.

Javier había pensado que volviendo a Curva todos sus problemas se resolverían porque allí no había nada que hacer. Que no le rompería el corazón a ningún chico, que se quedaría solo para siempre —como estaba destinado— y que no haría tonterías con el alcohol y los hombres.

Había tenido un sueño raro aquella madrugada. Siempre solían ser intensos, aunque solo en Curva era capaz de recordarlos. En Madrid, Hugo lo había despertado a veces acariciándolo en la cara o abrazándolo. Nunca se acordaba de nada, pero eran sueños en los que sufría, o eso decía Hugo. También le decía que se había enamorado de él la primera noche que habían pasado juntos, cuando había empezado a sollozar en sueños y se había arrimado a su cuerpo buscando protección.

Con aquel calor de julio, apoyado en la ventana en silencio, el recuerdo del sueño le volvió como un sopor. Había soñado con un hombre a caballo entrando en Curva, como el Thomas Sutpen de Faulkner, pero sin negros. El pueblo estaba silencioso, en el sueño solo se escuchaban los cascos del caballo. Las casas eran modernas. El hombre se había acercado a él, sin hablar. Jamás lo había visto, estaba seguro, pero se sorprendió de que su imaginación recreara un rostro con tanto detalle. Era delgado, de tez tostada por el sol y barba corta, dura y rasposa. Lo miraba muy serio y Javier había sido incapaz de moverse de donde estaba. También recordaba el olor, un olor a polvo de camino y a sudor. Por suerte, lo había despertado la alarma del teléfono. No había nada que tuviera que darle miedo en ese sueño, al menos racionalmente, y, sin embargo, se había despertado angustiado y cubierto de sudor.

Desde la ventana podía ver el parque que había delante del colegio, vacío de niños a aquellas horas de máximo calor. Seguramente estuvieran en la piscina. A él le gustaba ir a las piscinas, pero no sabía si ahora era adecuado. Esa era otra. Cuando había vivido en Madrid, las vacaciones las había pasado invariablemente en Curva, pero ahora que vivía allí… Ir a la piscina, a las fiestas, a la plaza, a comer un helado… Todo significaba encontrarse con sus alumnos, con los padres de sus alumnos, con sus amigos. ¿Acaso era descansar?, ¿serían unas vacaciones? No le gustaba sentirse reconocido. Pensó en la cantidad de veces que había estado en la plaza el sábado de fiestas, borracho, después de la comida, haciendo el tonto con la charanga. Aquello, quizá, se había acabado. Y se había acabado porque él había querido. Abrió más la ventana y se sentó en el poyete. Incluso a la sombra hacía muchísimo calor. Un calor blanco y aplastante que adormecía y que le entumecía los sentidos. El oído más que ningún otro. Todo le llegaba amortiguado, como a través de fuego. Calor castellano, marrón de meseta.

¿Cómo no había podido prever lo que le iba a pasar? Él, que se consideraba inteligente, que se consideraba culto y organizado. Respiró hondo y el aire le salió temblando. Se encontraba en el mismo punto que el año anterior, otro 4 de julio, cuando había pensado que Curva mitigaría la angustia. A la mierda todo.

Desde que el curso había entrado en su recta final y los chavales habían comenzado a venir al colegio en manga corta, Javier había sentido un nudo en el estómago. Se imaginó que así debió de sentirse Ana Ozores después de ceder ante los deseos de Álvaro, sabedora de que ya no había marcha atrás. Le encantaba compararse con la Regenta. Quizá por eso había acabado encerrado, o volviendo a encerrarse, en Curva de Arla. En el fondo tenía la sensación de que la vida en Madrid había sido un sueño, un paréntesis. Nunca escaparía de la atracción del pueblo. Y nada tenían que ver su madre o su hermano. Bueno, quizá su madre no fuera del todo inocente, pero Javier hubiera podido alejarse de ella si se lo hubiera propuesto en serio. De Curva de Arla… Aquello era otra cosa. Aspiró el aire caliente que subía del parque. ¿Podía ser que hiciera cuarenta grados?, ¿cómo podía bajar casi hasta cero por las noches? El invierno y el verano se mezclaban allí en una malla muy fina, conviviendo. El verano trabajando solo media jornada.

No había nada en Curva para él, pero había vuelto. Había dejado su trabajo como profesor de literatura en un instituto en Madrid y a Hugo. Había dejado a sus amigos, con los que ya apenas se escribía, y su piso en Malasaña. Había vuelto a meterse en el armario. «El pueblo no es Madrid», le había dicho su madre al ver la pulsera arcoíris que llevaba al bajar del bus. Casi lo primero que le había dicho. Como si en Madrid no le hubieran insultado por la calle, incluso antes de llevar la pulsera; como si, precisamente, no se la hubiera puesto como un desafío. Después del comentario, su madre le habló del pendiente y de sus casi cuarenta años, de lo perdido que estaba. Se quitó la pulsera —no el pendiente— y la dejó atada en el pomo de la puerta de su cuarto, donde aún seguía. Al menos, viendo la pulsera, cada vez que entraba en el piso alquilado lo sentía un poco más suyo, un rincón donde sentirse a salvo. Aun después de quitársela, a pesar de haber vuelto y de dejar que le recriminara un montón de cosas que no había rebatido, su madre estaba enfadada. No soportaba que no viviera con ella. No tenía ninguna intención de hablarlo. Su postura no iba a cambiar y solo discutirían. Lo mejor era dejar que la corriente siguiera su curso y que la roca que su madre había plantado en medio del río fuera poco a poco erosionándose.

Escuchó una risa infantil y vio una niña que se dirigía corriendo, alejándose de la protección de la mano maternal, hasta los columpios. La madre se colocó en un banco a la sombra, debajo de un castaño. Era una mujer joven. En Curva la gente se casaba y tenía hijos antes de los treinta. Llevaba el pelo moreno recogido en una coleta y vestía una blusa y un vaquero corto. Le sorprendió que no sacara su teléfono, aunque tampoco prestó atención a la niña. Se puso a mirar un punto del suelo con una mano sujetándole la cara. Aquella mujer, a la cual no conocía, podía servirle de modelo para la protagonista de su novela. Llevaba años pensando en la trama.

Quería hacer una revisión de la historia de la Regenta, pero en Castilla. Una mujer castellana, dura. Quería que fuera lesbiana, pero no sabía si eso sería muy comercial. Y él quería que la novela se vendiera.

Los días que no encontraba ninguna excusa para no salir a correr y acababa recorriendo la ribera del Arla medio al trote, medio andando rápido, le gustaba imaginar la presentación del libro. No había estado en ninguna, pero suponía que todo el pueblo iría a verlo. Le gustaba enumerar a la gente que iría a felicitarlo. Si se cruzaba con alguien, siempre jugaba a pensar si esa persona iría o no a la presentación. Antes de que se obsesionara con la novela, le gustaba pensar lo mismo de la gente que acudiría a su funeral y se arrepentirían por no haberlo sabido valorar. La mujer suspiró y levantó la mirada hacia la niña brevemente. Enseguida inventó una historia en la que buscaba razones para el hastío de la mujer.

Javier recordaba aquel parque, recordaba haberse quemado con el hierro del tobogán, haberse clavado astillas en los muslos y haberse raspado con la arena. En aquel momento, por el contrario, todo estaba cubierto por plástico blando, con el que ni siquiera se podían quemar en verano si le daba el sol. Le molestaba reconocerse en los comentarios típicos de viejo, pero creía que un poco de peligro no les vendría mal a esos niños. Se rio para sí mismo. Como si él hubiera corrido peligro alguna vez. Había conseguido escapar de las garras de su madre durante unos años, pero allí estaba, más cerca de ella que nunca. Ella había supuesto, seguro, que el regreso de Javier a Curva de Arla significaría el regreso de Javier a su casa, a su cuarto. Había pasado un año desde su regreso y su madre seguía enfadada. Se encogió de hombros mirando a la niña. Quizá que estuviera enfadada era lo mejor. Así no lo llamaba tanto. Aunque cuando lo hacía tenía que escucharla quejarse de que nadie la quería y de que entre todos la estaban matando.

Odiaba esa actitud. Odiaba que su madre no pudiera ponerse en el lugar de los demás. Si por ella fuera, vivirían todos en su casa, en el mismo cuarto, siempre bajo su mirada. Si por ella fuera, imaginó Javier, los convertiría en pequeños muñecos de porcelana a los que cuidar, mirar y sacar brillo. Su madre era una especie de Holden Caulfield deformado, que no dejaba que los niños se acercasen al precipicio porque no habría precipicio.

—Pasmado.

Se giró. Almudena estaba en la puerta de su clase con un maletín de cuero. Siempre lo llamaba así: «Pasmado». Aunque tenía la deferencia de no hacerlo en el claustro de profesores o delante de los alumnos. En el fondo aquello daba igual, porque en el pueblo todos conocían el mote. Y lo conocían a él. Le sonrió.

—¿Vamos?

Habían quedado en ir de compras a Sallón después de comerse un buen cachopo en el restaurante asturiano que había frente a la catedral. Tenían que celebrar el final del curso. Almudena asintió, sonriendo, y se colocó un mechón. Ya era bastante tarde, esperaba que no pillaran el restaurante cerrado.

—Sí, déjame que compruebe que Saúl no ha matado a los niños y nos marchamos.

Mientras bajaban las escaleras y se dirigían a la salida, Almudena llamó a su marido y le hizo unas cuantas preguntas de control. Javier sonrió con ternura. Sentía una envidia cálida hacia su amiga y su marido. Nunca había sido capaz de tener algo así con Hugo. Ni con Hugo ni con nadie. Y sabía que era culpa suya, por supuesto, sabía que era incapaz de entregarse del todo, de confiar. Siempre pensaba que quizá había alguien mejor y, a la vez, que él no merecía lo que tenía. Era un sentimiento extraño, quizá ese sentimiento fuera el que le había hecho enamorarse de Ana Ozores en cuanto puso sus ojos sobre *La Regenta*. Eso y el cuelgue que había tenido con su profesor de lengua del bachillerato. Empezó a pensar que quizá se había precipitado dejando a Hugo, que quizá podría haber hecho que funcionara lo de venirse juntos a Curva.

No, aquello sí que no. Hugo no pertenecía al pueblo. Había estado un par de veces en los cinco años que habían pasado juntos, evidentemente, y se llevaba bien con su familia y con sus amigos, pero nunca sería de allí. La ilusión podía durar en Madrid, donde nadie era de ningún sitio, pero en Curva... Cuando Hugo le dijo que estaba dispuesto a pedir teletrabajo y viajar un par de días al mes a Madrid por irse con él, supo que no iba a funcionar, supo que él no era el adecuado. Jamás hubiera podido soportar la presión, la sospecha de que Hugo era infeliz en Curva y que fingía por él.

—Y que Sebas se ponga crema, por Dios te lo pido, no quiero otra quemadura. No. Ya, ya. Vale. De tu parte. Un beso. Yo también. —Colgó el teléfono y lo metió en el maletín cuando llegaban al aparcamiento. Se había levantado algo de brisa caliente. Traía pequeños restos de arena. El aire de Curva siempre tenía arena—. Un beso de parte de Saúl.

Javier sonrió agradecido, Saúl ya era amigo suyo antes de comenzar a salir con Almudena.

—Dale otro cuando lo veas.

Ella levantó los ojos mientras hurgaba en el maletín buscando la llave del coche. Se puso muy seria.

—Casi prefiero que se lo des tú.

Los dos rieron.

—Me ha pedido que le cuente si está hoy el camarero gallego de la otra vez.

Javier notó cómo se sonrojaba.

—¿Qué camarero?

—Ya. Qué camarero. —Siguió rebuscando—. Aquí, joder. Vamos.

Sacó las llaves y abrió el coche. El aparcamiento no tenía sombras y el C5 de Almudena estaba al rojo vivo. Se metió dentro, arrancó, puso el aire y salió de nuevo. Se sopló un mechón de la frente y se hizo una coleta mientras esperaban. Javier se alegró de que no volvieran al tema del camarero gallego. Todo había sido producto de la sidra, la tontería de Saúl y la gracia que le hacía que un gallego trabajara en un asturiano. Javier había comentado que le gustaba más el acento gallego y ahí ya no hubo manera de pararlos. No se detuvieron hasta que no consiguieron el nombre del camarero. Esperaba que a Almudena se le hubiera olvidado la tontería con el paso de las semanas, pero al parecer el camarero debía de ser un tema recurrente con su marido. Su silencio era casi más sospechoso y peligroso que sus comentarios.

Se conocían desde pequeños. Almudena era prácticamente la única amiga que sabía que no lo juzgaría le contara lo que le contara. No había estado de acuerdo con su decisión de volver. Sospechaba que al resto de la cuadrilla le había parecido, por lo menos, extraño su regreso, pero ella había sido la única que le había dicho algo. «Tú y tus vueltas. ¿Qué vas a hacer aquí más que pudrirte y volverte más raro?, qué vocación de mártir tienes, chico, Javier». Sabía que había ido en serio porque le había llamado Javier, no Pasmado. Otros de su cuadrilla lo llamaban *Pasmao*, pero ella nunca, siempre pronunciaba la letra d. Eso le gustaba. Se preguntó por qué nadie le había llamado nunca Javi.

Nadie excepto Hugo. Y eso le había resultado curioso al principio, pero lo había agradecido. Javi era solo para Hugo, era más cariñoso, más familiar, más divertido. Javier nunca era divertido. Quizá ese fuera el problema. En Curva solo era el Pasmado. Puede que no fuera ni Javi ni Javier, que fuera únicamente el Pasmado.

Entraron en el coche y se pusieron en marcha. Comenzaron a hablar sobre las compras que tenían previstas.

Javier iba buscando, sobre todo, unas gafas de sol y unas bermudas. No estaba seguro de ir a encontrarlas, pues comprarse unos pantalones siempre era una odisea para él. Tenía las piernas anchas y grandes, complicadas para tallas «normales». Cuando tenía que comprarse pantalones acababa volviendo a casa deprimido, con ganas de adelgazar y, a la vez, de alimentarse a base de pizza el resto de su vida y ver el mundo arder. Ni era capaz de adelgazar ni de aceptarse tal y como era. Siempre había algo, alguien, que le recordaba que no era delgado. Encima, en Sallón era complicado encontrar algo bonito que no tuviera, y llevara, todo el mundo. Recordaba el principio del verano anterior, en Madrid, en la piscina de Lago, mirando el cuerpo de la gente y comparándolo con el suyo. ¿Por qué la gente estaba delgada y era guapa? Todos parecían felices, pero a él le costaba horrores levantarse de la toalla y meterse en la piscina. Había entrado en los vestuarios y se había mirado los muslos y el culo en el espejo del baño. Hugo estaba extremadamente delgado y no entendía el sufrimiento de Javier. Siempre le quitaba hierro diciendo que estaba estupendo. Javier agradecía el apoyo positivo y de verdad creía que Hugo disfrutaba con su cuerpo, pero ese no era el problema. Eso, esa enormidad que había visto en el espejo, era la que veía todo el mundo cuando él iba al agua. Esa misma noche tomó la determinación de regresar a Curva para detener aquellos pensamientos.

—Pues a mí me pareció guapo el camarero. —Almudena giraba el volante y miraba por encima del asiento mientras daba marcha atrás.

Javier sonrió.

—Me parece estupendo, Mude. Se lo diré a Saúl.

—A Saúl también le gustó.

—No será esto una encerrona para presentármelo, ¿verdad?

—Ya quisieras. —Se giró de nuevo sonriendo.

Pues la verdad era que sí, que ya quisiera. El camarero era guapo, y quizá fuera gay también, pero en el pueblo eran mucho más complicados de detectar, como si todos se hubieran bajado la pluma un veinte por ciento o como si su radar se hubiera estropeado.

—Mira, no merece la pena ni el esfuerzo. Total, siempre sale mal.

—San Javier Resignado. Pobre Javier. Es el siglo XXI, hay maricones en Sallón y donde sea.

—Oh, qué simpática, gracias. Tiene que ser marica, que eso es lo primero, pero tiene que gustarme, eso lo segundo, y tengo que gustarle yo. Y dentro de eso encontramos todo lo que puede salir mal. Además, ya me estás liando, que no quiero conocer a nadie.

—Mira, cariño, no puedes seguir de luto por Hugo toda la vida. Hace un año. Dime al menos que follaste cuando fuiste a Madrid. Bueno, no me lo digas, que eres capaz de no haberlo hecho.

No lo había hecho. O al menos no de la forma en la que Almudena se imaginaba. Se había toqueteado con un tío en una calle cuando volvía a su hotel borracho, pero inmediatamente se había acordado de Hugo y se había imaginado lo que pensaría si lo viera en aquella situación, como un adolescente hormonado. No, no lo había hecho.

—No digo que sea con este, aunque ojalá, pero algún día tendrá que ser, ¿no? ¿O has venido a Curva a enterrarte en vida?

—Oye, Almudena, ¿no es muy del siglo pasado eso de tener que buscarme un hombre porque sí? No todo el mundo necesita pareja, ¿sabes?

Lo miró de reojo.

—Tú ya sabes a lo que me refiero, Pasmado, no me vengas con esas.

—Los casados siempre queréis emparejar a otros. Igual es que mal de muchos...

—Ajá, eso es. Soy infeliz en mi matrimonio, me equivoqué y ahora quiero que todo el mundo se equivoque para sentirme aliviada. Joder, macho, para ser mariquita eres un cuñado de libro. Haz lo que te dé la gana, chico, que no se puede hablar contigo ya ni en broma.

Lo peor de todo era que Javier sí quería casarse. Siempre lo había querido. Se había resignado a casarse con una mujer, a elegir a una mujer, como si tal cosa fuera posible, antes que no casarse. Almudena había sido su candidata ideal. Los dos habían prometido casarse a los cuarenta si seguían solteros. Los cuarenta se acercaban y el único que seguía soltero era él. Se acordó de unos versos de Cernuda que le gustaban mucho: «¿Sabes lo que espera / el pájaro quieto / por la rama seca?». No, no lo sabía. No lo había sabido nunca, ni en Madrid ni en Curva y —empezaba a sospecharlo— quizá no lo supiera jamás.

Tampoco había querido insinuar que fuera infeliz en su matrimonio, no creía que lo fuera, pero siempre lo había mirado con recelo cuando sacaban el tema, como cuando hablaban de por qué ella había abandonado su doctorado para regresar a casa. Él había visto bien que dejara la universidad. Era algo que claramente no le hacía feliz. Le había molestado un poco que Almudena le pidiera permiso para hacerlo, aunque fuera de manera indirecta. Lo hacía a veces. Más que permiso, parecía que necesitaba su aprobación, y en el momento de tenerla —o de no tenerla— se revolvía y fingía que era una mujer independiente y segura de sí misma. Lo que más le gustaba de ella era, precisamente, que no parecía necesitar la aprobación de nadie y, por tanto, que nunca dependería de él. Si había algo que a Javier le daba miedo y le angustiaba era que los demás esperasen cosas que no estaba seguro de poder entregar. Vio que se había puesto un poco seria y decidió ponerse el disfraz de bufón y jugar a su juego.

—El camarero era muy guapo —concedió Javier.

Almudena sonrió en silencio y se paró en un semáforo.

—Lo sé.

Lidia

La primera quemadura

4 de julio

El tío Raúl le ha puesto la cabeza como un bombo, pero ella camina por la calle sonriendo, siente la mente chisporrotear como un montón de peta zetas. Siempre le pasa igual con el tío Raúl. Le gusta pasar tiempo con gente mayor e intuye que a Raúl no le quedan muchos años. Siempre había imaginado que la carrera de Historia se parecería más a eso, a escuchar al tío hablar durante horas junto a la mesa camilla, que a tener que memorizar fechas y fechas y fechas. Rebufa. Hace calor, aunque el sol está ya escondiéndose detrás de la ermita. No le gusta sudar, pero tampoco le gusta andar despacio. En la plaza estarán los de su cuadrilla y no quiere pararse a charlar con ellos. Si lo hace, no le dará tiempo a repasar ni un tema antes de cenar. Solo es 4 de julio, pero no le gusta dejar las cosas para el final. Quiere que sus padres vean que se esfuerza y que no piensa suspender otra vez la misma asignatura el curso siguiente. Se había confiado en la recuperación y... No le gusta la carrera, pero le costó mucho convencer a sus padres para irse de Curva y no piensa abandonarla. El tío Raúl siempre le dice que la universidad no sirve para nada, y tiene toda la razón. Si lo del museo saliera bien, al menos podría hacer algo con ese estudio… Algo que tuviera resultados, como el tío con el carbón cuando era joven. No se lo ha dicho nunca, pero a menudo se lo imagina volviendo a casa de las carboneras, en invierno, cuando aún nevaba en Curva durante varios meses, mientras veía el humo que salía de las chimeneas de todas las casas, sabiendo que él había hecho eso, que había contribuido a que muchas familias sobrevivieran.

Debía de haber sido guapo de joven, o al menos a ella le gusta imaginárselo así. Aún guarda un poco de belleza femenina en la forma de los labios y en los ojos. Esa belleza, unida a la fuerza de carbonero, seguro que las dejaba a todas locas. Nunca le ha preguntado por su soltería y sospecha que el tío no le diría nada acerca de ella a pesar de lo mucho que le gusta hablar. Al menos con Lidia. La muchacha tiene suerte y lo sabe. Raúl no habla con cualquiera; tiene, en general, un carácter bastante tosco. A menudo se pregunta cómo le aguanta su propia sobrina. Raúl prácticamente solo habla con ella y con los amigos del viejo casino, pero cada vez le van quedando menos.

Aun así, cuando le habla de las carboneras, parece no tener prisa. Le hace mucho hincapié en el peligro y la violencia del oficio. Siempre. Le pide que no lo romantice. Quizá fue ese trabajo el que hizo que el tío se volviera tan hosco y tan seco, como la madera convertida en carbón. Sí, aquella era una bonita imagen. Puede que su tío se hubiese quemado y comprimido hasta volverse oscuro e inflamable.

Lidia se sintió verdaderamente mal el día que le contó cómo un compañero suyo, amigo de la infancia, se había caído dentro de la carbonera al no haber calculado bien el tiempo de formación. Le habló de los gritos, de cómo se había quemado las manos intentando salvarlo; le enseñó, incluso, las rojeces que aún tenía en las palmas. Lidia se quedó mirando aquellas manos temblorosas sin saber qué decir, con el boli entre los dedos, sin tomar notas. Hacía rato que había dejado de hacerlo. Las manos de Raúl son pálidas, con manchas de viejo, manchas que desde el momento de la confesión ya le parecen a la chica quemaduras de más actos heroicos. Lo recuerda y se incomoda, como cuando se hizo el silencio tras el relato. A veces Raúl recuerda como si ella no estuviera allí, habla con los ojos vidriosos, ella no sabe nunca si es por viejo o por lo que revive, mirando al frente, a la ventana abierta. Su sobrina tiene puesto un tapete de ganchillo sobre la mesa camilla del comedor, y Raúl, alto y espigado incluso a su edad, siempre tiene los antebrazos sobre la mesa, tapando las quemaduras de las palmas sobre la madera, sobre el tapete. Sus dedos de viejo a veces se enredan en los agujeros del ganchillo, y ella se pregunta si lo hace aposta o solo finge, si se da cuenta. Lidia sospecha que también lo hace para que no se le note el tembleque del párkinson. Por ese tipo de cosas le parece un señor orgulloso. Por eso y porque habla siempre con la frente alta y la espalda erguida, como si le hubieran cambiado la columna por una barra de hierro en la juventud, por una vara de roble de esas que debió cortar para hacer el carbón.

Está contenta mientras vuelve a casa, bajo el bochorno. Parece que va a llover, aunque no hay nubes. También se siente un poco rara desde que salió de casa del tío. Le ha dado la impresión de que alguien la miraba en la esquina al salir del portal, pero no había nadie. Aquella sensación vuelve cuando se mete bajo los soportales, como si alguien la siguiera por las columnas de la calle Mayor. Se da cuenta de que va tensa, con la mano en el bolsillo donde lleva el teléfono, igual que cuando vuelve de fiesta y escucha unos pasos o los días posteriores a que aquel tío la siguiera al salir de clase. Aunque ahora esa sensación la tiene dentro, como si aquello que supuestamente la observa lo hiciera desde la boca del estómago. Se dice que es una tontería y trata de relajarse, aunque ya está sudando y tampoco deja de andar deprisa.

Cuando está estudiando, a Lidia le gusta asomarse a la ventana porque da a las huertas donde antiguamente estaban las carboneras, y se imagina al tío subido al montón de tierra y musgo, aplastando las brasas, o cortando leña y construyendo la hoguera. A partir del día del relato, a veces se lo imagina apartando montones de brasas ardiendo con las manos mientras los compañeros lo sujetan; hasta le parece escuchar el grito del carbonero quemado. De día le gusta que su ventana dé a las huertas, de noche no. Desde su ventana se escucha el río, pero no se ve, y eso siempre le ha parecido confuso y molesto. No le ayuda a dormir. No le ayuda a relajarse. El sonido del viento entre los chopos, por el contrario, sí que lo hace; también ver la luz reflejada en sus hojas amarillas y plateadas en otoño, ver cómo lanzan destellos a su ventana. Eso sí que la tranquiliza. ¿Le relajaría también al tío? Quizá Raúl cuando piensa en el carbón solo piensa en los gritos del compañero quemado vivo. Lidia no puede imaginarse una vida así, un trabajo así. No puede imaginárselo y se siente estúpida pensando que vuelve a casa para retomar unos apuntes sobre gente que vivió mucho antes de que ella hubiera nacido y a la que nadie recuerda. Porque la historia reciente aún tiene un pase, aún puede imaginar a sus protagonistas, pero no es capaz de asociar con nadie la vida de los pueblos prehispánicos de la península. ¿Para qué habían vivido los celtas y los íberos si nadie recordaba sus nombres?

Ahora sí que lo ve, una sombra pequeña, marrón diría, la ha visto con el rabillo del ojo. Dos señoras se asustan cuando ella se gira de golpe y su caniche se pone a ladrar. Un poco más lejos hay un grupo de chavales andando y comiendo pipas. Se queda quieta un momento, mientras las señoras se alejan entre murmullos. Siente un retortijón en el estómago y sabe que se está sugestionando. Su madre siempre le ha dicho que tiene demasiada imaginación. Al imaginarse que alguien la persigue —aunque sean las cinco de la tarde en pleno centro de

Curva de Arla—, ella empieza a notar retortijones. Se da la vuelta. Ya conoce su cuerpo, no se va a dejar engañar. Es preferible pensar en el tío. Es mejor tratar de memorizar lo que le ha dicho, intentar ver si puede usar algo para la petición al ayuntamiento. Raúl no sabe nada de eso. Lidia prefiere que sea una sorpresa. Seguro que trataría de sacarle la idea de la cabeza si le contara algo en abstracto.

El tío ahora es una espiga de huesos a la que hay que hacerle agujeros de más en el cinturón para que no se le caigan los pantalones de saco. Está a un paso de formar parte de los íberos, de los celtas, de los anónimos. Cuando esté todo hecho, se alegrará, aunque no quiera. A ella le gusta mucho cómo le habla. Nunca la ha tratado de tonta. Siempre le dice que, ya que los de su propia familia no se preocupan de su pasado, está bien que lo haga alguien que al menos lleve su apellido. A pesar de que su parte de la familia hace tiempo que se separó de la de Lidia. Nunca se ha puesto a calcular exactamente qué relación familiar guarda con Raúl, pero como todo el mundo le llama tío, ella ha decidido actuar igual, aunque quizá debiera llamarlo abuelo. Desde luego es lo más cercano a un abuelo que tiene. Incluso llamándola «falsa Ramos». Le ha contado la historia de su antepasada y su hijo bastardo un millón de veces. A los miembros de su rama de la familia se les sigue llamando «falsos Ramos» a pesar de que esa mujer había sido bisabuela de su tatarabuelo. Lidia cree que Raúl lo hace un poco a broma, aunque con casi noventa años la gente ya apenas bromea.

Baja la cabeza al pasar por la plaza y coge las asas del saquito que lleva puesto para que la carpeta no haga ruido al rebotar. A su madre le dice que visita a Raúl para que le explique una parte de la asignatura que ha suspendido, pero lo que habla con él y lo que anota no tienen nada que ver con la carrera. Lidia quiere formalizar una petición para que se funde un museo en Curva y que se restauren las carboneras, las ruinas del castillo y la calzada romana. La tarde anterior se había caído una piedra de la torre sobre el coche de uno de los Medina. Se lo había contado Raúl también, que estaba muy contento porque otro Medina había muerto el mismo día. Decía que podían haber sido dos pájaros de un tiro. A Lidia no le importan los Medina. Como Ramos, se supone que debería estar enfadada con todo el clan por algo que uno de ellos hizo a no se sabe quién de los Ramos, pero está más preocupada por el castillo. Además, conoce de vista al Medina al que casi aplasta la piedra, y probablemente hubiera sufrido más la piedra al golpearse con aquella cabeza que el chico.

Mira de reojo la plaza, soportales, un par de olmos, unos bancos recién cambiados por el ayuntamiento, un grupo de adolescentes jugando al fútbol, la terraza del bar hasta arriba, pero ni rastro de sus amigos. Mejor. No habrán vuelto de las piscinas aún. Aquella sensación persecutoria no se ha ido. Las voces de la gente la tranquilizan. Al menos ya no tiene retortijones. Falsa alarma.

Levanta la cabeza, sonriendo, y cruza en dirección a la ermita y al puente para llegar a su casa. Desde allí ve las nubes de la tormenta que ha presentido antes. Apura el paso mientras piensa en el proyecto. Su madre la mataría si se llegara a enterar de lo que está haciendo. Casi nunca entiende nada, la pobre. Lidia supo que quería ser historiadora al visitar los yacimientos de Bajuevas, cuando tendría diez o doce años. En la entrada de la excavación había una estatua tosca de madera de Felisa de Garzón, la mujer que había impulsado todo el yacimiento y que le había dedicado su vida. La estatua era pobre y estaba ajada por el clima y el tiempo, pero no le importó. Se compró una biografía para niños de mala calidad que vendían en la tienda de regalos y la devoró de camino a casa. Se quedó dormida en el coche y soñó con ella, soñó que era ella. Desde ese día, sus padres habían intentado por activa y por pasiva que no fuera a la universidad, que se dedicara a sacar un grado medio o algún curso de formación profesional. Ella sabía que

no lo hacían por el dinero, sino por su futuro. Quizá tuvieran razón, quizá todo haya sido por una cabezonería. Se sentiría mucho más útil realizando algo físico y visible, como el carbón vegetal del tío Raúl.
No.
Puede hacer cosas así de útiles estudiando Historia. Su madre no lo va a entender, pero aquel museo tiene que ser su carbón.

Las voces de la plaza se van apagando hasta que desaparecen del todo cuando gira detrás de la ermita. Las nubes aún no lo han cubierto y el sol le da de pleno entonces en la cara y tiene que hacerse visera con la mano para poder ver el camino por el que va. Se sale un poco del arcén y se mancha una manoletina de tierra. Maldice. Sigue andando mientras pisa fuerte con el zapato sucio para sacudir el polvo. Al cruzar el puente, que salva un pequeño terraplén por el que discurre un reguero ahora seco que nace y muere en una de las curvas del Arla, el sol ya casi se ha escondido detrás de la alameda y puede ver mejor. El silencio allí es más potente, más fresco. Solo se escuchan los chopos y, de lejos, el río. Ve las casas de la urbanización. Le va a dar tiempo a repasar.

Es entonces, al girar la curva hacia la derecha, al principio de su calle, cuando ve claramente a la niña. Está sentada en un árbol, unos metros por delante. Al principio Lidia la confunde con una roca porque va vestida con un saco marrón y parece no moverse, pero al acercarse un poco ve que es una niña, sentada. De pronto deja de escuchar el río y el movimiento de los chopos. La niña mira al frente, hacia algo que debe de haber al otro lado del camino. Lidia mira y solo ve otros chopos. Se acerca y empieza a escuchar un tarareo. Sus pies no hacen ruido al pisar el polvo del camino. La melodía viene de la niña. Tararea, pero también parece estar llorando. Lidia se reprende: probablemente la niña esté más asustada que ella. Se agarra los codos junto al cuerpo, en un gesto de frío.

—¿Estás bien, bonita?

La niña se calla, pero no hace ningún movimiento.

—¿Me escuchas? Me llamo Lidia.

La segunda sílaba del nombre se le atraganta en la garganta, algo de polvo se le ha metido en la boca. Da otro paso hacia ella y la niña baja la mirada y después habla por primera vez:

—Madre dice que así es mejor.

Entonces gira la cabeza y, aunque aún se encuentra a unos diez metros de distancia, Lidia puede ver que la niña tiene toda la cara quemada, llena de pústulas y con los ojos blancos, ciegos.

—Madre dice que así no la haré sufrir más.

La niña vuelve a gemir, hace una mueca de dolor, y se agarra la tripa. O eso le parece a ella. Lidia se queda clavada en el sitio. La niña vuelve a tararear y a llorar a ratos mientras la mira.

—¿Necesitas ayuda?

Susurra la última palabra. La niña tararea más alto. Lidia levanta la cabeza por si ve a alguien en la curva del puente y después mira hacia la urbanización. No está lejos de su casa. Quizá debiera irse o avisar a su madre. Saca el teléfono para llamarla y la niña se levanta mirando al frente. Sigue llorando. No tararea.

—Cómo lloriqueas todo el día. Deja de quejarte —dice enfadada—. ¿No tenías frío, demonio? —Gira la cabeza de nuevo hacia Lidia y sonríe. Le faltan muchos mechones de pelo y la parte derecha de la cara parece más caída que la izquierda. Esta vestida, Lidia se da cuenta en ese momento, con un saco de patatas—. ¿Tú también eres un monstruo? Podemos jugar juntas.

La apunta con un dedo quemado. Lidia busca el teléfono de su madre, pero escucha cómo la niña empieza a andar sobre la arena y las piedras, casi arrastrándose. Arrastrando el pie derecho en realidad.

—Oye, quiero ayudarte, pero me estás asustando.

—¡Eres un monstruo! Ojalá te hubieras muerto como tus hermanas.

Empieza a correr hacia ella. Cojea mucho y a ratos arrastra la pierna derecha. Lidia da un paso hacia atrás. No sabe qué hacer. La niña grita y Lidia camina varios pasos hacia atrás hasta que tropieza y cae al suelo. La niña se acerca y, mientras lo hace, algunas de las pústulas de su cara enrojecen, se hinchan y explotan. Lidia nota mucho calor, como si la niña estuviera hecha de fuego.

—¡Monstruo, monstruo, monstruo!

Se lanza al suelo y comienza a arrastrarse sobre el polvo con la mano izquierda hasta que agarra el tobillo de Lidia. Lidia cree que está gritando, que se está poniendo de pie y echando a correr, pero nada de eso sucede. Las pústulas de la cara de la niña explotan y el líquido blanco que sale cae sobre sus pantalones y los quema. La mano en su tobillo también quema. Le pone la cara sobre la otra pierna.

—Rosario, ya está bien.

Lidia se gira y distingue una mujer vestida de negro detrás de ella. No puede verle bien la cara porque va tapada con un pañuelo y además ya es casi de noche. Las piernas dejan de quemarle y, cuando vuelve a mirar a la niña, ya no hay nada, ya no está. La mujer tampoco está detrás de ella. Lidia comienza a jadear. Se pone de pie, pero las piernas le fallan y está a punto de caer. El corazón le late en las sienes, muy violento. Se apoya en un chopo. Mira sus pantalones, los tiene quemados y llenos de polvo. Vuelve a escuchar el río y la brisa. Echa a correr hasta su casa y se encierra en su cuarto. Su madre la llama desde la cocina. No sabe por qué, pero se quita la ropa corriendo y se cambia sin responderle. Tiene una quemadura en forma de dedo en el tobillo. Se mira en el espejo. La ventana está abierta. La cierra, baja la persiana y se sienta sobre la cama sin hacer caso a su madre. Entonces empieza a llover.

Trapos en las ventanas

1905

Rosario sabe que la única habitación en la que entra la luz es la del abuelo Manrique. El abuelo tose mucho y tiene bajo la cama una bacinilla donde escupe siempre después de toser, aunque su hija, madre de Rosario, la María, no lo llama escupir, sino esputar. En la habitación del abuelo siempre huele mal, pero es en el único sitio en el que puede ver el cielo, las nubes y el sol. La habitación del abuelo huele a las acelgas cuando se queman en el fuego. A veces desde la ventana ve también pájaros y el abuelo, que casi nunca sale de la cama, los señala y le dice sus nombres. A ella le gustan mucho las golondrinas, pero su padre tira los nidos que hacen bajo el tejado porque molestan a mamá cuando pían. Rosario sabe, también, que no debe acercarse nunca a la ventana y que, si su madre la pilla en el cuarto del abuelo, la pellizca de la oreja y la saca de allí. Por eso ahora está sentada en el pasillo, junto a la puerta, escuchando los ronquidos del abuelo. Los pellizcos de mamá le duelen mucho, así que intenta no entrar, aunque escuche los pájaros piar por fuera de la ventana. Los pájaros en verano dicen «ven, ven» y «más, más» en invierno. En invierno solo quedan gorriones. Mamá siempre se entera si se acerca a la ventana porque las tablas crujen mucho y la casa tiene que estar en silencio y a oscuras. Ella camina descalza para que a mamá el ruido de sus pasos no le levante dolor de cabeza. La María lo escucha todo, siempre. A veces, Rosario piensa que su madre tiene orejas en las paredes y por eso ella camina siempre sin apoyarse en ellas, como si el roce de sus dedos pudiera despertar a su madre, que siempre está en la sala, sentada en la mecedora, de espaldas al fuego. Nunca tiene miedo de que se le queme el pelo tan bonito que tiene, pero a ella sí le da miedo y a veces la mira porque si la mira el pelo no se le quema. Cuando Rosario hace un ruido que no debe, se escuchan las tablas de las escaleras mientras su madre va en su búsqueda. Siempre sabe dónde está. María no grita, a veces a Rosario le gustaría que su madre gritara como hacen otras madres cuando llaman a sus hijas —Rosario las ha escuchado a través de la ventana—, pero su madre pone cara de disgusto cuando las oye, cara de comer repollo, y se lleva una mano a la frente. Rosario quiere bajar a ver el fuego, pero su madre aún no ha encendido la lumbre, así que decide irse a lo alto de la escalera.

María piensa que la Rosario es un castigo del Señor por algo que ha hecho, aunque no es capaz de recordar lo que ha enfadado tanto a Dios como para enviarle semejante monstruo. «Siempre fuiste demasiado guapa, alguien te echó mal de ojo». La oye moverse por el piso de arriba, como si reptara, y los leves crujidos de las tablas le dicen que está en lo alto de la escalera, estorbando, como siempre. Se la imagina encogida de hombros, con el pelo negro, aceitoso como el de su madre, que en paz descanse, y muy pálida. No quiere imaginarse la cara, pero lo hace. Todos los días se obliga a pensar un poco en aquella cara deforme para que no se olvide de por qué tiene todas las ventanas tapadas con trapos. «Qué vergüenza. Ojalá hubiera nacido muerta como sus hermanas». Se la imagina en silencio, balanceándose un poco hacia delante y atrás, igual que una gallina tonta. Casi puede escuchar el ronquido de su respiración. La deformidad de la cara le ha torcido la nariz. «Si se diera un golpe en el otro lado, quizá se arreglase o quizá se matara». La deformidad es rugosa, como las piñas verdes, y tiene un color de carne podrida.

Sigue allí, porque no la escucha moverse, y siente que la está acechando; es un buitre. Aunque la prefiere allí que en el cuarto del viejo. Sabe que su padre a veces la llama, la hace acercarse a la luz, como si disfrutara viéndola, humillando a María, mostrando su fracaso al mundo. «Tu padre disfruta porque sabe que el demonio te ata a esta casa». Llaman a la ventana del cuarto de estar, muy suavemente, y, después, a la puerta principal. Debe de ser el Lope. Casi nadie se acerca a su casa, pero los que lo hacen saben —porque así se lo ha dicho ella— que padece de grandes jaquecas y necesita total oscuridad y silencio para no despertarlas. Los golpes en la ventana mueven un poco el paño negro con el que está cubierto el cristal. Lo coloca con calma y va a la puerta. La entrada se encuentra en línea recta con la escalera, en un gran descansillo enlosado. Ve los pies del monstruo, descalzos y sucios, en el escalón más alto.

—Rosario —dice entre dientes y los pies desaparecen.

Demonio de cría. Se coloca un poco las ropas y el pelo. No tiene espejos en casa. Tuvo que vender los de su madre, grandes y con marcos de cerezo, muchos años atrás, antes de que naciera el monstruo. «Te han dejado sin nada». La casa es prácticamente un cascarón vacío. Si la viera su madre ahora… A menudo recuerda su infancia mientras permanece sentada en la mecedora, de espaldas al fuego del hogar, de espaldas a la niña. A fuerza de decirlo, los ruidos y la luz le han empezado a provocar jaqueca de verdad. Ojalá pudiera mantenerse caliente sin necesidad del fuego, de esa luz abrasadora. Para colmo, a la cría le encanta quedarse mirándolo todo el día, muy de cerca, hasta que le lloran los ojos. Esteban a veces le dice que se aparte, que se va a quedar ciega, y la niña dice que sabe andar por casa sin luz, que no necesita los ojos. En ocasiones, cuando María se mece, los aires que lleva dentro —y que le hablan— hacen que se imagine a su hija sin ojos, y eso le gusta. Abre una rendija en la puerta.

—Buenos días, Lope.

—Buenos días, señora María, le traigo lo de la semana.

Ella abre un poco más la puerta, muy poco, lo justo para que entre el cesto, pero no Lope. El hombre, que se ha quitado la boina, deja la cesta en el cuadrado de luz que queda dentro de la casa y da un paso atrás, no muy rápido, pero a María le parece que lo hace huyendo de la oscuridad. La cesta ha quedado justo entre dos baldosas, baldosas marrones con rosas blancas haciendo un dibujo. María mira el contenido de la cesta desde arriba, agarrada a la puerta con las dos manos. Teme soltarla y que se abra y que Lope entre en su casa. «Te está robando, las tierras de tu padre eran ricas, Lope te roba porque es pobre y tiene hijos como ratas. Lope es una rata y se aprovecha de ti. Si le abrieras la puerta te haría un hijo allí mismo, con su miembro marrón de labriego, sucio de sudor y polvo, viejo y arrugado». Suelta una mano de la puerta para taparse aún más el cuello con la toquilla.

—¿Esto es todo, Lope?

—Sí, señora. Ya sabe que este año el frío ha venido pronto, se han helado todos los calabacines.

En el cesto hay unos cuantos tomates, lechugas y algunas acelgas. Esteban asegura que Lope es de fiar, que no les robaría, que el huerto con el que se ha quedado su padre es un lodazal del que Lope saca lo que puede. Dice, cuando María consigue enfadarlo —a veces le apetece hacerlo—, que, si no fuera porque Manrique había sido don Manrique en otro tiempo, ellos se morirían de hambre. «Mentiras». Tendría que ir a ver el dichoso huerto ella misma y demostrar que todos se equivocan. Pero no va a hacerlo. Faltaría más. Sería la última de las humillaciones. En buena hora se había juntado con Esteban. «Te vendieron como a una mula».

—Está bien. Sepa que no estoy conforme.
—La semana que viene habrá patatas, señora.
—Eso espero.

Comienza a cerrar.

—¿Qué tal está don Manrique?

María mira al hombre, quizá pocos años más joven que su padre, extrañada.

—Dando guerra, como siempre, por la que nadie pregunta nunca es por una servidora. Vaya con Dios, Lope, y lleve cuidado con las patatas, que pienso contarlas.

El hombre va a hablar, pero cierra la puerta antes y la oscuridad salta sobre el cesto y el cuadrado de baldosas como si fuera un gato negro. Todo vuelve a la normalidad. Mira la escalera y ve los pies de su hija otra vez.

—Rosario, demonio —susurra.

La niña desaparece. Se queda quieta en la puerta unos segundos, mirando la escalera. Con el oído vigila que Lope se haya marchado; con la mirada, que el monstruo no la moleste. Se sienta en la mecedora. Que una se vea en la humillación de tratar con el labriego… Eso lo piensa muchas veces, en la mecedora, sobre todo. Tiene frío, pero se resiste a encender el fuego, eso es labor de su marido y aún no ha regresado. María piensa mucho. Siempre ha sido muy lista, y su madre decía que no hay peor maldición para una mujer. Ella no está de acuerdo.

«Y este hombre sin venir. Otra cruz que cargas». Andará por endrinos o por orégano. Con él es siempre una cosa nueva. Cangrejos, níscalos, moras, caracoles… Lo que es trabajar, Esteban, no; pero mierda que ve, mierda con la que arrampla para casa. «Lo hace para humillarte, para llenarte la casa de basura en lugar de cubrirte con joyas y vestidos bonitos. Rosario quiere quedarse con tu vestido de margaritas, lo quiere todo». Pone atención, pero no hay nadie en su cuarto, las tablas no crujen.

La puerta se abre y su marido aparece en la sala un tiempo después.

—Pero, mujer, qué terca eres, enciende el fuego. Lo he dejado ahí preparado por si hacía frío. Tendrás a todos en la casa helados.

Ella se gira un poco en la mecedora y lo mira con desprecio, pero no sabe si Esteban puede distinguir su cara desde la puerta, así que relaja el gesto. Ve un bulto negro agarrado a la pernera de su marido. No ha escuchado bajar al demonio. Antes se muere de frío, antes los mata a todos de frío, que encender el fuego como si fuera una panadera. María dice:

—No se come en esta casa, por lo visto.
—He estado donde Lope, tomando un chato. Ha sido abuelo.

Rosario mira a Esteban porque su padre casi siempre la mira cuando habla. Le gusta cómo huele su ropa, como a las varas de los chopos cuando las corta y las pone a secar. Su madre ha girado del todo la mecedora de la abuela. Sabe hacerlo sin que haga ningún ruido, como si flotara en las baldosas. La escucha hablar, aunque muy bajito:

—Seguro que es un niño ya negro y cuarteado, como los monos del África.
—Es una niña, como tú, Rosario.

Ella sonríe.

—¿Vendrá alguna vez con su abuelo?, ¿podré verla?
—¡Calla, calla, calla! —Esto lo dice más alto, pero sin girarse—. No sabes más que meterle nieblas en la cabeza, Dios, ¡qué cruz! ¿Quién va a venir a verte a ti?

Rosario baja la mirada.

—Es una niña muy bonita, se parece a la hija de Lope. Qué buena moza y qué bien se le da el campo. Menos mal que les ayuda. El yerno igual, majo, majo. Tenías que haberlo visto, tan hinchado como un pavo iba por el pueblo. Ella es una joya, para todo vale.

—¿Los pavos se hinchan mucho, papá?
—Mucho, mucho. Así.

Su padre abre los brazos hacia delante como si su tripa hubiera crecido. Ella nunca ha visto un pavo, pero sabe que es un pájaro grande. Los pavos nunca vuelan hasta la ventana.

—Era bien agitanada de joven, ahora será una rata y andará sucia y asquerosa de revolcarse por el campo como un hombre. Haríais muy buena pareja, ella y tú. Por mí podéis ir y encamaros.

Rosario no entiende por qué la hija de Lope se querría meter en la cama con su padre, pero no dice nada. Cuando mamá habla así, cualquier cosa puede hacer que se gane un pellizco.

—Voy a preparar algo para comer.

Rosario hace amago de acompañar a su padre.

—No, Rosario, quédate aquí —le dice este.

Se suelta del pantalón y, cuando Esteban se va, da un paso hacia su madre, un paso silencioso y blando, mullido de pie de niña.

—Una niña preciosa —murmura María con desprecio.
—¿Madre, me cuenta la historia del soldado rico?

Cuando su madre está de buen humor, le explica el cuento del soldado que volvió de Cuba, el que se cayó del barco y regresó rico a España gracias a que encontró un tesoro en una isla. A Rosario le gusta la parte en la que el soldado llega a la isla y pelea con los monos y los salvajes. Algo menos, la parte en la que vuelve a su pueblo, en Galicia o en Extremadura —según el día—, y se casa con una mujer muy linda. A ella le gustaría ser ese soldado y saber lo que es una isla, le gusta imaginarse el mar, que es como el cielo, pero mojado y en la tierra, según el abuelo Manrique. Para ella es una cazuela grande, todo lo grande que puede imaginar, llena de luz azul.

—No hagas eso, respira bien, por favor te lo pido. No hay más soldado. Eso son historias de niños. Reblandecen el cerebro y bastante atrofiado está el tuyo ya. —Hace una pausa—. Nadie va a venir a rescatarte, y menos un soldado rico.

Solo ve la espalda de la mecedora, pero distingue cómo su madre alza uno de sus brazos y se lo lleva a la cara. Se queda en el vano de la puerta. Su padre ha dejado en la entrada un hatajo de orégano y le entran ganas de ir a pasar la planta de los pies por encima, para ver qué se siente, pero su madre la llama.

—Rosario, vas a empezar a hacer ya cosas. Total, tampoco vas a ser una señorita, así que al menos harás algo de provecho. Yo me mato para que todo esté limpio y tú no haces más que ir manchando todo con esos dedazos.

—¿Mis dedos manchan? —Se los mira, confundida.

—Calla cuando habla tu madre, demonio. Me barres todo. ¿Sabes dónde está la escoba? En el armario de la cocina. Lo sabes, seguro, te encanta ir descolocándolo todo. Otras tendrán martinillos que les desbaratan la cocina, yo tengo un demonio. Pues ahora verás lo que cuesta tenerlo todo en orden. Vas a ganarte el pan que comes.

Rosario se queda callada unos segundos, esperando a que su madre continúe.

—No sé barrer —dice al fin.

—Pues aprendes, leche. ¿Te crees que no te escucho gruñir cuando me miras desde las puertas mientras barro? Algo habrás aprendido de tanto mirar, que pareciera que me quieres desgastar las ropas. Para dos trapos que tengo.

Imita su respiración, lo hace diciendo muchas veces la letra ge. Es la primera vez que su madre hace algo así. Rosario empieza a llorar, y el ruido de su respiración empeora.

—Marcha a llorar a otro sitio, eh. Menudo día. Que no te escuche, que te cruzo la cara.

Rosario nota cómo la silueta de su madre se emborrona. Se gira y se marcha de la habitación. Se mete en el hueco de debajo de la escalera, aunque note las telarañas en el pelo, y llora con la cabeza entre las piernas, intentando no hacer ruido al respirar. Tose un par de veces por el polvo, pero su madre no parece haberla escuchado porque no viene a sacarla de la oreja. Cuando se imagina que eso puede pasar, comienza a llorar un poco más fuerte. Le gustaría ser mayor y no llorar, porque sabe que a su madre no le gusta que lo haga. Si no llorase, seguro que le contaría la historia del soldado y muchas más, quizá le dejase sentarse en la mecedora con ella. Mientras se lo imagina, termina por quedarse dormida con dos dedos sucios en la boca.

María, el domingo siguiente, entra de la calle y sube a su cuarto. Conserva solo uno de los vestidos que tenía antes de casarse. Es verde azulado, de un color aguamarina muy bonito. Está estampado con margaritas verdes y amarillas, muy pequeñas. Se enamoró de la tela en cuanto la vio en la tienda de la modista. La tela más cara. Su madre decía que tenía diente de rica. «Te mereces llevar ese vestido todos los días». Teme que la niña lo descubra y lo toque. Cuando lo piensa —y lo piensa a menudo— aprieta mucho los dientes. Antes de sacarlo y mirarlo, siempre se arrodilla junto a la cama y mete el palo de la escoba dentro para asegurarse de que ella no está allí, de que no se ha escurrido como una culebra debajo de la cama para espiarla. «Es una rata, no es hija tuya, es una rata». Su padre había rabiado cuando se había enterado de lo que costaba el vestido, pero a María le dio igual. Le sigue dando igual; prefiere comer tierra a tener que venderlo. Se imagina a la hija de Lope con él puesto y le entran los siete males. Porque está segura de que la labradora, que no ha sabido distinguir un trapo de un vestido, si juntara perras, querría quitárselo la primera. Cómo iba a ponerse la hija de Lope aquella tela tan fina después de haber estado pisando mierdas de oveja. Antes lo rompe en trapos y se los come uno a uno.

Cuando piensa eso, acaba de volver de misa y se está cambiando en su cuarto, delante del armario. Ha comprobado que el vestido sigue en el mismo sitio, pero no lo ha cogido. Nunca se pone el vestido de margaritas para ir a misa. No solo por el luto de sus hijas, sino porque no siente que sea el momento adecuado.

Tararea muy bajito. No quiere que nadie, en especial Rosario, la oiga. Prácticamente tararea moviendo la boca sin emitir ningún sonido. Ha visto a la Gabriela y está contenta. La Gabriela ha vuelto unos días a Curva para hacerse cargo de las cosas de su madre, que murió hace una semana. Han hablado un poco en la puerta de la iglesia. Las cosas le van bien en Madrid, y eso María se lo ha notado por cómo viste. Llevaba un vestido gris oscuro, liso y sin ostentaciones. Se veía a la legua que era de calidad, más caro incluso que su vestido de margaritas. Si ha traído eso al pueblo, qué no vestirá por Madrid. «Ya no hay nada en el campo para la gente como nosotros», le había dicho. Y María jamás se había sentido tan alejada de la hija de Lope y las otras, las otras mulas que se dejan los riñones en Curva. «Ni siquiera en Sallón. Sallón es poco agradecida, María, en la capital está el futuro. Si vieras aquello…, una mujer como tú, de mundo…». Cuánta razón tenía Gabriela. «Tienes que venir a verme alguna vez, mujer, que se te quite la pueblez de encima un poco. La de veces que he intentado yo llevarme a mi madre. Ya ves tú, mi Antonio, más bueno que un santo, que hasta una habitación le tenía preparada. Pero a esta gente no hay quien la arranque de aquí, María; como las malas hierbas son». Le cogía las manos mientras le hablaba. Llevaba guantes de color blanco. María hubiera jurado que eran de seda por la suavidad con la que le agarraba las manos. Quería soltarse, se sentía sucia a su lado, pero no podía hacerlo. Ahora intenta no tocar los muebles de su casa con esas manos, por si les pegan a los dedos que han tocado la seda algo de lo viejo y lo antiguo. «No sabes cómo siento lo de las niñas, María, ni ese consuelo te da esta tierra. ¿La tercera también?». María asintió sin importarle que Gabriela pudiera descubrir la verdad sobre Rosario. A los dos días iba a estar fuera de Curva y se iba a olvidar de ella. Podía con la lástima de haber parido tres hijas muertas, pero no con la lástima de dos muertas y un monstruo. «¿Las tres Rosario?». Volvió a asentir. Había prometido a su madre que su hija se llamaría Rosario y no había parado hasta conseguirlo. «A ti te hace falta Madrid, hazme caso. Tienes cara de artista y hasta te das un aire a la reina María Cristina». María se sonrojó; se sonroja de nuevo al recordarlo, sentada sobre la cama, con las manos una sobre otra, ya sin tararear. Está con los ojos cerrados tratando de memorizar cada detalle del peinado, del vestido. ¿Cómo se le ha ocurrido ir con esas pintas a la iglesia?, claro que quién iba a saber… Pero la Gabriela sabe, lo ha sabido en cuanto la ha visto, que ella no es como las otras, que no se ha dejado hundir en Curva; aunque ha notado en sus ojos también un deje de tristeza perdida, como la que va a consolar a un canceroso. «Pasado mañana me marcho, María, mira a ver si te dejas ver antes». ¿Le ha respondido «descuida» o «tenlo seguro, Gabriela»? No puede recordarlo. Tiene que recordarlo, es importante. Quizá esa conversación haga que deje de escuchar los aires de las ideas. El color de los guantes, el olor, ¿cómo es el acento con el que ha dicho «a ver»? ¿Marcando mucho la e y la r? Los ojos, el peinado, todo.

De pronto escucha el gruñido de la Rosario. Por la dirección del ruido sabe que está en la puerta del cuarto, probablemente creyendo que ella no se ha dado cuenta. «Menos mal que no has sacado el vestido». No le hace falta girarse para imaginársela con los ojillos de rata asomada al quicio, tocando con sus manos, al menos con una, el marco de la puerta. Dedos sucios de chupárselos o de rascarse la deformidad de la cara, ese montón de carne mal puesta, como filetes cosidos unos sobre otros, como piel quemada con un marcador de reses oxidado. Se la imagina y siente que mientras va escuchando esa respiración, ese gruñido de cerdo, Gabriela se le escapa de la mente, se le escurre. «Es el demonio, se ha metido en tu cabeza». Se pone en pie de forma brusca y cierra el armario de golpe para que ese gruñido, esa deformidad, no se cuele dentro y manche el vestido de margaritas. Tiene miedo de que lo impregne de un olor desagradable, como a morcilla o a picadillo. La niña se ha ido. Se gira y mira el marco de la puerta, se acerca a él despacio y huele con asco la parte donde supone que ha estado la mano de la niña.

Rosario sabe que su madre no sale nunca de casa a no ser que haya misa. Cuando eso sucede, desde el cuarto del abuelo, escucha las campanas. Ayer las escuchó y vio a su madre sentada en la cama al volver de la iglesia. Nunca ha visto una campana ni una iglesia. Si el abuelo está despierto, le dice que pase. «Venga, Rosarito, pasa, ponte aquí», y deja que se siente a los pies de la cama. El abuelo Manrique siempre la mira cuando conversan, no como papá que solo lo hace a veces o mamá que no lo hace nunca. «¿Qué quieres que te mire, Rosario? Tienes unas cosas... Si te sé ya de memoria, leche. A callar, que me duele la cabeza». Rosario sabe que es diferente a otros niños porque desde la ventana ha visto que ellos tienen los dos lados de la cara iguales y nota al tocarse que ella no. Su madre dice que a ella Dios la ha hecho fea por pecadora. Rosario intenta siempre portarse bien para que se le pongan los dos lados de la cara iguales y su madre la deje salir con los otros niños. Pero hasta que eso pase, se queda con el abuelo. Su madre le ha dicho que si se acerca a la ventana se le va a poner toda la cara igual, pero igual del lado malo. La deja estar en el pasillo y en lo alto de la escalera, siempre que no haga ruido. Ese día, su madre le dice al abuelo que se va a misa y por eso se pone en la puerta de la habitación, pero no escucha las campanas cuando ella sale de casa. Eso es raro. Su madre nunca sale al menos hasta que han sonado varias veces.

Se queda un rato más en la puerta, escuchando la respiración del abuelo dormido y una mosca que se pasea por el cuarto, y después se aburre y baja a la sala.

Rosario juega a que es de noche. Por las noches, cuando todos se han dormido, ella baja a la sala y se sienta frente a las brasas, que aún dan calor. En el pasillo siempre hace frío porque el aire se escapa por las puertas abiertas y también sube por las escaleras. Algunas noches piensa que si estuviera en una cama quizá el frío pasara por debajo. Por eso baja siempre en silencio y se queda mirando las brasas hasta que se duerme o hasta que le lloran los ojos. Pero no es un llanto de los malos, es de calor. Los ojos le lloran porque se les escapa el frío en forma de gotas. Nunca se quema, aunque se pone muy cerca, pero piensa que si se quemara estaría mejor que con tanto frío. Algunas noches se atreve a coger una rama pequeña y a encender un poco el fuego. Ha visto cómo lo hace su padre y, cuando aún quedan brasas, es muy fácil. Coge siempre un tronco pequeño para que su madre no se dé cuenta; a veces los grandes tardan toda la noche en quemarse y no quiere que ella se entere. Los troncos y las ramas son amigos suyos y no hacen ruido. Les cuenta historias —la historia del soldado que volvió de Cuba— cuando los echa en el fuego. Le gusta jugar a adivinar cuándo va a salir la llama. Si sale cuando el soldado cae al mar y le dan por muerto, su madre no tendrá jaqueca al día siguiente, si sale después… Cuando baja a jugar a que es de noche, no hace falta que eche ningún tronco porque la lumbre está encendida. Se sienta en el suelo y se mira los brazos y las piernas a la luz del fuego. Se ríe del color que tienen con el brillo. Prueba a reírse un poco más alto, su padre y su madre no están.

—Hola —dice. Y se ríe.

Lo repite un poco más alto. No se atreve a subir mucho el volumen por no despertar al abuelo. Le parece que las maderas crujen con el ruido y de pronto imagina que su madre aún no se ha ido y el siguiente «hola» se le queda en medio de la garganta, como cuando tiene flemas. Los crujidos pasan, pero prefiere no hablar más, tiene los ojos un poco encharcados del susto y el corazón le late muy deprisa. La casa se queda de nuevo en silencio y decide probar a ser mamá. Gira la mecedora para que esté de frente al sitio que ocupa Rosario siempre en el suelo. Se sienta sobre la mecedora con cuidado de no mover la toquilla que hay sobre ella y mira al suelo.

—Te voy a contar una historia, Rosario, cariño. Ven, acércate, ¿quieres sentarte aquí conmigo? Te voy a peinar y vas a estar tan guapa como yo, hija.

Se calla. Sonríe, pero después deja de hacerlo. Sigue en silencio un rato y al final gira la cabeza lentamente. Mira a la lumbre tratando de mantener los ojos siempre abiertos hasta que nota la primera lágrima. Se repite a sí misma que es un llanto de los buenos. Se lo repite durante mucho rato y sin darse cuenta se queda dormida.

Los aires de las ideas hablan muy alto. María los escucha sobre todo cuando duerme o cuando está en la mecedora. Los aires hablan de Madrid, de Rosario, de cómo todo el mundo se burla de ella y quiere hacerle la vida imposible. Porque es demasiado guapa y buena para Curva de Arla. Los aires estos días tienen otra voz, una voz como de vieja. «Te va a pegar la deformidad, te quiere convertir en un monstruo, va a matarte y a comerte por las noches, escucha cómo araña el suelo, escucha cómo roe la madera, es su culpa, es su culpa, es su culpa. Ahora puedes empujarla por las escaleras. Ahora puedes ahogarla mientras duerme». Sueña que la visitan los aires, que tienen cuerpo de vieja sin dientes, y se despierta tocándose la cara, asegurándose de que aún es normal. Le cuesta dormirse porque se imagina a su hija al pie de la cama en la oscuridad, acechando, gruñendo como una comadreja o un tejón. Por eso, al día siguiente del encuentro en misa, decide mentir y marcharse a ver a Gabriela para salir de la casa, para que las voces dejen de hablar un rato, porque en casa no hay Dios que las contenga, rebotando en lo negro de las paredes, en los trapos de las ventanas. Su amiga está preparando el equipaje para el día siguiente y solo la atiende un momento. Vuelve a casa enfadada, imaginando las preguntas que le hará Rosario acerca de lo poco que ha durado la misa, con mala saña, como todo lo que hace. «Sabe que has mentido, se lo va a decir al Esteban, él siempre se pone de su parte, cuando se haga mujer te va a matar y se va a encamar con el padre. Te quiere quitar la cara y hacerse una máscara con ella». María entra en casa sin hacer ruido y espera que la niña esté arriba con el abuelo. A veces desea que lo que sea que se está llevando a su padre se lleve a la niña también. Aunque sabe que lo de su padre son nervios, que lo que tiene mal es la cabeza y que de eso nadie se repone; el que viene aviado, viene aviado. Con el hombre que ha sido, él, que tenía casi todas las tierras de Curva. Todas malvendidas cuando empezaron a traer el trigo y la cebada de América. Malditas las noticias que dan del progreso en los diarios. Malditos barcos a vapor y malditos indianos. Ellos habían sido los primeros en quitarle todo. A ella, que tenía alma de artista, habían acabado casándola con un vago; le habían quitado al padre cuando le habían quitado las tierras, le habían quitado a la madre, a dos hijas que, aunque muertas, no tenían la carne podrida; la habían castigado con un demonio. Entra en la sala. La toquilla está en el suelo y la mecedora movida. Duda un instante de si la ha dejado así. «Ha sido ella, toca tus cosas cuando no estás, las chupa, las toca con sus manos grasientas». Se acerca un poco y ve a Rosario dormida, con la boca abierta. Un hilo de baba cae hasta los brazos de la mecedora, la mecedora de su madre. Pisa el chal sin fijarse, la coge del pelo y la tira sobre las losas.

—¡Demonio!, ¡desagradecida!

La niña se despierta asustada y se mueve, está a punto de poner una mano sobre la lumbre, pero se da cuenta y se revuelve, intentando salir del cuarto.

—Perdón, madre.

María la alcanza por una pierna y la arrastra de nuevo hasta donde está ella. La coge del pelo y la levanta para mirarla bien a la luz de la lumbre. La niña está llorando, pero no trata de defenderse. La mira con asco, recreándose en la deformidad de la cara, en esa mancha en forma de vejiga que parecen los intestinos de un cerdo pegados a la cara.

—Monstruo, te odio, te odio, te odio.

Sin soltarla del pelo, comienza a abofetearla. Se queda con algunos mechones en la mano y la niña grita. «Quiere que todos se enteren, quiere que Gabriela sepa que tienes un monstruo en casa. Quiere que nunca vayas a Madrid. Ella y todos. Nadie quiere que seas feliz». Rosario sigue gritando, ya no pide perdón, se atraganta con sus lágrimas.

—Que te calles, demonio, bestia, ojalá hubieras nacido muerta como tus hermanas, ojalá ellas hubieran vivido y tú estuvieras muerta. Muerta.

María no grita, hay algunas palabras que sí, pero intenta no hacer ruido, susurrar los insultos. Escupe al hablar. Sigue abofeteándola para que se calle, pero la niña no deja de chillar.

Le parece que su padre grita algo desde el piso de arriba, pero no está segura. «Haz que se calle, cógela del cuello». Los gritos no le dejan escuchar a los aires bien, así que le tapa la boca, pero ve la mancha, ve sus manos y los arañazos, piensa en la carne y la sangre que ha tocado, y la suelta. La niña vuelve a gritar y trata de moverse. María se gira, coge la toquilla y la cubre con ella. «Silencio, silencio». Escucha la puerta de la entrada. Vuelve a poner las manos sobre la boca y ve cómo la tela negra se adapta y adquiere la forma de la cara de Rosario. Solo puede escuchar los aires que le piden que siga. Así que aprieta más. Siente un tirón en los hombros y algo la empuja contra la pared. El golpe hace que caiga el trapo que cubre la ventana y un recuadro de luz naranja ilumina a Rosario. Su marido aparece en su campo de visión y se acerca al engendro, le quita la toquilla. María se levanta deprisa, coge el trapo y vuelve a tapar la ventana mientras murmura «no» muchas veces. El bulto tose y llora. Él lo coge en brazos y se lo lleva sin mirar a su mujer. Al quedarse sola, se deja caer de rodillas. En el suelo, agarrando aún un mechón de pelo, con una mano sobre la toquilla, cree tener una visión, cree ver a la muerte en la puerta de la sala, la muerte que ha venido a por su hija, un esqueleto pálido, cree olerla incluso, pero no: es su padre, de pie, muy delgado, en ropa interior. La mira como si no tuviera párpados, sus ojos como los huesos, pero no dice nada; le tiembla la mandíbula. María se lleva las manos a la boca, las introduce dentro para no hacer ruido y grita con todas sus fuerzas, grita otra vez y una tercera. Cuando acaba, nadie la está mirando desde la puerta.

Es muy tarde, pero Rosario no puede dormir. Le ha costado decidirse a bajar a la sala, pero al final no ha podido resistirlo. Tenía tanto frío que le castañeteaban los dientes. Las heridas de la cara le escocían mucho al contacto con la madera. Además, el polvo y la arena se le pegaban, haciendo que dolieran más. Así que ha bajado y ha puesto una rama en las brasas. Ha tardado mucho en decidirse a hacerlo y después la madera también en arder, pero da lo mismo porque Rosario no le ha contado ninguna historia, así que no le trae mala suerte. Se ha quedado con el abuelo mientras su padre y su madre discutían. Papá la ha hecho enfadar aún más. No gritaban, pero, cuando María susurra, se la escucha por toda la casa. No había querido estropear la toquilla ni la mecedora de mamá. Son cosas de mayores y ella no debe tocarlas. Se lo ha dicho al abuelo, pero él no le ha contestado nada, solo ha cerrado los ojos. Pobre madre. Rosario no quiere ser fea, va a ser buena y se va a curar, quiere ser guapa como su madre y salir a pasear juntas al igual que hacen las otras niñas. Su madre sufre mucho por su culpa, por eso se propone ayudar más en todo a partir de ese momento. Si Dios es bueno, ¿por qué le ha enviado a ella una mancha así?, ¿por qué no la ha hecho bonita? El leño se ha apagado, pero aún quedan brasas. Le duele mucho el cuerpo y está cansada, aunque no puede dormirse. Debe de estar por amanecer, dentro de poco tendrá que subir arriba y echarse en el pasillo. Quizá por la mañana pueda dormir debajo de la cama del abuelo, aunque huela a orines. Allí sube el calor de la lumbre por la pared y sabe que el abuelo no va a pegarle.

Escucha a alguien bajar. Al principio parece que son solo crujidos de la madera. Aunque se quema, mete las manos en la ceniza del cubo y echa un poco sobre las brasas para que no brillen tanto. Después se encoge en un rincón de la sala. Espera que no sea su madre. Se hace un poco de pis y teme ponerse a llorar. Las brasas hacen mucha luz. Le duelen las manos. Rosario está a punto de ponerse a temblar cuando ve la sombra de su madre llegar al pie de la escalera. Carga un bulto que parece una maleta y lleva puesto un abrigo. Rosario contiene la respiración. Su madre está mirando hacia la sala. No parece haber bajado por ella.

María piensa que ojalá pudiera llevarse la mecedora, pero no le cabe en la maleta. Al menos cogerá la toquilla de su madre. Solo espera que su padre eche de casa a Esteban y a la niña cuando se entere de que se ha ido, que se vayan a las cuevas a vivir como dos salvajes, como dos alimañas, que es lo que son, y que tengan muchos hijos entre ellos y se coman unos a otros. No ha conseguido quitarse la sensación de asco, de estar contaminada, de las manos. Se ha frotado con el jabón hasta casi hacerse heridas. Ha tenido que preparar la maleta y vestirse con los guantes puestos para no tocar el vestido y mancharlo. No lleva mucho y no necesita nada más de esa casa vacía. No recuerda bien la hora a la que Gabriela se marcha, pero, como aún no ha amanecido, cree que llegará a tiempo. Seguro que acepta llevarla con ella, prácticamente se lo ha pedido. Esteban no se ha enterado de nada porque duerme como un cerdo y el demonio seguro que está gruñendo entre los meados y los escupitajos de su abuelo, como una rata.

Hay brasas en la sala, lo cual le viene bien para coger la toquilla sin hacer ruido y marcharse. A pesar de que ha podido hacer la maleta sin problemas en la oscuridad, agradece la claridad y el calor. Se quita el abrigo y lo deja sobre la maleta. Entra, coge la prenda y se gira hacia la salida.

—¿Madre? ¿Dónde va?

La niña lo ha dicho muy bajito, en el tono en el que María le ha enseñado a decirlo. Eso no evita que dé un respingo y deje caer la toquilla.

—¡Jesús! —Se gira—. ¿Dónde estás?, ¿por qué no duermes, demonio? —Lo dice enfadada, pero susurrando.

El engendro da un paso desde una de las esquinas, con las manos en el bajo vientre. Está despeinada y los cabellos y la sombra de la lumbre hacen que tenga la cara aún más deforme. Se ha meado encima. María evita mirarla. Es el mal. No quiere que se vaya. Quiere quitarle la cara y ponérsela ella.

—Tenía mucho frío, madre. Lo siento. No se vaya, por favor. Voy a ser buena, ¿vale?

Mira las brasas. Por eso había tanta luz y por eso la leña les dura tan poco. Eso ya no es cosa suya. Maldito engendro.

—Los niños que duermen en la calle pasan más frío, desagradecida. Mal pájaro. ¡Dónde voy! A ningún sitio que te importe, vete a dormir o a hacer maldades con tu padre.

—Madre…

El demonio da un paso y parece mirar su vestido. Es el de margaritas. El engendro no parece sorprendido, seguro que no es la primera vez que lo ve, seguro que lo ha tocado cuando estaba en misa. No tenía que haberla dejado sola, nunca. Tenía que haberla matado. Como a las camadas de los gatos, en el río.

—Calla, demonio, mira las horas que son. Vete a dormir, he dicho.

Se acerca, pero Rosario da un paso atrás y vuelve a la esquina. Ahora María puede distinguirla incluso allí. Huele el orín de la niña. Da otro paso y ella se mueve, vuelca sin querer una silla de mimbre. María se acerca y la coge de la oreja pellizcándola.

—Que te calles, te digo —susurra.

—No, madre, por favor.

—Yo no soy tu madre, monstruo. Cállate ahora mismo.

Intenta bajar la voz y acerca mucho la boca a la oreja del demonio.

—No llores —le advierte—, te juro que te mato si lloras.

El labio de abajo de la niña empieza a temblar, María retuerce más la oreja porque ve que va a llorar y Rosario emite un gritito agudo. Ella le suelta la oreja, pero le tapa la boca. Ve sus guantes sobre la boca y la cara deforme y la empuja, asqueada. El monstruo cae junto a la lumbre. Empieza a llorar. Maldita bestia. Hay que callarla. Tiene que tocarla y taparle la boca, aunque le dé asco. Podrá comprar más guantes en Madrid, todos los que quiera. Le tapa la boca, pero ella comienza a patalear. Con una de sus manos sucias agarra el vestido y tira, suena un desgarrón. María aprieta más fuerte, tanto que se hace daño en los dedos. Rosario tira de la prenda y María nota cómo esta se rasga, siente el frío entrando por el cuello. No es justo, no es justo. María nota que va a empezar a llorar, pero se niega. Rosario es un animal que se revuelve, no va a poder con ella, va a gritar y se va a despertar todo el mundo, va a bajar su marido, va a bajar su padre, no va a poder irse. Hay que callarla, hay que callarla como sea. Ella se lo ha buscado, María es buena, el engendro la está obligando. Sin pensarlo más, la agarra del pelo y le hunde la cabeza en las brasas.

—¿No tenías frío, demonio? —susurra.

Rosario tose ceniza. Se escucha un siseo cuando la carne toca las brasas. El monstruo aún agarra el vestido y trata de tirar, intenta revolverse. María se está manchando de ceniza, pero tiene que acabar cuanto antes, aún no ha amanecido. Las toses se van espaciando. Las patadas del demonio pierden fuerza. Toda la sala huele a podrido, a cuadra y a entraña, a abono. Aprieta más, hasta que nota que los guantes se están quemando y el demonio no se mueve. El pelo de Rosario comienza a arder. Permanece unos segundos más así y se pone en pie. La mano pequeña y grasienta aún aprieta un jirón del vestido. Se quita los guantes y los echa a la lumbre. El pelo arde rápido y los guantes arden con él. El olor es insoportable. Se sacude la ceniza del vestido, se ata la tira que se ha roto al hombro y ensaya una sonrisa y una explicación moviendo los labios, pero sin hablar. El pelo ha prendido el saco con el que viste Rosario y la sala se ilumina como si fuese de día. El olor le produce náuseas. Levanta la toquilla, la sacude, se la echa a los hombros. Coge la maleta, el abrigo, y sale de la casa sonriendo.

Almudena

Mediodía

4 de julio

Es extraño cómo se recuerdan las cosas. Los detalles.

La primera vez que vi a Daría, el pesar que había decidido pegarse a mí, volvía de Sallón con Javi y casi tenemos un accidente. Aquel demonio se abalanzó sobre el coche en medio de una tormenta. Yo ya la había visto antes, claro, en un sueño aquella misma noche, pero en ese momento, con el susto en el cuerpo, no lo relacioné.

Pero ya me estoy adelantando, así nada más comenzar. Voy a intentar centrarme en lo importante de aquellos cuatro días hasta que se abrió la puerta, pero la memoria es traicionera. Hay imágenes que perduran mucho más que otras. Colores, sensaciones, palabras. De aquella comida con Javier en Sallón el 4 de julio no recuerdo mucho. El camarero gallego no estaba. El Pasmado pareció aliviado cuando lo comprobó. Como todos los que han sido gordos alguna vez, le cuesta mucho comer a gusto delante de gente con la que no tiene confianza. No me juzgues, parece decir cada vez que coge una patata frita. Tiene que ser horrible no quererse de la manera en la que no se quiere Javier. Lo llamo Pasmado porque en aquella época lo llamaba así, aunque quizá debería llamarlo Javier a partir de ahora. Cuando salimos del restaurante estaba de buen humor. Saúl no me había tocado las narices con los niños, ni con nada, y era mi primer día de vacaciones.

De hecho, que yo pasara aquella tarde en Sallón le había permitido poder quedarse con los niños y librarse del funeral de un familiar suyo, Gerardo Medina. Así que vacaciones para ambos. Aunque vacaciones significara, en mi caso, hacerse cargo de los niños durante todo el día. En ese verano, Sebas y Luis tenían doce y catorce años. Ya estaban lo suficientemente grandes como para que me dejaran en paz la mayor parte del tiempo, pero no tanto como para no tener que prepararles la comida ni pensar en la ropa que se iban a poner. Había algunas tardes de excesivo calor en las que se volvían insoportables. Era normal, en Curva el calor es seco y violento, como un calefactor. Yo solo pensaba en ir a la piscina y pasar el rato tumbada a la sombra releyendo *La vida de las abejas* por centésima vez. Pero no aquella primera tarde.

Aquel día era, para mí, casi mi único día de vacaciones. Javier pareció saberlo y, desde que dejé de molestarlo con el camarero, volvió a ser el mismo Javier que yo conocía. El que se reía por todo. A veces pienso que mi conexión con él se debe sobre todo a que no me cuenta de verdad lo que piensa. Los de la cuadrilla se ríen mucho con él, pero no lo conocen en absoluto. Si observabas a Javier durante un rato, por ejemplo, en los botellones o en la peña cuando había mucha gente y se ponía en un rincón, te dabas cuenta enseguida de que había dos Javieres, de que uno de ellos se activaba solo cuando era observado. Me volvía loca. Creer que era la única que me daba cuenta siempre me hizo sentirme responsable de él, como si fuera un pequeño gorrión con el ala rota dentro de una caja de zapatos. Es como el planteamiento filosófico que dice que no se puede observar nada sin alterarlo o el principio de incertidumbre de Heisenberg. A mí me gustaba pensar que el

Javier verdadero era aquel que mordía el borde de su copa, iluminado por las luces de colores de la peña, en una esquina, de pie, ajeno a la música. Y eso duraba solo un segundo. Alguien lo rozaba y entonces se activaba el otro Javier, sonreía, soltaba algún comentario ingenioso o sarcástico y volvía a bailar, hasta que ese alguien se olvidaba de él. ¿Qué habría estado pensando durante ese segundo?, ¿quién era ese Javier?

No recuerdo quién le puso el mote de Pasmado, pero sí recuerdo que fue en una clase en el colegio. Alguno de esos gallitos imbéciles con los que siempre pensé que me acabaría casando si me quedaba en Curva. Algún gilipollas. Pero Javier supo volver a su favor el mote, usarlo y convertirlo en un escudo. Eso se le daba de lujo, aunque no era consciente de que yo conocía sus tácticas. Conseguía desviar cualquier ataque, cualquier cosa negativa, como si fuera impermeable. Yo siempre he pensado que eso es porque todo lo que venga de fuera es, sencillamente, más suave que lo que piensa de sí mismo. Pero yo jamás le he hablado de eso, de la impermeabilidad ni de los dos Javieres. Decírselo provocaría su alejamiento, lo convertiría en un mago avergonzado al descubrir sus trucos.

Fue un profesor, lo recuerdo ahora, el que le dijo que estaba pasmado y no le estaba prestando atención. Seguro que era en Matemáticas. Él odiaba las matemáticas. Y los otros chicos, los otros buitres, aprovecharon ese momento de debilidad para intentar atacarlo solo porque Javier era diferente. Es muy complicado ser profesor. Hay veces que no puedes calcular las consecuencias de un comentario. De un comentario inocente, que intentaba, probablemente, ser gracioso e incluso cariñoso con el pobre Javier. Un comentario que podría haberle arruinado la vida a alguien un poco más débil. Pero no a Javier. Javier simplemente se deshizo de una de sus crisálidas y la convirtió en el Pasmado. ¿Qué esperáis de mí?, ¿que sea un pasmado?, lo seré. ¿Queréis que sea divertido?, otra capa. ¿Queréis que sea el marica mordaz?, lo seré. Pedid y se os dará.

Cada vez que me encontraba con su madre mientras Javier vivía en Madrid y hablábamos de él, me parecía que no nos referíamos a la misma persona. Quizá no lo hacíamos. A veces, cuando se quedaba en la esquina de la peña mordiendo el vaso de ron, cuando lo observabas mirar por una ventana, ahí estaba Javier. A veces no había nadie. O eso creía yo. Era como buscar una mosca que se ha colado en el cuarto por la noche, esa que, cuando la descubres y te acercas para matarla, desaparece. Un destello y ya no está, un pájaro entre las ramas que al volver a mirar se ha ido. Otra capa. Muchos Javieres, un pasmado.

Pero aquel día en Sallón era mío. Como un camaleón, se había convertido en aquello que yo desprendía y, aunque no me gustara esa capacidad de Javier para camuflarse, era exactamente lo que yo necesitaba. Y no me gustaba —ni me gusta— porque nunca puedo saber si Javier es real conmigo o solo ha aprendido a adaptarse a lo que yo espero de él.

Aunque quiero pensar que no, que a veces conmigo es real porque yo conozco a muchos otros Javieres, porque conmigo en ocasiones puede estar mucho tiempo en silencio, y eso está bien. ¿Hace esa capacidad de Javier un hombre complejo? No sabría decirlo. A veces me siento simple a su lado, incluso un poco juzgada por haberme quedado en Curva. Sobre todo, al principio, cuando dejé el doctorado. Cuando venía a mi casa y mientras charlábamos se dedicaba a repasar con la mirada —fingiendo interés— mis libros de entomología o la lámina enmarcada con gusanos y mariposas de María Sibylla Merian del salón. No sé, ya digo que puede que fueran cosas mías, él nunca me lo ha dicho. Claro que casi nunca dice nada en serio.

Aquella tarde nos fuimos al centro comercial y nos tomamos un café antes de empezar a comprar. Yo iba a Sallón de vez en cuando y la mayoría de las veces lo hacía sola. Como si buscara impregnarme un poco de contaminación —si es que el aire de Sallón puede considerarse contaminado—, de gente, de ruido. Por eso iba todo el verano a la piscina. Por eso siempre bajaba a Madrid en el puente de la Constitución. Saúl muchas veces se metía al cine con los niños y yo me iba a pasear sola por la Gran Vía dejando que la gente me empujara y me llevara en la dirección que quisiera. La corriente, lenta, las bolsas de regalos, las luces de Navidad, el ruido de los coches y de la gente, un ruido que no eran pasos, no eran conversaciones, no era música. Era todo eso y gente, el ruido vaporoso y denso, igual que el aire que sube de la chaqueta cuando te agachas.

Supongo que en Sallón buscaba un poco de eso, aunque no, desde luego, aquella tarde de verano en la que ya empezaba la desbandada rural. Aquel mismo fin de semana había varias fiestas patronales por la comarca, tal y como habíamos visto en el coche por el camino. Los árboles, los paneles de anuncios de los ayuntamientos y las plazas, los cubos de basura, cualquier superficie era válida para anunciar la fiesta. Una fiesta hecha para los de dentro, a los que les molesta que vaya gente de fuera, pero que necesita de su dinero. Por eso dejé de ir hace mucho tiempo a las verbenas. Por eso temo que a mis hijos les gusten demasiado.

Por aquella época me quedaba mirando a menudo a Sebas y a Luis mientras jugaban. Me preguntaba si no serían demasiado de pueblo. Demasiado curveros. Si había hecho bien quedándome.

¿Cómo se es demasiado curvero?, me preguntaba Saúl.

Yo qué sé, curvero, míralos.

¿Curveros como yo?

No empecemos.

Sí empezamos.

Y así hasta el aburrimiento. Hasta que los niños nos prestaban atención a nosotros en lugar de al juego.

Por eso tenía aquella cuenta yo sola en el banco a nombre de los niños. Por eso no le había dicho nada a Saúl. Los chicos tenían que irse del pueblo. Saúl y yo habíamos sobrevivido al destino aburrido, pero quién sabe si ellos lo harían. Al menos tenían que estudiar fuera, en Madrid si me llegaban los ahorros. Esperaba que Madrid fuera lo suficientemente excitante y atrayente como para que los chicos no regresaran a vivir a Curva.

Los chicos estarán bien, nosotros hemos estado bien, me decía Saúl.

Nosotros no somos todos.

Cuando Saúl no estaba, los observaba jugar hasta que la ansiedad me obligaba a levantarme del sofá y encender la televisión. O me marchaba a la cocina o al cuarto a repetir como si rezara: no seáis curveros, no seáis curveros, no seáis curveros. Y encima era algo que no podía contarle a Javier, porque sabía, y lo sabía muy bien, que lo primero que me echaría en cara sería que, si los niños salían curveros, sería por mi culpa, por haberme quedado. Muchas veces, como los dos nos conocíamos tan bien, no hacía falta que nos contáramos las cosas para darnos consejos.

Aquella tarde, me compré una blusa y unos pantalones cortos, pero Javier no quiso ni siquiera probarse unas bermudas. Y eso que había ido a por ellas.

Chico, qué pierdes probándotelas, le dije.

Todos llevan las mismas, no hay ropa para treintañeros; no puedo ir vestido como un chaval del instituto.

Ni como un anciano.

¿Dónde está la ropa para tíos de mi edad?

Y parte de razón tenía. Supongo que, para alguien que ha vivido en Malasaña, acabar comprando en un Zara donde la sección masculina es media pared supone un paso atrás. No sé. También puede ser autosaboteo. De eso Javier sabe bastante. A mí nadie me va a quitar de la cabeza que se volvió a Curva porque las cosas le iban demasiado bien. Y a Javier las cosas no podían irle demasiado bien. Ahora parece que sí, que ha conseguido poner el huevo por fin y hacer las paces consigo mismo. Pero me adelanto, el tiempo es raro una vez que ha pasado, se agolpa y se mezcla, y al Javier de aquella época, el que estuvo a punto de morir, me cuesta no compararlo con el de ahora, irlo poco a poco desgranando.

La tarde estaba tonta cuando salimos de las tiendas y enfilamos hacia el pueblo. El bochorno había caído sobre la región como una persiana y lo volvía todo plano y pegajoso. Ya olía a tormenta, aunque aún no se veían las nubes. Era la hora de las moscas, como decía mi abuelo. La hora en la que las moscas se vuelven insoportables, tontas, ofensivas. No son capaces de volar, borrachas de bochorno, y se quedan ancladas a la piel de las personas y sobre las mesas. Pegadas como con azúcar. La hora de la siesta en la que las moscas se te posan en los labios y te recorren la cara, despertándote del asco, del susto. Las moscas siempre me han producido mucha sensación de asco. Lo bueno de los insectos es que suponen más de dos tercios de los animales del planeta, por lo que no es necesario que me gusten todos. Mi abuelo hablaba mucho de insectos. Estaba obsesionado con las mariposas de Curva de Arla y yo lo acompañaba muchas mañanas a cazar mariposas a la fuente. Ya casi no hay mariposas en Curva. Ni en Curva ni en ningún sitio. Lamenté mucho que mi abuelo ya hubiera muerto cuando se descubrió una raza de ellas que solo habita en nuestro valle. Le hubiera hecho mucha ilusión. Recuerdo que, a pesar de que las atrapábamos con el cazamariposas, nunca las pinchábamos en ningún corcho. Solo las observábamos dentro de la red sin tocarlas. Después las liberábamos, aunque muchas de ellas ya habían muerto para entonces. Mi abuelo era un poco inocente para esas cosas. En aquel momento me parecía muy compasivo, pero ahora lo encuentro sobre todo absurdo. Quizá hubiera sido menos cruel clavarlas directamente en el corcho. Cuando eres niño no observas la crueldad con los mismos ojos que cuando eres adulto. Las cosas se te presentan de un modo y no concibes que la vida pueda ser de otro. Solo los niños destripan saltamontes arrancándoles las patas, al igual que hacen con las alas de las moscas; solo los chavales aplastan escuerzos y sapos, les cortan el rabo a las lagartijas. Entiendo que haya niños soldado. No hay nada más cruel que un niño con poder de verdad. Y eso lo saben todos los abusones de colegio.

Javier aprendió enseguida a mantenerse en un perfil bajo, en un segundo plano, pero ese Javier discreto no era el mismo que yo conocí al principio, cuando nadie le había llamado maricón aún. El Javier que a veces se le escapaba cuando bebía, mucho más amanerado, más cercano al Javier silencioso que mordía el vaso de ron en las esquinas de las fiestas. ¿Cómo hubiera sido ese Javier si nadie le hubiera señalado lo que era cuando quizá ni él mismo lo sabía? De nuevo el observador modificando lo observado. Supongo que es absurdo preguntarse esas cosas. No me gusta pensar en el pasado. Ahora quizá un poco más, pero en aquella época no lo hacía nunca. No es algo que se pueda cambiar y no me gustaba nada perder el tiempo.

Javier fue callado en el camino de vuelta, pensando, quizá —quizá no, seguro—, en las bermudas que no se había comprado. Yo sabía que volvería a por ellas otro día y no quedarían tallas y ya sería feliz durante todo el verano. San Pasmado Mártir de las Bermudas. Comenzó a llover y al principio dejamos las ventanas bajadas. Las gotas eran gordas, frías. En ese momento no se llevaban el calor, solo hacían que saliera vapor del asfalto. Era divertido porque delante de nosotros, en la carretera, aún brillaba el sol. Como decía antes, es curioso cómo se recuerdan algunos detalles. Llovía, yo tenía las gafas de sol puestas y la ventanilla bajada. Olía a la vez a polvo y a humedad, como a setas. Apagué la radio para escuchar la lluvia caer en el capó. Cuando la tormenta se volvió más intensa, subimos las ventanillas. Los dos sonreíamos y lo pasábamos bien en silencio.

Feliz primer día de vacaciones. Volvimos a reír.

No recuerdo cuándo vi al pesar, a Daría —aunque en ese momento no sabía su nombre—, pero al principio me pareció solo una ilusión provocada por la cortina de agua, como esos troncos que vistos de lejos parecen una persona. La vi y ya no estaba y, al volver a mirar de nuevo, sí estaba. Bajaba por un terraplén corriendo y llevaba una gallina muerta en una mano y un cuchillo en la otra. Reduje la velocidad y Javier me miró confundido. La imagen era extraña: la chica no daba señas de haberme visto, llevaba un pañuelo que le cubría la cabeza y se encaminaba directamente hacia el arcén. Saltó al asfalto y tuve el tiempo justo de dar un volantazo y frenar. Nos salimos un poco de la calzada y las dos ruedas izquierdas se deslizaron por el terraplén. El motor se apagó, lo cual intensificó el sonido de la lluvia y los latidos de mi corazón. Javier se asustó y me cogió de un brazo.

¿Qué ha pasado?, me preguntó.

Esa loca, que casi se tira al coche.

Pero antes de acabar la frase ya me había dado cuenta de que la chica no estaba y de que yo la había visto en otro sitio. Me recompuse y saqué el coche de nuevo a la calzada.

Me ha parecido ver a una chica, le dije.

¿Qué chica?

Da igual, no es nada, será la lluvia.

Joder, Mude, qué susto.

Hicimos el resto del camino en silencio. No volvimos a hablar hasta que no llegamos al pueblo. Tuvimos que dejar el coche lejos de casa por culpa del entierro de Gerardo, del que me había olvidado por completo. No me gustan los entierros, cosa extraña en Curva, y encuentro de mal gusto toda la parafernalia que se monta en torno a ellos. Por fortuna, en aquella ocasión, nos libramos de ver la llegada de la comitiva y de gran parte del *dies irae*, que siempre me pone los pelos de punta.

Calados y aburridos, me puse a darle la chapa a Javier sobre el escarabajo de la patata y cómo algunas culturas pensaban que podía predecir el futuro por los dibujos de su lomo. Él empezó a decir que con aquello podría escribirse un buen relato y yo le dejé seguir —aunque hacía años que no leía nada suyo— porque al menos escuchar sus fantasías hacía que me olvidara de aquella mujer.

Aquella mujer era Daría Ramos, llevaba muerta casi cien años, y yo había soñado la noche anterior que su padre me acuchillaba una y otra vez en un corral bajo la nieve.

Carlos

El cementerio

4 de julio

Tu padre no te dejó conducir al día siguiente. Llevó él mismo el coche hasta el cementerio porque aún estaba enfadado por lo de la piedra y seguía pensando que te habías chocado contra la torre del castillo. No te lo dijo con palabras, pero era evidente que lo creía por cómo te hablaba, por las repeticiones del «seguro» y el «claro» que respondían a todas tus frases. Estabas mejor antes, en el funeral, que en aquel coche dirección al cementerio. El funeral te había venido bien, pues nadie había comentado una palabra del accidente, aunque tú seguías pensando que todos lo sabían y que cuchicheaban sobre ello cuando pasabais con el puto ataúd y os calabais hasta los huesos. La voz que te hablaba en la cabeza con la voz de tu padre no paraba de repetírtelo.

Habías disfrutado un poco viendo cómo sudaba y sufría tu padre por fingir que podía con el ataúd sin ningún problema. Pero eso había sido antes, apenas una hora antes. En ese momento, estabais parados en el semáforo sin fin que había a la salida del pueblo. Jamás le habías visto utilidad a aquel semáforo. Por allí solo pasaban coches que iban o volvían del cementerio. Estabas sentado en el asiento del copiloto, lo cual ya era algo, tu padre no se había atrevido a relegarte al asiento trasero con las mujeres; no habías matado a nadie. Pilar y tu madre iban detrás, también en silencio. Habías cruzado un par de miradas con Pilar por el retrovisor y sabías que estaba aburrida y enfadada, pero que nunca iba a decirlo delante de tu padre. Te tocaría comerte el marrón después, a ti solo. Sabías lo que te iba a decir, pero te daba igual. Ella era tu novia y Gerardo había sido un miembro de la familia. Uno que te la sudaba, cierto, pero Medina al fin y al cabo. Ella tenía que estar en el entierro y punto. La lluvia seguía cayendo con fuerza y, a pesar del calor en el coche, estabas congelado. El río parecía estar hirviendo con todas aquellas gotas. De pequeño te gustaba pensarlo. De pequeño te gustaba mucho jugar bajo la lluvia, correr hasta el río, ver cómo hervía. Qué pérdida de tiempo, qué de horas desperdiciadas.

    Tu padre aparcó y entrasteis en el pequeño cementerio. Pensaste en aquel momento —sin soltar la mano de la Pilar, mientras te esforzabas por caminar por las baldosas que había esparcidas entre las tumbas— que los cementerios eran algo antiguo que bien se podría eliminar. Todo ese espacio para guardar muertos, una valla alrededor de gente pudriéndose. A todos los deberían quemar. Era más higiénico y ocupaba menos espacio. Seguro que en aquel cementerio había mucha gente que nadie recordaba y a la que nadie había ido nunca a llevar flores. Te paraste frente a la tumba recién abierta. Poca gente os había seguido desde la iglesia. La familia más cercana, únicamente. No seríais más de diez. Eso era bastante. Poca gente en la despedida final, pero mucha viendo cómo cargabas el ataúd. La ceremonia fue silenciosa. Pilar resoplaba bajo el paraguas. Te había soltado la mano y miraba distraída las tapias del cementerio y las otras lápidas. Leía, supusiste, las inscripciones y los nombres, quizá buscando algún conocido. Tus padres permanecían a vuestro lado, bien erguidos, casi queriendo desafiar a la lluvia. El pelo de tu padre se le pegaba a la frente y lo hacía parecer un perrillo asustado. Esperabas no dar la misma impresión, aunque quizá para ello deberías haber sido menos cabezón y haberte puesto bajo el paraguas, como te había pedido Pilar al salir del coche.

En cuanto pudiste, fuiste al aparcamiento a esperar a que tus padres saludaran a todo el mundo; al menos allí había unos pequeños tejados de uralita. Tu padre tenía las llaves —no te las hubiera dado por todo el oro del mundo después de lo de la piedra—, así que os apoyasteis en las puertas mientras Pilar cerraba el paraguas y se sacudía un poco la melena castaña. No estaba especialmente guapa aquella tarde, pero a ti te encantaba. Llevaba una sudadera negra y unos vaqueros. Tenía la cara ovalada, con el mentón muy poco marcado. Los pómulos se le redondeaban al sonreír, aunque aquella vez solo suspiró al dejarse caer sobre el coche. Era un año más pequeña que tú y, aunque había empezado a estudiar Magisterio en Sallón, lo había abandonado a los dos años para trabajar en la tienda de costura de su madre. Intentaste agarrarle la mano, pero la apartó.

—¿Qué te pasa, tú?
—Tengamos la fiesta en paz, Charly.

No te miraba. Tenía los brazos cruzados bajo el pecho. Te acercaste más a ella.

—Venga, no seas así. Mi padre quería que vinieras.

Puso los ojos en blanco.

—¿Qué?, ¿es por lo del coche? —le dijiste.
—Que nada, joder, que no voy a decirte algo para que te encabrones, que te conozco, y luego tu padre enseguida pregunta y no me da la gana. Ya hablaremos. —Hizo una pausa y suavizó un poco el tono—. Debiste de pasar muy mala tarde ayer tú también con lo del susto del coche. He

venido y punto, no me pidas que encima esté feliz. Es un entierro, ¿no?

En el fondo, algo de razón tenía. Si fueras cualquier otra persona, la locura del coche y la tormenta hubieran sido razones suficientes como para quedarse en casa haciendo unas pesas o echando unos fifas. Aquel viejo era un familiar lejano de tu padre, después de todo.

Daba igual, por muy lógica que fuera; mientras estuviera enfadada, no ibas a darle la razón. Había una voz en tu cabeza que te decía que las obligaciones son las obligaciones. La misma voz que te decía que había que hacer ejercicio y que había que comer sano. Como si en realidad no fueras tú mismo el que quisiera que hicieras las cosas. La nieta del muerto pasó delante de vosotros en ese momento con el paraguas. Os miró y levantó la mano a modo de saludo sonriendo levemente.

—¿Venís a casa ahora? Tu padre ha dicho que sí.

Lo que te faltaba. Pilar bajó la cabeza y miró al suelo.

—No tengo ni idea, creo que Pilar tenía algo que hacer. Yo, quizá.

—Bueno, allí estaré. Gracias por venir, Pilar.

—De nada. Para eso estamos. —Y sonrió, aunque borró la sonrisa en cuanto tu prima se hubo marchado para buscar el coche.

Os quedasteis en silencio hasta que se escuchó, entre los golpes que hacía la lluvia en el techo, cómo se abría y se cerraba la puerta del coche de tu prima.

—No pienso ir a…

—Calla, mujer, calla. Nadie te va a llevar.

Pilar te miró de reojo. Tú tampoco querías ir a casa de tus primos. Para ti, que eras un Medina de los de pura cepa, aquella muestra de amor familiar bajo la lluvia había sido suficiente. Habría que ver si tu padre pensaría lo mismo.

—Vale. Es que no me gustan los entierros. Me ponen muy nerviosa.

Te encogiste de hombros.

—Hay que venir. Y ya está. ¿Te apetece cenar en casa esta noche? Podemos ver una película.

Os volvisteis a quedar en silencio unos segundos.

—A cenar, vale. Después me voy, que mañana abro.

Asentiste.

—Cuando vengan mis padres, te llevamos a por tu coche y vamos a mi casa.

—Pero ya te aviso que me tiene que venir la regla y no estoy de humor para nada, que después dices que si pongo excusas. Voy a cenar.

Respiraste hondo para no contestar. Bueno, no follar aquella noche no era lo peor que te podía pasar. Ya llevabas algunas semanas poniendo en práctica los consejos que habías leído por internet. La miraste de reojo. ¿Lo estaba fingiendo porque se había dado cuenta de los condones pinchados? No, lo dudabas mucho. Ella nunca se había interesado ni en ponértelos ni en quitártelos. Tendrías que probar más cosas aparte de esa. Si finalmente tenía la regla, no habías sido muy eficaz.

—Ven, anda, que parece que piensas que solo quiero follar contigo.

Le pasaste el brazo por encima del hombro y la atrajiste hacia ti. Se dejó hacer y le besaste la cabeza. La web que habías encontrado era un foro en el que algunas mujeres daban consejos a otras para tratar de quedarse embarazadas sin que el hombre se diera cuenta. Una pena que Pilar no fuera una de ellas. Aunque entonces no te gustaría, la verdad.

Tus padres aparecieron caminando al poco tiempo. Se habían quedado, como siempre, los últimos. Tu padre llevaba la chaqueta del traje empapada. Se la quitó y se metió en el coche sin hablarte. A pesar de eso, no puso pegas cuando dijiste que querías quedarte con Pilar. Al despedirse, te dijo que te llamaría al día siguiente para hablar del coche y tú cerraste la puerta sin contestarle y te quedaste viendo cómo se marchaba. El faro rojo del freno se desdibujaba con las gotas que se te colaban por las pestañas. Pilar te pitó desde su coche y te diste la vuelta sin prisa.

Te cambiaste de ropa mientras Pilar ponía algo de arroz a cocer. Ella nunca cuestionaba tus menús. Eso también te gustaba. Ella estaba en forma. No te gustaban las mujeres duras ni las mujeres flácidas. La Pilar era perfecta. Y encima perfecta al natural. Eso quería para Carlos Junior.

La cena fue agradable y charlasteis de trivialidades. Incluso te viste tentado de contarle la pesadilla extraña que habías tenido durante la siesta del día anterior, pero no querías decirle que te habías dormido. Y menos que te habías asustado. Ni siquiera tú tenías muy claro lo que había sucedido. Tu padre, cuando llegó al castillo, se había quedado mirando el coche sin entender nada. Tú tampoco habías sabido qué contestarle y él había sacado sus propias conclusiones. Pilar, quizá porque pensaba que seguías algo asustado, cosa que te jodía, no había sacado el tema. No sabías si preferías que se pensara que eras una nenaza o que estabas loco.

Te angustiaba un poco pensar en volver a irte a la cama y tener otra pesadilla parecida. Aunque la noche anterior eso no había sucedido. Claro que era verdad que habías dormido con ella y quizá eso te había tranquilizado.

La tormenta ya casi había pasado y teníais las ventanas abiertas para escuchar cómo caían las últimas gotas y dejar que entrara la brisa y el olor a tierra mojada. Pilar se desperezó en el sofá.

—Será mejor que me vaya, mañana vienen pedidos de telas y mi madre tiene cita en el médico.

Te pusiste en pie y recogiste los platos. Le diste un beso.

—Como quieras.

Ella se levantó y cogió los vasos. Fuisteis a la cocina.

—Si quieres, te acompaño.

—Acompañarme ¿adónde? —te preguntó.
—Pues a tu casa, boba, adónde va a ser.
—Pero si no tienes coche, Charly —se rio—. Hemos venido en el mío, ¿o es que ya no te acuerdas?

Resoplaste mientras le quitabas los vasos de la mano para dejarlos en el fregadero.

—Ya, ya. Acompañarte en tu coche, digo.
—Uf, quita, quita. Yo mañana lo necesito. ¿Querías quedártelo tú o qué?

Se apoyó en la encimera y te miró algo confundida mientras empezabas a fregar.

—No, no, mañana pasan a por mí.
—Pero, entonces, ¿cómo quieres volverte a casa?
—Pues, andando, hija, andando.

Ella te miró extrañada. Dejaste los vasos enjabonados en la otra pila y cogiste los platos.

—Pero qué dices, Charly. No hace falta, anda, para qué vas a darte semejante paseo.
—Chica, no sé, luego dices que no quiero pasar tiempo contigo. Si quiero follar, porque soy un salido; si quiero pasear, porque soy idiota.
—Yo no he dicho que seas idiota.
—Bueno...

Aclaraste los platos y los vasos y te diste cuenta de que te habías dejado los tenedores, así que volviste a coger el estropajo.

—Pero ¿se puede saber qué te pasa?
—Nada, mujer, nada. Hala, vete a tu casa corriendo.

Se separó de la encimera y puso las manos en las caderas.

—Pero si no me voy corriendo. Es que ha llovido y hay veinte minutos andando y es de noche y tengo coche. Es que es absurdo, Charly, de verdad. Pareces un niño.
—Pues no soy un niño, joder.

Acabaste de fregar los tenedores apretando el estropajo tan fuerte que una de las puntas se quedó clavada y lo rasgó un poco. Los aclaraste en silencio y los dejaste en el escurridor. Apagaste el agua y cogiste el trapo de mala hostia.

—Bueno, cariño, en serio, no te enfades. Ha sido un día muy largo.

Te abrazó y te dejaste abrazar. Notaste cómo te ablandabas poco a poco. No fue un abrazo rápido: se quedó allí hasta que subiste tus manos, la del trapo y la otra, y correspondiste al abrazo.

—Tienes razón. Me he encabezonado.

Se separó y sonrió.

—Mi cabezón. Te quiero.

—Yo también te quiero. Lo siento.

—Bueno, chico, ya ves tú, que todo sea que quieras acompañarme a sitios.

Te dio un beso y fue al salón, a por las llaves del coche, imaginaste. Saliste al porche a despedirla y te quedaste un rato mirando, como habías hecho con el coche de tus padres, cómo las luces desaparecían en la curva de la gasolinera. Cuando dejó de escucharse el ruido de las ruedas y el motor, volvieron los grillos y agradeciste vivir un poco alejado del pueblo. A un lado de tu casa ya empezaban los terrenos de una granja y al otro había un chalet que solo habitaban unos curveros veraneantes durante agosto. Respiraste el aire cargado de humedad.

Ibas a meterte dentro cuando escuchaste unos pasos en el camino que iba a la granja. Una mujer vestida como tu bisabuela entró en la zona iluminada por la farola y se te quedó mirando. Llevaba un pañuelo negro en la cabeza que le tapaba el pelo. Fuiste incapaz de adivinar su edad. Te tranquilizó ver que era una señora, pero el hecho de que se parara y se te quedara mirando te hizo recordar la pesadilla.

—Buenas noches, ¿necesita algo? —Hablaste más alto de lo normal para comprobar que aún dominabas tus acciones, que no estabas soñando.

Miraste en la otra dirección de la carretera, pero solo se veían unas cuantas farolas que dejaban cercos de oscuridad entre ellas y, al fondo, las luces de la gasolinera. Volviste a mirar a la mujer, que no se había movido.

—La verdad es que sí, Carlos. Aunque no soy yo exactamente quien lo necesita.

Su voz era suave y el volumen bajo, tanto que no supiste si habías entendido bien.

—Perdone, ¿nos conocemos?

—No, aunque yo sé quién eres.

—Ah, ¿sí?

La puerta detrás de ti permanecía abierta. Rezaste pidiendo que no fuera una loca.

—Sí. No te voy a pedir entrar, no quiero asustarte. Solo quiero decirte una cosa, tengo más gente a la que visitar hoy y se acaba ya el segundo día.

No contestaste. La mujer estaba tranquila, tenía las manos dentro de los bolsillos del mandil, que era de color gris oscuro. A veces parecía una vieja, pero a veces solo una treintañera disfrazada. Necesitabas acercarte más para ver cómo era en realidad, pero no ibas a hacerlo.

—Escucha, Carlos. Debes acudir a la reunión esta misma noche a las doce en la huerta. Una de las que hay cerca del río. La encontrarás sin problema, te lo aseguro.

—No pienso ir a ningún lado.

Ella se encogió de hombros.

—Los Medina siempre seréis unos testarudos. Ahora no puedo hacer más por convencerte, pero te necesitamos. Todos debéis estar allí.

Se giró y volvió a meterse en la zona de sombra que no iluminaba la farola. Te quedaste allí plantado durante más de diez minutos sin quitar ojo a aquella oscuridad. Después entraste, cerraste la puerta y echaste la llave. Pensaste en tu padre, en tu abuelo. Todos en el pueblo sabían quién eras.

Fuiste a la cocina y te pusiste a secar los vasos del escurridor con el trapo. ¿Y si era una broma? Los guardaste en el armario. ¿Y si no lo era? Miraste la hora. Resoplaste. Volviste a la entrada, cogiste el cortaviento de ir a correr y saliste de casa.

Almudena

Anochecer

4 de julio

No me quedé en el pueblo por Saúl, creo que es importante que aclare eso.

Estaría mal dicho, en realidad, decir que me quedé. Se trata más de volver. No volví a Curva por Saúl. Él nunca me lo pidió, aunque yo sabía que no era feliz en Zaragoza. Ninguno de los dos éramos felices en Zaragoza, en eso no voy a ponerme medallas. Tampoco volví por mis padres. Papá aún estaba vivo cuando nos casamos, y ya vivíamos en Curva desde hacía unos años cuando murió. Nunca me sentí presionada para casarme, tampoco. A la familia de Saúl le urgía mucho que nos casáramos antes de que me quedara embarazada, pero mi madre, la pobre, jamás dijo ni mu. Ni siquiera Saúl, todo hay que decirlo. Casarnos fue un paso natural, al igual que lo fue el tener hijos. Ninguna de las dos cosas fue demasiado premeditada. No sé muy bien por qué insisto tanto con esto, pero quiero dejar claro que fui yo la que decidió regresar al pueblo. Y volví. Saúl se negó al principio:

¿Y tu doctorado?, me decía.

Allí lo acabaré mejor.

Allí te olvidarás.

Qué sabrás tú si me olvidaré o no.

Y me olvidé, aunque yo ya lo sabía. Solo quería hacer el doctorado en honor a mi abuelo, para hablar de mariposas, para sentir que aún estaba conmigo a pesar de que se había muerto unos años antes de que yo acabara la carrera. El caso es que una semana dejé de trabajar en el doctorado un día, otra semana solo lo hice dos y a los tres meses ya llamaba a Javier para pedirle ayuda con las oposiciones a profesora. Y era feliz. Saúl me miraba de reojo cuando estudiaba y a veces le pillaba observándome en silencio mientras cocinaba o conducía. Nunca me lo ha dicho, pero yo sé que se preguntaba si era feliz. Mucho. Era muy feliz, lo prometo, pero no hubiera soportado que me lo preguntara. Es una de esas cosas que sientes que se va a llevar de golpe el muro que has levantado. Como si esa pregunta inocente, ¿eres feliz?, fuera el soplido del lobo. Y yo no quería saber si la vida que me había construido, o me estaba construyendo, era de paja, de madera o de ladrillo.

Las cosas fueron bien, quizá esté dando la imagen equivocada; funcionaron. Funcionan. Esta no es la historia de cómo me di cuenta de que era infeliz en mi matrimonio y me divorcié. No. Seguimos felizmente casados. Quizá por eso esté siendo tan pesada con esto. Es una cosa mía. Yo decidí volver a Curva de Arla, cambiar las mariposas por moscas, quizá porque no tenía otra alternativa.

Sin embargo, cuando Javier volvió, me entró mucha rabia. Como si yo ya me hubiera sacrificado por los dos, como si él pudiera ser feliz lejos de aquí y yo no. ¿Para qué había vuelto, solo para hacerse el mártir?, ¿para ayudarme a llevar la cruz?, ¿para soplar delante de mi casa de paja?

Durante aquellos cuatro días de verano con Javier fui muy estúpida. La noche que Bernarda contactó con nosotros, el mismo día de la comida en Sallón y del entierro, yo había estado cenando con mi familia. Sebas y Luis comían una hamburguesa mientras Saúl y yo tomábamos un poco de gazpacho que había preparado él al volver de la piscina. Temprano por culpa de la lluvia. Estábamos contentos. Luis tenía la cara llena de tomate frito y se reía de algo que le decía su hermano. Hubiera pagado lo que fuera por que permanecieran así, unidos, felices, confiados el uno en el otro. Saúl a veces les decía que no era educado decirse cosas al oído delante de otra gente, pero en aquella ocasión no lo hizo, quizá disfrutando de esa calma que rara vez teníamos en casa. En todas las casas en las que hay niños pequeños pasa lo mismo. Sobre todo, cuando son preadolescentes. Siempre hay ruidos, gritos... Un poco de susurros a ninguno nos venía mal. Por favor, tened muchos secretos, sed el uno del otro, quería decirles. Yo estaba de espaldas a la ventana, me acuerdo perfectamente, porque notaba la brisa y el olor a tierra mojada que se colaba por ella. Escuchaba de fondo a los adolescentes que jugaban al fútbol en el portal. Sebas se reía de algo que ahora le decía Luis y se limpiaba el tomate que este le había dejado en la oreja. Cuando Luis se dio cuenta, los dos estallaron en una carcajada. Sonreí y miré a Saúl con cariño, haciéndole partícipe de mi felicidad, compartiéndola con él, como si hubiera sido cosa nuestra que los niños fueran así. Había olvidado por completo a Daría y el susto que me había dado en el coche.

Me gustaba mucho que se llevaran bien los niños, aún me gusta. Yo nunca he tenido apenas relación con mi hermano, a pesar de llevarnos solo un año y pocos meses; a veces creo que he buscado en Javier el apoyo que él nunca ha sabido darme, o quizá el que nunca le he dado yo a él. Vete tú a saber, nunca he tenido tiempo para psicologías. Me encantaba ver jugar a Sebas y a Luis y, sobre todo, decirse las verdades, me encantaba que rieran, pero también que se gritaran, que se griten. Nadie nunca te va a decir lo que tu hermano se va a atrever a decirte. Y eso está bien. Aquella noche me dieron ganas de cogerlos de las manos y decirles que todo pasa, que todo se va, menos los hermanos. Que los amigos y las parejas dan igual. Los hermanos, siempre. No lo hice, claro, no quería asustar a nadie. Además, qué iba a saber yo, si prácticamente no tenía hermano.

Mañana pasáis el día con la abuela, que yo quiero limpiar y recoger la casa y papá tiene que trabajar, les dije al acabar la cena.

Yo quiero ir a la piscina.

Pues mañana no se puede.

Pero si el primo es el socorrista, ¿no podemos ir solos?, preguntó Sebas a su padre, buscando, quizá, un enfrentamiento entre nosotros.

No, y punto, no repliquéis a vuestra madre, la abuela quiere pasar también tiempo con vosotros, es un día nada más, vais a hartaros de piscina.

Para mi sorpresa, fue Sebas el que aceptó y no volvió a insistir, a pesar de que estaba en esa edad rara en la que podía perfectamente querer estar solo con sus amigos. Le gustaba estar con mi madre, pero, hasta hacía un año, también le había gustado estar conmigo. Aquel había sido el primero en el que lo había tenido como alumno y sabía que no había sido un buen año para él, aunque quizá no tuviera yo la culpa. Apenas cocinaba postres ya conmigo y tenía miedo de pedírselo por si lo hacía solo por obligación.

¿Podemos ir a ver la tele?, nos preguntaron.

Recoged los platos antes.

Vale.

Límpiate la boca, anda, que pareces cualquier cosa.

Nos quedamos solos en silencio un rato. Saúl había llevado la mayoría de la conversación aquella noche. Yo no sabía si contarle lo de la mujer que se me había aparecido en el coche o no. Aún no había relacionado a la mujer de la calzada con la del sueño y tenía una mala sensación general que no conseguía explicarme. Saúl se levantó.

¿Estás bien?, me preguntó.

Sí, estoy muy cansada, nada más.

Ya he visto la ropa, muy bonita.

¿Te gusta?

No puedo decir que no pensara que era un regalo para mí al verla sobre la cama, pero la blusa no es mi estilo, te quedará a ti mejor.

Me reí, con ganas, y se me relajó un poco el cuello. Saúl me hace siempre sonreír y eso es algo que vale más que cualquier otra cosa.

Podíamos dejar a los niños con tu madre el sábado, avisamos a Javier, te pones la blusa y nos vamos por ahí, me dijo.

¿No quieres ir conmigo solo, necesitas a Javier?

Mantenemos una relación y te usamos como tapadera, pero si insistes podemos ir solos o, si Javier es el problema, ponerlo en el grupo de la cuadrilla.

Me levanté a dejar los tazones en el fregadero, ya los metería en el lavavajillas antes de acostarme, estaba de vacaciones.

Cualquier día me dicen que estáis juntos y me lo creo, bromeé.

¿Qué tal está Javier?

Bien, como siempre, se va a encerrar a escribir este verano.

¿La gran novela?

La gran novela.

Miré por la ventana a ver si conocía a alguno de los chavales que hablaban y fumaban bajo la farola; la profesora nunca descansa. Desde el salón nos llegaron los gritos de los niños, que se peleaban por el mando a distancia. Luis llamaba a su padre. Saúl suspiró y negó con la cabeza.

Todo el día así; si tengo que ir, se acaba la tele, gritó.

Los ruidos continuaron y Saúl salió de la cocina. Volví a mirar por la ventana buscando la luz del piso de Javier. Nuestras cocinas eran gemelas, como nuestros edificios, y compartíamos las vistas de las ventanas del otro. La luz era lo único que podía distinguirse desde nuestras casas. Conté arriba y a la izquierda y lo encontré. Había varias luces de su piso encendidas. Saúl volvió con el mando a distancia y lo dejó sobre la mesa de la cocina mientras acababa de recogerla. Me dio un beso cuando se inclinó a mi lado para guardar los manteles individuales en el cajón y se asomó a la ventana a mi lado.

¿Te da cosa que esté solo?, preguntó.

Me encogí de hombros.

Con el Pasmado uno nunca sabe si quiere estar solo o no.

Asintió.

A saber por qué escogió un piso enfrente del mío, apenas me ofrecía hacer planes y se pasaba las tardes y las noches encerrado con las luces encendidas.

¿Qué vamos a hacer con el coche?, me preguntó.

Saúl llevaba un tiempo queriendo comprarse un coche nuevo e insistía en que fuera uno de gama alta, ni siquiera recuerdo el modelo, alguna tontería de cuarentón, o quizá un megatodoterreno. La cosa es que era muy caro.

Ya sabes el dinero que hay en la cuenta, le dije.

Pero quizá pudiéramos pedir otro préstamo.

Cerré los ojos. Por aquel entonces, desviaba todos los meses dinero de mi sueldo a otra cuenta a nombre de los niños. Para la universidad, para que no se quedaran en Curva de Arla. No se lo había dicho a Saúl ni tenía intención de hacerlo, al menos hasta que se le pasara la tontería del coche. Tampoco había una razón verdadera para ocultarle lo que hacía, pero intuía, sabía, que no era buena idea decirlo. Y, una vez que había comenzado, aquella mentira ya era imparable. En algún momento tendría que decírselo antes de que los chicos fueran a la universidad —a Sebas apenas le quedaban cuatro años—, pero aquella mentira fue como adentrarse en un bosque, ya era mejor seguir adelante que tratar de regresar. Lo miré:

Saúl, tiene que ser otro coche, lo sabes; no me obligues a ser yo la mala.

Él suspiró.
La mala no, pero lo dices como si fuera un capricho.
¿Y no lo es?
Necesitamos el coche.
¿Ese coche?
Los niños volvían a pelearse.
Nunca me compro nada para mí, me dijo, entristecido.
Me deshice el moño que llevaba. Aquello era cierto. Saúl nunca se quejaba, nunca se compraba nada. Iba a la carpintería, volvía, bebía alguna cerveza, veía el partido los fines de semana, me llevaba a cenar. Solo tenía una Play Station y se la había regalado yo. Volví a hacerme el moño.
Lo sé, Saúl.
Me abrazó.
No hay dinero, lo sé, me dijo finalmente.
Le devolví el abrazo y me sentí la persona más miserable de la Tierra. Me acordé de la mujer bajando el terraplén con la gallina muerta en la mano. Yo era la gallina.
¿Me acompañarás a ver algún coche que entre en el presupuesto?
Claro que sí, bobo; iré donde quieras.
Tú tampoco te das caprichos, perdona por lo de antes.
Sonreí y lo besé.
¿Vas a ver qué les pasa ahora a los leones?
Asintió, me dio un beso y se volvió a marchar de la cocina. Suspiré y busqué de nuevo el piso de Javi por instinto. Era un lugar seguro al que mirar. Desde que había regresado, había cogido aquella costumbre. Por las noches, entre semana, me gustaba irme a la cama antes de que apagara aquella luz. Como si velara por mí. Quizá él nunca miraba a mi ventana, aunque estaba casi segura de que sí que lo hacía. Las lámparas de su piso, de pronto, se apagaron. Miré la hora en el reloj. Era muy pronto aún para dormirse. Vi cómo se encendían las luces de su escalera. Sonreí. ¿Tendría una cita? No se me ocurrió que

fuera a ver a su madre o que hubiera quedado con su hermano o, siquiera, que fuera a venir a verme. No sé por qué, la cabeza es caprichosa, quizá fueran las ganas de que Javier estuviera a gusto con alguien. El caso es que sonreí y esperé para verlo aparecer en el portal. Se quedó un rato quieto allí. Era inconfundible porque llevaba su chaqueta de chándal plateada. Miró hacia los lados de la calle y después se fue hacia la parte trasera de su edificio. Detrás de su bloque no hay nada, solo el río.

¿Qué pasa?

Saúl había vuelto.

Nada, nada, es que me había parecido ver a Javier.

Habrá ido donde su madre.

Me encogí de hombros. En aquella dirección no había nada, solo bosque y huertas. Saúl se marchó de nuevo al salón. Cerré la ventana, pero me quedé mirando la esquina por la que había desaparecido Javier.

Bajo a tirar la basura, no tardo, dije asomando la cabeza en el salón.

Cogí una rebeca gris y me hice bien el moño. Fuera no hacía tanto frío como a mí me parecía. Tiré la basura y miré la ventana de mi cocina, la luz seguía apagada. Me sentía como si estuviera acudiendo a una cita clandestina con un amante. Por alguna razón, solo podía pensar en que Saúl no me viera.

Me acerqué a la esquina por la que lo había visto irse y me asomé. Justo en el borde del camino, entre dos árboles, había una mujer envuelta en sombras y vestida con ropas negras. Me sobresalté, aunque después me entró la risa floja.

Perdón, le dije, por si la había asustado.

No te disculpes, te estaba esperando, Almudena.

¿Cómo?

Me acerqué un poco, para ver si la reconocía, mientras me cruzaba la rebeca sobre el pecho.

Necesito que vengáis los seis.

¿La conozco?

No, aún no, soy Bernarda, ya me conocerás.

Miré alrededor por si Javier me estaba gastando una broma, le gustaban mucho aquel tipo de estupideces y podía haberse compinchado con Saúl. No conocía a ninguna Bernarda.

Javier está esperando en el huerto y el otro Castro también, me dijo.

¿Qué Castro?

Prudencio, tu primo, el cura.

Aquello sí que acabó por descolocarme. ¿Qué pintaba mi primo Prudencio con Javier? La mujer alzó una mano abierta, con la palma hacia arriba, invitadora; tenía la piel muy blanca. Dio un paso y salió de entre las sombras, sus ojos eran oscuros y llevaba el pelo recogido en un pañuelo negro. Tenía la nariz pequeña y los labios finos, aunque llenos de arrugas.

Anoche viste a la Daría en sueños y hoy la has vuelto a ver en la carretera.

Supe al momento de quién me hablaba, aunque era la primera vez que escuchaba el nombre. Pero en mi sueño yo no había visto a la Daría, había sido ella. Y en el sueño había tenido una gallina caliente en la mano, había tenido plumas en el mandil. Todo antes de sentir el cuchillo en el estómago y despertarme gritando.

Bernarda continuó:

Algo malo pasará si no me acompañas.

La miré con suspicacia y las dos guardamos silencio. Había algo común y reconocible en su cara, como si pudiera ser la abuela de cualquiera.

La Daría se te va a pegar, me dijo, vas a ser ella, ya lo fuiste anoche, moriste siendo la Daría, la tienes dentro.

Me acerqué a ella un paso.

¿Qué está diciendo, señora?

Ahora es una semilla, la Daría, la semilla de los muertos, pero crecerá, la regarás con tus pensamientos y te volverá loca.

Hablaba sin mover la mano, muy dulcemente. Me acerqué aún más para verla mejor, pero, cuando estaba a una distancia en la que podría haberla tocado, recogió la mano y se giró. Comenzó a andar entre los árboles y yo me quedé allí sola durante un momento.

Cuando la mujer se fue, me di cuenta de lo rápido que me latía el corazón. Bernarda en ningún momento me pareció amenazante, pero una cosa era eso y otra seguir a una desconocida entre los árboles. ¿Por qué Javier tenía que ser tan idiota?

La seguí, al final; seguí a Bernarda, y lo hice únicamente por darle una voz a Javier, por cantarle las cuarenta. No tengo ni idea de lo que hubiera pasado si no hubiera estado mirando por la ventana. ¿Se habría presentado Bernarda en mi casa, con mi familia? No importa, en el fondo, creo yo. Supongo que es absurdo pensar algo así ahora; que siempre es absurdo pensar esas cosas del qué hubiera pasado o si yo hubiera hecho esto o aquello. Estaba muy enfadada cuando entré en el bosque. Es curioso. No sentía miedo, ni siquiera curiosidad. Estaba enfadada con Javier y, echando la vista atrás, creo que estaba enfadada porque me sentía responsable de él y no se daba cuenta. Quizá por eso no me gustaba que hubiera vuelto a Curva. Me preocupaba que se aburriera los fines de semana cuando yo solo quería pasar el tiempo con mi familia. Quería que encontrara novio. Y parte de ese enfado, supongo, era conmigo misma, pues Javier no me había pedido nada de eso. Jamás lo hubiera hecho, aunque lo hubiera necesitado de verdad, sinceramente. Así que encendí la linterna de mi teléfono y me adentré en el bosque dispuesta a sacar a Javier de allí a rastras si era necesario.

Su sombra hacia delante

1872

La noche después del entierro del tío Natalio fue Daría la que le despertó dando voces desde el piso de abajo. Aurora ya estaba levantada y corría en camisola hacia la puerta. Benigno solo veía su sombra. No se había despertado muy bien, pensaba que seguía dormido, como cuando cabeceaba en el cerro mientras hacía la leña y escuchaba a las ovejas de los pastores balar en sueños. Después, al despertar, las seguía oyendo y ya no sabía qué ovejas eran de verdad y cuáles las soñadas. Se incorporó en la cama mientras miraba el candil que su señora encendía al bajar las escaleras. La sombra de su mujer le pareció, por un segundo, la sombra de la Mercedes. Olió el humo antes incluso de entender lo que chillaba su hija. «¡El taller!», decía, «¡Padre, el fuego!».

Se puso de pie y trató de vestirse lo más rápido que pudo. Bajó corriendo, abrochándose la camisa sobre la interior mientras su mujer y su hija le llamaban a gritos. «¡Padre!», gritaba una; «Benigno», gritaba la otra. Le esperaban al pie de la escalera, las dos en ropa interior, despeinadas, iluminadas por la triste vela del candil que dejaba el resto del pasillo a oscuras, como dos espectros. El pelo de Daría parecía de cobre. No vio a la Milagros ni a Federico, el marido de Daría, pero supuso que se habían quedado en sus cuartos. Su mujer estaba descalza, encogía y alargaba los pies llenos del polvo del suelo de la planta baja y le miraba con los ojos abiertos, como una trucha, muy pálida, echando bocanadas de vaho por la boca y respirando muy fuerte por la nariz. Cuando no gritaba, incluso podía escucharla resoplar. Daría se había calzado ya. Las vio casi tranquilas, tan quietas que pensó que, efectivamente, algo se quemaba, pero que no era suyo.

Apartó a las dos mujeres con el brazo sin dirigirles la palabra y salió, descalzo como estaba, pisando la nieve recién caída, para observar el incendio. De las ventanas y la puerta del taller salían llamaradas que parecían arbustos rojos movidos por la brisa. No le importó el frío; tenía los pies helados, pero la cara ardiendo. Nevaba, a pesar de que ya estaban en primavera. Tenía el taller en una casa que había heredado de la familia de Aurora, justo enfrente de la suya, que también había sido de su familia. Las casas eran lo único que había quedado de la familia Tejedor después de parir hijas y mezclarse con las demás familias de Curva. Lo mismo que le iba a pasar a Benigno, solo que él al menos era un Ramos y su apellido jamás desaparecería. Las llamas salían ya por el tejado y derretían la nieve que seguía cayendo sobre ella. Se quedó plantado sin hacer nada delante del edificio tapándose la nariz por el olor a barniz quemado.

Aurora salió y se arrodilló para ponerle unas albarcas mientras su hija decía:

—Padre, Federico está dentro.

—¿Cómo que está dentro?

El tejado se derrumbó en aquel instante y las llamas parecieron aplacarse un momento. Su hija se acercó a él, pero no se puso a gritar ni a llorar. Varios vecinos se acercaron a ver el incendio, así que se alegró de que no montara una escena. Su mujer, por el contrario, estaba en el suelo, aún descalza, después de haberle puesto las madreñas, y lloraba desconsolada.

—Llévate dentro a tu madre, Daría, esto no son cosas para que vean las mujeres. Asegúrate de que tu hermana está bien. No salgáis si no estáis enteras y vestidas. Yo me ocupo de tu marido.

Las dos mujeres entraron en la casa mientras se acercaban los otros, entre ellos el padre del Federico. Varios jóvenes corrían a la fuente, al río y al pozo con calderos para apagar el incendio. Los mayores se acercaron y le saludaron con la cabeza.

—¿Cuánto había dentro, Benigno?

—Todo.

Asintió con la cabeza. Tenía los ojos rojos, como si acabara de regresar de donde Lina. No hacía falta decir nada más. Se acordaría de que iba a ir a vender los bancos nuevos de la iglesia al cura para poder comprar un cerdo que matar el siguiente invierno. Lo había estado diciendo esa misma noche, cuando había rechazado el último chato de vino para acostarse pronto.

—¿Dónde está mi hijo? Debería estar ayudando con el agua.

No respondió. Tenía la sensación de haber vivido ya aquella escena, como si se la hubieran contado mientras dormía; una voz lejana y susurrada. Le sabía la boca a sangre.

—No se va a extender. Nieva mucho y las llamas no van a saltar toda la calle.

¿Qué había estado haciendo el Federico ahí dentro a aquellas horas? Habían salido del taller mucho antes de que se hiciera de noche, justo cuando empezaba a nevar. ¿Por qué había vuelto? Apretó los puños de pura rabia, de querer morirse en el fuego y no tener que estar allí aguantando la mirada del padre.

Mucha más gente se había acercado. Se apartaron y entraron en la casa. No tenían más que hacer salvo lamentarse por todo lo que habían perdido. Benigno, su dinero y él, su único hijo.

Dentro de casa, su mujer había avivado la lumbre y estaba sentada en un taburete con la Milagros, bajo los palos de los que iban a colgar los chorizos y las güeñas. Mientras entraba, miró hacia el cono gris de la chimenea, hacia el cielo de la cocina de horno, y pensó que aquel gris era lo único que iban a comer en el invierno siguiente. Las mujeres salieron corriendo cuando los vieron y subieron tapándose las camisolas, dejándolos solos. No tenía ni idea de dónde se encontraba la Daría, pero esperaba que no hiciera ninguna estupidez. Estaba muy rara desde que se había quedado preñada.

Se sentaron en silencio, como si, temiendo la respuesta, el padre ya no se atreviera a preguntarle de nuevo por el Federico. Cómo cambia la vida de un momento a otro. Hacía unas semanas estaban los dos contentos, hartos de vino, celebrando que sus hijos se habían casado, que sus tierras no iban a ir a parar a ningún vago ni a ninguna golfa. Daría al principio había protestado, buenas discusiones habían tenido los dos en aquella cocina, pero al final había obedecido. Un marido es para vivir y para comer, no para gustarse. Como había hecho él con la Aurora. Dios sabe que por voluntad propia nunca se hubiera acercado a ella, pero sin ella no hubieran tenido esa casa, ni esas tierras. Qué hubiera sido de él si se hubiera quedado con la Mercedes. Sin Federico, habría tenido que casar a Daría con algún Ramos. Lo importante era intentar dividir la herencia lo menos posible.

—Dímelo. Ya no tengo hijo.

—Aún no sé nada.

Puso dos chatos de vino. Daría entró en ese momento. Parecía que había estado llorando. Intentó salir al ver a su suegro, pero Benigno la detuvo:

—Pasa, hija, pasa. Cuéntanos, pues este hombre tiene tanto derecho a saber como yo qué ha pasado.

Ella negó con la cabeza, pero no se refería a que no tenía derecho a saber o a que no iba a obedecerle, sino que era un gesto con el que quizá espantaba lo que acababa de pasar. O las lágrimas.

—Nosotros vimos el fuego desde la ventana, padre. Él bajó corriendo antes que yo y entró en el taller. Cuando lo hizo, volví de nuevo a casa y lo llamé a usted. Se me ha muerto, padre.

Benigno asintió. Encima no podría volver a casarla fácilmente. Ahora no tenían nada que aportar al matrimonio salvo una niña viuda y embarazada de su anterior marido. A perro flaco, todo son pulgas.

—Pero ¿por qué entró? —quiso saber el padre con dos dedos apretándose los ojos.

—Los bancos. Gritaba que había que coger los bancos. Los que iban a vender mañana, padre. Sin ellos...

—Márchate.

Salió de la cocina en silencio.

—No sé qué vamos a hacer, Benigno, pero ese niño que lleva tu hija es mi nieto.

—Te lo agradezco. Tu pérdida no se compara a la mía. Cuántas casas y maderas hay que puedan hacerme el mismo servicio que estas. Tu hijo... Tu hijo, ninguno lo iguala.

Él asintió y le dio la impresión de que se iba a poner a llorar, así que Benigno se puso en pie. Salieron los dos de nuevo a la calle, echando nubes de vaho por la boca. Seguía nevando y el fuego estaba casi aplacado. Un par de caras se giraron hacia Benigno, pero se dio la vuelta y volvió a entrar en casa antes de que nadie se acercara. Tras la puerta, escuchó un rato el trasiego de los vecinos. Apagó el fuego de la cocina. Subió al pasillo. Su hija sollozaba en el cuarto y vio el reflejo del candil saliendo por la puerta, a lo lejos. Un reflejo breve, minúsculo, parpadeando deprisa, como el corazón de un conejo justo antes de matarlo. Las sombras se iban oscureciendo según se alejaban de la puerta, culebras negras reptando por las paredes que venían a por él. Sintió los pies fríos cuando la nieve empezó a derretirse en las albarcas. Aquel baile de luces, llantos y sombras continuó un tiempo hasta que el espectro de su mujer apareció por el vano de la puerta, echando su sombra hacia delante. Había dejado el candil en el cuarto de la niña.

—Voy a quedarme con ella, ¿necesitas algo?

—No enciendas la lumbre. Ahora no tenemos nada. Apaga eso.

A tientas, encontró la cama. Estaba fría y húmeda, así que se acostó vestido, quitándose solo las albarcas. Se escuchaban murmullos que parecían venir de las paredes, aunque supo que eran los vecinos apagando el incendio. No había luna y no entraba luz por la ventana, como si el fuego, que daba al otro lado de la casa, se la hubiera tragado toda. Estuvo mirando el hueco gris oscuro hasta que no supo si tenía los ojos abiertos o cerrados, y después se durmió deseando que aquella voz susurrante no le contara más historias.

Cuando Daría era pequeña, le gustaba ponerse las madreñas de su abuela y salir al corral mientras nevaba. Los copos se le posaban en los rizos y le hacían cosquillas. Hacía muchos años que ya no salía a la nieve. Cuando murió su abuela, ella heredó sus zuecos, pero ya no le gustaban las cosquillas. Con los zapatos había heredado, además, todas las obligaciones de la anciana. La nieve comenzó a ser una molestia. Hacía que se le entumecieran las manos mientras iba a por agua al caño o mientras daba de comer a las gallinas. Le dejaba la ropa mojada al derretirse frente a la lumbre. Más adelante, le ayudaba la Milagritos, menos mal, aunque, más pronto que tarde, habría que casarla y se marcharía.

Dos semanas después del incendio, Daría salió de casa una noche, sin preocuparse por la nieve, que ya estaba casi derretida. No había salido más que otra vez desde entonces; solo para ir al entierro de Federico. Nada habían recuperado del taller, así que lo que habían enterrado era un montón de carne negra requemada que por ella podría haber sido una oveja lo mismo que Federico. Pero no dijo nada. Escucharon la misa de pie, en una iglesia recién consagrada, vacía y llena de ecos.

Levantó los ojos un instante al pasar por delante del antiguo taller. El adobe estaba quemado y tan solo habían podido salvar una de las paredes. Se arrebujó debajo del chal negro y giró hacia la calle del palomar. Todo había sido culpa suya. El pueblo estaba en silencio y solo se veían algunas volutas de humo saliendo de las chimeneas, atravesadas por la luz de la luna. Las madreñas hacían crujir el hielo en que se había convertido la nieve.

La Guardia Civil se había presentado días después del entierro de Federico, mientras Daría, ayudada por su madre, teñía toda su ropa. Ella les contó lo mismo que ya había contado: primero a su padre; a su madre, después. Los hombres les dieron el pésame y se marcharon.

Estuvo a punto de caer al bajar la cuesta del palomar que torcía hacia el río y se agarró la barriga, que se notaba un poco. Tenía frío y sabía que su padre se iba a enfadar en cuanto la viera. No quería que se asomara por el bar y le había prohibido salir de casa hasta que diera a luz. Daría no quería pudrirse encerrada, pero tampoco podía desobedecer. Si había salido era porque su madre estaba enferma —prácticamente encamada desde el incendio— y llevaban ya mucho rato esperando a que su padre volviera del bar. No iba a mandar a la Milagritos. Mejor una viuda que una soltera. Cuando estaba llegando donde Lina, la puerta se abrió y salieron Carlos y su hermano. Daría notó que le temblaban las piernas.

—Mujer, ¿qué haces aquí? —dijo Carlos.

—Vengo a buscar a mi padre.

—No deberías entrar, deja, que ya vuelvo yo. Bien podías haber mandado a la Milagros.

El hermano se dio la vuelta y regresó a la tasca. Cuando se abría la puerta, se escuchaban una radio y voces. Los cristales estaban empañados y no se podía ver nada. Carlos la miraba. Tenía el pelo negro, muy oscuro, y las mejillas encendidas por el vino. Se frotaba las manos, morenas. Las dejó en los bolsillos, pero después las sacó y se agarró el cinturón.

—Daría...

—Calla, loco, calla.

Él asintió. Llevaba una gorra de tela marrón en la cabeza y una chaqueta vieja que seguramente hubiera sido de su padre. Desde el incendio, Daría solo lo había visto de lejos en el entierro de su marido. Se quedaron callados, mirándose, hasta que salió el otro con su padre. Estaba borracho, lo notó en cuanto lo vio salir.

—No se ponga usted así, tío Benigno.

—Me pongo como me da la gana. No soy tu tío, ni familia ni somos amigos, muchacho. Marchaos a casa con los otros Medina.

Daría bajó la mirada y se cogió las manos por encima del chal, se estaba congelando y tenía los nudillos rojos. Su padre sudaba y el vaho le salía del pelo y del cuerpo.

—Sí, vámonos. Ya se apañan ellos.

Los dos siguieron el camino hacia su casa mientras Daría se acercaba a su padre. Carlos se giró una vez más para mirarla, pero ella apartó la vista. El muchacho tenía los ojos negros, como la salida de la chimenea de la cocina y el pecho de los estorninos.

—Le estábamos esperando para cenar, padre; madre no se encuentra bien.

—¡Qué vergüenza de familia! ¡Qué iban a pensar de mí si mi hija, embarazada y viuda desde hace dos semanas, entra en la tasca! No tienes cabeza, hija, no piensas las cosas. ¿Y tu hermana? Bueno, calla, otra, soltera, en una tasca. Mejor ni pensarlo.

La agarró del brazo con fuerza y le hizo darse la vuelta para enfilar la calle hacia su casa. Seguía saliendo vaho de su cabeza. Así había empezado el incendio del taller, primero con unos hilillos de humo. No recordaba si había sido en ese momento o un poco después cuando la había sorprendido Federico.

—No tengo yo poco que aguantar, Dios mío, con vosotras. Tendremos sopa otra vez, seguro. O ya ha vuelto a aceptar tu madre comida de cualquier vecino.

Ella no contestaba; si su padre se limitaba a ir quejándose hasta casa, al menos no le gritaría. Pasaron por el camino del molino viejo y Daría miró levemente hacia el olmo que separaba el inicio de la bajada hacia el río. El viento agitaba los chopos a lo lejos. Le pareció ver una figura junto al árbol y se le aceleró el corazón, pero al volver a mirar no había nadie. Sintió una punzada en el estómago y se lo agarró nerviosa. La noche del incendio, Daría había tenido la misma sensación al salir del taller. También había sentido que se despertaba del todo, como si hubiera estado amodorrada y no fuera ella la que había encendido la vela ni discutido con su marido. Volvió a mirar por si veía a la mujer, pero no había nadie bajo el árbol.

—Todos se creen mejores que nosotros. Quiénes se piensan que son para darnos unas cebollas como si a ellos les sobraran. Solo por darse el gusto de que la gente sepa que nos han dado limosna. ¿De qué sirve ser un Ramos en este pueblo si nadie te respeta?

La gente del pueblo se había portado muy bien con ellos esas semanas y algunos hombres le habían dicho a su padre que podían reconstruir el taller en cuanto se derritiera del todo la nieve. Él se había negado, por supuesto. Había dicho que lo haría él solo. Incluso había rechazado la ayuda del suegro de Daría.

Lo peor de todo había sido cuando la familia del Carlos había querido ayudar y su padre había echado al padre de los chicos de casa a voces, armando un escándalo increíble:

—No seas cabezón, Benigno. Mira que nosotros no nos hemos llevado nunca bien, no vamos a mentir ahora, pero una cosa es eso y otra ver cómo os morís de hambre.

—Eso es lo que te gustaría a ti, canalla, que mi familia pasara apuros. ¿A qué has venido? ¡Di! A ver nuestra miseria para contarla. Aquí no hay nada que ver, no quiero sentiros por aquí ni a ti, ni a tus hijos ni a tu mujer, ¿me oyes? ¡Que me obligas a hacer una locura!

—Haz lo que quieras, hombre, no se puede razonar contigo; si de hambre te quieres morir, allá tú, pero piensa en tu nieto, que no razonas.

Su padre le dio un tirón del brazo y volvió a la realidad.

—Espabila, hija, que andas como si estuvieras de procesión. Embarazada y de luto, qué vergüenza. Date prisa; parece que quieres que te vea todo el mundo y dejarme a mí aún más en ridículo. Ni se os ocurra volver a venir por mí.

Siguieron andando todo lo rápido que se atrevía Daría para no resbalarse al subir la cuesta. Llegaron de nuevo al taller incendiado, pero ninguno de los dos miró hacia él.

—Y respóndeme cuando te hablo, niña, que ahora sin marido vuelvo a ser yo el que se encarga de ti, ¿oyes?

—Sí, padre.

Cada día soportaba menos a los de Lina, pero no tenía otro sitio donde ir. En su casa todo eran suspiros y mirar por las ventanas el cielo negro. Había reconstruido el taller durante el verano y había conseguido que le fiaran unas herramientas, que esperaba poder pagar en primavera, pero de momento no podían comer más que lo que habían guardado del huerto y lo poco que ponían las gallinas. Si no fuera peor el silencio que las sandeces de los borrachos, no habría pisado el bar hasta que no hubiera conseguido colocar a la Daría. El vino era lo único que callaba la voz de las historias, la que cada noche le contaba cuentos en los que actuaba como un demonio matando a sus hijas, devorando su carne. Cuando se emborrachaba, no había cuentos. Aquella noche, por suerte, nadie le hacía caso y podía beber en paz. Le seguían fiando los chatos de vino, pero sospechaba que la Lina los aguaba.

Estaba sentado en la barra, en una esquina. La barra separaba el bar de la planta baja de la casa de Abelina. El bar en sí eran cuatro mesas hechas con tablones y una docena de sillas cada una de su padre y de su madre.

—Me va a sobrar algo de caldo, ¿no querrá usted un poco?

Lina fregaba unos cacharros en la pila sin mirarle.

—Quita, quita, que luego la parienta se me enfada si no ceno.

—Si la Aurora es una santa, qué se va a enfadar. Si es porque lo pruebe nada más, no me haga el feo.

—Bueno, si es por darte el gusto, Lina, que no se diga.

Ella sonrió y se secó las manos con un trapo que colgaba cerca de la pila, se acercó a la cazuela y puso un plato de caldo. La misma escena se repetía casi todas las noches, y Benigno, que al principio se había negado, fue incapaz de seguir inventando excusas para no cenar allí. Hundió una cucharada en el plato sin levantar la vista. Ella se alejó y fingió que no le prestaba atención, aunque Benigno sabía que le miraba de reojo. A su espalda los hombres reían y charlaban con las ventanas abiertas. Hacía calor aquella noche, aunque él seguía con la camisa de manga larga sin arremangar. Había perdido peso y siempre tenía frío. Sabía que todos le miraban, aunque fingieran que no. En el fondo cenaba allí por su familia, para que se repartieran lo poco que pudieran coger del huerto. Ahora era buena época y dentro de nada podrían coger judías y calabacines. Alguna lechuga y algún repollo ya habían comido. El huerto no era grande, pero les estaba salvando la vida. Lo que no sabía era qué iban a hacer después de que naciera el niño.

—Hoy no hay luna, Lina, ¿vas a ir a ver a la bruja para que te lea la buena fortuna? —preguntó el hijo del antiguo alcalde.

La mujer estaba recogiendo una mesa y fue a dejar los vasos sobre la barra, junto a Benigno.

—A mí no me hace falta conocer nada. ¿Qué confianzas son esas, hombre? Si se entera tu padre...

—Y qué con mi padre, si ahora ya no manda ni en casa. Pobre. Bastante que nos dejaron quedarnos aquí sin hacernos nada. He escuchado barbaridades en otros sitios.

—Ale, ya está el de los cuentos. Lo mismo crees en las balas de los militares que en la bruja del molino.

Lina se había apoyado en la barra y se restregaba las manos. Los dos hablaban a voces y los demás escuchaban divertidos.

—Las balas, Lina, no sé. Tenerlas las tienen y aquí vinieron con ellas, aunque no las usaron. Pero a la bruja la has visto tú tanto como yo y como todos estos.

—Pero calla ya, muchacho, que te pones en evidencia.

—Que no, Lina, que no, que todos saben.

—Déjame de sabidurías a mí, que bastante tengo con lo mío. La pobre mujer esa solo viene a mendigar lo que se cae por el sendero. Vete a saber dónde vive, si es que vive en algún lado.

—¿Y por qué solo viene por la noche? ¿Y por qué solo cada vez que no hay luna?

—Qué se yo, chiquillo, ni que fuera su señora madre.

Lina rodeó la barra, recogió los cacharros que había puesto sobre ella, junto con el plato y la cuchara de Benigno, y se lo llevó todo a la pila, sonriendo. Agradeció que solo mirara al hijo del alcalde en lugar de prestarle atención.

—Desde luego que no. Mira lo que os digo, esa mujer es la luna que baja cada mes aquí al molino.

Hubo un segundo de pausa y todo el bar empezó a reírse a carcajadas. Benigno se giró, casi animado. Los compañeros de mesa del chico habían escupido la bebida y los hombres de más edad se reían a mandíbula suelta.

Por supuesto, Benigno había oído hablar de la mujer, aunque solo la había visto un par de veces. Se sentaba bajo el olmo y no hacía nada más. Nadie parecía acercársele nunca y él no iba a ser el primero. Recordaba haberla visto por primera vez hacía mucho tiempo, recién nacida Daría. Al principio le había dado mucha impresión y le había recordado a Mercedes, la novia que había tenido antes de casarse con Aurora, pero estaba seguro de que solo habían sido remordimientos. Aquella sensación le había seguido hasta entrar en casa. Al subir a la habitación, que luego fue para Daría y su marido, se había asomado a la ventana; no vio bien el olmo al final de la calle, pero supo que allí estaba. Desde ese momento, si se acordaba, evitaba pasar por aquella zona cuando no había luna. El resto de las veces que la había visto, la sensación había cambiado. Las historias sobre aquella mujer corrían con los tiempos, la gente no se cansaba de inventar. Había quien decía que era una bruja, otros, un espíritu, lo de la luna era nuevo. Los más sensatos solo veían una mendiga. Seguro que vivía en una cueva o en el monasterio abandonado del camino a Torrecarbonera. La gente pobre no tiene respeto por los sitios sagrados. El hambre y el frío no tienen mucho que temer a la ira de Dios. Total, aquel sitio había sido un castillo antes que un convento y a saber qué fue antes que castillo.

La conversación se dio por zanjada y Benigno se levantó de la silla con la boina en la mano. Miró a Lina y señaló su vaso vacío.

—No se preocupe, Benigno, lo apunto todo como siempre. Vaya tranquilo.

Asintió y se giró para irse. Antes de llegar a la puerta alguien gritó:

—Tenga cuidado, tío Benigno, no vaya a tropezarse con la luna.

Y el bar entero volvió a reír. Saludó con una mano sin decir nada y salió a la calle. La luz de las ventanas se desbordaba por el suelo y el eco de las risas le acompañó hasta que llegó al final de la calle. Cuando se dio cuenta, estaba cerca del olmo. Esta vez la mujer no estaba sentada bajo él, sino que se encontraba de pie, parada en medio del camino. Era una mujer joven, morena, de ojos castaños y piel dorada por el sol. Se cubría la cabeza con un pañuelo y vestía ropas negras, con una falda larga también negra y sucia por el polvo de la carretera. Aquello no parecía nada más que una muchacha perdida, aunque le seguía recordando a la Mercedes.

—Te estaba buscando —le dijo.
—Lo dudo —continuó andando, esquivándola, intentando aparentar que no estaba nervioso.

De cerca, parecía que era poco más mayor que la Daría.
—Sé quién te quemó el taller, sé lo que va a parir tu hija.

Nadie le había dado muchas vueltas a lo del incendio, la verdad. Muchas casas se queman durante el año, algunas en invierno, culpa de las lumbres. Nadie mencionó que era raro que un taller vacío se quemara porque sí, sin tormentas, sin lámparas, sin nada. Su mujer pensaba que era un castigo divino. Si Federico estaba muerto, quizá había sido él quien había pecado. O su familia, su maldita familia que no había querido hacerse cargo de Daría hasta que no pariera y que pretendía venir a darles limosnas después de todo. Se giró. Ella le miraba de lado y señaló con la cabeza el camino del molino.

—Andemos.

El aire movía un poco las hojas del olmo. En aquella parte del pueblo —ya en los campos—, fuera verano o fuera invierno, siempre hacía frío. Echó a andar y se adentró en la oscuridad. La siguió cuando se aseguró de que nadie los veía.

Su padre fue a buscarla por la mañana, mientras daba de comer a las gallinas. Había algunas mondas de patatas, las que no había cocido su madre para hacer un caldo, y algunos restos de fruta. Las gallinas la miraban pidiendo más, pero ella misma se moría por comerse lo que les estaba echando. Sabía que, si las gallinas no comían, no pondrían huevos. Había sugerido sacrificar a alguna, la más vieja, antes de que muriera en invierno, pero su padre se había negado. «Pan para hoy, hambre para mañana». La noche anterior, su padre había llegado muy tarde y se había marchado de nuevo antes del alba. Regresó justo cuando terminaba de volcar el cubo en medio del corral. Las aves se abalanzaron furiosas sobre los restos.

—Daría, tengo que hablar contigo.

—Dígame, padre. ¿Dónde ha ido tan temprano esta mañana?

Benigno pareció contrariado. Daría se preguntó si estaría borracho ya a esas horas. Últimamente bebía más de lo habitual. Salió del corral y dejó el cubo junto a la puerta mientras cerraba. Se acarició la barriga.

—¿Pasó algo la noche del incendio que no me hayas contado?

—¿Cómo? ¿Algo como qué, padre?

A menudo sacaba el tema del incendio, pero solo para lamentarse o para buscar maneras de obtener dinero. Nunca le había vuelto a preguntar por lo que pasó aquella noche.

—No sé. ¿Viste a alguien antes de que comenzara el incendio?

—No, padre. Me despertaron el humo y las llamas, ya se lo dije. No me haga recordar aquella noche en mi estado.

Se agachó para recoger el cubo y comenzó a caminar dando por terminada la conversación. Recordó la silueta de mujer que se había quedado mirando mientras prendía la vela, mientras la llama se acercaba a los barnices. Recordó que la silueta había desaparecido de pronto y en su lugar estaba Federico. Los dos habían intentado apagar las llamas. Él le había gritado y entonces una tabla le había dado en la cabeza. Intentó arrastrarlo fuera, pero no pudo cargarlo, así que fue a la casa a por ayuda.

—Ya. Tú tenías las madreñas puestas.
—¿Cómo?
—Tu madre estaba descalza.
—¿La noche del fuego? No lo recuerdo, supongo que me calcé cuando lo hizo Federico.
—¿Antes de avisar a tu padre?
—Yo... Grité mucho rato hasta que bajaron. No quería abandonar a mi marido.

Benigno la miraba con la cara muy seria. Tenía los ojos rojos de no haber dormido o por la bebida. Su madre salió por la puerta con Milagritos.

—¿Qué pasa aquí, vosotros?, ¿qué son esos cuchicheos?
—¿El hijo es de Federico, Daría?

Milagros ahogó un grito y Daría se llevó una mano a la boca. La sorpresa ante la pregunta le ayudó a fingir indignación.

—¡Padre!, ¡¿por quién me toma?!
—¡Benigno!, ¡Dios bendito, si te escucha alguien! ¡Calla y entra en casa ya, loco, hombre loco!
—Es mi casa y entro cuando quiero, entérate, mujer.

Dio dos pasos, amenazante, ante Daría, que se puso a llorar. Seguro que sabía algo.

Su madre salió y se acercó a ella, interponiéndose entre los dos.

—Más me vale que una hija mía no sea capaz de mentirme a la cara, porque una hija mentirosa es el peor de los pecados. Más que una hija traidora o una hija fulana.
—Benigno, ¡basta ya!, ¡qué te ha dado esta mañana! No has dormido nada, Benigno, descansa un poco.
—Calla y aparta, mujer, quiero verle los ojos. Descansa tú, si quieres.

Uno de los peones que estaban terminando el arreglo de la iglesia pasó por allí con un burro cargado. Los miró, pero no detuvo la marcha. Los cuatro se mantuvieron en silencio, Daría agarrada a la cintura de su madre sollozando, mientras el hombre pasaba. Aurora se giró, sujetó a su hija para ayudarla a enderezarse y entraron en la casa.

—Esto no ha terminado aquí —dijo Benigno entre dientes, lo suficientemente alto para que le escucharan las mujeres.

Septiembre avanzaba y Benigno cada vez estaba más hosco y zafio. Apenas pasaba tiempo en la casa y volvía cada noche borracho del bar. Daría continuaba alicaída, tratando de sobrevivir con su madre y su hermana, sin preocuparse más —ya no— por el alimento de su padre. Parecía que su madre había recobrado alguna fuerza después del incidente, como si temiera por su hija o como si el hecho de defenderla le hubiera dado brío. Daría esperaba que el nuevo ímpetu durara hasta que naciera el bebé; una niña según le había dicho la mujer del molino.

A comienzos del otoño, empezaron a arreglar la poca ropa que tenía para el bebé. Aurora, Milagros y ella se pasaban las tardes remendando lo que se había estropeado y rompiendo algunas camisas viejas para hacer pañales. Su madre decía que nunca serían suficientes, que era probable que el bebé los manchara más rápido de lo que ella podía lavarlos. Las noches de luna nueva se había preguntado si debería volver al olmo del molino o no. La mujer no le había dicho que regresara. Cada noche, a veces incluso estando dormida, recordaba la escena. Le daba angustia porque sabía que hablaba en sueños y quizá su padre se había enterado de algo escuchándola. O quizá la había visto cuando salía a escondidas a por la comida que Carlos les traía y había atado cabos.

Había acudido a la bruja una semana antes de la boda, cuando tuvo la primera falta. Ella la había guiado hasta el molino en silencio, y allí se habían sentado a hablar a pesar del frío. Recordaba perfectamente el aire que precede a las nevadas y la oscuridad. Solo veía sus manos blancas moviéndose delante de ella mientras hablaba.

—Estás embarazada. —Fue lo primero que dijo—. De una niña, además.

—Pero yo voy a casarme. Eso no puede ser.

—Puede ser, y será. A mí no tienes que mentirme, pues sé que has yacido con un Medina. También te casarás. Tu vientre no distingue de maridos o amantes, niña.

Daría empezó a llorar.

—Vamos, no llores. Las lágrimas pocas veces solucionan algún problema. Puedes tener la niña o puedes no tenerla. Yo conozco métodos…

—No. No. Eso sería pecado.

—La niña te la ha hecho Carlos. Es pecado de carne y pecado contra tu apellido. ¿No sabes de quién es hijo? De un Medina.

Se mordió el labio. Estaba muy asustada. Se separó de la mujer, que solo parecía tener unos años más que ella.

—¿Por qué tiene que ser pecado un Medina?, ¿por qué tuvo mi padre que hacer que se marchara la tía de Carlos del pueblo?

—Para que tú nacieras, sin duda.

—Déjeme. Esto ha sido una mala idea.

Se quedaron en silencio. Daría no se atrevía a irse.

—¿Qué hago? —preguntó al fin.

—Casarte.

—¿Con Carlos?

—Con Carlos nunca vas a casarte mientras tu padre esté vivo. Grandes males caerán sobre tu familia si os casáis.

—¿Con Federico?

—Sí. Debes casarte con Federico. Y debes pellizcarte con un alfiler en la entrada a tu sexo justo antes de la noche de bodas para que el hombre vea la sangre. Debes yacer con él. Debe plantar su semilla dentro de ti.

Se llevó las manos a la tripa.

—Pero, mi hija…

—No seas estúpida. Nada va a pasarle a tu hija. Él debe pensar que es suya. Debes dejar que acabe dentro de ti esa noche y alguna noche más. Espera un mes y anuncia tu falta. No antes. Si la niña nace antes de nueve meses de la boda, dirás que se ha adelantado. ¿Me escuchas?

—No sé si podré.

—Podrás. Podrás si quieres proteger a Carlos y a su hija.

La mujer se cubría con la capucha y no dejaba de gesticular con la mano.

—Cuando se haya anunciado el embarazo, hay un método por el que puedo librarte del matrimonio de una forma rápida y sin que nadie sospeche nada.

—¿Lo hay?

—Sí, niña. Solo debes encender esta vela una noche de nieves en un lugar en el que solo estés tú.

Metió la mano en un bolsillo y sacó un cabo de vela fino y largo, hecho manualmente con cera de abeja. Daría no lo cogió.

—No, no sé. ¿Eso es brujería?

Ella rio.

—Es la solución.

—No tengo dinero para darte.

—No necesito dinero. Ya me cobraré yo misma sin que te des cuenta, tranquila.

Daría aún no cogía la vela. Un golpe de viento hizo mover las hojas de los chopos, que parecían susurrar a su alrededor. El sonido del río Arla se amortiguó por un momento y sintió que la oscuridad se movía.

—No puedo.

—Entonces, solo tienes una solución honrosa. Huye del pueblo y escóndete en las montañas. Cría a tu hija entre los bosques y las rocas.

—¿Eso fue lo que te pasó a ti?

Ella volvió a reír. Su voz sonaba suave, no era como las voces de las brujas que se había imaginado. Tenía unas manos jóvenes, sucias, pero no desagradables. Hizo amago de guardar la vela.

—Espera, está bien. Lo haré, lo intentaré.

—Si lo intentas, puede que no salga bien. Hazlo.

—Está bien, lo haré.

Ella le tomó las manos entre las suyas, le dejó la vela y después le acarició el rostro.

—Sé valiente. La criatura nacerá sana y fuerte.

—Eso es lo único que quiero.

—No me mientas, niña, quieres más. Mucho más. Pero esto es lo que te daré.

Sin decir ninguna otra cosa, se levantó y desapareció detrás del molino. Daría dejó de escuchar sus pasos, se guardó la vela dentro de la ropa y echó a correr hacia su casa.

Benigno llevaba dos o tres días sin poder dormir. Aurora se había cambiado a la habitación de Daría para cuidar de la niña entre las dos mientras él se quedaba solo dando vueltas en la cama. Todo lo que le había dicho la bruja se había cumplido, quizá también fuera verdad lo del incendio. Maldito demonio. Las voces ahora habían dejado de contarle cuentos sobre él y repetían la historia de su hija en el taller. La bruja le había asegurado que Daría era hija suya, pero tenía sus dudas. Siempre lo sospechó. Ese pelo cobrizo… Nada bueno viene nunca de un pelirrojo. Quizá Mercedes le habría dado un varón. Se quedó con Aurora por el dinero y las casas y al final había terminado igual de pobre. ¿Qué habría sido de la Mercedes? Lo más probable es que estuviera con algún obrero en cualquier ciudad. Seguro que le había ido mejor que a él.

Miró por la ventana, por fin había llegado la primera luna nueva desde que había nacido Teresita. Durante las últimas semanas apenas hablaba con Daría, esperando a que diera a luz para confirmar lo que había dicho aquella mujer. Cuando vio los mechones de pelo moreno sobre la cabeza, decidió que tenía que hacer algo. Aurora custodiaba como un perro guardián a la niña y a la nieta; ni siquiera hacía la comida, parecía que no le importaba que se fueran a morir de hambre. Milagros se había hecho cargo de la cocina. Les había prohibido aceptar absolutamente nada de caridad de ningún vecino, pero la cosa se estaba poniendo muy fea con la llegada de noviembre y de la nieve. Se vistió, se abrigó lo mejor que pudo y se calzó las madreñas. Una vela aún ardía mortecina en el cuarto de Daría cuando bajó las escaleras. No le preocupaba hacer ruido. Era su casa, iba y volvía de cualquier sitio cuando le daba la real gana. Había dejado de nevar y el viento le congelaba las mejillas y los ojos. Llevaba tapado bajo el gorro todo lo demás. Vio a la mujer desde lejos, contrastando su ropa negra con el blanco de la nieve que cubría el suelo y el olmo. Huellas de pisadas se perdían en el camino al molino.

—¿Morena con ojos negros? —le preguntó cuando se acercaba.

Se giró, exactamente igual que la noche de final de verano en la que había hablado con ella y se internó en el camino del molino. La siguió. La nieve aquel año se había adelantado y eso nunca era buena señal.

—Nació la primera noche sin luna.
—Lo sé.

La mujer se agarraba el pañuelo que le cubría la cabeza con una mano blanca.

—¿Puedo evitar que la desgracia caiga sobre mi familia?
—No.

Estaba desesperado, deseaba echar a esa mujer de su vida. Aurora no era tan mayor, quizá pudiera darle un niño aún. Todavía no se había secado.

—La niña no es mía.
—Ya te dije que Daría lleva tu sangre. De hecho, es tu sangre la que porta el veneno y la traición. Cuando el hom-

bre se cubre de deshonra, toda su prole arrastra el pecado con ella.

—Pero yo no he hecho nada malo. Soy un hombre temeroso de Dios.

Ella sonrió. La boca era lo único que podía ver debajo del pañuelo. No olía a nada a pesar de que caminaban bastante juntos.

—Nada malo, según tú.

—¿Tú qué sabes, bruja?

—Sé más que tú, lo cual es suficiente.

Se calló. Parecía una charlatana mendicante, pero había tantas cosas que no podía explicar que tampoco quería tentar a la suerte. Aquella conversación era absurda. Tenía que hacer que Daría y la niña desaparecieran. Esa era la única solución.

—¿De quién es hija la niña?

—De Daría.

—¿Y de quién más?

Permaneció en silencio unos segundos. Sus pisadas crujían en la nieve. Cada vez que hablaban, los cubría el vaho de sus palabras. El molino se iba alzando oscuro ante ellos al borde del río. El cielo estaba cubierto de nubes blanquecinas y pesadas, cargadas de nieve. Se detuvo.

—Puedo decirte quién no es el padre.

—No es hija de Federico —dijo, cansado. Aquello ya lo sabía.

—No es hija de Federico —repitió ella.

—¿Por eso no han querido hacerse cargo de ella sus abuelos?

—No. No han querido hacerse cargo de ella porque es una niña. Una niña es una boca y un problema. Un niño son dos brazos y un esposo.

—Me marcho, esto ha sido una mala idea.

Ella se detuvo y asintió. Giró la cara blanca hacia él y esperó paciente a que se marchara. Cuando se volvió, no fue capaz de verla entre las sombras del molino, puede que siguiera allí o puede que no. Todo aquello había sido una equivocación. Podía denunciar a Daría como adúltera y echarla de casa. Dudaba que nadie pusiera ninguna pega. Lo malo de aquello era que no podría evitar la deshonra y la desgracia de la familia. Quizá debiera olvidarlo todo y aceptar a Teresita. Daría parecía honrada y nunca había podido pillarla en una falta hasta ese momento, quizá el ardor juvenil, quizá antes del matrimonio… Casarse embarazada. No, nadie debía enterarse de eso. La niña era de Federico y se llevaría el secreto a la tumba.

Al llegar a casa, vio huellas de madreñas que se alejaban y que eran distintas de las suyas. Aquellas huellas daban la vuelta a la casa, rodeando el corral de las gallinas. Las siguió. No pensó que fuera Daría, parida hacía casi un mes, o su mujer, incapaz de salir de casa por la noche sin su marido. Supuso que sería Milagros, aunque no cuadraba con su personalidad. Las huellas rodeaban la casa y salían al campo, lejos del olmo y del molino; a la misma altura, pero hacia el oeste, junto a la iglesia. Escuchó susurros y se paró. Dos sombras hablaban cerca de las piedras amontonadas que habían sobrado de la obra. Se escondió tras un manzano. Siguieron así un momento y después una de ellas se giró hacia el camino y se fue. Era Carlos, el hijo del Medina. Se parecía muchísimo a su padre de joven. Con esa cara de bobo simpático, con mirada de cordero. Su padre nunca había visto con buenos ojos que Benigno estuviera en términos con la Mercedes y le culpaba de la huida de su hermana. Eso no podía negárselo, pero no soportaba verse juzgado por cada uno de ellos cuando se los cruzaba. Sabía que pensaban que era un cobarde y un cabrón, un deshonrado que había mancillado a su hermana.

Cuando el muchacho desapareció tras una esquina, la otra figura se movió. Caminaba deprisa, pero se notaba que lo hacía con dificultad. Tenía un paquete agarrado entre las manos envuelto con hojas de periódico. Las hojas parecían grasientas. No necesitó que se acercara más para saber que se trataba de

Daría. Se quedó paralizado mientras desaparecía por el camino del corral. Le costaba respirar y las manos se le estaban quedando heladas a pesar de que tenía las mejillas ardiendo. Maldita traidora. La bruja tenía razón. No había forma de pararlo. Si la niña era hija de Carlos, aquello era el fin de su familia, el fin de su vida. No podía saberse en Curva. Esperó hasta que la respiración volvió a la normalidad y regresó. Estuvo tentado de ir corriendo a casa de los Medina y darle dos puñaladas a ese hijo de puta, pero se contuvo, aquello no solucionaría nada. Daría y la niña seguirían bajo su techo. Era ella la que tenía que desaparecer, era ella la que estaba contaminando la familia.

Cuando subió, la vela ya no ardía en el cuarto de las mujeres. Se quedó escuchando sus respiraciones en el quicio de la puerta, consciente de que su hija probablemente estuviera despierta y le hubiera oído llegar hasta allí. Se imaginó su corazón latiendo como el de un pajarillo cuando se atrapa entre las manos.

Daría se aseguró de que su padre dormía antes de salir de casa. No había podido avisar a Carlos de lo que había pasado y estaba segura de que el muchacho había conseguido algo para comer y la esperaba. Volvía a nevar. Estaba débil y cansada, pero tenía que hacer un esfuerzo. Su madre no preguntaba de dónde salía la comida que compartía con ella y su hermana, pero debía de sospecharlo. Benigno no le preocupaba. Su padre cenaba todas las noches en el bar o, si no, Milagros le preparaba algo con la comida que les sobraba a ellas. Le parecía sorprendente que su padre pensara que se podían estirar tanto un gallinero y un par de patatas. Se colocó las madreñas y abrió la puerta de la calle. Estaba muy nerviosa. La noche anterior había escuchado cómo su padre entraba en casa momentos después que ella. Casi la había descubierto. Luego se había quedado mirando a través de la puerta un tiempo eterno. Había fingido hacerse la dormida, pero después había llorado junto a la cuna del bebé, de rodillas, en el suelo, mientras masticaba un poco de cecina que le había conseguido Carlos. El aire frío la espabiló. Corrió hasta la iglesia y allí vio una sombra que la esperaba.

—¡Qué tarde vienes, mujer! Pensé que había pasado algo.

Le dio un beso en la mejilla y notó cómo se enrojecía su cara. Se apretaron un poco junto al muro, entre los montones de piedras.

—Calla, que menudo susto ayer. Aún tengo el alma temblando, Carlos. Mi padre nos va a coger y miedo me da lo que me haga.

—Tu padre mucho ladra, pero nunca ha mordido a nadie. El problema es lo que habla, que así fue como lio a mi tía.

—No me vengas con eso ahora, por favor, Carlos. Ojalá pase rápido el invierno y nos marchemos de aquí de una vez.

Él sonrió y le acarició la mejilla.

—Ya queda menos, mi vida. Cualquier día me presento en tu casa y te llevo conmigo digan lo que digan. Aunque nos helemos de frío.

—Calla, insensato, que me arrancas la vida. A veces pienso que es todo culpa mía, por no plantarle cara a mi padre.

—Tú no tienes que plantarle nada a nadie, que para eso estoy yo. ¿Sigue guapa la niña?, ¿se parece a ti?

—Tiene tus ojos negros. Cuando mi madre no escucha, le hablo de ti, le digo que su padre es el más guapo de todo Curva.

—Lo que daría por verla...

Se callaron un instante.

—He matado un pollo. Mi padre no va a echarlo de menos. No me ha dado tiempo a desplumarlo, lo siento.

—¡Eres un insensato! ¿Qué voy a hacer con un pollo?, ¿dónde quieres que lo esconda? Estás loco, loco, te digo. De ninguna manera me lo llevo. Prefiero pasar hambre antes que arriesgarme así.

Carlos se mordió un labio y metió las manos en los bolsillos. La bolsa de tela húmeda con el animal colgaba de su muñeca.

—¿Y Teresita?, ¿ella también quieres que pase hambre? Si tú no comes en condiciones… No entiendo por qué sobrándome a mí tienes que pasar tú hambre.

—Mi padre…

—Tu padre no va a matar a mi hija. Te llevas el pollo y lo escondes ahora. Cuando se vaya mañana, le dices a tu madre que te ayude y lo deshuesáis, y ya encontraréis la manera de comer un par de días con él.

Daría guardó silencio. Ella no quería eso. No quería andar a escondidas con Carlos, ni tener una hija que no era de su marido, ni engañar a su padre. Solo quería casarse y criar a su hija, como hacían todas.

Él la cogió de las manos. Bajó la vista y no dijo nada. El muchacho se desenganchó el saco de la muñeca. Se lo tendió.

—Vamos, muchacha, que vas a coger frío. No nos veremos mañana, pasado intento traer algo más.

—Gracias, si no fuera por ti…

Él negó con la cabeza y sonrió. Después se marchó en silencio, como siempre. Ella esperó a que desapareciera tras la esquina para ponerse en marcha. El corazón le latía como si fuera una cierva perdida. Fue lo más rápido que pudo hasta el nuevo taller y encendió una vela. Aquella vez no pasaría nada, no miraría al rincón donde había visto la silueta. Le temblaban las manos cuando sacó al animal muerto del saco. No podía guardarlo en casa porque su padre lo encontraría en la cocina al levantarse y el único arcón estaba en su cuarto. Había demasiadas cosas que podían salir mal, pero todo tenía que ir bien, la vida iba a irle bien. El taller estaba lleno de escondites que podían mancharse y el olor de la madera taparía el del pollo. Ella no había querido que Federico muriera, ni quemar los bancos. No había vuelto donde la bruja, se había arrepentido. Solo tenía que aguantar hasta que se fueran las nieves.

Cogió al animal del cuello con asco. Encontró un arcón que tenía encima una sierra y un cuchillo. Cogió las herramientas con la mano libre y se giró buscando un lugar para dejarlas. Su padre estaba parado en la puerta. Se le cortó la respiración y le temblaron las rodillas. El cuchillo y la sierra cayeron al suelo.

—Padre.

—Esta vez no, demonio. Calla. Ya pensabas que ibas a dejarme otra vez en la miseria, ¿a que sí?

—No, padre. Yo solo... Tenemos hambre.

—¿Y de quién es la culpa?

Benigno se agachó y recogió el cuchillo.

—Padre.

—Pudiste engañarme una vez, bruja, pero no dos. Ibas a matar ese gallo para que mis maderas se pudrieran. Por eso no hemos tenido ningún encargo este invierno.

Ella soltó el pollo y caminó hacia atrás hasta tocar la pared. Benigno se acercó y, sin hablar, le clavó el cuchillo en el vientre. Daría tampoco dijo nada. Se dejó caer hasta el suelo agarrándose la herida. Su padre sacó el cuchillo y volvió a clavarlo en el estómago de nuevo. Los dos miraron un instante hacia la esquina, la misma esquina de la noche del incendio. La sangre le empapaba las ropas, caliente y espesa, mientras escuchaba el resuello de Benigno. Los ojos de su padre estaban rojos, llenos de venas, y la miraban.

—Puta. Demonio. Malparida.

Con cada palabra volvió a apuñalarla hasta que la cabeza cayó hacia un lado. Cogió a su hija de los brazos y la arrastró a la calle. No nevaba. Le pareció que lloraba la niña, pero no le hizo caso, ya volvería después a por ella. Arrastró a la Daría por la nieve, dejando un rastro rojo que se mezclaba con el barro de las pisadas. Sudaba mucho a pesar del frío que hacía, pero no se detuvo. Le parecía que el cuerpo pesaba cada vez más. Giró en la calle donde vivía Carlos Medina y tiró el cuerpo frente a la puerta de la casa. Los perros se pusieron a ladrar cuando se acercó. Miró al demonio por última vez y la escupió. Tenía las manos llenas de sangre y volvió a casa corriendo para acabar el trabajo. La puerta estaba abierta. Subió corriendo las escaleras, pero no había nadie en las habitaciones.

Volvió a bajar y buscó a su mujer en el taller y en el gallinero. Regresó al taller y cogió el cuchillo.

—¡Aurora! —gritó al salir de nuevo.

—Benigno —dijo una voz tranquila—. Benigno, ¿qué ha pasado?

Se acercó a la sombra para ver al antiguo alcalde. Detrás de él estaba su hijo con Aurora y Milagros. Las dos en camisola, descalzas y despeinadas.

—¿Dónde está la niña?

Su mujer empezó a temblar.

—La niña la tengo yo, Benigno. Deja el cuchillo y hablemos como personas —dijo él.

—Tú no eres ya nada aquí, no mandas nada.

—Tu mujer está asustada. ¿Dónde está Daría?

Se escuchaban los balidos de las ovejas y los ladridos de los perros. Algunos candiles parecían encenderse en las casas vecinas.

—La niña. Tengo que acabar con ella.

El muchacho dio un paso al frente y se situó junto a su padre. Del otro lado de la calle venían voces y aparecieron más hombres.

—Benigno, suelta eso, por favor.

Miró hacia todos los lados.

—Ella me lo dijo.

Vio la sombra en la puerta del taller, igual que la había visto en la esquina mientras apuñalaba a Daría, como un aparecido negro con los dientes muy afilados, dientes de pez. Subió el cuchillo al cuello y apretó. El hijo del alcalde se adelantó y le quitó el arma por la fuerza. La lanzó a la nieve, donde dejó manchas rosas. Benigno se arrodilló y empezó a arañarse el cuello, quería arrancarse una cuerda que le apretaba y no le dejaba respirar. Varios hombres le cogieron de los brazos y le redujeron sobre la nieve. Entonces fue como un despertar, como si hubieran limpiado un cristal empañado. Aurora estaba de rodillas, llorando sobre el rastro de sangre de su hija. Las ovejas dejaron de balar.

Una figura encapuchada, envuelta en sombras, observaba detrás de la fila de curiosos. Después se dio la vuelta y caminó en dirección al olmo del molino. Llevaba una bebé en brazos. Comenzó a nevar de nuevo mientras levantaban a Benigno del suelo y se lo llevaban a rastras.

Las muertes que vendrán

I

8 de julio, 03:55

Cristina Escudero padecía de insomnio. Le pasaba a veces, cuando se ponía a pensar en todo lo que había hecho mal, en las decisiones que hubiera tomado si hubiera tenido la experiencia que tenía en ese momento. Ella llamaba experiencia a las decepciones. ¿Qué hubiera pasado si no hubiera aceptado aquella invitación a bailar?, ¿si hubiera dicho que no?, ¿si se hubiera divorciado? Pero ya no podía hacerlo. Ya era vieja. Solo podía aguantar hasta morirse o hasta que se muriera Juan. Eso y no dormir. En el insomnio podía vivir las vidas que no había vivido, imaginando rutas diferentes a las que había tomado, aquellas que la habían llevado a la monotonía, al piso normal, al marido normal, al coche normal, a los hijos normales y a los nietos normales. Hacía, a veces, un poco de calceta, porque la tele molestaba a su marido y a esas horas solo había marranadas. Muchas noches, angustiada por no ser capaz de dormir, se quedaba en el sofá mirando una mancha de humedad que aparecía una y otra vez por mucho que la frotara con lejía. A veces, cocinaba o se dedicaba, simplemente, a mirar por la ventana, a observar la niebla o la noche. Había días que ojeaba una revista o se quedaba sentada en la butaca mirando el techo, pidiendo por favor a Dios que la dejara dormir. Pensaba, así se lo había dicho alguna vez al padre Prudencio, que su insomnio era un castigo por no querer a su esposo, por desear que se muriera. Sus hijos ya estaban crecidos, lo soportarían. Aquella noche, por ejemplo, le había dado por limpiar, por pasar el trapo a las estanterías que nunca tenían tiempo de sentir el polvo sobre ellas, a barrer, a fregar el suelo. Juan le decía que un día iban a ver la casa del vecino de abajo de tanto fregar y tanto frotar, pero era importante —para Cristina lo era— que la casa estuviera impoluta, aunque nunca tuvieran visitas. Decidió limpiar la ventana del salón porque recordaba que habían anunciado tormenta y era mejor limpiarla y bajar la persiana antes de que viniera la lluvia. Limpió la parte de dentro con esmero. Le gustaba hacerlo usando cristasol, un trapo y papel de periódico. Era capaz de notar, por el brillo de la luz en el salón, si la ventana estaba sucia. Se entretuvo en las esquinas, parte que nadie limpiaba como ella. Abrió la ventana para limpiarla por fuera. Cuando roció el cristasol, le llamó la atención que en el paseo del río había una pareja sentada en un banco. Se dijo que serían adolescentes borrachos o muy enamorados y los observó con envidia, apoyada en el alféizar con el trapo en una mano y el cristasol en otra. No parecían jóvenes, pero a aquella distancia era complicado saberlo. Como si la hubiesen escuchado pensar, los dos enamorados se levantaron y caminaron hasta su portal, cruzando la calle. Cristina se asomó más porque reconoció que la mujer llevaba el mismo vestido que ella se había comprado hacía unos meses para alguna ocasión especial que aún no había llegado. Aquello le pareció curioso y le hizo sentir triste, pero no le extrañó demasiado porque en Curva cada vez había menos tiendas y era normal que todo el mundo vistiera con lo mismo.

La pareja se detuvo y comenzó a besarse. Él parecía más joven que ella. «Qué poca vergüenza», pensaba, «dándose besos a estas horas por la calle como una chiquilla». Pero se les veía tan enamorados y felices…, como si se conocieran de siempre. La mujer se separó y se acercó más a la casa, ella sola. Cristina contuvo la respiración. Al principio solo pensó que se parecía mucho a ella, pero después comprobó que tenía sus mismas gafas y el mismo peinado. Su propia cara le devolvía una sonrisa torcida muy extraña. Cristina se asustó y casi se cae de la ventana. Dio un paso atrás y se giró. Detrás de ella, en el salón, estaba la mujer que se parecía a ella, seguía sonriendo. Cristina se sobresaltó y le lanzó el trapo. La figura avanzó, ignorando el paño, y empujó a la mujer, que cayó por la ventana, aún aferrada al cristasol, sin emitir ni un solo grito.

8 de julio, 05:00

Agustín Reina y Claudia Romera tenían tres hijos de diez, ocho y cinco años: Pedro, José Antonio y Gabriel. Vivían en una casa antigua junto al río Arla que Agustín había reformado poco a poco los fines de semana mientras la pareja vivía con los padres de ella. Él decía que la casa no estaba bien aislada y siempre, fuera verano o invierno, había mucha humedad. A Agustín la humedad se le metía por dentro. Se le pegaba a los huesos como el moho a la fruta podrida, los corroía igual que la carcoma. Y Agustín a veces tenía pesadillas en las que la humedad le reblandecía los huesos hasta que solo quedaban pequeñas astillas que se partían al levantarse. Había mañanas que notaba las sábanas frías y veía los cristales empañados y no se atrevía a levantarse por si los huesos se le doblaban o se le partían. Sentía la humedad viajando dentro de él durante el resto del día, estuviera al sol o a la sombra, y nunca era capaz de sacarse de encima esa sensación de frío. Claudia lo llamaba exagerado y siempre bajaba la calefacción en invierno. Agustín, las noches de niebla, que eran muchas en Curva, colocaba toallas en los bajos de las puertas para que los vapores húmedos no entraran en su casa y contaminaran a sus hijos. Dormía siempre con pijama y calcetines, y, aunque se levantara empapado en sudor, notaba cómo la humedad fría se le iba pegando por dentro cada vez más. En verano, si hacía mucho calor, Claudia abría la ventana y él se marchaba a dormir al salón, con las dos puertas cerradas, y sacaba el edredón nórdico del armario. Aquella noche, Agustín se fue al salón a pesar de que nadie había abierto la ventana. Lo había despertado un susurro, una voz que lo llamaba por su nombre. Al despertarse, vio un pequeño rastro de bruma que salía de su lado de la cama y se marchaba hacia el salón. Se puso una bata y fue hasta allí. La luz de la farola era suficiente para ver las formas de los muebles. Al entrar en el salón, se encontró con la estancia completamente congelada. Los libros estaban hinchados de humedad y de las estanterías colgaban carámbanos de hielo. El suelo estaba cubierto por una fina capa de escarcha que crujía cuando Agustín la pisaba con las pantuflas. Empezó a tiritar. Las ventanas estaban blancas como en las películas cuando es Navidad. Al fondo de la estancia había alguien. Era una figura hecha de niebla, con forma humana. No se movía. Se preguntó si estaría teniendo otra pesadilla y trató de mover los brazos. Fue hacia la ventana —si abría, entraría algo de calor—, y al moverse la figura dio varios pasos, acercándose. Él se quedó quieto, sin atreverse a mirarla. Pasados unos segundos, la figura se acercó más. Agustín trató de echar a correr, pero resbaló con el hielo y cayó. Cuando se giró, la figura se le había echado encima. La bruma, que no tenía rasgos definidos en la cara y cuyo cuerpo parecía moverse, aunque estuviera quieto, como humo encerrado en una urna, se inclinó despacio y lo cubrió. Agustín aguantó la respiración, pero pudo notar cómo la niebla que formaba el cuerpo de aquel ser se descomponía y le entraba por la nariz, por las orejas, por los lacrimales, debajo de las uñas, por el ombligo, por los huecos que quedaban en los labios cerrados. La bruma estuvo entrando dentro de él durante unos minutos, sin que pudiera moverse, y después desapareció. El salón estaba ahora cubierto de nieve y Agustín sentía cómo se le congelaban los pulmones y los huesos. Cada vez que respiraba, se le clavaban agujas en el pecho. Se levantó, tiritando, y una nube de vaho denso se formó delante de él. Tenía las pestañas congeladas. Vio cómo entraba frío por la rendija de ventilación de la estufa, en forma de viento blanco. Se levantó y colocó un cojín delante de la rejilla. También una de las mantas del sofá en la puerta de la calle, por si acaso. Pero aquello no era suficiente, cada vez tenía más frío y al moverse escuchaba crujir sus articulaciones, como si tuviera congelados los músculos también. Se acercó a la estufa de butano y la encendió. Le costó ponerla en marcha porque los dedos se le habían quedado agarrotados sobre las solapas del batín, en un intento inconsciente por mantenerlo cerrado. Cuando ya pensaba que no quedaba butano en la bombona, la estufa soltó un chasquido y una tímida llama se encendió en el frontal. Agustín se dejó caer de rodillas delante del fuego y adelantó las manos, sintiendo cómo el calor iba poco a poco fundiendo el hielo. Tenía las manos hinchadas y enrojecidas, pero decidió quedarse delante de la estufa. La estancia estaba más caldeada y la nieve del suelo comenzó a derretirse. Permaneció sentado, mirando la llama danzarina de color naranja, hasta que todo se hubo derretido. Notó, poco a poco, cómo los ojos se le cerraban mientras observaba aquella llama naranja que le pareció que sonreía.

8 de julio, 05:45

Marcelino Huertas detuvo su furgoneta delante de la casa de Horacio Pérez e hizo sonar el claxon muy suavemente una sola vez. La luz de la ventana de la cocina de su amigo se apagó y, a los pocos segundos, el cazador abrió la puerta. Dos galgos salieron corriendo a mear en el seto de enfrente. Horacio saludó con la mano a Marcelino y después silbó para que volvieran los animales. Los propios perros de Marcelino, un setter y un teckel, se movieron inquietos en la parte de atrás de la furgoneta. Horacio subió los animales y después se subió él en la parte de delante. Los perros se movieron, oliéndose y reconociéndose, y, cuando el coche se puso en marcha, se sentaron para mantener el equilibrio. Los cuatro, uno a uno, emitieron un quejido bajo, triste y profundo, por orden. Los hombres charlaban y no prestaron atención.

Llegaron con el coche al refugio junto a la poza y de ahí cogieron el camino a la majada que bordeaba el río.

—Aquí fue donde dicen que se ahogó el tío Juan.

—Cazando no se habla —respondió Horacio—. Además, no se ahogó. Eso es lo que os dicen a los niños para que no os bañéis en la poza.

Marcelino, que solo tenía diez años menos que Horacio, gruñó, pero no respondió. Cazando no se hablaba, era cierto. Los perros se adelantaron por el camino y, una vez entraron entre los chopos de las veredas, los perdieron de vista. Finalmente, no pudo resistirse:

—¿Y qué le pasó, si puede saberse? Dímelo tú, que eres tan mayor y te puedes bañar en las pozas.

—Shhh, joder, Lino, como me jodas la caza te doy una hostia.

Siguieron andando, los dos vestidos de camuflaje y cargando las escopetas. Solo escuchaban los crujidos de las ramas cuando las pisaban con las botas. Todo el monte parecía dormir. Ni siquiera escuchaban los movimientos de los perros.

—Se lo comieron.

—¿Qué?

—Al tío Juan, el de la poza. Se lo comieron sus ovejas.

—¿No decías que no se habla cazando?

Escucharon un ruido de alas un poco delante. Se quedaron quietos. Cazar tenía mucho de esperar, de callarse. Podía ser una codorniz y podía ser un simple gorrión. Incluso una lechuza yéndose a dormir. El río sonaba a su izquierda, aunque no podían verlo. Era demasiado temprano incluso para intuir el amanecer. Los dos se preguntaban dónde estarían los perros, pero como el otro no daba muestras de preocupación, fingieron que no era extraño.

—Cómo se lo van a comer las ovejas, ¿te crees que soy idiota? —dijo Marcelino cuando volvieron a andar—. Tengo casi treinta años, deja de tratarme como a un crío, joder.

Marcelino y Horacio cazaban juntos desde hacía mucho tiempo. Al principio salían con sus padres, pero poco a poco los hombres se habían cansado y ellos habían continuado, un poco por inercia y otro poco por gusto, con aquella tradición. No cazaban casi nada, solo lo permitido, y pocas veces llegaban al límite. Limpiaban el monte y ponían todo de su parte para evitar los incendios o que se agotaran las especies. Había habido días, incluso, que salían solo por espantar a los furtivos y a los pescadores ilegales de cangrejos.

—Fue cuando la guerra. Ahí pasaba hambre todo dios. Las cabras se comen las latas, que lo he visto en un vídeo de YouTube, ¿por qué no iba a comerse una oveja a un pastor?

—¿Y por qué sí? No digas bobadas. ¿Lo pillaron durmiendo y lo ataron entre todas? ¿Lo mataron a balidos? ¿De dónde sacaste eso?

—Mira a ver si hablas más alto, burro. Hoy no cogemos una mierda.

—Calla, hostia, si eres tú el que más vocea. Queda todavía casi media hora hasta la majada.

—¿Y qué? Ya quisieras tú tener el oído que tienen los bichos. Están todos espantados para la vega cuando lleguemos, ya te lo digo yo.

—Quita, hombre, ¿qué sabrás tú? Si no cogemos nada es porque no le atinas a una vaca, que tienes menos puntería… No sé ni cómo preñaste a la Reme.

—A tu madre, Marcelino, a tu madre voy a preñar.

Guardaron silencio y siguieron andando. El terreno subía y se notaba el esfuerzo en la respiración de los dos cazadores. Pasaron diez minutos, seguía sin amanecer.

—Tienen buenos dientes, las ovejas —dijo Horacio.

—Sí, como el mío pequeño, el salchicha, cualquier día te come si te dejas.

—Que estos animales antes eran salvajes, Lino, que se defenderían de alguna manera.

—Qué se van a defender. También dicen que las gallinas volaban.

—Lino, las gallinas eran dinosaurios.

—Mira que eres subnormal, Horacio.

Ninguno de los dos sabía muy bien por dónde andaba, cosa extraña porque ambos se conocían el monte mejor que sus habitaciones. Horacio pensaba que se había despistado por ir atendiendo a la conversación con Marcelino y este pensaba que tenía un mal día, que quizá había dormido mal. Los dos fingieron saber por dónde iban.

—Ya sabes lo que dicen del hombre ese que se quemó con sus ovejas —dijo Horacio para espantar la sensación de estar perdido en la oscuridad.

—Buh, menudo cuento.

—Menudo cuento, sí. Pero que se escucha a las ovejas balar por la noche, se las escucha.

—¿También lo has visto con la cara quemada y cubierto de sebo?

—No, eso no.

—Pues ya está. Eso os lo dicen a los viejos para que no salgáis por la noche al monte a hacer maldades.

—Pero ¿tú has pasado por la taina?

—Qué voy a pasar. Ni yo ni nadie.

—Qué sí, hombre. Que es la taina que hay donde las carreras, la que está tirada y solo quedan los cimientos.

—Que no, Horacio, que te engañan, que esa taina es de la familia del Jesús, el panadero.

—Será, pero también es la que se quemó.

—Al final me pongo de mala hostia.

—Estaría bueno. Me espantas la caza y encima te pones de mala hostia. ¡Vete a tomar por culo!

Guardaron silencio. Ya apenas se escuchaba el rio. El sendero que seguían salió a una explanada en medio del bosque. Había cuatro mujeres desnudas abrazadas al final del claro. Los cazadores se detuvieron, sorprendidos. Las mujeres se giraron hacia ellos y se pusieron a cuatro patas. No fueron capaces de distinguir sus rasgos. Contuvieron la respiración. Muy lentamente, en medio del silencio, las mujeres comenzaron a oscurecerse, como si se estuvieran camuflando con la negrura del bosque, hasta que Horacio y Marcelino se dieron cuenta de que les estaba creciendo pelo por todo el cuerpo. Los miembros se les acortaron y la nariz y la boca se les alargaron. Cada una de las mujeres adoptó la forma de sus perros. Los cazadores se miraron. Los cuatro perros esperaban sentados sobre las patas traseras, en fila. Comenzaron a gruñirles cuando hicieron amago de avanzar dentro del claro.

—¡Me cago en mi vida! ¡Te muelo a palos, cabrón! —dijo Horacio.

Los perros ignoraron el grito y avanzaron hacia ellos, sin prisa, aún gruñendo. Marcelino se giró, pero no fue capaz de distinguir por dónde habían entrado en el claro, no había rastro de la senda ni, aparentemente, hueco entre los árboles. Horacio se acercó y amenazó al primero de sus galgos con la culata de la escopeta. El animal ladró. Los perros de Marcelino se acercaban a él. Horacio empezó a recular y le dio la vuelta al arma para apuntar a los perros.

Los dos escucharon en su cabeza una voz. Una voz clara de mujer que les dijo: «A él». Los dos hombres se encontraban ya pegados a dos encinas. «A él». «A él». Horacio apuntó la escopeta y disparó, pero el perro se movió con sencillez, esquivando el proyectil. El sonido del disparo se les metió en la cabeza, como si la tuvieran vacía, y comenzó a hacer eco. Al final, el sonido se parecía demasiado a las palabras de la mujer. A pesar de la oscuridad, podían ver los dientes apretados de los animales, la espuma saliendo de las bocas. Marcelino podía, incluso, oler la acidez de los alientos, también la del perro pequeño. No se escuchó nada en el bosque, ni pájaros levantando el vuelo ni el eco del disparo. Los animales saltaron a por sus presas. A Horacio primero le desgarraron la chaqueta y un pantalón. No habían llegado al hueso, pero notaba la presión de los dientes y el dolor de la herida.

—A él —dijo—. A él.

Marcelino, que había corrido peor suerte y el setter ya se había tragado dos de sus dedos, dijo aquellas mismas palabras entre gritos y aullidos.

Y los perros los soltaron. Se dieron la vuelta, cruzándose en el camino, y saltaron sobre los otros cazadores. Esta vez sí, cuando los dos hombres gritaron, antes de que les arrancaran las gargantas, una bandada de pájaros alzó el vuelo junto al río y comenzó a amanecer.

Lidia

La primera pieza

4 de julio

Cuando se calma, responde a su madre y busca en internet el nombre de Rosario y Curva de Arla. Nada relevante. Tiene la corazonada de que Rosario está muerta. Lidia no sabe si cree o no en los fantasmas, nunca se lo ha planteado. Las películas son películas.

Llama a casa de Raúl. Ya no llueve, pero sigue con la ventana de la habitación cerrada, lo que le da a la estancia un aire de humedad y opresión que otras veces no ha sentido. El tío la nota agitada cuando le pasan el teléfono y así se lo dice a Lidia. Ella le pregunta por Rosario, una niña de Curva de Arla, y Raúl espera unos segundos en silencio. Tiene la pequeña esperanza de que Rosario sea una niña real, que esté viva, que todo haya sido un malentendido.

—¿Rosario Castro? ¿Por qué quieres saber de Rosario?

Lidia no contesta al principio. Se queda en silencio. Su tío ha llegado a ese nombre demasiado deprisa.

—Curiosidad.

Hay otro silencio, el teléfono viejo de casa del tío se escucha fatal, como si el tío estuviera en una cueva.

—Es una historia muy escabrosa, no es agradable de contar. Mejor será que pienses en otras cosas del pueblo.

—¿La... —hace una pausa—, la quemaron?

Los dos guardan silencio. Escucha la respiración grave de Raúl.

—Lidia... —dice como advertencia.

—Vale. Yo...

—Tengo que irme, Lidia. Descansa.

—Solo una cosa. ¿La conociste?, ¿a Rosario?

Raúl se ríe.

—Lidia, Rosario murió muchos años antes de que yo naciera.

Hay un silencio y el tío suspira.

—Mira, todas las familias de Curva tienen historias así. Supongo que es cosa de Curva de Arla. Bueno —continúa, corrigiéndose—, quizá sea cosa de todo Sallón o de toda España, si me apuras. Los castellanos somos un pueblo de locos que lo lleva como puede. La madre de Rosario estaba demente. Es mejor si no te centras en esa parte de nuestra historia..., es..., somos un pueblo de... gente que solo trata de mirar hacia delante y olvidar. Todos piensan que hubo un tiempo en el que Castilla era gloriosa, llena de caminos transitados, de comercio y ciudades prósperas. La verdad es que dudo que eso haya existido, Lidia. Siempre hemos sido unos bárbaros. Quizá siempre hayamos estado demasiado pegados a la tierra, a lo salvaje del campo. En fin. Remover el pasado es removerse a uno mismo. No es bueno. No. Es buscar en las brasas con una rama seca. Lo primero que se va a quemar es la rama, ¿sabes? —Lidia no responde—. Escúchame...

Luego se queda en silencio mucho rato.

—Dime, tío.

—Me tengo que marchar. Hablamos otro día con más calma y te cuento lo que necesites sobre las carboneras.

Y ahí acaba todo. Cuelga. Incluso con esos datos, con el nombre y más o menos la época, Lidia no encuentra nada en internet. Tampoco le sorprende. Sabe que el tío nació el año que empezó la guerra, por lo que supone que Rosario había nacido a principios de mil novecientos o finales del siglo anterior, aunque es solo una corazonada. Durante el reinado de Alfonso XII, probablemente, o los últimos años de la regencia de María Cristina. En aquella época puede que incluso ni se investigara la muerte de la pequeña. Todo lo del caciquismo vino después, con Primo de Rivera y su cantinela del cirujano de hierro.

Si fuera una novela de misterio, el tío sería el primer sospechoso. Le ha parecido más serio de lo normal, aunque quizá era por el teléfono o la tormenta. Las tormentas en verano atontan a todo el mundo. Incluso a las moscas.

En su cuarto se ahoga, así que abre la ventana.

Después, estudia un par de páginas. Cuando se dispone a recitarlas de memoria paseando por el cuarto, ve desde la ventana otra vez a la señora de negro que la libró de la niña. Baja la persiana corriendo y se sienta en el suelo aguantando la respiración y escuchando los ruidos que vienen de la calle, hasta que se calma.

Pasa una hora así. Solo ha conseguido sentarse de nuevo frente al escritorio y encender el flexo. Nada tiene sentido. Se toca la quemadura del tobillo, que le escuece más que antes. Reúne fuerzas, sube la persiana del todo y se asoma a la ventana. No llueve. Ve unas huellas en el barro de la calle, bajo la luz de la farola, y decide que son las de la mujer porque miran directamente a su ventana. Hay pocas huellas más. Las pisadas siguen después y se meten en el camino de las huertas. Tiene que ser una loca. Los fantasmas no dejan huellas. Aunque luego piensa en el surco que dejaba Rosario al arrastrarse, en el polvo que levantaba, en la quemadura de su tobillo.

Llaman a la puerta de la habitación y pega un brinco. Se ríe y se pasa la mano por la cara.

—Cariño, ¿todo bien?, ¿has acabado de estudiar?, ¿ponemos la mesa?
—Sí, mamá, estaba concentrada y me has asustado.
—Ay, hija, lo siento. —Se ríe.
Su madre abre la puerta.
—¿Así estudias?, ¿a oscuras? Madre mía, Lidia, hija, que parece una cueva. Te vas a quedar ciega solo con el flexo.
Lidia mira por la ventana, pero no ve nada sospechoso.
—¿Bajas a cenar?
—Eh, no. —Se gira—. No voy a cenar aún. Voy a dar un paseo, estoy un poco embotada de la lluvia y el estudio. Voy a aprovechar que parece que se ha despejado. No me esperéis, ya pico yo algo cuando vuelva.
Su madre se encoge de hombros y sonríe.
—Llévate las botas, ya sabes cómo se pone la calle cuando llueve. Si el alcalde nos hiciera caso de una vez y nos la asfaltara.
—Sí, claro, mamá, no te preocupes. No tardo.
Asiente y sale del cuarto. Lidia la escucha llamando a su padre para que ponga la mesa y diciéndole que no va a cenar con ellos. Después sigue quejándose del alcalde, sin dejar casi un segundo de silencio para tomar aliento entre frase y frase. Hablan sobre ella como si se hubiera marchado ya al supuesto paseo. Se deben de haber acostumbrado durante el tiempo que ha pasado en Sallón. A Lidia todavía se le hace raro. Le hace sentir que no existe, que ha desaparecido y que es ella el fantasma. Se cambia de ropa y sale de casa. No sabe por qué. No sabe dónde va exactamente, pero sale de casa. Cierra la puerta sin hacer ruido y se queda un rato allí, en el porche, quieta, escuchando la brisa mover los chopos del frente de la calle. Algunas gotas de los árboles aún caen sobre los charcos. ¿Qué está haciendo? Respira hondo y baja los escalones hasta la calle. Las botas hacen crujir las piedras que han quedado al descubierto cuando la lluvia se ha llevado el polvo y la arena. No se oye nada más, pero distingue un par de casas con

las luces encendidas. Su casa es la primera, la que está más cerca de la curva y del lugar donde vio a la niña. Cuando llega al chopo en el que estaba apoyada, saca la linterna del móvil, a pesar de las farolas, y apunta al suelo. Evidentemente, la lluvia ha borrado cualquier rastro. Apaga la luz. Las farolas continúan hacia la izquierda, hacia el pueblo. A la derecha, en las huertas, por el contrario, todo está oscuro. Suspira una última vez y se mete en ese camino.

Tiene curiosidad por saber qué habrá querido decir el tío Raúl con eso de la locura y las familias, pero lo último que necesita es una obsesión que la distraiga del museo. Hace frío en el camino de las huertas, que en realidad no se llama así, su madre lo llama de otra forma, pero nunca lo recuerda; nota la humedad que emana del suelo, de la hierba mojada. Va en silencio, atenta a cada ruido, pero sus pisadas evitan que escuche algo más allá de unos metros. Se para pasado un tiempo, cuando ya no ve la última farola de su calle. Le gusta la oscuridad y la sensación de soledad. Por alguna razón se siente aislada y absurdamente protegida allí, mucho más que en su cuarto. Poco a poco los sonidos del campo la envuelven, como cuando jugaba a planos o los tres navíos y le tocaba esconderse con su grupo. Guardar silencio, esperar. Ella solía cerrar los ojos e imaginarse que estaba sola, durmiendo en el bosque. Muchos de su cuadrilla estaban asustados, comentaban cada ruido, imaginaban alpacas que se movían, lobos, extraterrestres, etc.; Lidia, no. Nunca ha sido una chica miedosa. Respira hondo.

Recuerda una vez, en verano, en la que se marchó de la plaza donde estaban jugando todos sus amigos y se puso a pasear por el pueblo. Tendría unos diez años. Sabía que en unas horas debería ir al cumpleaños de una de las niñas de la plaza, pero se había marchado de allí atraída por las calles vacías. Nunca había tenido miedo de perderse en Curva. Al final, alguien siempre la encontraba. Y así fue aquella vez. La propia madre de la niña, asustada, había ido a buscarla cuando vio que no estaba al comienzo del cumpleaños. Lidia había llegado hasta el parque y paseaba entre los árboles. A veces, Lidia hace ese tipo de cosas. Se marcha de sitios, deja de hablar a algún amigo, no se da por invitada cuando le ofrecen algo, etc.; todo con la intención oculta, sospecha, de hacerse buscar. Nunca ha sabido por qué hace esas cosas y le da miedo que, si alguna vez va a terapia, la psicóloga le diga que es una egoísta y una narcisista. Ella, que siempre ha querido lo mejor para todos. Aunque a veces piensa, eso es verdad, que lo del museo no lo hace por el pueblo, por ejemplo, sino por su propio ego.

Escucha unos susurros delante de ella. No sabe a cuánta distancia se encuentran las voces porque, por la noche, los sonidos suelen parecer más cercanos de lo que están en realidad. Se pone en guardia y duda si encender la linterna del teléfono o no. Se agacha para hacer menos ruido y trata de colocarse en el borde del camino, junto a una sebe. Hay varias voces, pero es incapaz de distinguir lo que dicen. Pasado el tiempo las voces continúan al mismo volumen, por lo que concluye que están quietas hablando y decide moverse. Intenta hacerlo sin ruido, pero siente que cada paso es un timbrazo en medio del silencio. Las voces se van escuchando más cerca. Cada vez va viendo mejor en la oscuridad, a pesar de que no hay luna. Llega a una huerta que tiene la puerta de la sebe entornada. Las voces vienen de dentro. La hierba está muy alta y hay un par de encinas repartidas por el terreno, al fondo de la huerta. Varias figuras charlan tranquilamente en medio de la hierba alta, que a Lidia le llega casi por las rodillas.

Tres hombres. Las figuras callan y se giran hacia ella cuando cruza la puerta.

—Me lo imaginaba —dice el tío Raúl moviéndose hacia Lidia.

Ella se acerca en silencio y reconoce a otra de las figuras, es el padre Prudencio. También hay un hombre, que le parece que es profesor.

—¿Qué pasa? —logra decir casi pidiendo perdón.
—¿También ha hablado contigo Bernarda? —pregunta el profesor.
—¿La mujer de negro?
Él asiente.
—Solo la he visto, pero no he...
En ese momento se escucha a alguien que corre y un chico entra en el huerto. Lidia lo conoce, es el Medina al que casi aplasta una piedra de la torre, la tarde pasada. Mira el reloj y después mira a los otros. Su tío Raúl hace un chasquido de desagrado y golpea con el bastón en el suelo.
—Un Medina...
El chico se acerca, parece enfadado. Todos nos miramos entre nosotros. Por instinto me coloco junto a Raúl. Me mira y sonríe cómplice.
—O sea, que se te ha aparecido la Rosario...
—Ay, mi niña, pobrecina —dice el cura—. La Rosario...
—Y se santigua.
—Soy Javier, profesor en el colegio. —El hombre la mira, pero no saca las manos de los bolsillos —. ¿A qué se refieren con aparecer?, ¿qué has visto?
En ese momento se escuchan unos pasos nuevamente y entra una mujer. Lidia la reconoce, es Almudena Castro, le dio clase en el colegio. Lidia se sonroja. Se siente en una fiesta a la que no ha sido invitada.
La mujer mira un poco alrededor con pinta de reconocer a todo el mundo, pero se detiene en el profesor. Se acerca, enfurecida.
—¿Estás loco? —le dice.
El cura se gira hacia ella y corta la respuesta del profesor.
—Almudena, hija.
—Tío Prudencio, ¿qué hace aquí? Es tarde ya, váyase a casa.
Hay un silencio.
—Mude, Bernarda me ha dicho...

—Calla, calla. Te juro que como esto sea una broma te la guardo para siempre. Vámonos. Vámonos, todos.

Almudena tiembla un poco, aunque lo intenta disimular. Lidia sospecha que no tiembla de miedo, sino de rabia.

—Chicos. —Mira a Lidia y al Medina como si el estar en edades parecidas los convirtiera en un conjunto—. Vosotros tenéis que daros cuenta de que esto es una locura.

Le tiembla un poco la voz, pero está sobre todo enfadada. Se cruza la rebeca sobre el pecho. Mira a Lidia, resopla y ella se debate. Si Almudena se lo pide, se irá; si Raúl se lo pide, se quedará.

—Ya estamos todos.

La mujer de negro está en la puerta de la huerta. Entra y cierra la sebe detrás de ella sin, aparentemente, pincharse con las zarzas u ortigarse. Después se limpia las manos en el mandil y avanza hacia ellos. Nadie habla.

Los ojos de Lidia ya se han acostumbrado a la oscuridad y puede ver el rostro de la mujer. Tiene marcas de expresión alrededor de los ojos y en la boca. Los ojos parecen oscuros. Ella los mira a todos uno a uno con un gesto neutro. Inspira hondo.

—Bien, que hayáis venido todos es buena señal.

El Medina se adelanta y cuando la mujer se gira hacia él dice:

—A ver, ¿se puede saber qué quieres de nosotros?

—Carlos. No seas impertinente. Háblame de usted. Sentémonos.

Dicho lo cual, cruza las piernas y se sienta sobre la hierba como si fuera una adolescente. Los demás se miran. La hierba estará mojada. Lidia se siente un poco ridícula en ese momento y desea con todas sus fuerzas marcharse.

—Yo, verá, solo he venido por...

—Por Rosario. Ya lo sé, Lidia. Por favor, ten paciencia. Tened paciencia. Todos habéis sido visitados y eso no es bueno. Se acerca El paso. De momento he podido contenerlo, pero... los tiempos están cambiando.

Todos vuelven a mirarse. Raúl la llama y entre Prudencio y ella le ayudan a sentarse en el suelo. Carlos Medina bufa y se sienta. Almudena está cruzada de brazos y mira al otro profesor. Él se sienta haciéndole una mueca de impotencia y ella lo imita, pero un poco separada. Los demás se sientan más o menos a la vez. Lidia se sorprende de que la hierba sea cómoda y de que no esté mojada.

—Muchas gracias a todos. Creo que ya podemos comenzar.

No sabe qué contestar, así que mira a la mujer de nuevo.

—Me llamo Bernarda Ramos y nací en 1789.

Todos se quedan callados, menos el tío Raúl, que suelta una carcajada.

—Bernarda Ramos murió justo después de...

—De dar a luz a mi sexto hijo. Hija en ese caso. Mi pequeña Ramira, que murió un año después. 1813 si quiere que sea más exacta, Raúl.

Lidia mira al tío, que no aparta los ojos de la mujer, muy serio. Algo encaja dentro de Lidia y, aunque se niega, de manera consciente, a creer que se encuentre ante alguien nacido en el siglo XVIII, siente que una pequeña pieza se ha colocado en su lugar y que, de repente, el aire fluye sin obstáculos dentro de ella. De pronto le parece evidente que Rosario sea una niña muerta y que Bernarda tenga más de doscientos años.

—Como puede ver, como podéis ver, no estoy nada muerta. Y sé que todos sentís que estoy diciendo la verdad. Por favor, no tengáis el mal gusto de dejar que la razón os diga lo contrario. Llegué a Curva de Arla huyendo y en busca de algo que mi madre nos había encomendado proteger. Quizá llegué a morir, las fronteras en este valle nunca son muy claras, pero, muerta o viva, tuve que abandonar a mi familia. —Sonríe—. Puede que la culpa fuera de Daniel o que fuera mía, pero eso no importa. Encontramos lo que habíamos venido buscando.

—Hace un gesto amplio con la mano que abarca, según piensa Lidia, toda la huerta—. Curva de Arla es un lugar muy especial. ¿Nunca os habéis preguntado por qué hace tanto frío por las noches incluso en agosto?, ¿hasta cuando en los pueblos de al lado no baja tanto la temperatura? ¿Nunca os habéis preguntado por qué hay tantas muertes y nadie habla nunca de ellas fuera del pueblo?, ¿por qué hay tantos accidentes?

Lidia se frota las manos, nerviosa, y se toca de manera inconsciente la quemadura del tobillo. Empieza a notar frío a pesar de que la noche está templada y que la hierba está seca. Esta misma tarde ella ha sido incapaz de encontrar algo sobre la muerte de Rosario en internet cuando, aparentemente, todos los mayores conocen la historia.

—Curva es un puente, un pozo más bien, un corcho. Es, a la vez, un lugar maldito y un lugar bendito. No tenemos tiempo, no esta noche, de hablar de todo lo que ha sucedido en este lugar, os pido un salto de fe. Imaginad que Curva es una puerta y cada habitante forma parte de esa puerta. Habrá habitantes que sean madera, que refuercen entre todos la estructura que la sostiene. Imaginad, además, que es una puerta perfecta, que no deja pasar ni un rayo de luz, ni una pizca de aire, ni un suspiro, ni un ruido. Imaginad ahora que hubiera algunos habitantes que no fueran madera, que fueran hierro. Imaginad que quito uno de ellos. Una parte de una bisagra, un tornillo de la cerradura. Aparentemente a la puerta no le pasaría nada. Aparentemente. Pero entonces ya no sería una puerta perfecta. Una persona no podría atravesarla, pero un sonido, un poco de brisa, quizá sí. Si quitamos otra bisagra, otro tornillo, y otro, y otro... La puerta caería.

Bernarda toma aire y coloca las manos sobre las rodillas, pero no en una postura cómoda, sino como si se apoyara para ponerse en pie.

—Hay algo en Curva intentando atravesar esa puerta. Cruzar el puente, quitar el corcho. Eso es lo que se conoce como El paso.

Lidia traga saliva. Todo lo que escucha le suena a película y a la vez le parece muy cercano, muy lógico. Desea que la mujer se calle, que le dé tiempo a pensar, a procesar lo que dice.

Rosario ha cruzado esa puerta, sin duda. La quemadura le vuelve a escocer.

—¿Qué quiere decirnos, Bernarda? Sea directa. A algunos no nos queda mucho tiempo, ¿sabe?

La mujer sonríe a Raúl.

—Los Castillo, los Medina, los Castro y los Ramos son el hierro de la puerta. No todos, por supuesto, pero sí muchos de ellos. Las cuatro familias son herederas mías. Yo soy el hierro. Daniel era el hierro. Por eso se nos animó a casarnos y procrear. Por eso decidimos mezclarnos con los curveros al llegar aquí, para extender ese hierro, que no dependiera solo de unos cuantos. Y vosotros seis tenéis mucha de mi sangre. Vosotros sois la defensa de la puerta.

—A ver, a ver, a ver. ¿Me estás queriendo decir que tenemos que pelear contra alguien que quiere entrar en el pueblo? Rollo patrulla de superhéroes. —Carlos se ríe y después escupe a un lado—. Si ya sabía yo que no tenía que haber venido. —Y se pone en pie.

Bernarda sonríe y pregunta:

—¿Le vas a contar a Pilar que Ramón Medina casi te mata?, ¿le vas a contar que te intentaste suicidar siendo él? Primero entran en vuestros sueños, incluso aunque no lo recordéis, pero después os visitan hasta que finalmente os hacen suyos. Si te marchas, te acabarás pegando un tiro, o pegándoselo a alguien, pero no en tus sueños.

Carlos se queda levantado. Mira a todos los demás, se detiene en Lidia. A ella le parece asustado. Un lobo herido. Carlos siempre le ha dado miedo. No Carlos en sí, el tipo de persona que es Carlos. Un hombre que no tiene miedo porque nada puede herirlo, porque está en la cima de todas las cadenas alimenticias y de todas las pirámides de poder, un hombre que siempre gana. Y que encima lo sabe. Y Lidia sospecha que los desprecia a todos, por viejos o por mujeres, quizá al profesor por trabajar con niños y considerarlo débil. Lidia sabe que se va a marchar porque quedarse significaría reconocer que no manda, que no es el patriarca. Aunque irse podría significar también reconocer que tiene más miedo y se toma más en serio a Bernarda que los demás. La masculinidad en su cabeza debe de estar trabajando duro.

—No. No se lo voy a contar. Eso fue una pesadilla.

—¿Y la piedra? No le ha parecido una pesadilla a tu coche.

—Yo he tenido un sueño también —dice Javier mirando a Carlos.

Hay un silencio en el que los dos se miran.

—Yo no soy como tú —le responde. Y se vuelve a sentar, mirándose las rodillas y con las manos apretadas bajo el mentón.

Todos parecen asustados, en realidad. Ve gargantas que tragan más seguido de la cuenta y manos en los bolsillos o que se frotan nerviosas.

—Como os he dicho antes —continúa Bernarda—, en Curva hay algo maligno que se despierta cuando desaparece mi herencia, cuando se diluye el hierro. Al morir Gerardo Medina, ha vuelto. Ha comenzado El paso. La mayoría de las veces, al menos hasta ahora, bastaba con esperar, con confiar en los nacimientos del pueblo y en la sangre renovada que contribuirían a la puerta. Ya no estoy tan segura. La sangre poco a poco se ha ido diluyendo. De vez en cuando nace alguien con una sangre poderosa y brillante —la mujer mira al profesor—, pero cada vez ocurre menos a menudo. No podemos confiar en la sangre, diluida y escasa. Son muchos los nacimientos fuera de Curva, la gente que se marcha y la que no tiene hijos. Solo estamos nosotros y el poder de mi sangre. Y no sé si, esta vez, podré contenerlo hasta que nazca otro heredero, otro portador. La sangre es tan débil ahora y tan escasos los nacimientos… —Se levanta un poco de brisa que mueve la hierba y un escalofrío recorre la espalda de Lidia—. Necesito vuestra ayuda, yo también estoy débil, agotada, como la tierra a la que no se la deja descansar entre cosechas. Puede que incluso la culpa de que os hayan visitado a todos sea mía. Ha llegado el momento de buscar otro guardián. Y el guardián debe ser uno de vosotros. Si no lo hacemos, si no me ayudáis, en cuatro días la puerta se abrirá y todos moriremos.

Javier

Nubosidad variable

4 de julio

A Javier, que le encantaba decir que leía poesía, en realidad le resultaba muy complicado acercarse a cualquier poema. Le gustaban mucho, eso era cierto, los de Luis Cernuda y alguno más de la generación del 27, pero no pasaba de ahí. Tampoco es que fuera mucho más moderno en la lectura de la narrativa. Carmen Martín Gaite o Ana María Matute podrían ser sus lecturas más actuales. Recordaba versos sueltos de poemas, todos de Luis Cernuda. «Eras el mar aún más» era su verso preferido y a veces lo repetía como un mantra cuando se estresaba o cuando quería parecer calmado, como aquella noche en la huerta con Bernarda y los demás.

Se encontraba muy cerca de Almudena y sabía que estaba en tensión. Temía que cualquier movimiento, cualquier palabra dicha en un tono inadecuado o a un volumen extraño, pudiera asustarla y hacer que se fuera; obligarlo a irse a él también. Como si fuera una corza en la carretera o un gato sorprendido en mitad de un callejón. Sabía que aquella situación era irreal y que el mínimo cambio podría romperla, era una casualidad inconcebible y podía terminarse en un segundo. El brillo de una estrella fugaz o una nube con forma de panda rojo. Javier intuía que, si se rompía, si alguno se iba, aquel momento no iba a repetirse. Incluso intuía que acabarían olvidándolo, creyendo que era un sueño.

Hubo un silencio cómodo entre ellos. De alguna manera, después de que el chico en chándal hubiera intentado marcharse, todos parecían haber decidido escuchar lo que Bernarda tuviera que decirles.

—Si estáis aquí es porque, aunque esto os parezca una locura, todos pensáis, al menos en el fondo de vuestro ser, que es verdad. Todas las visitas que habéis recibido en estos dos días son esencias, recuerdos, que están impregnados en Curva de Arla. Todos murieron durante alguno de Los pasos que ha habido desde que yo estoy aquí. Yo los llamo pesares. No son fantasmas, no al menos en el modo en el que la mayoría de vosotros los imagináis. Los pesares solo guardan la esencia malvada de lo que sufrió aquella persona, son como virus o enfermedades. Se alimentan de los vivos y los consumen en poco tiempo hasta que consiguen intercambiarse con ellos.

—¿La Rosario quería poseerme? —Había hablado la Ramos que había llegado de las primeras.

—Más o menos. No es que fueras a dejar de ser tú misma. Es solo que algo cambiaría dentro de ti. Empezarías a hacer cosas diferentes. Te volverías más... salvaje, más animal. En el peor sentido de la palabra. Habréis escuchado cientos de historias sobre asesinatos brutales o accidentes desgraciados en Curva de Arla. La historia de cómo la madre de Rosario la quemó es solo una de ellas. Tú —dijo mirando a Almudena— has visto, has sentido, cómo el padre de Daría la apuñalaba en el taller. Padre Prudencio, usted pudo ver de primera mano lo que le pasó a Silvino y Hortensio Castillo en el huerto. Y así con todos los demás. Lo sabéis. Os han visitado. Todas esas historias son ciertas, son brutales y sucedieron por culpa de El paso, de una rendija en la puerta. Yo he vigilado todos esos años, pero en ocasiones se me ha escapado algo, un pesar de vez en vez. —Miró a Prudencio, que asintió cómplice de algo que Javier no llegó a entender—. Ahora es diferente.

Javier notó que no había respirado en mucho tiempo y soltó el aire de golpe, con un pequeño temblor de pecho. Por alguna razón que se le escapaba, creía en las palabras de Bernarda sin dudar. Mucho más que creer. Era como si Bernarda le estuviera contando un recuerdo propio que hubiera olvidado. Todo tenía sentido, todo encajaba. Sentía que siempre lo había sabido y que por eso había vuelto a Curva de Arla.

—¿Por qué es diferente esta vez? —preguntó.

—Para empezar, sois seis. Eso quiere decir que mi esencia se está diluyendo demasiado en este pueblo y que la puerta se ha abierto más que de costumbre. —Hizo una pausa—. Para seguir, junto con los pesares, ha cruzado algo más. —Miró en dirección a Javier—. Debemos tener mucho cuidado en esta ocasión. Javier, tú has visto a Daniel Ramos, ¿no es cierto?

Todos lo miraban. Él recordaba poco del sueño, un hombre a caballo, una sensación violenta, poco más.

—No recuerdo mucho.

—Algo sucedió con tu pesar. Vi cómo se escapaba la esencia de tu abuelo Francisco, pero, en su lugar, la visita que recibiste fue la de Daniel.

Javier, que había escuchado la manera horrible en la que murió su abuelo en el campo, fue interrumpido cuando iba a preguntar.

—Bernarda. ¿Qué Daniel Ramos? —Don Raúl estaba un poco inclinado hacia delante. Javier se preguntó cómo podía estar sentado en el suelo a su edad. Quizá no fueran capaces de ayudarlo a levantarse después.

—Mi marido. Mi hermano. Ese Daniel Ramos.

—Así que es cierto que era su hermana.

Bernarda, más iluminada que el resto, cerró los ojos y asintió. Aquella confesión la llevaba, sin duda, a tiempos dolorosos.

—Dijimos en el pueblo que su padre me había recogido de pequeña y me había puesto el apellido de la familia, pero que no éramos hermanos. Aunque en el fondo aquel rumor siempre corrió entre las gentes.

—Yo no recuerdo mucho del sueño —volvió a decir Javier, atrayendo la atención sobre él—. No podría decir si era o no era Daniel.

Le fastidiaba reconocer aquello, pues sabía que Almudena se aferraría a cualquier pequeña duda o resquicio para no creer, para intentar que Javier no siguiera con aquello. Respiró hondo mientras aguardaba la respuesta de Bernarda. No estaba dispuesto a dejarse arrastrar por Almudena. Aquella vez, no.

—Era Daniel.

—Según tengo entendido, murió de viejo. Se le considera el fundador de nuestra familia —dijo Raúl, primero mirando a Bernarda, después a la chica que lo había llamado tío al llegar—. No tiene lógica que se haya aparecido. O no estoy entendiendo bien. Las esencias, esos pesares de los que ha hablado, supuestamente son recuerdos de muertes violentas. ¿No es así?

Bernarda suspiró.

—Hay algunas cosas para las que, me temo, no poseo todas las respuestas. No. Daniel no debería haber cruzado. La esencia de Daniel, al menos. Los pesares son gritos de terror, desgarros de los cuerpos y las almas de los habitantes de Curva. Daniel no fue nada de eso. —Cerró los ojos y la boca y durante un segundo pareció una estatua desgastada por el tiempo. Después siguió hablando, ya mirándolos de nuevo—. Lo que hay al otro lado es... algo que no es natural, es una fuerza, una entidad, mejor dicho, que puede adoptar cualquier forma, una ponzoña que se agarra a los corazones de los seres humanos y les anula el alma.

—El diablo —dijo el padre Prudencio, muy serio—. Ya se lo dije la otra vez, Bernarda.

Javier se sorprendió de que el hombre, creyente como él consideraba que era, ya supiera de aquello y le diera crédito.

—Llámelo como quiera, padre, pero es algo con lo que mi estirpe ha cargado durante mucho tiempo, quizá más del que tiene vuestra religión. Más que el diablo, tal vez sea la sombra de Dios. Es una sombra que llevamos cosida a los dedos, la propia sombra que proyecta el mundo, la humanidad. Yo prefiero no llamarlo de ninguna manera, no darle poder. No tengo curiosidad por saber qué ocurriría si la puerta se abriera del todo porque he visto lo que pueden hacer los pesares cuando nublan las mentes de los hombres. Y los pesares solo son sus sueños o sus pensamientos, el roce de su verdadera presencia. No sé por qué la puerta está aquí. Nuestros padres solo nos dijeron que teníamos que venir, que teníamos que engendrar y mantener la puerta cerrada.

Hubo un silencio en el que, quizá, Prudencio podría haber contestado algo, pero no lo hizo. Por la expresión de su rostro, Javier podía saber que creía a la mujer.

—Si es cosa del diablo, que se encargue Dios de solucionarlo —dijo el chico del chándal.

—El pueblo se está quedando vacío —respondió Bernarda sin hacer caso al Medina—. El pueblo se está muriendo. Y si el pueblo muere, si dejan de nacer niños, no se podrá contener la puerta. Nunca. Pasará algo horrible y Curva de Arla desaparecerá, como si nunca hubiera existido. Nadie se acordará de ella. Igual que los pueblos que duermen bajo los pantanos.

Javier sabía, probablemente todos sabían, que el pueblo se estaba vaciando. De nada habían servido los movimientos populares para llamar la atención de los políticos. Incluso en el propio colegio habían tenido que cerrar una de las líneas de cada curso. Ese año apenas se había podido abrir un grupo de primero. Tragó saliva.

—Hay seis mujeres embarazadas en Curva que pueden dar a luz estos cuatro días. Si ninguna de ellas tiene mi esencia o la tiene muy diluida, la puerta se abrirá otro poco. Los pesares se agarrarán más a vuestras mentes, a vuestras vidas. Y si consiguen que os vayáis lejos, o que os vayáis para siempre…, estaremos perdidos.

—¿Y qué se supone que podemos hacer? Nosotros no estamos embarazados —dijo la muchacha—. ¿No estará insinuando que debemos…?

—No, no. No es vuestro deber engendrar sucesores. En realidad, nada de esto es vuestro deber. —Miró a todos—. Eso quiero dejarlo claro. Estáis aquí porque los pesares os han elegido. Y si lo han hecho es porque mi esencia es fuerte en vosotros. Sois raíz pura de Curva de Arla. Y necesito que uno de vosotros me ayude como guardiana. Creo que, si somos dos, podremos resistir más tiempo si el vaciado del pueblo continúa como hasta ahora. Quizá así yo pueda descansar por fin.

Todos permanecieron en silencio.

—A ver si me aclaro —dijo Almudena enfadada—. ¿Quiere que uno de nosotros abandone su vida, su familia, por venirse a vivir con usted a una huerta durante el resto de los tiempos deteniendo fantasmas asesinos? —Después miró a Javier como si buscara confirmación, o apoyo o, al menos, eso le pareció a él, como si se asegurara de que él no estuviera sopesando la oferta.

—Más o menos, Almudena, querida. Solo que yo no vivo en esta huerta. Yo, en realidad, no estoy viva. O al menos no viva en el sentido al que te refieres tú. Yo tuve que morir para llegar a ser guardiana. Mi hermano… —Miró a Javier—. Da lo mismo. No quiero hablar de más. No sé aún por qué el pesar ha tomado la esencia de Daniel, pero eso es nuevo y lo nuevo siempre es peligroso para Curva de Arla, quiere decir que lo que hay al otro lado es más fuerte, tiene más voz. O que está cambiando, quizá aprendiendo.

—Mucho mejor —respondió irónica—. Yo no necesito más pruebas para saber que esto es una gilipollez. Usted, sea quien sea, se está aprovechando de una situación de histeria colectiva. ¿Qué es esto?, ¿una secta?

Se puso en pie, y ese gesto pareció despertar al resto de las personas en la huerta. Esa era la acción que se necesitaba para romper la magia, el momento. Javier se irritó con ella, quería saber más, hacer preguntas, entender qué era exactamente lo que les estaba pidiendo Bernarda. Empezaron a mirarse unos a otros, como si hubieran estado presos de un hechizo o hipnotizados.

—Almudena, no te he pedido, ni te voy a pedir, tu dinero. Tampoco te ofrezco la salvación. Eso se lo dejo al padre Prudencio. Sé que lo que os pido es descabellado, pero si no hacemos algo, pasarán cosas terribles en Curva de Arla. Seguramente, además, os pasarán a vosotros o a vuestros seres cercanos los primeros, porque los pesares os han elegido. Solo tenemos cuatro días, tres, de hecho, desde hace un rato. He visto lo que va a pasar. No os ofrezco la felicidad eterna, os ofrezco el bien mayor. Estad atentos y pensad en lo que os he dicho, no os pido nada más. Me encontraréis cuando queráis verme y responderé, hasta donde pueda, a todas vuestras preguntas.

El Medina y la chica familia de Raúl se pusieron en pie. Después lo hizo el cura. Solo quedaban sentados el tío Raúl y Javier. Bernarda cerró los ojos y negó con la cabeza, pero no dijo nada más.

Almudena se agachó y agarró del codo a Javier.

—Vamos.

El chico no se atrevió a contestar y se puso en pie mientras Prudencio y la chica ayudaban a Raúl a levantarse.

Bernarda se mantuvo sentada en el suelo con los ojos cerrados mientras se marchaban de la huerta. Raúl y su sobrina iban hablando juntos.

—Sí, tío, a primera hora, no se preocupe.

Almudena y Javier se quedaron en la puerta de la sebe un tiempo, callados. Cuando las pisadas de los demás dejaron de escucharse, Almudena, enfadada, se puso a caminar.

—No me puedo creer, Javier, que seas tan gilipollas. Estoy temblando —le dijo cuando el chico se puso a su altura.

El frío de la noche había vuelto de golpe al salir de la huerta. Javier miró la hora y vio que había pasado bastante tiempo. Sintió vibrar el teléfono en el bolsillo con todos los wasaps que le habían llegado mientras estaba en la huerta, probablemente sin cobertura. Almudena sacó el teléfono también. Brillaba. Era una llamada de teléfono.

—Cariño, lo siento, Dios mío. Sí, sí, lo sé. Me he encontrado con Javier y..., bueno, tenía un drama. Sí, hemos ido a tomar una cerveza y se me ha ido el santo al cielo, lo siento mucho. Normal, claro, lo sé. Lo siento. Sí, sí, voy para casa, llego en diez minutos.

Colgó el teléfono y se quedó mirando al frente mientras andaban.

—¿Era Saúl?

—Claro que era Saúl. Dios, Javi. Prométeme que no vas a hablar de esto con nadie. Prométeme que no te crees una sola palabra.

—¿Fue a Daría a quien viste en la carretera?

Almudena lo miró.

—No vi a nadie en la carretera. Estaba lloviendo, había tenido una pesadilla, había sido un día muy largo. Punto. Prométemelo.

Se mantuvieron en silencio hasta que salieron al camino que llevaba a la ermita.

—Pero, entonces, ¿por qué lo sabía Bernarda?

—Bernarda, si es que así se llama esa loca, no sabe nada. Hay muchas maneras de engañar a la gente, Javier. ¿Nunca has ido a que te lean las cartas? Tiene más de psicología que de magia. Parece mentira que hayas sobrevivido tú solo en Madrid durante todo este tiempo. ¿No ves que esto es una estafa?, ¿no ves que, si consigue que uno de nosotros se suicide, en teoría, confirmaría todas sus historias? Es como la gente que se cree que por rezar o por tocar madera no va a sucederle nada malo. Si, por casualidad, nada malo les sucede, siempre creerán que ha sido por tocar madera. Si, por descabellado que parezca, uno de nosotros decidiera, madre mía, suicidarse, solo porque una señora desconocida ha jugado con trucos de pitonisa barata; si lo hiciéramos, después, nos pediría algo más. Y algo más. Y así es como se hacen las estafas y las sectas. Imagina que uno de los de la huerta está compinchado con ella. Con un poco de historia de Curva de Arla y algo de psicología, yo puedo crear una historia así. Todo es una pantomima, escucha lo que te digo.

Javier la dejó hablar. Siempre era mejor que discutir con ella. Cuando se ponía así le sacaba de sus casillas. No había quien la soportara.

A veces le daba la sensación de que no lo conocía apenas, de que la tenía engañada. Como si no supiera que Javier iba a fingir y después iba a hacer lo que le viniera en gana, que era lo mismo que había estado haciendo con su madre durante toda la vida para no darle disgustos.

—Puede que tengas razón —dijo para contentarla.

La chica se paró. Ya habían llegado al pueblo y estaban frente al parque de los viejos, que en realidad se llamaba Parque del Buitre Leonado, y era donde se juntaban los mayores a jugar a la petanca o los bolos. Javier se detuvo con ella.

—Tengo razón. Mírame.

Lo hizo. Almudena no estaba bromeando. Así sería en clase cuando regañaba a alguien, seguro. Javier asintió porque sabía que era lo que la chica necesitaba en ese momento. Ella suspiró con fuerza y se cruzó la rebeca, abrazándose a sí misma en el proceso.

Se separaron en la plazoleta que unía sus bloques de pisos. Subió las escaleras y encendió la luz. Se puso a mirar, desde un ángulo en el que no fuera descubierto, las luces de la casa de Almudena. Dejó la del salón encendida, así como la tele, y volvió a bajar a la calle.

Entró en el bosque desde la esquina de su bloque, corrió para no ser visto por Almudena y confió en su destino para volver a encontrar el camino a las huertas. Era curioso, pero no tenía miedo. Él, que había sido, y en el fondo siempre sería, el niño al que absolutamente todo le daba miedo de pequeño: el agua profunda de los mares, los perros, la oscuridad, los santos de las iglesias, todo. Caminaba con la certeza de estar haciendo lo correcto y de que nada podía pasarle.

No estaba loco. Solo quería volver a hablar con Bernarda, que le contara todo con tranquilidad, sin escepticismos, creyendo lo que la mujer tuviera que decirle.

El hecho de que llegara a las huertas sin ningún contratiempo lo reafirmó en su decisión y lo achacó al destino. Aunque, para su sorpresa, la huerta de Bernarda estaba cerrada y las zarzas cubrían la sebe como si no se hubiera abierto jamás. Miró la entrada, sintiendo el frío de la noche de nuevo. Se arrebujó en su chaqueta plateada. Quizá Almudena tenía razón y era mejor volver a casa y tener la cabeza fría. De pronto, escuchó unos pasos calmados que provenían de la profundidad del camino. Javier se quedó quieto esperando a aquellos pasos y deseando que fueran de Bernarda.

La silueta de un hombre se fue haciendo más definida a medida que se acercaba a él. Era Daniel Ramos, la misma figura con la que había soñado la noche anterior, solo que aquella vez iba andando. Llevaba un sombrero marrón que le hacía sombra en los ojos. La luz de las estrellas solo permitía ver su boca y su mentón, con una barba sucia. Vestía una camisa de franela y unos pantalones de pana.

La figura se detuvo unos metros por delante de él. Javier tragó saliva muy despacio.

—¿Qué quieres de mí? —preguntó tímidamente.

Daniel Ramos sonrió muy despacio. A Javier le pareció que la barba, que era casi barro seco, se cuarteaba con aquella sonrisa.

—Has vivido muchos años y no eres hombre.
La voz era grave, parecida a la de su abuelo vivo.
—No te tengo miedo, Daniel.
La figura asintió.
—Eso también lo sé. Mejor. Hará las cosas más fáciles.
—¿Qué cosas?
—Me necesitas. —Dio un paso hacia él—. Siempre has necesitado a alguien como yo para hacer lo que hay que hacer.
Javier no se movió. Estaba nervioso, pero era muy consciente de todo lo que estaba sucediendo. La figura se acercó otra vez. Ahora Javier podía notar que olía a sudor y a ropa húmeda. Daniel sacó de un bolsillo una navaja cerrada y se la ofreció a Javier. Tenía el mango de madera oscura, le dio la impresión de que estaba sin pulir, de que se clavaría astillas al empuñarla. La miró un rato y después subió la vista hasta los ojos de Daniel. A aquella distancia podía verlos sumidos en la oscuridad. Lo miraba directamente y sonreía. Tenía la piel casi negra, quemada por el sol. Parecía dura y áspera, como hecha de terrones de barro.
—Solo he venido a darte esto.
Javier lo sentía respirar, pero sabía que no estaba vivo.
—Márchate. No quiero nada de ti.
El hombre cerró la mano sobre la navaja y después la pegó al pecho de Javier. La mano estaba caliente, el calor le atravesaba la ropa. Era agradable. Notaba la navaja cerrada en el esternón.
—Esto te dará fuerza, muchacho, te hará hombre.
Daniel Ramos alargó la otra mano y lo cogió del cuello por la nuca. Los dos estaban muy juntos. Jamás hubiera podido decir que no se trataba de un hombre vivo y real. El corazón le latía muy fuerte.
—Yo no quiero ser ese hombre. Sé a lo que te refieres.
—Eres fuerte, Javier. —Era la primera vez que pronunciaba su nombre y al escucharlo en sus labios sintió un escalofrío

que se concentró en la piel del cuello que él tocaba. Tenía la sensación de que le estaba dejando granos de tierra en la nuca, como si Daniel entero estuviera hecho de tierra—. Eres fuerte, pero me necesitas. No confundas terquedad con desagradecimiento. Un desaire a alguien que sabe más que tú. Hazte cuenta, muchacho, de que estos ojos han visto muchas estaciones, estas manos han recogido muchas siembras.

La presión del cuello aumentó. Javier permanecía con las manos junto a las caderas, le sudaban. Las subió despacio y apartó los brazos de Daniel. Temió no poder hacerlo, que se hubieran convertido en roca, que apretaran y lo partieran en dos, o que se deshiciera con su tacto, pero Daniel se recogió en cuanto lo tocó. Guardó la navaja. Escupió en el suelo.

—Ya vendrás, ya. No eres ni medio hombre. Eso ya lo sabes.

Javier dio un paso atrás y después otro. La figura permaneció quieta en el mismo lugar, mirándolo. Con el tercer paso ya no fue capaz de distinguir sus ojos bajo el sombrero, aunque se los imaginaba perfectamente. Dejó de percibir su olor. Se giró y dio otro par de pasos, muy lentos, para asegurarse de que no escuchaba a Daniel moverse. Miró por encima del hombro. La figura permanecía parada en el mismo sitio, en la misma postura. La veía sonreír aún.

Cuando dio otros dos pasos y se giró de nuevo, ya no había nadie. Siguió andando, tratando de no correr, pero mirando de vez en cuando hacia atrás, asustándose de cada rama que el viento movía, de cada pájaro que espantaba.

Se detuvo bajo una farola. Le temblaban las piernas. Tenía la chaqueta sucia de tierra donde lo había rozado Daniel.

Almudena

Mañana

6 de julio

Acababa de hacer una tortilla, en silencio —siempre cocino en silencio—, notando cómo subía el calor a medida que avanzaba la mañana mientras sentía la brisa a través de los visillos. Toda la casa olía a tortilla, con ese aroma tan característico de las patatas fritas y el huevo revuelto. Me había quedado esponjosa, gorda y —aunque me gustan líquidas— bastante cuajada. Las cuajo mucho solo cuando me las voy a llevar a algún sitio, son más fáciles de comer, sobre todo con niños. Había estado obsesionada con la ventana de Javi casi tanto como él se estaba obsesionando con Bernarda. Aunque en aquella época yo no fuera consciente. Uno ve la paja..., lo de siempre. Discutí un poco con Saúl cuando llegué a casa del huerto, pero lo arreglamos enseguida. Saúl puede perdonarle cualquier cosa a Javier. Me inventé un bajón. Algo. Ya no lo recuerdo, probablemente tratara de proyectar sobre Javier los propios miedos de soledad que yo creía que debía sufrir estando en aquel piso. Saúl y yo compartíamos la incertidumbre acerca de Javi y de su permanencia en Curva, por lo que tampoco fue difícil convencerlo. Los dos lo queremos mucho y me mató no poder decirle lo que verdaderamente pasaba con su amigo.

Yo, ingenua, creí de verdad que Javier había escarmentado al escuchar las sandeces que nos habían dicho, pero estaba muy equivocada. Se había puesto la careta que yo le había pedido y eso fue peor, porque me alejó de él y me hizo estar en mi burbuja. Había limpiado la casa, llevado a los niños a la piscina, y, de pronto, la noche siguiente al huerto, me di cuenta de que no había luz en el piso de Javier. Conté las ventanas dos veces, por si me había equivocado. Lo llamé al teléfono y no me contestó. No recuerdo bien qué estaba haciendo en ese instante, quizá un salmorejo. Los días de verano son tan raros… Aquellos días fueron tan extraños… Quizá estaba recogiendo de nuevo la mesa después de cenar o preparando la cena. Me preocupé, pero aquella vez no salí detrás de él a perseguirlo. Eso fue la noche antes de hacer la tortilla.

Yo no había vuelto a ver a Bernarda, ni a Daría, lo cual era un alivio. Sí que conservaba esa sensación dentro cuando conducía, como si pudiera saltarme al costado del coche en cualquier momento. Me notaba tensa y gritaba constantemente a los niños para que estuvieran en silencio en el coche. Incluso quitaba la música. Me miraban a través del espejo retrovisor, sobre todo Luis, con sus gafas redondas. Esperaba que no le dijeran nada a su padre. Aquello solo me ocurría al conducir. Fuimos a la piscina en lugar de al pantano para pasar menos tiempo en el coche. Bernarda me había dicho que la Daría era una semilla dentro de mí, y esos días creía que me estaba sugestionando. Casi deseaba verla aparecer, como cuando tu entorno se constipa y empiezas a notarte febril todo el tiempo. Miraba los terraplenes, estaba preparada. Aquella sensación no se me iba y, después de que Javier no me cogiera el teléfono, me dediqué a rumiarla en la cocina mientras miraba su ventana.

No es que me pasara las veinticuatro horas del día delante de la ventana, en ese caso hubiera visto cómo salía y se iba a

las huertas. Dos hijos quitan bastante tiempo, aunque sean hijos independientes. Aquella mañana concreta, me había levantado pronto para preparar una tortilla de patatas que llevar a la piscina. No había hablado con Javier más que a través de un par de mensajes de WhatsApp difusos, que no decían nada.
Hola.
Luis apareció en la puerta de la cocina, con su pijama de Harry Potter y las gafas en la mano.
Hijo, qué susto, buenos días.
Se sentó en la mesa, como si esperase que yo le preparara el desayuno. Casi nunca lo hacía, quizá la mañana de Reyes o el día de su cumpleaños. Se colocó las gafas y me miró.
¿No desayunas?
Se encogió de hombros.
¿Le pasa algo al tío Javier?, ¿se está muriendo?, me preguntó de pronto, muy serio.
¿Por qué dices eso?, ¿cómo se va a estar muriendo?
La gente se muere.
Sí, pero cuando tienen accidentes o son viejos o están enfermos.
El tío puede estar enfermo.
Javier no está enfermo.
Volví la cabeza de nuevo hacia su casa. Saúl había empezado con aquella broma del «tío» Javi y esta había calado enseguida en los niños. La verdad es que ejerce su papel de tío mucho más que mi hermano. Estaba sentada junto a la encimera, en un taburete alto, el plato con la tortilla delante de mí, enfriándose antes de meterla en la neverita. Javier tenía las ventanas abiertas. Volví a mirar a mi hijo, que parecía querer decirme algo más. Tenía esa cara que ponía cuando, un poco más pequeño, intentaba aguantarse el pis por seguir jugando y había que obligarle a ir al baño.
¿Qué te pasa?, le dije.
El abuelo estaba enfermo y no me lo dijiste.

Me acerqué y me senté a su lado.
Eras muy pequeño, Luis.
Pero se murió igualmente.
Sí, claro, ya sabes que tuvo cáncer.
¿Tiene cáncer el tío…?
No, Luis, nadie tiene cáncer.

Quizá lo dije de manera un poco brusca porque bajó la cabeza y miró el hule.

Vale.

¿Por qué estás tan preocupado, qué te pasa?

Levantó un hombro un poco y no dijo más. Me dio la impresión de que se iba a poner a llorar y que no hablar era su manera de contenerse. Cuando crías dos hijos, aprendes enseguida a identificar cuándo van a llorar. Le puse una mano en el hombro y lo acaricié. Me acuclillé a su lado.

Tú estabas así, cuando…, igual…, mirabas por la ventana, gritabas mucho.

¿Cuándo?

Me miró, tenía los ojos encharcados, pero no lloraba, era tan cabezón…, aún lo es, lo ha sido siempre.

Cuando se murió el abuelo.

Sonreí, aunque por dentro Dios sabe que no sonreía. Le di un abrazo y lo hice no solo por reconfortar al niño, sino porque no viera en mi cara que tenía razón y yo no me había dado cuenta. Luis es, de los cuatro, el más observador. También el más callado. En eso me recuerda a Javier, pero Luis nunca ha tenido miedo de decir lo que piensa, quizá por eso es más feliz que Javi.

He dormido un poco mal estos días, nadie se va a morir.

Entonces no sabía todo lo que me equivocaba, claro, lo cerca que estaba la muerte de golpear la vida de mi hijo. Cada vez que recuerdo esa frase, esa contestación, la seguridad con la que respondí algo que no podía asegurar… No sé. ¿Cómo podía ser tan terca?

Vale, me contestó, no quiero que el tío se muera.
Sonrió un poco.
¿Desayunas?
Asintió y se levantó para coger la taza.
Miré la tortilla, había una mosca sobre ella. La espanté y le coloqué un trozo de papel de cocina encima. Soy entomóloga, sé que no funciona así, pero no pude evitar pensar que la mosca había puesto huevos sobre la tortilla. Huevos blancos, pequeños, mezclados con el blanco del huevo, imposibles de distinguir. Pensé, aunque quizá sea mejor decir que sentí —que supe—, que nos los íbamos a comer y que nos iban a crecer moscas por dentro y nos iban a salir por el estómago y la boca. Casi las notaba subiendo por la garganta o atravesando el ombligo. Abriéndose camino con sus patas negras entre los pliegues de la carne, zumbando con las alas para sacudirse las arrugas del ombligo. El cerebro es una cosa increíble. Una sabe, una es científica, es entomóloga, sabe cómo funcionan los insectos, entiende cómo funciona el cuerpo humano, y, sin embargo, esa mosca, esa posibilidad, está ahí, ha puesto huevos. En aquel entonces me negaba a verlo, evidentemente, pero el pesar de Daría ya había anidado en mí. Aquellos pensamientos extraños me asaltaban de vez en cuando. Incluso cuando no conducía. No los achacaba al pesar porque no me venía a la cabeza ninguna imagen de Daría. Me asomé a la ventana para espantarlos y vi a Javier corriendo una cortina.
¿Quieres que le diga al tío Javier que venga con nosotros?, así ves que no está enfermo.
Vale.
Parecía ya poco interesado en su tío. Lo más seguro es que en realidad estuviera preocupado por mí o quizá por los gritos. Luis no ha llevado nunca bien los enfrentamientos. Llamé a Javi, pero no me cogió el teléfono, así que decidí ir hasta su casa mientras mis hijos desayunaban y se preparaban. Tenía el estómago revuelto y ver sudar la tortilla me estaba provocan-

do náuseas. Javier no podía haber salido sin que yo lo viera, por lo que era evidente que me estaba ignorando. Los niños eran perfectamente capaces de desayunar y ponerse el bañador, así que salí.

Si Javier me estaba ignorando, solo podía significar una cosa, y esa cosa me aterraba. Que Javier me mintiera, que no supiera quién era ni lo que hacía, me generaba angustia y ansiedad, como si pudiera desaparecer. Y, aunque en ese instante yo no pude entenderlo, la culpa de que me mintiera era solamente mía. Mía, porque no era consciente de que Javier evitaba cualquier enfrentamiento posible, conmigo o con quien fuera. Él había nacido para agradar y tener la aprobación de la gente. Estaba convencida de que hubiera sido heterosexual —ni siquiera bisexual— si le hubieran gustado lo más mínimo las mujeres, con tal de no decepcionar a su madre.

No me molesté en llamar al telefonillo, los dos teníamos llaves de nuestras casas, y, ahora que estaba convencida de que me mentía, quería ver hasta qué punto. No me importaba —y esa posibilidad se me pasó por la cabeza cuando entré en el ascensor— pillarlo en medio de un polvo. Me daba lo mismo que estuviera en plena orgía.

Mientras abría la puerta del ascensor, fui consciente de que en realidad me había dejado engañar por Javier muy gustosamente. Quizá fue ahí, ahora me doy cuenta, cuando entendí por primera vez que, si Javier se estaba alejando de mí, era, en parte, por culpa mía. Aunque, la verdad sea dicha, tampoco le hice caso a ese pensamiento. Eso es algo que se me da de lujo. Para que yo asuma la culpa de algo, más aún si es algo emocional, tienen que darse demasiadas evidencias. Y esa mañana concreta, la evidencia principal era que Javier me estaba ignorando y, además, mintiendo.

Abrí la puerta y me recibió el silencio.

¿Javier?, llamé sin moverme.

Sentí que no podía llamarlo Pasmado en ese momento.

¿Almudena?

Él tampoco me llamo Mude y no pasé por alto el detalle. Se asomó desde la puerta de su despacho al pasillo. Llevaba puesta una camiseta de tirantes amarilla y unas bermudas viejas. Entré del todo y cerré detrás de mí. Me miraba extrañado.

¿Ha pasado algo?

No, no.

Sonreí.

Solo quiero hablar contigo.

Miró dentro del despacho, no se había movido de la puerta. Solo ese gesto, el no venir a saludarme, ya me decía que estaba ocultando algo.

¿Puede ser en otro rato?

¿Qué estás haciendo?

Se lo pensó unos segundos. La situación, vista ahora, con el tiempo, me resulta un poco absurda. Los dos nos comportábamos como si nos tuviéramos miedo. Cada uno en una punta del pasillo.

Almudena, dijo desarmado.

Enséñamelo.

No te va a gustar, sé lo que me vas a decir, sé lo que va a pasar, no quiero discutir.

Vamos a discutir igualmente si no me lo enseñas.

Se encogió de hombros.

Entonces, elige tú el motivo por el que vamos a discutir, dijo.

Di un par de pasos y Javier suspiró antes de entrar de nuevo en el despacho a esperarme. Yo estaba muy calmada, dispuesta a aceptar cualquier cosa.

El despacho parecía estar como siempre: una mesa delante de la ventana, abierta, con las cortinas echadas que se movían con la brisa, un armario y una estantería con la biblioteca de Javier. Hasta ahí todo normal. En la otra pared había un corcho en el que yo había visto a veces algunas fotos y muchos folios con la planificación de una novela que nunca se escribía. Encima de esos folios Javier iba añadiendo pósits de colores a medida que el argumento o alguno de los personajes cambiaba. Todo eso había desaparecido. Javier había pasado del cliché del escritor al cliché del obsesivo. En el corcho había unos cuantos árboles genealógicos, algunos recortes de periódico y un mapa de Curva. No encontré flechas ni hilos, estaba todo bastante ordenado, pero aun así…

Necesito visualizarlo a la vez, podría haber usado el ordenador, pero soy un antiguo, me dijo.

En la mesa también había varios libros sobre Castilla y León, sobre Sallón y sobre Curva de Arla. Todos de la biblioteca. Es complicado tratar de recordar cómo me sentí en ese momento. Supongo que al principio no me lo creí del todo. Era tan previsible, tan peliculero, que pensé incluso en una broma. Igual que la primera vez que me encontré con Bernarda.

¿Esto es en serio?, pregunté.

Javier asintió. No sé por qué me sorprendí tanto. Javier siempre ha sido muy obsesivo, muy dramático y, sobre todo con los hombres, muy cliché.

Mira, aquí estáis los Castro.

Señaló mi nombre. La letra de Javier era redonda y ancha, como la de una adolescente que hace corazones en los puntos de las íes. Subió el dedo.

Y aquí os conectáis con los Ramos.

Su dedo se detuvo en el matrimonio entre Hortensia Ramos y Ángel Castro, en 1870.

Pero esta rama, continuó, que probablemente fuera la más poderosa, murió con Rosario. La tuya y la de Prudencio no se conecta con las demás hasta tu matrimonio con Saúl Medina.

¿Qué es todo esto?, ¿qué te está pasando?

Sonrió.

Nada, Almudena, no te preocupes, me ha dado por investigar; al huerto fuimos seis curveros de cuatro familias, la mayoría tenemos antepasados Ramos.

Señaló en otra hoja el nombre de Carlos Medina y fue subiendo con el dedo sin dejar de sonreír.

Mira dónde acaba el rastro de los Ramos, dijo.

El primer nombre era el de Bernarda y el de Daniel.

Los dos se apellidaban Ramos, los Ramos puros, su sangre…

¿Su qué?

Me miró.

Su sangre, Almudena, lo que nos dijo Bernarda el otro día…

¡Son mentiras!, le corté, aquello fue una locura.

Bajó la mano y sonrió entristecido.

Si te paras a pensarlo, dijo, hay algunas pruebas que…

¡Me da igual, Javier!

Gesticulaba mucho con las manos y también gritaba. Se nos escucharía desde la calle.

Estoy aterrada, joder, aterrada por ti, este tipo de gente se aprovecha de los que están como tú.

¿Y cómo estoy?

Lo miré muy seria.

Perdido, Javi, estás perdido, estás perdido desde que volviste, estás asustado como una gallina, has venido huyendo de Madrid, no sabes lo que quieres, no quieres ser profesor, no quieres ser escritor.

Ya veo, dijo.

Había convertido su cara en una máscara inexpresiva. Javier se había replegado seis o siete capas; yo tuve la perspicacia suficiente de darme cuenta en ese momento, a pesar del enfado, y supe que ya se me había escapado, que no podría alcanzar a Javier en ese momento, que ahora me diría lo que quería escuchar, que lograría hacerme creer que lo había convencido y volvería a seguir con su locura. Le puse una mano en el hombro y sonrió irónicamente.

Javi, hablo en serio.

No te preocupes por mí, Almudena, déjalo, ya no tienes que defenderme de los matones.

Se apartó y se sentó en la butaca frente al corcho.

Cuando pase algo, porque algo pasará, puedes estar segura, estaré aquí, te lo prometo.

No supe qué decir o qué hacer. ¿Quién era ese chico tan calmado que se parecía a Javier?

¿Has visto a alguno de los otros?, le pregunté.

¿Para qué quieres saberlo?

Miré el corcho, mi nombre, el de mis hijos. Me sentí amenazada, como si una sombra hubiera cubierto la luz.

Si tan seguro estás de que va a pasar algo, ¿por qué no nos vamos de Curva?, ¿por qué no cogemos el coche y nos vamos a la playa una semana?

No podemos irnos, Almudena.

Me miró muy serio, casi parecía triste de no poder irse.

De verdad que no podemos; está todo ahí.

Señaló con la barbilla al corcho y a algunas noticias, todas sobre accidentes, asesinatos, desapariciones, etc. No me hizo falta leer más que los titulares.

Claro que podemos, dije.

Negó con la cabeza y volvió a sonreír con melancolía, sin mirarme antes de añadir:

Si nos vamos…, Almudena, si nos vamos los dos, si desaparecemos los seis…, no podemos, Almudena, sería muy egoísta, algo podría pasarle a los demás, a nuestros padres, a Saúl, a todos.

Hizo una pausa.

Debemos quedarnos.

Aquel «debemos» me erizó los pelos de los brazos, pero no lo interrumpí.

No me creas, díselo a mi madre, avisa a un psicólogo, vigílame, haz lo que quieras, pero, por favor, no te vayas de Curva ni te lleves a los niños.

Esto último lo dijo mirándome.

Dios mío, Javier, no te reconozco.

Se puso en pie muy despacio, como si temiera espantarme, como si yo fuera una paloma.

Lo estás entendiendo todo mal, Almudena, estás a la defensiva, no puedo ser más claro, sabes que no estoy loco.

Lo miré, creo que entristecida; algo se había roto entre nosotros.

Quiero que volvamos a reunirnos los seis, aún nos quedan dos días, dijo.

Tragué saliva sonoramente y cerré los ojos mientras negaba. Me di la vuelta y salí de la habitación, esperando que me alcanzara. Javier odiaba el conflicto y haría cualquier cosa por evitar un enfado. O eso pensaba. No me siguió. Dejé las llaves en la entradita, en el cuenco en el que estaban las suyas, y salí de la casa, entre sorprendida y asustada. No entendía lo que había pasado, pero Javier estaba lejos, en un punto inalcanzable para mí. Tuve la impresión en ese momento de que ese era el verdadero Javier y un escalofrío me recorrió la espalda, como si hubiera sido engañada todo ese tiempo.

Me acordé entonces, mientras cruzaba la plazoleta al sol, de otro día de vacaciones de hacía casi veinte años. Javier y yo tendríamos dieciséis, lo cual significaba que ya podíamos irnos de fiesta a Carbonera sin necesidad de que nos acompañara un adulto. Fue un verano, ahora me doy cuenta, en el que teníamos mezcladas las cosas de los niños con las cosas de los adultos. Aún nos movíamos en bicicleta por el pueblo, pero íbamos también de verbena y pasábamos muchas mañanas en la piscina con los de la cuadrilla. Aquel día en concreto, Javier y yo nos quedamos en el césped mientras todos se bañaban. Yo había cometido la estupidez de alisarme el pelo antes de ir a la piscina para llamar la atención de Saúl y, por orgullo, me negaba a bañarme. Javier, que fue el único que se dio cuenta de lo que había hecho, se quedó conmigo jugando al guiñote.

Jugábamos en silencio, como si Javier supiera que no podía hablarme de Saúl sin que me echara a llorar y se dedicara a estar ahí simplemente, a desviar los posibles comentarios de los de la peña. Estábamos bajo un castaño joven, justo detrás de los vestuarios, y teníamos las mochilas apoyadas en las raíces. Recuerdo el sonido apagado de los gritos de la piscina y la angustia que sentía en el pecho. Saúl, aquel verano, estaba tonteando con una chica de Carbonera y esa noche, después de mi desesperado intento por llamar su atención, se morreó delante de todos con ella en la verbena del pueblo. Javier y yo, borrachos de Malibú piña y chupitos de 43, nos pusimos a llorar en el río, en el terraplén al que iba todo el mundo a mear, detrás del escenario. Cuento todo esto porque nunca me había preguntado por qué lloraba Javier. La primera vez que me lo pregunté fue después de la discusión, cuando cruzaba la plaza. Aquella noche en la verbena, di por sentado que Javier lloraba por empatía. Creo que ha sido la única vez que lo he visto llorar. He leído en muchos sitios que los adolescentes gais, o *queer*, como se dice ahora, se niegan la adolescencia; se la tragan para encajar. Javier, además, tardó mucho tiempo en irse de Curva. ¿Qué se negaba Javier aquella noche por seguir siendo mi amigo? Comprendí, en medio de una plazoleta desierta, que no conocía a Javier. Ahora lo cuento con melancolía, claro, quizá porque he cubierto los recuerdos con una pátina dorada, pero aquella mañana me enfadé muchísimo. Más de lo que ya estaba. Culpaba a Javier de haberse escondido de mí.

Me avergüenza recordar cómo le aconsejaba ropa o modos de actuar para que no se le notara la pluma, cómo fingía ser su novia si pasaba algún familiar suyo o le alentaba a que probara con alguna chica, por si acaso... Le eché la culpa de su opacidad, cuando había sido yo la primera en ayudarle a negarse. Y él, aferrado al único vínculo emocional que tenía con alguien, había accedido y acabado hundiéndose un poco más en aquellas capas. Puede que —aquel verano adolescente— pasara algo con uno de los chicos de la peña que era muy amigo de Javier. Fue el último verano que ese chico estuvo con nosotros en el pueblo. Después de eso, solo ha vuelto algunos días, ya pasado el tiempo. Bien pensado, puede que incluso él, aquel día en la piscina, estuviera evitando también a alguien. Quizá simplemente no quisiera quitarse la camiseta, como le sucede a muchos chicos gordos. Aunque algo me dice que no, que no era eso. Si pienso precisamente en ese chico, tiene que ser por algo. Por una intuición que he tenido siempre, pero que nunca he querido afrontar porque, en realidad, nunca me he preocupado de verdad por Javier. He sido muy injusta. Una se cree muy moderna porque su mejor amigo es gay y no se preocupa por analizarse más. Puede que ese fuera el verdadero problema. Pero eso lo digo ahora, claro, ahora ya no vale. Ahora ya está todo hablado, todo superado. Javier ahora es más Javier, después de todo lo que pasó esos días; pero aquella mañana del 6 de julio solo existía mi odio, alimentado por Daría.

Llegué a casa y les dije a los niños —ya estaban los dos despiertos— que Javier no vendría. Mientras cogían las cosas me acerqué a la encimera, Javier había bajado todas las persianas. Cogí el plato con la tortilla. Abrí la basura y la tiré, asqueada. No quise levantar la servilleta porque tuve la sensación de que las moscas, negras, manchadas de pus, ya estaban naciendo dentro de los huevos y las patatas.

¿No hay tortilla?, me dijo Sebas.

No, hijo, comeremos en el bar, estaba mala, estaba muy mala, a los huevos no les puede dar el sol.

La tierra a puñados

1978

—Voy a hablar un poco, Ana. Me han entrado como unas fiebres, y creo que si no las hablo se me van a comer por dentro como una maldición, como las maldiciones que echaba la bruja del molino. Voy a hablar y no sé si vas a creer. Yo misma no sé si creer y no entiendo, porque esas cosas pueden ser algo de ciencia o algo de magia, y no sé nada de ninguna de las dos. Pero lo que te voy a decir pasó. Y pasó, lo hayamos creído nosotras cuando nos muramos o no. Bien sabes tú que de la muerte de mis hijos no hablo. ¿Qué tienes que decir cuando todo el pueblo sabe?, cuando todo el pueblo cree que sabe. Algunos te dicen: «Qué lástima lo del Silvino y el Hortensio, Ordoña. Dos hijos en la flor de la vida», pero no te preguntan qué pasó. Una puede pensar que por educación, pero en realidad es porque creen saber y con eso les basta. Las gentes, ellos, me ven y no ven una mujer, no ven la vieja que soy, Ana, querida; solo ven dos hijos muertos, ven la sangre en esta huerta, ahí, entre los surcos de las patatas, como la vi yo cuando me los encontré. No te imaginas, Ana, lo que es sentirse que una ya no es una.

»Aunque quizá sí que te lo imaginas, quizá hasta lo sepas, pobre. A nosotras nos han enseñado a callar y bien que hemos callado, pero ya estoy cansada, y tú deberías estarlo también, que también te mataron un hijo y se te murió un nieto. Solo que tú lo has tapado con más nietos y yo con tierra. Nos enseñaron a callar y a que nos quitaran poco a poco la identidad. Porque no somos nadie ya, Ana. Quizá nunca lo fuimos. Pero, sí, qué cosas se me ocurren, claro que éramos. ¿Te acuerdas cuando íbamos a lavar al río y cuando nos trenzábamos el pelo el día de la Virgen? Éramos alguien cuando íbamos a por agua al caño y nos enseñábamos canciones, éramos dos mujeres, Ana y Ordoña, nada más. Pero solo esos momentos, acuérdate bien, Ana. Después llegábamos a casa y éramos hijas. Tú aún, hija única, solo hija, pero yo era hermana de un hombre y eso ya es ser un apéndice, el dedo pulgar; muy útil, sí, pero pegado a una mano que era un padre y a otra que era un hermano. Estos dos dedos era. Y después fui esposa y ya no fui Ordoña nunca más porque también fui madre. Pero, fíjate, que todas esas palabras aún me definen a mí, aún están conmigo. Ya después fui solo dos hijos muertos. Fui Ordoña, a la que se le mataron los hijos. Ni siquiera Ordoña, fui la del Antonio Castillo, a la que se le mataron dos. Y después la viuda del Antonio, a la que se le mataron dos hijos. Y ya no eres nada más hasta el día en que te vuelves a la tierra. ¿Soy una mujer debajo de esas tres muertes?

»No contestes, no. Capaz eres de decirme que sí, que claro que soy una mujer. Qué voy a ser una mujer. Soy una muerte, dos pedradas y un reguero de sangre que, cuando quise llegarme, hasta la tierra me había quitado. Porque la tierra te absorbe igual la sangre que el agua y de todo se alimenta. Es fría, esta tierra. Lo aprende del hielo. Y si te quedas aquí quieta, si nos quedamos aquí quietas, las dos, nos irá poco a poco tragando, como se tragó la sangre de mis hijos. Y con esa sangre luego nos dio patatas y judías y comimos en silencio y entre lágrimas, porque no dejé de ser una mujer únicamente, también dejé de ser una persona. Había de desayunar: muerte, y de comer: muerte, y de cenar: muerte.

»La gente eso lo sabe y siempre me miran con lástima, como si, cuando me vieran, mis hijos se volvieran a morir otra vez. Encima hay que fingir que una agradece ese sentimiento, esa lástima, ese hablar entre susurros. La gente me susurra, me habla dulcemente, porque soy una pobre viuda a la que sus hijos se le murieron cuando aún no se habían casado. Y los ruidos me asustan, debe de ser, o el corazón se me ha puesto tan débil que los gritos me van a matar. Te juro que a veces me encierro en mi casa y grito. Ya no, claro, ya soy vieja, pero cuando se murió Antonio, lo hacía. Ponía la radio y gritaba. Alguna vez deberías gritar, Ana, no sabes lo vacía que se queda una, como después de una maleta, ligera como el aire. A gritar y a dormir. De cenar: muerte, de postre: gritos. Y, a veces, cuando no ves a nadie, hasta se te olvida que eres una viuda o una huérfana de hijos.

»Porque no existe palabra para eso, o yo no la conozco, que puede ser. Claro que la habrá, vendrá en los libros, en los libros está todo. Pero esa palabra debe de ser horrible, quizá no podamos decirla. Y quizá si la pudiéramos decir nos quedaríamos más tranquilas, ¿no crees? Como una oración. A veces, ponerles nombre a las cosas ayuda, como cuando se grita. Decir, hablar, todo es echar cosas hacia fuera. No tener una palabra para nombrarte te acaba haciendo invisible y te mete más para dentro. Seguro que es el silencio el que hace que los viejos nos encorvemos, pues volvemos al pasado, vamos hacia dentro, como el silencio o esa palabra que no existe y que quizá debamos inventar. Algo como arrancar, o agujero, pero en latín. Porque eso es lo que tengo y he tenido estos años, Ana, un agujero. No como esos de la tierra, no esos surcos en los que una puede plantar una semilla y ver crecer el trigo o la berza. Un agujero lleno de sal, donde no crece nada.

»Gracias por acompañarme, mujer, porque ya estaba cansada de callar, y estas cosas es mejor decirlas aquí porque aquí murieron ellos. Y quizá luego quieras ir a gritar donde mataron a tu Luis y yo te acompañaré para asegurarme de que seas algo separado de tus hijos, de tus nietos. Porque el grito será tuyo. Y seremos dos viejas que van del brazo, de un huerto a una cuneta, y la gente hablará de nosotras. Vamos, si quieres, vamos, ahora.

—Deja, Ordoña, deja. Este huerto es suficiente para las dos para que gritemos así, hablando, como hace mucho que no hablábamos. Cuando te he visto subir por la calle me he dicho «Ana, es la hora» y he cogido la chaqueta y he salido. Así, sin más, siendo Ana por primera vez en mucho tiempo. No he avisado a nadie de que me iba, por si no volvíamos. Estos viajes a veces son para no volver, y creo que las dos hemos venido a despedirnos. No sé si entre nosotras, quién sabe, quizá de aquellas niñas que se trenzaban el pelo y que se sentaban a bordar al sol en primavera. No has hablado de los bordados, con lo bien que se te daban. Quizá te recuerden demasiado a los que hacías antes en tu casa para tus hijos y tu Antonio. Qué envidia, qué bonitos. Supongo que de ese agujero que dices que tienes no puede salir ningún bordado más. Ahora estamos viejas, claro. Mis nietas no saben bordar ni les importa. Ellas no se acuerdan de que me mataron al Luis.

»Tú dices que eres muerte, pero yo soy olvido. A mí la gente no me pide perdón con la mirada y, fíjate, a ti nadie te mató a los hijos, que se mataron entre ellos. Bueno, bien dices que nunca has hablado, puede que ahora quieras contarme si es de otra manera. Yo nunca dije nada por educación, quizá debí haberte preguntado y quizá eso hubiera sacado algo de sal o hubiera tapado el agujero. No sé, Ordoña, yo tenía un hijo muerto y no podía hablar de ello. Callar, callar y callar. A mí, las miradas me fingen que no ha pasado nada. Mi hijo dejó una viuda y cuatro bocas que alimentar, pero nadie decía nada porque no se podía, no se puede. A mí no me preguntaban, fíjate, porque no querían saber. Yo no tengo ni el conocimiento. Qué sé yo dónde tiraron a mi Luis. Aunque quisiera buscarlo, no sabría dónde, no sabría en qué cuneta pararme. A veces sueño que recorro todas las cunetas, todas, desde Finisterre hasta Cádiz, y lloro en cada una de ellas para asegurarme de que mis lágrimas tocan el cuerpo de mi hijo. Y me despierto triste, pero en silencio, porque la tristeza me pertenece solo a mí, es lo único que tengo. Y alimento esa tristeza como un árbol hace con una guinda, pero una oscura, hecha de mierda y de silencio. El sueño me calma, me hace pensar que quizá haya llorado un poco al Luis.

»Qué cosas, qué fantasías tenemos las viejas. Fantasías sin hablar, que hablar no se puede. Me has visto mirar a los lados porque has hablado de una cuneta y yo no tengo que saber nada, no puedo saber nada, y aún tengo reflejos de miedo, de la guerra y lo que vino después. Será una cuneta, pero nunca lo sabré. Lo que a ti te asusta, que la tierra se te trague, a mí me consuela. Ojalá se me tragara ahora. Porque unos nietos y otro hijo no sirven de nada. No sustituyen al que se ha ido, que lo tienes siempre delante de los ojos, en la punta de la lengua. Y me consuela saber que la tierra se me tragará al final, como a él, sea la tierra que sea. Tienes razón, ya no vamos a callar, no entre nosotras. Porque a mi hijo se lo llevaron cuando la guerra ya había acabado y a mi nuera no le dijeron nada, solo un susurro un domingo cuando salía de la iglesia. «No lo busques, haz tu vida». Y aquella voz, mezclada entre todas las voces que salían de misa, quizá trataba de lavar una conciencia. Porque a mi Luis me lo mataron en el pueblo. Eso lo siento aquí, y esta tierra, bien la misma de este huerto, arropa su cuerpo ahora mismo. Yo me comería toda la tierra de Curva a puñados si eso me diera a mi Luis de nuevo.

»Supongo que soy una mala madre, una mala abuela. Me han mandado callar y he callado. El Ramón ha dejado su vida por cuidar de sus sobrinos y de sus padres, menudo santo, y yo no dejo de pensar en el Luis cada día. El Francisco se murió en el campo y ni una sola lágrima le lloré, por muy nieto que fuese. Y me escupo a mí misma porque cada vez que el Ramón hace algo, cada vez que nos da sus dineros, yo solo puedo pensar que no es Luis. No eres Luis, no eres Luis. Y eso se me tiene que salir por los ojos, Ordoña, es imposible que no se me salga. Pero es tan horrible, tan atroz, como esa palabra que no existe. No me atrevo ni a confesarme porque sé que para esto no hay penitencia. Podría deshacerme la lengua rezando avemarías y de los ojos se me seguiría cayendo el Luis.

»Qué bien hemos hecho en llegarnos hasta aquí, del brazo, igual que cuando íbamos por agua. En silencio, como si las dos supiéramos dónde íbamos desde hace mucho. Quizá lo sepamos desde hace mucho. Desde aquel momento en el que los gemelos nos sacaron a bailar en la fiesta. Ahí, quizá, es cuando empezamos a dejar de ser Ana y Ordoña, y empezamos a oler la muerte, cuando cogimos aquellas manos grandes, cuando nos bañamos en esas sonrisas. Qué suerte, pensamos, porque seguro que pensaste lo mismo que yo; qué suerte, dos hermanos, estaremos juntas para siempre. Pero desde ese día siempre ha habido como una cortina entre nosotras, un visillo, que solo me dejaba ver una silueta y me preguntaba: "¿Es esa Ordoña?". Y estoy segura de que tú te preguntabas lo mismo: "¿Será esa la Ana?". Si me lo preguntas ahora, fíjate, no sabría contestarte. ¿Es esa la Ana? No sé, Ordoña.

»Pero me gusta que estemos quitando la cortina, que podamos agarrarnos del brazo otra vez, poder decir que me mataron al Luis. Casi hasta me gustaría que me oyera la pareja de los civiles, que me llevaran al cuartel. Me mataron al hijo, Ordoña, me mataron al hijo y tuve que fingir que no, tragarme las lágrimas en casa, detrás de una pared, muerta de la vergüenza, y salir a misa desbordada del asco, temiendo que me tocara la persona que había matado a mi hijo. «La paz sea contigo», y en vez de la paz la gente de Curva lleva la guerra y la muerte y al darme la mano me dan la pistola con la que lo mataron. Porque había alguien —ahora estará muerto, quiero pensar— que sabía lo que le había pasado a mi hijo y nunca tuvo el valor de decírmelo; que se murió —quiero pensar también— envenenado y atormentado por todos los malos sueños y los aparecidos de aquellos a los que había matado. Porque a mi Luis lo mataron al final de la guerra, Ordoña, ¿qué mal podía haber hecho él? Me lo mataron cuando no hacía ya falta, cuando la guerra estaba ganada. Y solo deseo que la razón de que mi Luis no se me aparezca para decirme dónde está enterrado sea porque su alma está atormentando a esa persona. Fíjate, eso pienso, eso rezo como una blasfema cada noche, ese dolor parecido al mío, pero en otra persona. Y si he de ir al infierno, allí estaré, y así al menos podré saber quién fue el malnacido que me arrancó a mi Luis. Ya está, ya lo he dicho. Era lo que querías y ya lo tienes. Así mataron al Luis, y yo ahora te pregunto, porque ahora sé que te duele, le pregunto a tu agujero: ¿qué pasó, Ordoña, porque se mataron el Silvino y el Hortensio?

—Hablas de aparecidos, Ana. Y he dicho que iba a contar, así que voy a contar. Pero puedes no creer. Eso te concedo, porque hemos sido amigas, porque, como dices, ya no hay visillo entre nosotras. Ni bordados. Los quemé todos cuando se murió el Antonio, cuando mi casa fue mía por fin y pude hacer y deshacer. Y quemé los bordados y los lazos de las trenzas, supongo que tratando de quemar a Ordoña y quedarme solo con el agujero. Pero no es eso por lo que me has preguntado, que me enredo en tonterías. Demos unos pasos, esto ha de contarse en el sitio en el que estaban. Si pudiera arrodillarme en la tierra, lo haría, la tocaría, como hice aquel día.

»Mis hijos estaban malditos, embrujados. Cuando yo llegué aquí había dos siluetas de humo, dos mujeres, una sobre cada hermano, y estaban sonriendo y cuando lancé el primer grito, porque primero las vi a ellas y después vi la sangre y después a mis hijos, y ahí ya grité. Cuando lancé el primer grito, después de verlo todo, se miraron y se desvanecieron. No digas nada. No voy a mirarte, puedes poner la cara que quieras, Ana, puedes pensar lo que quieras. Yo sé lo que vi y he callado porque nadie ha querido saber. Tú ahora preguntas y yo te respondo. Nunca has querido ir donde el cura a decirle que cambiarías al Ramón por el Luis. No vas al cura porque sabes que no hay penitencia, lo mismo que yo sé lo que me van a decir el cura o el médico, lo que me hubiera dicho el Antonio. No estoy loca, no. Aunque es el único consuelo que tenemos, es lo que nos queda a las madres que hemos perdido un hijo: volvernos locas. Porque la gente no entiende lo que es perder un hijo y se lo imaginan como un aire en las mentes que te deja catatónica, igual que el pequeño ese que se metió en el río y salió sin entendimiento por el frío. La gente se imagina que la muerte de un hijo es un golpe de frío y un volverse loca. No. No y no. Eso, para las débiles. Míranos a nosotras, fuertes como esos álamos. A las mujeres nos quitas todo y seguimos de pie, porque estamos hechas de piedra.

»Vi a esas dos mujeres y seguí gritando, tan agudo que ni yo lo escuchaba, y me tiré sobre ellos, sobre los dos, porque estaban muy juntos, como abrazados, y yo me abracé con ellos. Yo los quería a los dos por igual y los besé en los labios y los llamé por sus nombres. Me temblaban las manos al coger las suyas. Entre esas manos a medio camino entre el niño y el hombre tenían dos cantos rodados, muy redondos, casi como los de los bolos de madera; tan redondos, Ana, que no parecían de verdad; como si fueran cosa hecha por el hombre. Y en cada piedra había una mancha de sangre, solo una, también redonda. Mis hijos tenían la cabeza apoyada aquí. Ayúdame a agacharme.

»Aquí una cabeza y una mancha de sangre en la tierra, una mancha pequeña que aún manaba cuando yo llegué. Aquí otra, exactamente igual. Mira, ahora solo hay tierra. Al final he podido arrodillarme, qué bien, Ana. Este será mi rezo, aunque no pueda volver a levantarme de aquí. Qué gusto me daría si ahora pasara todo el pueblo por el camino, uno a uno, en fila, y nos vieran así, dos viejas en un huerto; una de rodillas, tocando la tierra fría, y otra detrás.

»Levántame, anda, cuida que no vayamos las dos al suelo, siempre has sido la más fuerte de las dos. La burra, te llamaban los del Soto porque te tenían miedo. Menudos idiotas. Con bien de orgullo sería yo una burra o una perra. Lo que sea menos un hombre. Idiotas, que no se merecen ni ser llamados burros, pobres animales, qué culpa tendrán.

—No me mires así, me río, lo siento, no puedo evitarlo. No hemos venido a reírnos, hemos venido a enfadarnos y gritar, pero me río, ya ves tú. ¿Cómo no he de creer la historia que cuentas? Pero deja que me ría un poco más, anda, que al levantarte me has mirado y en tus ojos he visto a la Ordoña de siempre, la que, después de que mi madre me cruzara la cara por reírme en el velatorio de mi abuelo, me cogió de la mano para rezar delante del ataúd. Las personas que consuelan sin saberlo son las que tienen algo de magia por dentro. Por eso creo que pudiste ver a aquellas aparecidas, quizá fueran dríades. Las dríades del Arla son unos bichos peligrosos. El chico que se quedó tonto por un golpe de frío, seguro que fue porque pisó una al tirarse al agua. ¿Qué hiciste con aquellas piedras? Yo solo había escuchado que se habían matado entre ellos, aunque nunca se supo el porqué. Bueno, se habló durante un tiempo, claro, que si había sido por dineros o por mujeres. Porque a los hombres no puedes sacarlos de ahí, de esas dos cosas. Pero qué mujer, si después nadie había sabido señalar una, y qué dineros, qué dineros, Ordoña, si todos somos pobres como ratas. Pero aquello a la gente le dio igual. A mí misma me dio igual, claro, porque después me mataron al hijo y con lo mío ya tuve suficiente. Qué idiotas hemos sido las dos. Tú también. Yo burra y tú tonta. Las dos separadas por la misma desgracia, en lugar de juntas, del brazo como ahora, hablando. Si me hubieras llamado, Ordoña, si me hubieras hecho así con la cabeza, te habría seguido a tu casa a gritar. Pero no hubiéramos puesto la radio, hubiéramos gritado con las ventanas y las puertas abiertas para que el grito se corriera las calles de Curva, para que nos llamaran locas y nos encerraran juntas. Imagina, la loca y la burra. Qué libertad poder decir lo que te dé la gana como los locos. Y llamar cabrones a los del Soto y al alcalde y al cura. A todos, Ordoña. Hijos de puta. Mierda. Qué gusto tener una excusa para volvernos locas, hija. Y qué poco lo hemos sabido aprovechar. Pero esta espera ha merecido la pena porque hoy es como si estuviésemos gritando mucho. Porque a las dos nos han matado a los hijos. A mí, unos cabrones; a ti, dos aparecidas.

—Lo de los cabrones es cierto, Ana, pero no lo de las aparecidas. Mira que no sé si eran dríades, mujeres de agua o de humo. Pero no los mataron. Las piedras las agarraban ellos, ellos se mataron. Eso lo sé seguro. Pero estaban embrujados. No por lo que vi ese día, sino por lo que había estado pasando los días de antes. Una madre intuye, y la intuición de una madre es lo mismo que la verdad. Y armando lo que pasó, después, cuando una ya solo tiene que pensar y la casa está en silencio, llegué a la conclusión de que algo más les había pasado. Los dos, cosa rara, pues se querían como si fuesen el uno el reflejo del otro, estaban huraños, no hacían bromas ni se hablaban. Cosas de hombres haciéndose hombres, pensaba yo. Aunque a veces los encontraba hablando solos, por la huerta o en la casa. Nunca se separaban, pero esos días pasaban mucho el uno sin el otro, como andando sin sentido. Estaban embrujados, Ana, aquellas aparecidas se les metieron en la mente, como los nublados cuando vienen de la dehesa, que hacen que la cabeza se te ponga pesada. Y ellos tenían el bochorno dentro y no supe verlo, el aire de Curva. Un calor que los fue enfrentando, quizá por ellas, quizá por el mismo calor solo, hasta que se mataron.

»Fíjate que nadie se preguntó cómo había dado la casualidad de que los dos se mataran a la vez. Nadie me preguntó cómo habían conseguido aquellos cantos que, cuando regresé con mi marido, habían desaparecido. Me preguntabas por las piedras, eso fue lo que pasó. ¿Cómo habían tenido fuerza mientras morían de apedrearse entre ellos? Nadie quiso saber y nadie preguntó.

»Hay algo en este pueblo que te corre por los huesos, que quizá no venga de fuera, sino que seamos nosotros mismos, y que se despierta a veces, con el aire, con el calor, con las maldiciones. Y puede que incluso eso matara a tu hijo. La sangre de Curva está maldita, Ana; y tú y yo no somos menos culpables porque hemos pasado nuestra sangre para que la gente siga muriendo. Creo que lo sabes bien, pues lo has dicho, me has llamado mágica, pero bruja sería mejor, me gustaría ser bruja o ser una burra o una perra. Y si de verdad hubiera sido una bruja, hubiera visto a las aparecidas antes, hubiera intercedido, me hubiera metido entre ellos, no se habrían matado. Porque la sangre de una madre vale más que la de dos hijos y yo la hubiera intercambiado gustosa, lo haría ahora mismo, igual que tú cambiarías un hijo por otro. Yo me hubiera comido los espíritus, los hubiera llevado dentro, igual que llevo la pena ahora, y los habría callado. El silencio es una cruz, pero qué bien me hubiera venido. Ellas no podrían haber hecho nada ante mi silencio, ante mi fuerza. Pero cogieron a dos niños, casi dos hombres, dos hijos que me habían hecho rica de sonrisas y después me habían abandonado en el fango, en esta tierra de Curva que tantos muertos esconde.

»Qué alegría que me creas. El contar la historia espanta la tristeza un poco. Al hablarla, al decirla en voz alta, fíjate, que ya no siento el miedo, ya no parece una historia de aparecidos. ¿No crees? Ahora es otra cosa porque es compartida. Me has llamado tonta y tontas somos, con toda la razón. Ahora llevamos media pena, la media pena de cada una, y ya no parece tan pesada. ¿No respiras mejor? Venga, regresemos a casa, en silencio, otra vez.

—No, espera un poco, que si nos movemos nos vamos a despertar y estar aquí cogidas del brazo es estar un poco dormidas, dormidas a la sombra de un guindo. Así somos las dos. No una burra y una perra, sino dos árboles, dos guindos que producen un fruto ácido, incomible, que nadie recoge, que cae a nuestros pies y solo nosotras apreciamos. Hemos comido de nuestra fruta, Ordoña, estaba ácida y nos ha gustado. Nos hemos sacudido el fruto y las hojas. Árboles en otoño. Estamos desnudas, puede que con frío, pero qué ligeras. Y quizá debamos enterrar los pies en este huerto y quedarnos aquí, porque, cuando se vaya la luz del sol, ya no podremos movernos.

»¿No intuyes eso, que si nos quedamos aquí, quietas, nos convertiremos en dos guindos o en dos chopos? Puede que me esté dejando llevar por las fantasías de los aparecidos, las dríades y los muertos. Puede ser. Siento, aquí en el pecho, en el mismo sitio donde siento la muerte de mi hijo, que no voy a poder callarme ya más, como si fuera una botella de vino con un agujero por debajo, algo imposible de tapar, y las palabras son el vino que se derrama tiñéndolo todo de tinto, como la sangre de tus hijos hizo en esta huerta. Yo también me derramaría por mi Luis. Sin dudarlo. Cada mañana lo pienso. ¿No podría cambiar yo, Dios, algunos de mis días por los días de Luis?, ¿por qué tengo que vivir yo, tan vieja y tan inservible, y tuvo que morir mi hijo, que no ha visto crecer a su familia, que no ha besado las cabezas tibias de sus nietos? Desde luego, no es de justicia.

»A veces me daban ganas de tirarme de los pelos cuando lo pensaba o cuando notaba que la gente se había olvidado de Luis. En mi casa. Cuando todos cantamos algún villancico en Navidad. ¿Qué derecho tiene una a cantar, Ordoña? ¡Luis está muerto! Eso quiero gritarles, como una loca. Luis está muerto. ¿Cómo puede una sola persona ser feliz habiendo gentes que matan hijos, Ordoña? ¿Lo sabes tú? Cuando me he reído, he pensado que no sé cuándo lo había hecho la última vez, seguramente antes de que lo mataran.

»Antes hablabas de las palabras que somos y que si por debajo eres una mujer. No, Ordoña, no lo eres. No es que las gentes te piensen una viuda sin hijos, es que lo eres. Se te muere un hijo y ya no hay nada más, solo tierra en los ojos y la risa injusta. Te dicen: "Anda, mujer, el Luis hubiera querido que volvieras a sonreír". Qué sabe nadie, qué manía. El Luis hubiera querido seguir vivo, ver a sus hijos crecer, no morirse. No dicen más que tonterías. Eso sí que son historias. Luis no quiere nada porque me lo mataron. Y punto. Y nadie debe reír jamás y menos con la excusa de mi hijo, Ordoña, porque la sangre no da risa, es del mismo color que el vino tinto, pero en nada más se parecen. Te envidio porque tú pudiste tocar sus sangres, besar sus labios, pero yo no. Y me abriría los pulsos ahora mismo sobre esta tierra si eso le devolviera la vida. Sí, lo sé, tú también. Quizá debiéramos hacerlo. Imagina lo que dirían en el pueblo, la de cosas que inventarían. Sería nuestro último grito, aunque ya no sirviera para nada. Ni siquiera para darnos alivio. Para eso ya nos tenemos la una a la otra, sin visillos. Para vaciarnos y cogernos del brazo. ¡Ay, esta tierra maldita! No somos nosotros, es esta tierra. Por eso la escupo, la escupo y la maldigo otra vez. No es nuestra sangre, Ordoña, no es nuestra culpa. Es Curva la que se le metió a tus hijos en los ojos, la que les nubló el sentido. Y fue Curva la que susurró al que apretó el gatillo que mató a mi Luis. Fíjate en el gesto, Ordoña, así, con un dedo. Mover el índice un poco y una persona se muere. Mira, pum, he matado a una persona. Este gesto, mira, este movimiento, nos mató a todos. Un dedo. De una persona. ¿No es demasiado para un solo dedo? Decías que éramos un pulgar y me alegro de que no hayas dicho un índice. Me mordería el dedo índice, mordería el dedo índice de cada hombre hasta que se dejara de matar a nadie. No tenemos con la enfermedad y con el hambre, que también nos matamos entre nosotros. A todos se los arrancaría. Se los arrancaba, fíjate, yo misma, hasta que se me cayeran los dientes podridos de carne y sangre, de polvo de Curva. Mira, ya atardece, Ordoña, deberíamos hacer un agujero y meter los pies en la tierra, quedarnos aquí.

—No, querida Ana. No nos vamos a enterrar ni a convertir en árboles. Somos dos piedras y no vamos a hacerlo. Lo sabes. Te gustaría poder hacerlo, rendirte, pero no lo vas a hacer. Igual que yo. Te concedo la maldición a la tierra, mira, escupo yo también. Pero no creo que la hayamos maldecido al escupirla. La hemos bendecido, Ana. La hemos bendecido nosotras. Eso es. Ya no vamos a llorar más. Quizá tampoco volvamos a reír, no me importa, con la risa de antes tengo suficiente despedida. Pero nunca más lloraremos. Ya está bien. Le hemos dado a esta tierra demasiadas lágrimas y demasiado silencio. A partir de ahora solo maldiciones y escupitajos. Pero no nos vamos a enterrar. Mañana, si quieres, iremos a escupir por las cunetas que se tragaron a tu hijo. Mañana te paso a buscar, seguro que cada vez andamos un poco mejor, quizá hasta nos hagamos más jóvenes. A ver si en unos días somos capaces de gritar, de gritar fuerte, de verdad, desde nuestros agujeros, desde las tumbas de nuestros hijos. Gritar y espantar todos los pájaros del pueblo y volvernos burras y perras por fin. Y ahí ya no volver a casa, andar libres por los montes, asustando a las gentes, ladrando y rebuznando. Vamos, anda, cógeme del brazo, eso es, demos la vuelta, demos la espalda, volvamos al silencio, pero juntas, vayamos a la plaza, a que nos vean, a que no puedan ignorar a nuestros hijos muertos.

Carlos

Carbonera

6 de julio

Cuando sonó el teléfono, pensaste que sería otra vez Javier Castillo, así que no te molestaste ni en mirar. Te había llamado varias veces esos días, aunque solo habías contestado la primera, y porque aún no sabías que era él. ¿Quién le habría dado tu teléfono? No querías tener nada que ver con él ni con toda la gente rara que te habías encontrado en la huerta. No te creías ni una sola palabra de los disparates que se habían dicho aquella noche y, cuando lo pensabas, te sentías totalmente sucio por haber compartido unas horas con ellos. Lo peor era que el maricón de Javier se lo había creído, si no lo había organizado, y te estaba jodiendo con las putas llamadas.

—Vamos a ver, un par de cosas, que quede claro. Primero, no vuelvas a llamarme. Segundo, me importa una mierda, ¿entendido?

No habías dejado que contestara, por supuesto, y habías colgado. Te habías sentido muy violento después de la conversación, como invadido en tu propia casa. Nadie te llamaba por teléfono. Joder, ¿quién coño seguía llamando por teléfono? Habías bloqueado el número a la tercera, pero al rato volvió a llamar otro número distinto. Ya habías aprendido la lección y no contestaste. Por eso aquella mañana, cuando escuchaste la melodía y notaste vibrar el teléfono mientras conducías a la obra, diste por supuesto que sería Javier y no atendiste. Hacía mucho calor y el puto coche que te habían dejado en el taller no tenía aire acondicionado. Bajar las ventanillas no era una solución porque el aire y el ruido te levantaban dolor de cabeza. Desde que tenías aquel coche, llegabas con mala hostia al trabajo y encima todo era culpa tuya. No dejabas de imaginarte lo que iban a decir cuando te vieran aparecer, siempre con las mismas bromas. «¿Qué, hoy no hay parada en el castillo?». «Hostia, qué mal ha envejecido el coche con lo que pagaste por él». Como dos discos rayados. Como dos viejos cuya vida era una mierda y lo único que tenían que hacer era reírse de un chaval que había tenido mala suerte. Al menos lo que había sucedido con el coche no dependía de ti. Si fueras ellos y tuvieras que mirarte en el espejo todas las mañanas con ese cuerpo asqueroso, probablemente hubieras hecho como Ramón Medina y te hubieras pegado un tiro. Pero eran amigos de tu padre y bastante cabreado tenías ya al viejo. Cómo te tocaba los cojones haber tenido que ir al taller de su amigo a recoger el coche y aceptar que te dejara aquella chatarra como un favor personal a tu padre. Tus cojones, un favor personal. Y encima poner buena cara cuando te dijo aquello de: «Pero, bueno, Carlitos, cuánto has crecido. Ahora, entre tú y yo, ¿qué le hiciste al coche?, ¿una noche de fiesta dura? Todos hemos venido un poco contentos de alguna verbena. ¿Son las fiestas de algún sitio?». Sonreír y aguantarte las ganas de decirle que tú no bebías, que beber era envenenarse el cuerpo y que solo servía para hacer estupideces de las que arrepentirse después.

Antes de que le colgaras, Javier Castillo, el profesor maricón, te había preguntado si habías vuelto a tener pesadillas, pero no le habías contestado. Javier hablaba muy deprisa, como si hubiera intuido que sus segundos contigo estaban contados, cosa que así era, y que corría una contrarreloj muy ajustada antes de que pulsaras el botón rojo del teléfono. Tampoco le hubieras contestado, aunque le hubieras dejado más tiempo, evidentemente, pero después sí que habías reflexionado sobre las pesadillas. Habías pensado en ello tanto que incluso habías tenido un gatillazo con la Pilar. Porque no había cosa que más te jodiera en el mundo que tener que darle la razón a alguien que no se lo merecía. Y Javier no se merecía saber que ya no tenías pesadillas con Ramón, que ya no soñabas que te pegabas un tiro sentado bajo un roble. Casi como si la vieja hubiera provocado el abandono de los sueños. Los dos días te habías despertado un poco decepcionado por no haber tenido pesadillas, y aquello ya empezaba el amargor de la mañana. Para cuando llegabas a la obra, eras una bomba de relojería que solo se calmaba al regresar a casa y meterte una sesión doble de entrenamiento.

Aquella mañana, la supuesta llamada de Javier Castillo mientras conducías hizo que tu humor fuera incluso peor. Dejaste el teléfono en el coche para evitar ponerte aún más de mala hostia y fuiste a trabajar. Seguíais fuera de Curva, parecía que nadie del maldito pueblo necesitaba ninguna chapuza. Ahora estabais arreglando el tejado de una casa vieja en Carbonera y, por suerte, los tres a la vez no podíais estar subidos arriba. ¿A quién se le ocurre arreglar un tejado en pleno julio? Aprovechabais las primeras horas de la mañana, cuando casi no había amanecido, para realizar el trabajo más duro. Era algo lento porque en las horas centrales, desde las once a las siete de la tarde, apenas podíais hacer nada. Luego, cuando el sol bajaba y dejaba de pegar, aún podíais sudar un poco hasta que se hiciera de noche. Esas horas muertas del mediodía también te ponían de mala hostia. Ese tiempo perdido... Aquel día el calor ya pegaba fuerte antes de las siete e ignoraste las bromas de tus compañeros mientras te subías el primero al tejado.

Al desaparecer las pesadillas, habían aumentado los cabreos, la sensación de que alguien te hablaba dentro de la cabeza y la sensación repentina de que había algo que no alcanzabas a ver por el rabillo del ojo, como una silueta. Igual que te había sucedido con el arbusto la tarde del castillo. Como si llevaras a una persona más grande que tú pegada a la espalda. Pero, al darte la vuelta, allí nunca había nadie. Y, sin embargo, cuando menos lo esperabas, sobre todo si estabas relajado, allí estaba la sombra, el punto negro, algo que te perseguía y te sobresaltaba, pero que después no era más que un destello. Intentabas no pensar mucho por no sugestionarte, sería cosa del calor y del trabajo. Quizá, incluso, tuvieras que ir al oftalmólogo, pero de ninguna manera ibas a dejar que la fantasía conectara aquella sombra con lo que había sucedido esos días y con la huerta.

El trabajo duro te gustaba. Te hacía no pensar. Estabas convencido de que los hombres no habían nacido para pensar, que eso había sido un despiste de Dios, que estabais hechos para trabajar con el cuerpo, para que los músculos estuvieran tonificados y el cuerpo joven y ágil. No dudabas de que el trabajo duro también hacía que la gente muriera antes, pero qué más daba. ¿Para qué quería vivir la gente con un cuerpo viejo y renqueante?, ¿cómo podía soportar alguien que sus propios hijos le limpiasen las babas o la mierda del culo? Trabajar era fácil, mover el cuerpo era fácil, era mecánico, cualquiera podía aprenderlo si se practicaba. Porque, antes que nada, de eso también estabas seguro, los humanos eran animales. Y aquello lo sabías porque muchas veces te habías descubierto fuera de tu mente cuando hacías ejercicio, conectado totalmente con el cuerpo, siendo cuerpo, instinto.

Al hacer ejercicio o al follar. Animales, sin más historias. A veces, después de correrte, te sentías avergonzado por lo que acababas de hacer, por lo que acababas de decir. Y esa vergüenza te revolvía las tripas. De lo que debería sentirse avergonzada la gente era precisamente de lo contrario, de leer libros, de ver la televisión, de llevar ropa encima. Por eso la gente bebía, en realidad, para conectar con esa parte, para ser capaz de decir lo que se pensaba, para ser sincera, para tomar aquello que consideraba que era suyo. A ti no te hacía falta beber porque sabías eso y habías llegado a la conclusión hacía mucho tiempo sin necesidad de darle a la botella, solo observando a los colegas. Claro que, cuando dejaron de necesitar un coche para salir, dejaron de llamarte. Supusiste que no les gustaba verse comparados contigo, no ser capaces de tomar las riendas de su propio cuerpo como habías hecho tú. Esa era otra lección que habías aprendido por no beber. La mayoría de los amigos son amigos solo porque comparten las miserias y así parecen normalizarlas. Nadie que beba va a ser amigo de alguien que no lo haga porque siempre le va a recordar que es mejor que él.

Cuando quisiste darte cuenta, te gritaban desde abajo.

—Carlitos, coño, que estás sordo. Baja, anda, que nos va a dar un algo hoy.

Te incorporaste y contemplaste el tramo que habías avanzado en aquella mañana retejando. Te había cundido y sonreíste. Eso sí te ponía de buen humor. Miraste el reloj y viste que no eran ni las once. El sol te picaba en el cuello y en los brazos. Estabas moreno, nadie que trabajara en la obra podía estar pálido en julio, pero aun así te habías puesto crema de protección total. Y podías notar que empezabas a quemarte los hombros y el cuello alrededor de la camiseta de tirantes. Te la quitaste y te la echaste al cuello. Primero para aliviarte, y segundo, para que esos dos imbéciles no te dijeran nada si de verdad te habías quemado. Bajaste y te acercaste a ellos, a la sombra de una cochera. Estaban fumando, así que te pusiste a unos pasos, aunque tus piernas quedaran al sol.

—Yo creo que hoy no vamos a adelantar más. Esto no baja hasta la noche, ya os lo digo yo. Nos vamos a tomar el resto del día libre y mañana venimos una hora antes. Habrá que estar aquí antes de las seis para poder aprovechar el día.

—Vamos a por unas cervezas.

Normalmente tenías controladas tus caras de asco cuando la gente hablaba de tabaco, comida basura o alcohol, pero aquella vez, sabiendo que no eran ni las doce de la mañana, no pudiste controlarlo.

—Bueno, chico, ya sabemos que tú eres don *astemio*. Pero al menos un vaso de agua, una Coca-Cola o un café. No me jodas.

—Venga, anda, que invita el jefe.

No pudiste decir que no, así que fuiste al coche a cambiarte de ropa. Allí cogiste el teléfono y viste que tenías ocho llamadas perdidas de la Pilar. Se te erizó el vello de la nuca y dejaste de tener calor de golpe. Fue como un presentimiento. Algo había pasado. Te acordaste, sin motivo, de Ramón Medina. Aún sin cambiarte, desbloqueaste el teléfono y viste que no tenías ningún wasap de la Pilar y ninguna llamada de nadie más. Le devolviste la llamada.

—Tú, vienes o qué.

No te giraste. Te daban igual. La Pilar no te cogía el teléfono. Tiraste el móvil en el asiento del copiloto y entraste en el coche para arrancarlo.

—Ey, Carlitos, ¿qué haces?

Sacaste la cabeza por la ventanilla.

—Tengo que irme, os cuento luego.

Hicieron un gesto con la mano y torcieron por la calle para ir al teleclub de Carbonera, que sería lo único abierto a esas horas. Arrancaste y, al meter la primera, viste el coche de la Pilar acercándose a la casa. Apagaste el motor y saliste. Ella aparcó y te saludó con una mano. Parecía tranquila, pero aquello no te gustaba nada. Te acercaste y te pusiste la camiseta. Bajó la ventanilla:

—Te acabo de llamar. No he visto las perdidas hasta ahora.

Ella te miraba, estaba seria. Salió del coche después de apagarlo.

—Pero dime algo, mujer, qué ha pasado, mira que estoy ya que no sé.

—No te asustes. —Se frotó las manos—. No es algo malo, creo. Es solo que estoy nerviosa.

Te miró y sonrió un poco. Lo primero que te vino a la cabeza fue que, por fin, estaba embarazada, pero no querías hacerte ilusiones con ello.

—¿Qué quieres decir?, ¿estás?

Ella asintió.

—Estoy embarazada —lo dijo confundida—. No sé cómo ha podido pasar, Charly. Yo… Hemos usado siempre condón, ya sabes lo cabezona que soy con eso.

—¿Qué?, ¿qué más da cómo ha podido pasar?, ¡estás embarazada!

Pilar no parecía tan contenta, estaba extrañada.

—Carlos, para, calla. —Miró a los lados. —Escucha. Es muy pronto aún. No debo de estar de más de cuatro o cinco semanas a lo sumo. Hace unos días que tenía que haberme bajado la regla. Me asusté y esta mañana…

—Qué bien, Pilar, qué alegría más grande. Te vienes a vivir a casa. Hoy mismo. Qué alegría, mi padre, por favor. Ay, Pilar, un Carlos Junior.

—Carlos, escucha, que no estás pensando bien. Que un crío es mucha cosa. Además, es muy pronto. Puedo perderlo. Ni siquiera sabemos si el positivo es seguro o si nos lo queremos quedar.

—Claro que queremos, ¿no?

Ella te miró con los ojos abiertos en una expresión neutra que no quería decir nada.

—¿No? —repetiste—. Siempre has dicho que querías tener hijos.

—Sí, joder, Carlos, pero no ahora, ¿no? Somos unos críos, Charly. No sé qué hacer, ¿qué podemos hacer?

Tú sí sabías qué podíais hacer. Por eso te molestaba aquella actitud. Pero no dejaste que se viera. Comprendías que estuviera asustada. Un bebé era mucho cambio en el cuerpo de una mujer y debía de estar muy confundida. Tú estarías allí por los dos, tú sacarías adelante a ese niño si hacía falta. Sabías que era la decisión correcta y también que la Pilar lo deseaba. No hubieras empezado a salir con ella de no ser así. Solo que ella necesitaba un poco más de empujón. Por eso le habías pinchado los condones y por eso el destino, Dios o quien fuera —te gustaba pensar que tú mismo habías labrado esa suerte— te había premiado con un hijo. Pilar tenía los ojos llorosos, así que la abrazaste.

—Cariño. —Os separasteis—. Todo va a salir bien. Te lo prometo. Yo voy a estar aquí todo el tiempo.

Ella asintió, ya más tranquila.

—Vamos a calmarnos —continuaste—. Para empezar, es una buena noticia. Somos dos personas sanas, con trabajo y que nos queremos. Estás embarazada. Es algo alegre. ¿No?

Volvió a asentir y aquello te dio confianza. En ella, en tus propias palabras y en el futuro. Te sorprendió no sentirte nada nervioso. En el fondo sabías, y te alegraba comprobar que te sentías así, que habías nacido para ese momento. Igual que sabías que ese niño, porque era un niño, iba a ser el siguiente Carlos Medina. Y sabías que ibas a ser mejor padre que el tuyo y que eso haría que tu hijo fuera aún mejor de lo que tú habías sido porque siempre contaría con el apoyo de un padre que tuviera las cosas claras y que no se entretuviera con tonterías. La abrazaste de nuevo.

—Déjame invitarte a comer. Vamos a casa, me ducho, me pongo guapo. Más guapo, quiero decir —ella sonrió y una pequeña carcajada le aflojó los nervios—, cogemos el coche y nos vamos a Sallón. Comemos donde la Mallona, damos un paseo, merendamos en la heladería y volvemos a casa. Tenemos todo el tiempo del mundo para hablar.

—Sí, tienes razón. Vale. Vamos a calmarnos y vemos qué hacer.

Aquello era un primer paso. Sabías que el tiempo jugaba siempre a tu favor. Si conseguías que pasara el suficiente; si, quizá, sus padres y los tuyos se enteraban; si todo el mundo daba por sentado que lo ibais a tener, ella acabaría asumiendo que era la cosa más natural del mundo. Porque lo era. Te cambiaste la ropa sudada, allí mismo, en la calle, y te fuiste a su coche, ella no estaba para conducir. Los nervios la habían dejado totalmente relajada y se durmió en el sofá mientras te duchabas. Aquello era buena señal. Cuando bajaste al salón, te pusiste de rodillas frente a ella y le acariciaste el vientre. Por fin algo te salía bien aquel verano.

Lidia

La primera nube

7 de julio

Desde la reunión en la huerta, Lidia ha ido cada mañana a ver al tío. No han hablado de los pesares y ella tampoco le ha dicho que ha seguido viendo a Bernarda y a Javier. Cree que es mejor que su tío permanezca al margen por el momento. Lo nota muy envejecido. Aún queda un día para que la puerta se abra del todo, pero no ha nacido nadie nuevo en Curva. Si no pasa pronto, algo horrible le ocurrirá a Raúl, lo presiente.

Cruza el puente de la ermita, decide dar un rodeo para evitar la plaza —es viernes, día de mercado—, y coge la callejina de la bolera. No se llama así, por supuesto, es la calle del 23 de Abril, pero nadie la llama por su nombre oficial. Quizá los carteros. Ya no hay bolera ni es una calleja, pero las cosas en Curva cambian despacio. Pasa delante del viejo edificio donde se encontraba la bolera, ella recuerda venir de pequeña a jugar en los cumpleaños del colegio. El local está cerrado. Aún tiene el rótulo y encima un cartel rojo, ya descolorido, de Se vende.

Desde que empezaron a ver a los pesares, la casa del tío, ya de por sí oscura, ha estado más ensombrecida. Hay una angustia o una pena enredadas por las paredes que no se va ni con el sol ni con las ventanas abiertas. Hablan de forma aparentemente distendida en el salón, pero parece que tienen a las espaldas un aliento que posa una mano en el hombro. Lidia es consciente de ese peso, del olor a humedad, pero se obliga a fingir.

Hace calor. No hay mucha gente en las calles y las pocas personas con las que se cruza van directas a la plaza, al mercado, o vuelven de allí. De momento, Rosario Castro ha dejado de visitarla, aunque aún se la imagina a veces raspando con las uñas la persiana de su habitación cuando se acuesta. Pero no aquella mañana; por fin ha terminado el proyecto para el museo. Ha copiado uno que ha encontrado por internet para un museo sobre los arévacos, adaptándolo a Curva de Arla, y cree que todo va a salir bien. Si se fía del buscador, ese proyecto salió adelante y sigue en pie. Ha recabado información sobre el puente y la calzada romanos, sobre el castillo y sobre las carboneras. Al principio pensó en hacer el proyecto solo sobre estas últimas, pero no sabía si iba a ser suficiente atractivo, así que decidió centrarlo directamente en la historia de Curva de Arla. Quizá también sea un problema, por querer abarcar demasiado. Por fin se lo va a contar a Raúl y espera que esa noticia lo saque de la apatía en que lo ha sumido la visita de los pesares.

Cada vez le cuesta más buscar temas de conversación. El tío ya no quiere hablar sobre el pasado, como el que ha hecho limpieza y se ha deshecho de ropa antigua. Ya solo quiere hablar del presente, aunque tampoco menciona la huerta o a Bernarda, y tiene siempre mucha prisa por que Lidia se vaya. En otras visitas, la ha despachado para irse al viejo casino, pero sospecha que lleva sin salir de casa desde que estuvieron en las huertas. Su tío tiene una mano encima, un aliento cargado. Raúl tiene la piel más clara y está siempre en una esquina de la mesa, la esquina en la que no da el sol. A pesar de que Lidia siempre puede ver lo que hay en esa esquina, gotelé y pintura, tiene la impresión de que las rugosidades forman caras con la boca abierta y que gritan y que ese quejido solo lo puede escuchar el tío Raúl, aunque ella sí nota el aliento, a veces sobre su propia nuca.

Se pasa el dorso de la mano por la cara para secarse el sudor. Tiene la frente muy ancha y prefiere llevar flequillo, pero en verano —y en Curva— es más cómodo recogerse el pelo en una coleta.

No sabe nada de los otros del huerto, solo de Javier. Él ha intentado hablar con Carlos, pero parece que no está por la labor de mantener el contacto.

Sigue sudando cuando llega al portal y se sienta un rato a la sombra, en el escalón de piedra, para tomar aire. No le gusta llegar sudando a los sitios, sobre todo si hay alguien a quien saludar. Le parece que a la gente le da asco y se siente muy incómoda si debe dar dos besos. Lidia siempre tiene esa sospecha de que los demás huelen algo malo en ella, lleva la culpa, una culpa absurda, en el sudor, en el vello que crece demasiado rápido y en la abundancia de su regla. Incluso cuando no ha sudado y va recién depilada. Raúl no le ha dado dos besos más que la primera vez que se presentó en su casa, pero, por si acaso, prefiere esperar. Sabe que va a ponerse nerviosa tratando de explicar el proyecto y que volverá a sudar, mejor empezar de cero. De una ventana abierta sale el ruido de una tele en la que están retransmitiendo los sanfermines.

Abre la carpeta y se asegura de que todo está allí. Presupuesto, emplazamiento, financiación, contenido, oportunidad, etc. Ha preparado, incluso, un informe en el que se estima el aumento porcentual de turismo y el dinero que eso acarrearía a Curva. Mezclar su museo, algo tan bonito y tan puro, con el beneficio económico le ha dado bastante asco, pero Lidia no es tonta, sabe que no hay otra manera de convencer al ayuntamiento y a la Junta. Todo aquello a Raúl le va a dar igual, solo es una fachada para la burocracia, pero, si ve que está preparada, quizá le dé su bendición. No le ha contado nada a sus padres, ni del huerto ni del museo, y a veces se siente como si estuviera haciendo algo malo por preparar ese proyecto. Cuando eso pasa, le gusta imaginarse en el futuro como Felisa de Garzón, imaginar una propuesta popular para llamar al museo con su nombre y, quizá, poner una imagen suya a la entrada. Espera que no tan fea como la estatua de la pobre Felisa, pero incluso eso le haría feliz. Entonces, ya no importará que su madre no entienda por qué pierde el tiempo o que Raúl no quiera oír hablar de reconstruir las carboneras.

Ella intuye que el posible rechazo de Raúl a las carboneras podría tener que ver con la llegada de turistas al pueblo. No le gustan las novedades y un impulso que atraiga gente a Curva va a removerlo. Eso está bien. Hay que removerse a veces. A ella salir de Curva le ha venido bien para espabilar. No se siente tan torpe ni tan timorata como un año atrás. Quizá si consigue espolearlo un poco, enfadarlo o indignarlo, logre rejuvenecerlo algunos años, que se sacuda esa mano del hombro. Aunque, en el fondo, lo que de verdad espera es que su tío sonría y le diga que es una excelente idea, que es una gran muchacha y que va a apoyarla; que no ha perdido el tiempo. Si consigue que alguien como Raúl Ramos apoye la idea, tendrá el impulso que necesita ante el ayuntamiento. Además, eso seguro que logra rejuvenecer al tío igualmente. Sonríe sentada en el escalón. Cada vez está más cerca de esa estatua.

Una señora abre el portal y Lidia se levanta deprisa. Es una señora mayor, vestida de negro. Mira a Lidia de arriba a abajo. Ella se aparta para dejarla pasar, pero la señora no se mueve. Lleva un bastón y está enfadada, como todas las señoras de Curva. Da pequeños pasos y va cerrando la puerta de metal antigua detrás de ella. Agarrándola con sus dedos de cuervo.

—No cierre, por favor, que voy a subir —dice Lidia sonriendo.

—De eso nada. ¿Quién eres?, ¿dónde vas?

La puerta se abre detrás de ella antes de que Lidia pueda responder y aparece la sobrina de Raúl.

—Buenos días. Deje pasar a la niña, hombre, que viene a ver al tío Raúl.

La mujer, sin responder, se aparta de la puerta, enfadada, y se pone a caminar despacio en dirección al mercado, con una mano en la espalda y la otra, la que sostiene el bastón, aparentemente innecesario, haciendo de visera. Farfulla:

—Un día nos matan a todos, todo el día la puerta abierta.

Las dos mujeres la ignoran.

—Hola, Lidia, cariño. Pasa. Yo me voy al mercado, pero está la nieta en casa, ella te abre, descuida.

Se introduce en el portal de granito, que está fresco y huele a lejía. Se despiden y sube los escalones estrechos. Raúl se encuentra en el salón, como siempre, sentado a la mesa camilla, en la esquina de sombra, con una camisa azul y un jersey fino de color oscuro. A Lidia siempre le ha fascinado que las personas mayores tengan frío todo el tiempo. Ella está empezando a sudar otra vez. Se limpia con la mano y se acerca tímidamente, apretando la carpeta de plástico contra el cuerpo.

El tío Raúl está muy recto, con la cabeza ladeada, en silencio, mirando por los visillos, aunque a Lidia le da la impresión de que no está mirando la calle. Se lo imagina con los ojos vueltos hacia dentro y envarado como una momia. Tiene los labios femeninos apretados, casi inexistentes, una mano cerrada sobre la mesa y otra encima del muslo, un poco arqueada, Lidia no puede saber si por la artrosis o por otro motivo. Frente a él hay una taza de café vacía y el papel de una magdalena. La casa está silenciosa. Los muebles de madera parecen respirar, emanar, quizá, su aliento, pero ella sabe que es cosa del calor.

—Buenos días, tío —dice bajito, intentando no asustarlo.

Él se gira. No sonríe, pero Lidia sabe que se alegra de verla porque deja de estar en tensión. Abre la mano.

—Buenos días, mi niña.

Dice «mi niña» no como algo cariñoso, sino como podría haberla llamado «chica»; quizá lo haga por la herencia leonesa de su madre. Ella se sienta delante de él y pone la carpeta en la mesa, muy cerca de los dedos de Raúl, de su piel quemada. La carpeta es, ahora, algo que los une.

Bernarda le ha dicho que no todos los muertos de forma violenta se convierten en pesares, que por eso no se le ha aparecido a Raúl su compañero muerto en la carbonera; aun así, si ella fuera la sombra, aprovecharía esa muerte para atraer a Raúl. Pero Bernarda no sabe nada de eso y solo le vuelve a decir una y otra vez cuando lo menciona que no todos los muertos son pesares. Y lo dice muy segura, aunque después dice que su marido no debería haber vuelto y entonces ya no sabe. A pesar de eso, a Lidia le tranquiliza que Bernarda esté en Curva intentando saber por ellos.

Pone un dedo sobre la carpeta. Se da cuenta en ese momento de que siempre se imagina a su tío en las carboneras, pero nunca se lo imagina cuidando de su hermana, la que se volvió loca cuando la abandonó el marido, y de su padre, que vivió hasta casi el nacimiento de Lidia. Ese Raúl sacrificado no entra dentro del molde de esfinge que le ha mostrado siempre Raúl Ramos. Quizá sea intencionado, quizá por eso ella siempre se imagina las manos quemadas tratando de salvar al compañero, porque es lo único humano que le ha querido mostrar su tío. Raúl es una momia y ella no ha podido ver debajo de las vendas apenas nada aún. Quién sabe. Ni siquiera Javier, que se está obsesionando con las vidas de los del huerto, ha llegado a ninguna conclusión. Lidia piensa que se encuentran en un ciclo del que no conocen el recorrido total. Hasta ahora, El paso ha funcionado de una manera, pero quién dice que esa manera de comportarse no fuera, como casi cualquier elemento natural que el hombre trata de predecir, algo errático, no una tendencia.

—No te cansas. Al final vas a ser buena Ramos. Cabezota y tozuda —dice mirando la carpeta.

—No quiero preguntarle nada hoy, tío —dice, mintiendo en parte—. Vengo a enseñarle una cosa que he estado preparando.

Raúl la mira con curiosidad y un atisbo de sonrisa parece asomarse a sus labios, aunque desaparece inmediatamente. Se crea un silencio entre ellos. De fondo se escucha el canario de la sobrina, que canta en el balcón.

—Venga, pues.

Lidia asiente y espabila. Abre la carpeta y saca el proyecto. Se lo tiende, pero él lo rechaza con una mano.

—No sé dónde he puesto las gafas, llevo días sin leer el periódico.

Raúl tiene los labios secos, aunque no tiene las típicas boceras de los ancianos. Seguro que sabe de sobra dónde están las gafas, así que Lidia supone que no quiere leer. Tampoco le pide que sea ella la que lo haga. Se decepciona un poco, pero no se irá sin una reacción.

—Es un proyecto que me gustaría presentar al ayuntamiento de Curva.

Ahora sí sonríe.

—¿Te vas a meter a política?

—No, no. —Lidia se ríe también, soltando un poco de tensión y de nervios. La risa le hace darse cuenta de lo nerviosa que está—. Quite, quite. Me vuelve loca ya la matrícula de la universidad, como para meterme en esa burocracia.

Raúl señala el proyecto levantando un poco la mano que tiene sobre la mesa. La vuelve a dejar despacio en su sitio.

—Niña, eso huele a burocracia desde aquí.
Ella se encoge de hombros. Sí, supone que sí. A mucha burocracia, además. Pero es de la buena, o al menos de la que no le importa sufrir. Carraspea y se pone a explicar. Comienza diciendo que es un museo, sin aludir a los turistas. Mete los folios de nuevo en la carpeta porque sospecha que es un examen y que, si tiene que leer algo de lo que hay en el proyecto, es que no es bueno, que no merece la pena. Habla del puente, del castillo y la calzada, de la historia de Curva, menciona el tratado que se firmó allí y que puso fin a una de las guerras carlistas, la visita de los Reyes Católicos y, al final, casi de pasada, las carboneras. Después se queda callada. Nota que se ha puesto colorada y le sudan las manos y la frente. Raúl ha dejado de mirarla hacia la mitad de la exposición, ha devuelto los ojos a la ventana, aunque Lidia sabe que no hay nadie en la calle, que las ventanas de enfrente están cerradas, que los ojos están vueltos hacia dentro otra vez.
—¿Qué le parece?
Raúl cierra los ojos y comienza a toser. Lidia espera a que termine el ataque de tos, pero dura mucho. Lleva unos días tosiendo demasiado.
—¿Se encuentra bien?
Raúl no responde, pero mueve la mano en lo que Lidia piensa que es un gesto de rechazo. Raúl termina de toser y un par de lágrimas le caen de los ojos. Saca un pañuelo de tela del bolsillo y se las seca. Lidia se acerca a la cocina, llena un vaso de agua y regresa. Raúl bebe. La mira de reojo. Lidia cree que cuando ella está allí intenta toser menos, disimular, y que lo ha cazado. Ella mira al gotelé que hay encima de la cabeza de su tío y le entran ganas de levantarse y tocarlo, quizá para comprobar que es pared, que no son caras. Tiene la impresión de que están esperando a que Raúl se muera, acechantes como gárgolas.

—Gracias, mi niña. —Tiene una mano en el pecho.

—Esa tos no suena bien, tío. ¿Ha ido al médico?

Él sonríe y le devuelve el vaso, después coloca las dos manos sobre la mesa como hace habitualmente.

—¿He ido al médico, Lidia?

—No, no ha ido. Es usted un cabezón.

La mira y deja de sonreír. Lidia posa el vaso entre los dos, sobre el tapete de ganchillo, el sol atraviesa el cristal y proyecta un arcoíris sobre las manos de Raúl, que las retira y coloca sobre las piernas.

—Calla, anda, calla. No me des la murga tú también, todo el día como mi sobrina.

—Bueno, lo hace porque se preocupa. Como yo.

—Menos preocuparse de los viejos, leñe. Morirnos es lo que nos toca. ¿Qué haces aquí todas las mañanas en lugar de irte con los de tu edad?

—Me gusta estar con usted.

—Bah. Qué bobada.

Se quedan callados. Él baja la mirada hacia el proyecto.

—Quita lo de las carboneras, Lidia. —Niega con la cabeza—. Ya sabías lo que iba a decirte. Vienes a que te sabotee porque no te atreves a hacerlo tú. Este proyecto es una estupidez, niña. A nadie le importa Curva de Arla. Solo conseguirás frustrarte y vivir amargada.

—Porque usted lo diga, vaya.

—Sí, porque yo lo digo. Quita las carboneras. —Lo dice muy serio, como si en el proyecto hubiera incluido una foto suya desnudo—. No hay que remover el pasado. —Niega con la cabeza de nuevo y niega su sombra tras él—. No trae nada bueno. No aprendemos.

Ella mira la sombra. Raúl se ha movido un poco con la tos y ha quedado medio iluminado por la ventana. Es una sombra normal, como la que ella proyecta sobre la otra pared. Tienen el sol de frente, muy alto.

—Tengo prisa, Lidia, será mejor que vuelvas en otro momento.

—No voy a irme. Me exige que quite las carboneras, pero no me da explicaciones. Se niega a ir al médico y los dos sabemos que no se encuentra bien.

Suelta una carcajada, pero la tos vuelve un poco. Lidia le alcanza el vaso, pero lo rechaza.

—No me pasa nada —dice bajito—. Vete.

—No me da la gana. Usted siempre tiene la última palabra. No, señor. Solo porque no quiera recordar que se le murió un amigo, eso no le da derecho a privar a todo el mundo de parte de la historia del pueblo.

Raúl la mira en silencio y respira una vez antes de responder. Comienza despacio, pero se va acelerando a medida que alza la voz.

—Que no hay historia, Lidia; lo que hay es que nos moríamos de hambre, que se murió gente haciendo el castillo, haciendo el puente y en las carboneras; que se muere gente todos los días. Solo porque a ti te parezca exótico imaginar a pobres hombres subidos sobre moles de barro y ramas, eso no te da derecho a usarnos como animales de un zoo. A ponernos alfileres y meternos en una urna. ¡No hay nada que recordar, niña mimada, solo silencio, represión, frío, hambre y miseria! ¿A eso le quieres hacer un museo? No vas a dejar que nos muramos en paz, no vas a dejar que olvide.

Se ha puesto en pie, la boca le tiembla y mira a Lidia con los ojos encendidos. Nunca lo ha visto enfadado. No enfadado de verdad, al menos. Al ponerse en pie la sombra ha reptado hasta el suelo y se ha hecho pequeña.

—Yo...

—¡Vete, coño! Y mira a ver si no vuelves —dice gritando y después se calma y cierra los ojos—. Haz lo que te dé la gana con el museo. Solo venías aquí para sacarme datos, información. ¿Te crees que no lo sé? —Vuelve a mirarla—. Soy solo otro nombre en tus libros de historia. Y así ha de ser. Ya tienes lo que necesitabas. Vete.

Ella no se mueve y Raúl empuja la carpeta hacia ella con violencia. Lidia la coge y se marcha. Escucha a su tío volver a toser. Sale al rellano, baja a la calle y echa a correr hasta una esquina sombreada, donde se pone a llorar. Dos señoras pasan a su lado y la miran con reprobación, casi con escándalo. Las ignora y sigue llorando un rato más.

Javier

Tengo miedo torero

6 y 7 de julio

Escuchó la puerta de la calle cuando Almudena se fue del piso; luego el ascensor. Todo el tiempo tuvo los ojos cerrados. Daniel había seguido visitándolo. Incluso en sueños. Después, se despertaba oliendo a cuero y con las plantas de los pies sucias, negras, como si hubiera estado caminando por la calle sin zapatos. A veces en pleno día, en cualquier parte. Bernarda, con la que se había reunido en varias ocasiones desde la huerta, no sabía bien qué debía hacer. Los pesares cada vez tenían más fuerza y no nacía nadie con la sangre.

Se levantó para cerrar con llave por si ella volvía, pero vio que Almudena había dejado las suyas en el cuenco de la entrada. Suspiró. Sabía perfectamente cómo lo veía ella. Le daba igual. Solo necesitaba que se quedara en Curva hasta que naciera alguien más y eligieran un nuevo guardián. Ella y los niños.

Bernarda aventuraba que el pesar de Javier era más fuerte porque se había dejado tocar. Tampoco estaban convencidos de eso. A Lidia, Rosario la había agarrado de un tobillo y no había vuelto a verla. Se palpó la nuca. A veces seguía encontrando tierra cuando se rozaba.

No le había contado a Lidia que veía a Daniel. No quería asustarla, aunque parecía una chica fuerte. Volvió a sentarse en el despacho, frente al mural con los árboles genealógicos de Curva. Todo estaba tan claro, todo había sido tan sencillo de ver cuando se había puesto a investigar, que no entendía cómo nadie más lo había visto.

Todo el apoyo que le estaba dando Bernarda se lo tendría que estar dando Almudena, pero en el fondo la entendía. Tenía dos hijos, con dos hijos no puedes creer en pesares, aunque los veas. Bajó las persianas cuando un reflejo de luz lo cegó, pues temió que le provocara una jaqueca, pero no sirvió de nada. Allí estaban las manchas de colores, las flores de luz, en un lado de la mirada. Sabía que irían creciendo hasta ocupar todo el ojo, hasta que comenzara la migraña. Se fue al baño y se tomó un ibuprofeno.

Bernarda no quería que él fuera el guardián. Había sido muy estricta en eso, ni siquiera había conseguido que le contara cómo se hacía o en qué consistía el rito. «No mientras no sepamos qué es Daniel». «Quizá eso quiera pasar a través de ti. Si la sombra —a veces se refería así a lo que había al otro lado— consiguiera hacerse con la entrada, todo estaría perdido». Javier se sentía contaminado, sucio. Como cuando se hacía las pruebas del VIH a pesar de no haber follado a pelo. Siempre había vivido con la amenaza del sida, a todos los maricas les pasaba, y muchos médicos de cabecera lo hacían sentir aún más sucio, marcado. Le dio rabia que Bernarda le provocara el mismo sentimiento de culpa.

Daba igual, en realidad. De nada serviría su decisión porque la guardiana había sido inflexible. Él, no. Quizá tenía razón, quizá Daniel lo había elegido por ser el más débil, el más ingenuo. Después de todo, era el que más creía, el más cercano a Bernarda.

Se sentía como el protagonista de *Tengo miedo torero*, esperando en su piso a que pasara algo o viajando en un autobús, deseando a la vez ser descubierto y pasar desapercibido. Tenía que releer la novela, aunque en ese momento no sabía si la había traído o era uno de los muchos cadáveres que le había dejado a Hugo en Madrid. Aquel personaje, igual que el protagonista de *Una mala noche la tiene cualquiera*, sufría y, sin embargo, a Javier ambos le daban envidia porque eran mucho más libres que él. Más valientes.

Se miró al espejo, en las películas siempre se notaba cuando el protagonista estaba siendo poseído. No tenía ojeras, quizá estaba un poco despeinado, eso era todo. Seguía estando gordo. No gordo de no poder comprar en las webs, pero sí gordo de no encontrar tallas en las tiendas, de no deber ponerse una camiseta de tirantes. «Gordo para ser gay», pensó. A los gordos nunca los poseen en las películas de miedo. Bernarda no quería escuchar hablar de eso. «Tienes que mantenerte firme, Javier, no te vayas a la fantasía». Quizá ya era tarde.

Miró la hora. Aún era pronto para ir a la huerta. Bernarda no lo dejaría entrar si había gente alrededor que pudiera verlo. A veces no lo dejaba entrar, puede que porque hubiera labriegos cerca, puede que porque no le diera la gana.

Regresó al despacho. No había encontrado ninguna conexión entre los pesares y los visitados —como los llamaba Bernarda a ellos—, y la guardiana aseguraba que eso era porque no existía tal relación. Tampoco entendía por qué él no había sido visitado por ningún pesar y sí por Daniel. Si, como decía Bernarda, el pesar de su abuelo, desangrado en una huerta, andaba por ahí, no entendían por qué no lo habían visto aún. Quería seguir tratando de encontrar esa relación o de seguir leyendo los libros que había cogido de la biblioteca, pero con las manchas en la vista era imposible.

Se puso los dedos en forma de pinza en la parte alta de la nariz, aunque aquel gesto apenas lo calmaba. Tenían que volver a reunirse, eso era importante. Y no porque Bernarda insistiera en que solo quedaban dos días, ella estaba igual de perdida, era porque sentía que así tenía que ser. Desde que todo aquello había comenzado, Javier confiaba mucho más en sus instintos y se dejaba llevar. Ahora salía de casa cuando sentía que tenía que hacerlo y se encontraba con Lidia o con Bernarda sin buscarlas. También sabía cuándo tenía que llamar a Carlos Medina, aunque no sabía por qué. Había sido sencillo conseguir su teléfono. Con solo una llamada, podías conseguir el número de cualquiera en Curva. Aquel chico lo repelía y, a la vez, lo atraía de una forma extraña. Siempre se lo imaginaba con una sombra detrás. Algo que no tenía nada que ver con los pesares, pero que parecía susurrarle qué hacer al oído. Pensó que a Carlos le olería el aliento igual que a Daniel Ramos. Se tocó la nuca, no había arena.

Había tratado de mantener cierta normalidad con su madre y con su hermano, aunque había resultado imposible con Almudena. Cuando estaba con su madre, fingía de manera más natural, le costaba creer lo de las huertas, que llevara la marca de la sombra dentro. Se imaginaba la marca como una huella de cinco dedos grises sobre el corazón. Cinco huellas de ceniza que se expandían y retraían con cada latido.

Javier había reflexionado mucho esos días y había preguntado muchas cosas. No estaba loco, no paraba de repetírselo, y necesitaba razones para creer. Por eso le había dolido tanto la visita de Almudena, la vista del llavero en el cuenco. Era ya mayorcito, era consciente de la impresión que daba. La guardiana era paciente y casi siempre respondía, siempre alentaba a Javier a investigar, a seguir el hilo. Le había preguntado, por ejemplo, por qué aquello nunca se había contado, por qué nada había saltado en la prensa o en la tele. Ni siquiera en internet —donde podías encontrar una página que defendiera cualquier teoría— podía leerse nada acerca de El paso o de la sombra. Había mucha mitomanía sobre ánimas y aparecidos, pero nada sobre Curva o sobre otros lugares de paso. Bernarda le había dicho que así había sido siempre, que a nadie le interesaba lo que había al otro lado y así debía ser. Era el destino de los pueblos. Vacíos y olvidados. El olvido era lo que producía la sombra sobre los hombres. Si la puerta se abría, Curva de Arla sería un erial, como lo eran ya tantas otras zonas de Castilla sin mediar aparecidos o sombras y a nadie le importaban.

Se tumbó en el sofá a oscuras esperando a que la pastilla le hiciera efecto y sin darse cuenta se quedó dormido unas horas. Se despertó ya entrada la noche chorreando de sudor, pero sin haber tenido ninguna pesadilla ni ninguna visita, así que decidió irse directamente a la cama aprovechando el sopor. El dolor de cabeza había desaparecido, pero no la presión en la frente, el eco del dolor de cabeza. Nunca había dormido tantas horas.

Al día siguiente, pasó la mañana sin sobresaltos. No notaba los dedos de ceniza en el corazón. Estuvo leyendo e investigando un poco más. Descubrió que los pesares que perseguían al padre Prudencio eran primos carnales de su bisabuelo y que se habían matado a pedradas poco antes de que a este lo mataran al final de la Guerra Civil.

Al atardecer, sintió que debía salir de casa, aunque ni siquiera había mirado la hora. No sabía si debía ir a las huertas o a otro lugar, pero tenía que salir.

Ya estaba atardeciendo, pero aún subía mucho calor de las aceras. Las noches de verano eran raras en Curva, el suelo aún ardía, pero el aire era frío, invernal. Volvió a sudar enseguida, pero no le importó. Si estaba sudando era porque así tenía que ser. Cruzó la plaza y se dirigió a la ermita. Iba hacia las huertas. Se detuvo y miró hacia la calle en la que vivía Lidia. Se quedó unos minutos allí y entonces la vio salir de su casa. Iba vestida con una camiseta de tirantes finos de color rosa y un short vaquero. Parecía no haberlo visto.

—¿Dónde vas a estas horas?

La chica levantó los ojos y lo miró. No se asustó, quizá ellos dos ya no volvieran a asustarse nunca.

—Mi madre, que me está volviendo loca. ¿Y tú?, ¿vas a ver a Bernarda?

Javier se encogió de hombros.

—Puede —sonrió—. ¿Me acompañas?

Lidia asintió y los dos se pusieron a caminar en dirección a las huertas. Lidia sacó su móvil, pero solo pareció consultar la hora. Lo volvió a guardar. No se conocían suficiente como para que el silencio aún no resultara incómodo.

—¿Cómo va el estudio? —dijo Javier, por matar el silencio.

En el camino de las huertas refrescaba ya y los árboles de las veredas hacían que pareciera casi de noche, como si el cielo se hubiera vuelto gris.

—No va mal.

Lo dijo, según le pareció a Javier, con tristeza. Lidia parecía rumiar algo, casi angustiada. Las piedras y la arena crujían bajo sus pies. La sebe estaba cerrada, las zarzas, las ortigas, la frondosidad. Sería fácil pasarse aquella entrada si no se la buscase. Se detuvieron.

—He discutido con Raúl esta mañana.

Así que era eso lo que inquietaba a la chica, no el estudio o Rosario. Le pidió que se lo contara y ella habló cada vez más tranquila, sin prisa, mientras esperaban a que Bernarda abriera la puerta.

—Todos estamos alterados, pero no te preocupes, seguramente haya hablado el pesar. Si solucionamos esto, verás cómo cambia de opinión.

Lidia se mordió un labio, no del todo convencida, pero asintió. Javier respiró hondo. Miraron la sebe y, sin hablar, siguieron caminando, dejando atrás la huerta cerrada, adentrándose en el camino. Pasaron por el sitio donde Javier había hablado por primera vez con Daniel y no sintió nada especial.

—¿A veces no te sientes sucia, como dañada, por la Rosario?

Ella levantó la vista. En ocasiones, Javier lo había notado, cuando pensaba, adelantaba un poco la mandíbula inferior y abría la boca. Casi como dejándola caer, más bien. Un mechón de pelo se salió de su oreja y tapó la visión.

—A veces. —Hubo un silencio—. Cuando veo a alguna niña. —Negó con la cabeza—. Se acabará pasando.

—¿Tú crees?

Se encogió de hombros y permaneció en silencio unos segundos.

—Cuando me mudé a Sallón, al mes de vivir allí, un tío me siguió al salir de clase. Al principio piensas que es una casualidad, pero cuando empiezas a pasar cruces y semáforos y sigue allí... No tan cerca como para poder reconocerlo, pero sí para notarlo. —Llegaron a un recodo del camino y tomaron la curva sin mirarse—. No me atrevía a correr. Escribí un mensaje de WhatsApp a mis compañeras de piso. No quería llevarlo a mi casa, que supiera donde vivía. Oyes tantas historias... ¿Me había seguido desde que salí de clase?, ¿en el parque? Me di cuenta pasados unos minutos, así que podría haber sido en cualquier momento y yo no quería darle más pistas. No quería parar a nadie por la calle. Bueno, tampoco es que hubiera mucha gente, pero... Entré a un bar. A los cinco minutos vino una de mis compañeras de piso. Al salir de allí, ya no estaba.

—Lo siento.

Se encogió de hombros otra vez. Siguieron andando un rato, en silencio.

—Después de eso, no me atrevía a volver a casa sola al salir de clase. Daba rodeos absurdos solo por ir acompañada.

—¿Se lo contaste a tus compañeros de universidad?

—Sí, sí, claro. Sallón es pequeño, quizá había alguien rondando. Nadie había visto nada. Con el tiempo, aquello pasó y decidí que ya era hora de afrontarlo. Ese hombre me estaba robando horas de mi tiempo. Volví a ir a casa por el camino corto. Nunca he vuelto a saber nada de él.

—Claro, puedes hacerlo porque ya ha pasado, has dejado de notar esa sensación. Como te pasará con Rosario cuando veas a más niñas.

Ella se rio.

—No, no. Esa sensación nunca se va. Hablabas de sentirse sucia o dañada. Ese tío me hizo sentir sucia. El miedo no se va. Cada vez que voy a cruzar una esquina en una calle solitaria me vuelvo a sentir igual. Tener que estar siempre pendiente de qué camino eliges al volver de fiesta…, eso es estar marcada. Pensar al vestirte si esa ropa será adecuada, si te atrasas y llegas tarde, si estás haciendo algo para provocarlo, si hice algo para provocarlo, quizá una mirada, un gesto… Lo que sientes dudo que se vaya, pero esto —señaló las huertas— se acabará pasando. Solo fue un susto. Era solo el recuerdo de una niña.

Javier bajó la cabeza. Muchas veces había sentido ese mismo miedo del que hablaba Lidia, sobre todo en Madrid, donde una calle equivocada a una hora equivocada también podía ser un error para él. Había aprendido a soltar la mano de Hugo al cruzar determinadas líneas invisibles en la ciudad, a taparse la pulsera arcoíris con la chaqueta. Al menos él podía cruzar por esos sitios, podía fingir. Lidia, no.

Entendía lo que decía la muchacha, pero a él no le pasaba lo mismo. Daniel siempre sería ese grupo de chicos sentados sin nada que hacer en un banco por el que hay que cruzar. Esa incertidumbre de poder pasar o no poder pasar. Se alegró de que Rosario hubiera dejado en paz a Lidia por el momento, pero se preguntó por qué a él no le había ocurrido lo mismo.

Dieron la vuelta cuando al girar en otro recodo el sol bajo empezó a darles directamente en los ojos. Javier sintió el calor de los últimos rayos en la nuca y el sudor se volvió frío de pronto. Se tocó el cuello, arena. Mucha arena. La boca se le secó, como si esa misma tierra la tuviera dentro.

—Ha pasado algo —dijo.

Daniel estaba unos metros por delante de ellos. Casi pisaba sus sombras alargadas y deformes. Lidia siguió la mirada de Javier.

—¿Qué estás viendo?

Notó cómo una bola del estómago que había sido el tío Raúl se deshacía y subía por su garganta, como un ciempiés. Abrió la boca, aquello le subía por la tráquea, se agarraba a sus músculos y ascendía. Se inclinó hacia delante pensando ver salir un bicho horrible, una tenia, una culebra, pero aquello solo era una palabra.

—Raúl —dijo. Y toda la sensación se fue. Daniel Ramos asintió y se marchó caminando hasta que desapareció en el siguiente recodo.

Lidia se colocó delante de él, aunque miró de reojo al punto que observaba Javier. Lo cogió de los hombros.

—¿Qué está pasando? —Con una mano lo obligó a mirarla. Olía a mora.

—Creo que ha muerto, creo que Raúl está muerto.

—¿Cómo?, ¿cómo puedes saber eso?

Javier se puso una mano en la boca del estómago.

—No sé. He visto a Daniel y…

Ella se giró, soltándolo.

Sacó el teléfono sin hacer más preguntas y, según pudo ver Javier, llamó a casa de su tío. Nadie contestó.

—Mierda. Joder. Vamos hasta allí.

Asintió. Giraron en el recodo, Daniel no estaba por ninguna parte. Se detuvieron al pasar por delante de la huerta. La sebe estaba entornada. Los dos se miraron y cruzaron dentro. Bernarda estaba allí, de pie, y se frotaba las manos con nerviosismo.

—Raúl ha muerto —les dijo sin más preámbulos.

Lidia cerró los ojos y soltó el aire que tenía en los pulmones por la nariz, resoplando despacio pero fuerte. Respiró hondo. Se dio la vuelta.

—Vamos, quizá aún podamos hacer algo —dijo.

—Lidia, está muerto —contestó Bernarda—. No voy a detenerte si quieres irte, pero no podemos hacer nada por él.

Lidia estaba llorando en silencio.

—Vamos, por favor.

Javier miró a la guardiana, pidiéndole permiso. Bernarda asintió.

—La sangre de Raúl era la sangre más importante. Estamos en peligro. No os quedéis solos. Puede que tarden un poco, pero cada vez son más fuertes.

Lidia se detuvo en la puerta de la sebe.

—Ya están aquí —dijo.

Bernarda se acercó hasta ella y le puso una mano en el hombro. Las dos miraban un punto en el camino en el que Javier no podía ver nada más que tierra parda y piedras grises.

—Márchate, Rosario.

Las dos parecieron relajarse. Bernarda cogió la cara de Lidia entre las manos. Tenía las manos muy huesudas, como si hubiera envejecido unos años de golpe.

—Aquí no pueden entrar. Venid si lo necesitáis. No confío en nada de lo que he sabido hasta ahora. —Miró a Javier al decirlo.

Cerró la puerta de la sebe tras ellos, y Javier, sin saber bien por qué, sintió que los estaba echando en lugar de ofreciéndoles un refugio.

El día de la Virgen

1994

Acabo de volver a leer tu carta, Ramón. Aquella que me enviaste desde Málaga durante la mili. La he leído y no he podido hacer otra cosa que ponerme a escribir. Papá y mamá no saben que lo estoy haciendo, claro. Me siento un poco traidor. No voy a hablarles de tu carta ni de estas líneas. No sé, quizá no lo entendieran; o quizá lo entendieran y quisieran robarme este pedazo de ti que es solo mío. Porque desde que te fuiste, Ramón, siento que te me han robado, que ya no me perteneces a mí o, ni siquiera, a papá y a mamá. Todo el mundo se enteró de que te habías disparado y todo el mundo asumió cómo me sentía, lo que pensaba. Me dijeron que no me enfadara contigo; también me preguntaban por tus razones. Y yo no sabía nada. No sé nada, aún hoy en día. O quizá sí que lo sé y no quiera pensar en ello porque si te pegaste un tiro por eso, no sé, Ramón.

No. No sé nada. Solo el presagio de aquella sombra que me pareció ver saliendo de tu cuarto, pero nada más. Y punto. Ellos elucubraban, elucubran, y estoy seguro de que cada curvero tiene en la cabeza una idea de por qué lo hiciste. Pero yo no sé nada, repito. Nunca me enfadé contigo por suicidarte. Joder, te pegaste un tiro en la cabeza, ¿cómo iba a enfadarme? Si acaso me enfadé conmigo, por no haberlo visto, por no haber estado allí para detenerte. Cuánta literatura, Ramón, folletines y panfletos. Después empezaron los «si hubiera sabido», «si hubiera cosechado ese día por allí», «si me hubiera levantado cinco minutos antes», «si...». Telenovelas en las que todo el mundo, sobre todo la gente a la que nunca le importaste —porque de esa hay mucha, Ramón—, se convierte en héroe imaginario y te rescata en el último segundo; advierte a papá de que «falta la escopeta de caza», de que «el coche del Ramón está en el camino de Valdesantos», de que «no ha llegado a la gasolinera puntual como siempre».

Ya te cuidaste tú mucho de que nadie supiera nada. Y no solo ese día, Ramón, bien lo sabes tú, que siempre tuviste ojos de pájaro, ojos de que nadie llegara a saber lo que pensabas. Si no sabía nada yo, que era lo más cercano a un amigo que tenías, qué iban a saber los demás. Ni siquiera al final. La Guardia Civil, papá, mamá, todos han buscado una carta de despedida, una nota que dé razón a lo que hiciste. Discutí con mamá porque yo no me unía a la búsqueda, pero es que yo sé que no existe esa carta. Quizá la escribiste y te la tragaste aquella madrugada, mientras veías amanecer bajo el roble, sentado sobre el rocío. Quizá tú eras al único al que debías explicaciones. Yo lo veo así. O quizá esté siendo demasiado despreocupado, como siempre. Después de todo, me he dado cuenta al leer tu carta, ni siquiera llegué a contestarte aquel verano. Hablé contigo poco después por teléfono y te dije que había recibido la carta y pensé, con la mentalidad del chico de dieciséis años, que aquello bastaba. ¿Me pedías un acercamiento en la carta?, ¿por qué me escribiste? Nunca habíamos pasado tiempo separados, quizá por eso. Puede que hubiera cosas que querías decirme por escrito que, quizá, solo pudieras decirme por escrito. Y aquí estoy, contestando aquella carta y tantas otras que nunca llegaron, Ramón, que quizá te tragaste también aquella mañana antes de pegarte un tiro. Tarde y sin sentido, como siempre hago las cosas.

Estoy saliendo con la Valeria. No sé por qué te cuento esto ahora, debería seguir hablando de tu muerte, ¿no? Eso es lo importante, lo que me ha hecho sentarme en el escritorio, no que tenga novia. No sé, quizá te haga feliz saber que estoy bien, que la Valeria me quiere mucho y que mamá y papá lo llevan como pueden. ¿Cómo de culpable te habrás sentido por hacerles eso, por dejarles sin hijo? No puedo imaginarlo. Y no puedo imaginar que, aún más poderosa que esa fuerza, había otra que te obligó a apretar el gatillo. Yo fui a verlo, ¿sabes? Con papá. Nos vino a buscar la Guardia Civil. Yo acababa de levantarme, no podía dormir por los nervios de la fiesta. Hoy hace un año. Mamá y papá están en misa, pero no en la tuya, en la de la Virgen. Para ti habrá otra mañana, a pesar de que son fiestas. A esa iré solo por no escuchar a tus padres. Tú no estás allí. No te gustaba la misa, ni el cura ni la iglesia. Ese es casi el último recuerdo que tengo de ti. Discutir con papá por ir al entierro del padre Silvano, que murió un par de días antes que tú. Al final fuimos y después te llevé de cortos con mis amigos. Llevabas unos días raro, como si te cruzara una sombra por la cara, y me pareció que te divertías, que te reías incluso con la Valeria. Creo que nos vamos a casar, lo noto dentro. Como el impulso de buscar hoy tu carta y escribirte. Nos vamos a casar. Te gustaría como cuñada, creo. Es muy divertida.

Hace un año que te suicidaste, qué complicado es escribir la palabra a pesar de saber las letras, de tener las manos, los dedos para hacerlo. Qué dependencia del cerebro y del corazón. Como si, ya ves tú qué tontería, Ramón, como si al escribir pudiera escuchar el disparo otra vez, aunque no lo haya escuchado nunca. Ahora cada disparo es el disparo de tu escopeta, cada suicidio es tu suicidio.

Era un roble, donde te habías sentado aquella mañana, ¿lo sabías?, ¿lo elegiste por eso? He vuelto a ir a escondidas varias veces, para asegurarme de que la lluvia había borrado tu sangre. Nadie deja flores. Mamá y papá fingen que no te pegaste un tiro, al menos de cara a los demás, y hablan de ti como si te hubieras muerto de un infarto o en la guerra. Hubo incluso algún primo lejano, de esos imbéciles que le siguen poniendo Carlos a sus hijos solo porque se apellidan Medina, que dijo que los Medina no se suicidaban, que alguien te habría disparado. Un Ramos, había dicho. Le bastaba que no hubieras dejado carta como prueba. Valiente soplapollas. Aquel día fue el primero que visité el roble. Era por los Santos y hacía mucho frío. Dudo que alguien más que yo pase por allí. También fui la mañana de Reyes porque mamá no salió de la cama en todo el día y a mí los Reyes siempre me van a recordar a ti, a tus prisas por levantarnos. El árbol mira hacia el este, por lo que supongo que estuviste viendo amanecer antes de dispararte. Me alegra saber eso, saber que viste algo bonito al final. Quizá esta noche vaya, de madrugada, y vea amanecer allí. Esa será mi misa.

Mamá, por supuesto, no quiere que salga esta noche a la verbena. Mamá considera que somos una familia marcada. No me lo ha dicho, pero lo sé. Lo noto en sus ojos, en la culpabilidad con la que se calla después de sonreír sin querer cuando ve algo en la tele, en esa manía de quedarse mirando el teléfono cuando alguien llama y no contestar nunca. Solo habla con los abuelos. Y solo sale a misa. Ya ni siquiera va a la compra, papá se encarga de eso. No sé si hablan, no sé si llegaron a algún pacto. Mamá no lleva luto en casa, pero hay fotos tuyas por todas partes. Hay tantas, Ramón, que muchas veces cuando vuelvo borracho a casa me pongo a hablar con ellas. No te preocupes, no te pregunto por qué lo hiciste, qué puede importar eso ahora. Solo me gusta hablar con ellas, fingir que de alguna manera aún estás aquí. Y escribiendo esto me doy cuenta de que yo siempre he hablado contigo como si fueras una fotografía, sin capacidad de responder, solo de escuchar y devolverme lo dicho como un loro o un espejo manchado. No sabía nada de ti, de lo que había debajo. O, me corrijo, no sabía cosas concretas de ti, hechos, pensamientos, pero sabía cómo eras, tu forma general. Creo. Cuando un hermano se te pega un tiro, desaparecen las certezas, Ramón.

Papá también está cambiado. Ya no discute con nadie. A veces me da la sensación de que puede pensarse que te suicidaste porque discutías mucho con él. Supongo que mamá también piensa que lo hiciste por culpa de ella. Jamás lo hablamos, evidentemente. Durante las comidas y las cenas ponemos las noticias, aunque ninguno de los tres nos miramos ni miramos a la tele, y comemos sin decir nada. No hablamos al sentarnos, no hablamos al acabar. Mamá no me deja recoger la mesa. A papá ahora todo le parece bien. Le parece bien la Valeria, le pareció bien que dejara la carrera, porque, después de lo tuyo, no he vuelto a Sallón a terminarla, a pesar de que me queda solo un año; le pareció bien que mamá dejara de salir, que yo no vaya a misa, que salga de cortos, que haya puesto la bolera y que le haya pedido el dinero. Todo le parece bien, o, lo que es lo mismo, todo le da igual. A pesar de eso, él sigue yendo a la plaza a jugar la partida y, cuando alguna vez he pasado por allí, lo he visto reírse con sus amigos, y entonces siempre me pregunto quién es ese señor y dónde lo deja papá cuando vuelve a casa. Quizá mamá también se ríe cuando está sola viendo la tele y no se siente tan culpable, puede que solo se sienta culpable si alguien la ve reírse. ¿No es un poco egoísta pensar que te suicidaste por ellos?, ¿que te importaban tanto o te preocupaban tanto que ya no pudiste más?

He abierto una bolera, Ramón. En mayo, justo para el santo. De momento va bien. Hoy y mañana cerramos por las fiestas, pero siempre tenemos gente. No te habría gustado, es muy americana. Tiene luces brillantes y solo tres pistas, pero aquí es más que suficiente. La Valeria me echa una mano con las bebidas y las comidas. No te imagines algo espectacular, no tenemos zapatos de bolera ni nada así. A papá le pareció bien, ya te he dicho, aunque cuando vino a la inauguración creo que se decepcionó un poco. Como si se pensara que iba a abrir un bar para que los viejos jugaran con los bolos de toda la vida. El alcalde les ha puesto un parque, por la zona de la ermita, antes de pasar el río, donde juegan a la petanca y a los bolos a veces. Esta semana, como ya supondrás, hay competiciones de las dos cosas, aunque dudo que papá vaya. Desde aquí veo los trofeos que hay en el mueble de la tele, imagino que eso se acabó. No más tanguilla, ni bolos, ni tute, ni calva ni mus.

¿Recuerdas la vez que papá nos quiso enseñar a jugar a los bolos? Tú, que acabaste discutiendo con él, no entendías por qué la bola no era redonda como las de la tele. Cuando discutíais, siempre me ponía muy tenso. Me quedaba en silencio mirándoos, encogiéndome, desapareciendo. Mamá, de pequeño, me decía que te tenía miedo, pero que debía defenderme, que yo era más fuerte. Y lo era. Lo soy. Siempre he sido más alto que tú, pero jamás he sido capaz de defenderme si alguna vez nos hemos pegado. En ti siempre he visto algo de animal escondido. Y cuando discutías con papá, aquello salía. No eras tú. Esa violencia, ese fuego, parecía que era de verdad lo que llevabas dentro, veneno y fuego, piedras y cuchillas. Parecía que tu aspecto pachón, esos carrillos que a la abuela tanto le gustaban, era solo un disfraz, un papel que quizá te habían impuesto. Esa negrura de dentro, que empezaba en los ojos de pájaro, me daba miedo; no saber qué había dentro, qué tenías, qué te movía. Papá y tú erais iguales. Los dos os crecíais con los gritos. Las peleas no se veían venir, podían surgir por cualquier cosa. Los dos erais paja y pedernal. Pero tan pronto llegaba la tormenta, tan pronto se iba. Yo me quedaba más tiempo acongojado, o mamá enfadada, que vosotros dos. Los últimos días antes de matarte tenías esa oscuridad de los ojos extendida por toda la casa, como un suspense, un aguantar la respiración. A veces me sorprendo al recordarlo porque era muy evidente y ninguno nos dimos cuenta.

En la carta de la mili parecías feliz. Fue el momento que más lejos estuviste de casa y el momento en el que te noté más cerca. Menos de veneno y fuego. Quizá por eso guardé la carta. Por eso no se la enseñé ni siquiera a mamá en ese momento. Me hablabas del mar y a mí me recordabas a los poetas del 27 que ese año había visto en el instituto. La vida militar te sentaba bien, habías hecho un amigo, un gallego, que te hacía reír mucho. Me daban ganas de hacer la mili a mí también, aunque cuando la hice, dos años después, ya no fuera lo mismo. En cuanto volviste a casa, aquella ilusión se había marchado. Regresaste triste, a pesar de que no parecías triste en la carta ni en el teléfono. ¿Qué había pasado en tan poco tiempo para que hubiera un cambio tan drástico? Eso sí que me lo pregunto, aunque no creo que tenga relación con tu suicidio. Ya habían pasado seis años desde que acabaste la mili cuando te pegaste el tiro. Pero ya no había fuego tampoco, quizá solo carbón mojado, un poco de humo.

Creo que papá te lo notó también. Ya no gritabais tanto. En las discusiones siempre te decía que te fueras a Madrid, pero tú nunca respondías. Te callabas. O, si acaso, decías que tú no eras un drogadicto como los que salían en la tele. Nunca entendí por qué papá quería lanzarte con esa fuerza a Madrid. Si quería que estudiaras, había universidad en Sallón. Podrías haber sido lo que quisieras, nunca he visto nadie tan listo como tú, Ramón. Joder, es que te lo sabías todo. Cuando te suicidaste, descubrí que la carrera, el derecho y la gente que lo estudiaba me daban igual. Era gente que estudiaba para demostrar que ellos también podían, que eran listos. Y quizá por eso tú nunca quisiste ir a la universidad, porque te sabías listo y no necesitabas a nadie que te lo dijera. Y eso era lo que más miedo podía dar de ti, Ramón, la sensación de que no nos necesitabas para nada. Mamá vivía aterrada con esa idea, y yo a veces también soñaba que te marchabas y no volvías. A ella se le notaba en la insistencia con la que miraba el reloj y abría las cortinas cada vez que te retrasabas cinco minutos. Como si en esta casa siempre hubiéramos sabido que estabas de paso, Ramón, que algún día te irías sin nosotros. Y puede que por eso no contestara a la carta cuando me la mandaste. Puede. Y quizá por eso supe y sé que jamás hubo nota de suicidio.

Traté de buscar a tu amigo gallego para avisarle de tu muerte, pero aquellos días fueron una locura. Era el único amigo que sabía con certeza que habías tenido y hacía pocos días te había llegado una carta suya. Me partió el corazón ver que había tan poco de ti, que me quedaba tan poco a lo que aferrarme. Por eso pienso guardarme la carta de la mili, y esta misma, como un secreto. Apenas tenías ropa, algunos discos y unos cuantos libros, aunque siempre preferías sacarlos de la biblioteca o leer lo que yo hubiera leído. Mamá quería que no tocáramos tu cuarto, pero yo lo he revuelto de arriba abajo, Ramón. No tratando de buscar respuestas, no sé, solo por estar contigo.

El día anterior había habido una gran tormenta, durante el entierro del padre Silvano, y yo decidí no salir a la verbena. Bueno, creo que ni siquiera hubo. Cuando llegamos papá y yo al sitio donde te habías disparado, vimos muchas huellas. Al principio creímos que podían haberte matado. Ya sabes que durante las fiestas viene mucho forastero con la mano muy larga, pero los guardias civiles nos dijeron que las huellas eran tuyas, de la persona que te había encontrado, y de ellos dos. Nos obligaron a mirarte para confirmar que eras tú. Y eras tú. Papá lloró mucho. Estuvo días llorando en silencio, sin dejar que nadie se le acercara nada más que para darle el pésame. Yo no pude llorar, Ramón, lo siento. No me lo creí al principio.

Subimos el terraplén, después de identificar el coche, y, a pocos metros, ya subidos a la loma, vimos el roble destacando sobre el resto de los árboles de la explanada. Desde allí se te veía una mano caída, las huellas de barro y la culata de la escopeta. Es un lugar bonito, Ramón, no me creo que lo encontraras aquella mañana. ¿Cuántas veces habrías subido hasta allí y por qué? Papá ya estaba llorando en ese punto, aunque se intentaba aguantar las lágrimas mordiéndose el labio. Tenía un pañuelo, de esos de tela, agarrado entre las manos y lo arrugaba, temblando un poco. Nunca me ha parecido tan viejo, tan una rama a punto de quebrarse. Los guardias civiles no tuvieron mucho tacto, pero tampoco fueron bruscos. Nos advirtieron. Yo asentí, te juro que sin entender ni una palabra de lo que me dijeron, asentí como un autómata, y dimos la vuelta al árbol.

La ropa era la tuya, también tuyo uno de los ojos. No había nada del resto de la cabeza. Había pelo y sangre por todo el tronco del árbol. Rojo y rosa hasta en las ramas bajas. Ninguno dijo nada por un rato. Noté la mano de uno de los guardias sobre mi hombro y entonces volví a asentir. «Es él». Llevabas el uniforme de la gasolinera y las botas que nos habíamos comprado iguales en Sallón ese invierno. «Es él». Repetí. Nos hicieron volver al coche. Habíamos venido con ellos. Pensé en que mamá no sabía nada, en que yo no me había duchado y que llevaba una camiseta de la Expo de Sevilla y unos pantalones cortos de rayas amarillas y blancas. ¿Cómo podía haber visto el cadáver de mi hermano así vestido? No me había peinado, notaba en la boca el sabor del café y los bizcochos, escuchaba las risas de mamá hablando de la comida de la fiesta. La había ayudado a bajar el capacho para meter los platos y los cubiertos para la caldereta, para asegurarse de que cogía sitio en la plaza antes de que me liara con el vermú. Nos habíamos reído. Y entonces habían llamado a la puerta. Y ya nada de eso importaba. «Habrá que guardar el capacho», eso pensaba, Ramón, «habrá que tirar esta ropa». No lo hice. Aún la tengo guardada, sin tocar, sin volver a ponérmela. Como si tu último aliento estuviera allí o como si jamás pudiera llegar a conocerte si me deshago de la ropa con la que te vi por última vez.

No recuerdo mucho más. Yo no se lo dije a mamá. Entré y fui a la ducha directo. Acabé y escuché que la casa ya estaba llena de gente, ya te habían robado, así que me fui a tu habitación. Valeria vino y subió a buscarme. Me encontró desnudo mirando tu cama. Entró en silencio, me cogió de los hombros y me llevó a mi cuarto, abrió los armarios y me vistió, Ramón. Sin decir una palabra. Sacó un pantalón negro, una camisa, y lo fue dejando todo a mi lado. Me dio un calzoncillo y unos calcetines, y me vistió. Después se fue de la habitación. Al rato, bajé y empecé a dejarme zarandear entre unos y otros.

Valeria me llevó del salón a la cocina. Fue ella la que me preguntó por tus amigos. No supe qué responder, pero al rato subí a tu cuarto y empecé a revolver las cosas. Recordaba que mamá había dicho que te había llegado una carta, aunque nunca más se volvió a hablar de ello. No recordaba en ese momento el nombre de tu amigo; apenas un par de semanas más tarde releería la carta y lo haría, pero después lo olvidaría y la guardaría de nuevo. No pude encontrar nada en ese momento ni he podido encontrar nada ahora.

Al final, era verdad que yo era tu único amigo, aunque ni siquiera me contaras las cosas. No te gustaba hablar, pero siempre estabas dispuesto a echarme una mano con cualquier problema o a ir al cine. Qué libertad nos dio que te compraras el coche. Dijiste que un verano haríamos un viaje largo, pero nunca te decidías. Lo usabas solo para ir al trabajo, a Sallón, muy de vez en cuando, y para llevarme de fiesta. Lo tengo yo, ahora. Tu viejo Renault. En septiembre me voy con Valeria a la playa y me lo voy a llevar. Creo que te gustaría eso. Papá se enfadó también contigo cuando lo compraste y, al principio, yo pensé que era un capricho para marcar tu independencia después de volver de la mili, pero no fue así. Cada vez que arrancabas el motor, sobre todo los primeros días, sentía una pequeña congoja, pensaba que te irías lejos de verdad como te decía papá que hicieras y que tardarías mucho en regresar, si es que lo hacías. Aquello se me olvidó con el tiempo. Esa mañana ni siquiera escuché el coche, y no sabes la de tiempo que me torturé con eso. No hubiera cambiado nada, pero quizá hubiera sido una despedida, un ser consciente de que te marchabas.

La misa ha debido de terminar, escucho las campanas. Es tan raro esto, Ramón, sin ti. Tan vacío. Siento que no tengo nada, salvo tus palabras, el imaginarte riendo en Málaga en la playa, el sabor a sal de aquella carta, el imaginarte sin haberte visto como un poeta enamorado del mar; el soñar, como a veces sueño, que te retengo en aquella costa, que te clavo con alfileres a la carta en la que por única vez te noté ser tú; soñar que de verdad coges el coche y te marchas dondequiera que seas feliz, que no te quedas aquí en casa porque eso es lo que supuestamente debes hacer. Soñar que no te levantabas solo a las cinco de la mañana, en esta casa quizá ajena para ti. A veces sueño que te oigo coger el coche y me asomo a la ventana y nos despedimos y me sonríes y te vas. Te vas, y eres feliz. Y yo un poco también, Ramón. Adiós, Ramón, adiós. Espero que ahora estés mejor, que rías, que estés en el mar de Málaga o dentro de una carta a tu hermano.

Tuyo siempre,
Ansón Medina
Curva de Arla

Las muertes que vendrán

II

8 de julio, 06:50

Lucas Martín se levantaba todos los días antes de que sonara el despertador; con las primeras luces en verano, en completa oscuridad en invierno. Los meses más crudos del frío trabajaba envuelto en la niebla durante muchas horas, en la oscuridad. Lo que más le gustaba de su trabajo era estar solo. Le gustaba, sobre todo en verano —cuando el pueblo se llenaba de paletos de ciudad—, coger la cosechadora y marcharse al campo. A veces no regresaba a casa hasta que no se había hecho de noche. Vivía en las afueras, donde quedaban las granjas y los huertos, donde el pueblo era aún más pueblo. Se había quedado con la casa de sus padres cuando estos murieron y ni siquiera se había atrevido a cambiarse de habitación. Su hermana Tere venía de vez en cuando y lo regañaba por tenerlo todo sucio, por no cuidar la cocina o por no limpiar el cuarto de sus padres. Él la dejaba hacer porque también era su casa y se encogía de hombros. Tere no limpiaba, solo lo regañaba, como había hecho siempre, y Lucas había generado una impermeabilidad a sus palabras parecida a la de los patos del río con el agua. Aquella mañana se había encontrado la puerta de la habitación de sus padres abierta, cosa extraña. Había adquirido la manía de tenerla cerrada siempre porque, incluso en verano, aquella zona de la casa estaba fría y oscura. La habitación de sus padres solo tenía un ventanuco estrecho que su madre —y él después— tenía cerrado. La puerta, al final del largo pasillo, era lo primero que se veía al subir las escaleras. El último crujido parecía extenderse hasta el final, haciendo que el hueco negro que era ese cuarto pareciera una boca. No ver esa boca oscura era una de las razones por las que mantenía cerrada aquella puerta. Lucas salió de su cuarto. Apenas se veían los contornos grises de los objetos, del jarrón con juncos secos de la esquina y del aparador con las sábanas y las toallas; a pesar de eso, Lucas vio claramente el agujero negro y la puerta abierta. Escuchó el crujido de siempre, solo que aquella vez él no se había movido, estaba lejos del primer escalón. Su madre siempre decía que la madera se quejaba; en invierno porque se encogía de frío, en verano porque se estiraba. El crujido se alargó y se convirtió en el sonido de una bisagra. La puerta no se movió. Se acercó a la puerta con grandes zancadas y la cerró de golpe, sin mirar a la oscuridad de dentro, sin comprobar, como otras veces, que la muñeca de porcelana siguiera sobre la cama o que la alfombra del suelo no se hubiera movido. Cerró y se alejó dos pasos de la puerta, como si alguien fuera a abrirla de golpe.

 Se olvidó de aquello y bajó a desayunar. Encendió la tele, cosa que casi nunca hacía mientras se preparaba el café, porque no quería saber nada más de ruidos extraños. Le parecía escuchar, siempre bajo la voz de la presentadora, el movimiento de las tablas sobre su cabeza. Apuró el café de pie —delante de la ventana, mirando cómo se levantaba el sol y los contornos se definían— y salió a la cochera.

 Abrió las puertas, revigorizado por el café, y sacó el tractor. El ruido del motor y el de los pájaros que se despertaban hicieron que se olvidara por completo de la habitación de sus padres.

Antes de irse a la tierra a seguir cosechando, decidió echarle un vistazo al motor, pues había estado haciendo ruidos extraños. Al bajarse, volvió a escuchar el crujido de madera y la bisagra, o más bien creyó escucharlo por encima del motor, y, por instinto, miró hacia el ventanuco de la habitación de sus padres. Estaba abierto. Recordaba la oscuridad en la habitación con nitidez. El visillo se movía lentamente por la brisa. Dio un paso, dispuesto a subir y averiguar qué estaba pasando sin dejarse amedrentar, cuando dos figuras se asomaron a la ventana. Eran sus padres. Se acercaron, las cabezas muy juntas, velados por el visillo, y después desaparecieron. Cuando Lucas bajó la vista, los vio a los pies de la casa. Estaban vestidos de negro, con la ropa con la que los habían enterrado. Iban de la mano, cosa que jamás los había visto hacer, y guardaban silencio. Él no supo qué decir. Tensó los brazos de forma inconsciente y agarró la llave inglesa. Las dos figuras se movieron sin hacer ruido cuando pisaban la grava, aunque quizá fuera el motor del tractor el que ahogaba el sonido. Se pararon delante de él y Lucas bajó la mirada, sin atreverse a mantenerla en los ojos de sus padres. Uno de ellos se subió al tractor y el otro, su madre, lo agarró de la mano. Lucas soltó la llave inglesa. Para entonces ya no sabía lo que estaba haciendo. Se dejó guiar y se colocó delante del tractor. Unas manos fuertes hicieron que se tumbara en el suelo, sobre la hierba y la grava. La figura de la madre se alejó. En ese momento, Lucas se dio cuenta de lo que estaba pasando, lo que estaba haciendo, pero ya tenía la enorme rueda del tractor sobre la pierna. Gritó, más de miedo que de dolor, pues el dolor lo inundaba todo y era tan intenso que fue incapaz de percibirlo. La rueda avanzaba. Escuchó el crujido de los huesos y los músculos, vio la sangre. Lucas intentó girarse, pero estaba unido a esa pierna destrozada. Sintió el muslo estallar, la cadera romperse. Notó la presión sobre el pecho un segundo, pero al siguiente ya no fue capaz de sentir nada.

8 de julio, 09:30

Ramiro Matallana cumplía cuarenta y tres años ese mismo día y sus hijos le iban a preparar una tarta. Se despertó con la boca seca, con sed. Había tenido un sueño extraño en el que comía arena. Había sido una pesadilla, provocada, sin duda, por cenar mucho y tarde. El jamón le había dado sed y su inconsciente había transformado aquello en la pesadilla de la arena, eso era todo, seguramente. Ramiro había estado encerrado en una piscina que se llenaba de arena. En el sueño no había nadie más, pero él sabía que tenía que comerse la arena si quería salir de allí. El despertador lo había sacado de aquel lugar horrible. Con la boca pastosa, se dirigió al baño y bebió dos vasos de agua. El segundo ya salió frío del grifo. También bebió un poco de agua en la ducha y mientras se calentaba el café de la noche anterior. Aquella sed no se le iba. Se enjuagó la boca bien después de lavarse los dientes.

Ya en la nave, dio de comer a los animales y volvió a beber de la manguera con la que llenaba los abrevaderos. Notaba el estómago pesado, lleno de agua, pero seguía teniendo sed. Estuvo a punto de agacharse junto a las vacas y beber con ellas. Las vacas bajaban la cabeza, bebían y subían el morro empapado, le daba envidia el agua que les corría por el cuello hacia abajo, los chorretes que bajaban de su boca, salvaje y violenta. Pensó que quizá beber aquellos chorretes le aliviaría la sed, pero no se atrevió. El día iba a ser caluroso. Ya estaba sudando. Lo agobiaban los ruidos de las vacas, las gallinas y los cerdos. Las gallinas eran especialmente molestas. Fue a recoger los huevos. La garrafa cortada por la mitad en la que tenían el agua estaba llena, quizá no habían bebido nada en toda la noche. La superficie del agua brillaba como la de un arroyo claro y fresco. Un arroyo de los que solo aparecen en las películas. Ramiro dejó los huevos a un lado, se arrodilló y bebió del recipiente, primero hundiendo la boca, después mordiendo el agua y, finalmente, levantándolo y volcándolo sobre su boca abierta. Aquello lo calmó unos minutos, pero la sed volvió con más fuerza. Se dijo que aquellos huevos quizá pudieran calmarlo y, uno a uno, los abrió y los bebió. Los dos últimos se los metió en la boca con cáscara y todo. Los masticó, notando los crujidos y la paja pegada a la cáscara, y tragó.

Salió del gallinero porque pensó que quizá la sangre de los animales le calmara la sed y las gallinas habían huido de él. Bebió de todos los abrevaderos, cada vez con más ansia, y buscó por todas partes algún recipiente que pudiera aliviarle. Iba a marcharse de la nave cuando vio el bidón de gasolina. Era un bote de un litro, con forma de garrafa y de color azul. A Ramiro le recordó al botijo que su padre siempre tenía colgando en la cuadra. Aquel que él, de pequeño, había pensado que estaba lleno de agua. Aquel que después descubrió, una tarde de mucho calor, que solo tenía orujo. Había bebido varios tragos hasta que le ardió la boca, la garganta. Había vomitado en aquel mismo lugar, en el lugar donde estaba el bidón de gasolina. Pero ya no era un bidón, era el botijo, y su padre había traído agua fresca de la fuente. Desesperado, abrió el tapón y se bebió el contenido de un solo trago, sin respirar. La gasolina le desbordaba y le corría por la cara hacia el cuello. Algo de gasolina se le metía incluso por los agujeros de la nariz. Sintió los ríos de gasolina por el cuello. Cuando se derrumbó en el suelo, su sombra se expandió, trepó por la pared y se marchó de allí.

8 de julio, 16:00

Álex Fernández, celador en el hospital de Sallón, entró en el baño justo a las cuatro de la tarde. Álex encendió la luz del baño y bostezó. Se había echado la siesta para aguantar el turno de noche. Le hubiera gustado dormir más, pero para eso tendría que haberse duchado por la mañana y, con su abuelo copando el baño durante dos horas, era misión imposible. Además, su abuelo aprovecharía para hablar con él. Chocheaba, aunque sus padres no fueran capaces de verlo, o prefirieran ignorarlo. El viejo, quizá porque Álex pasaba mucho tiempo en casa, la tomaba con él cuando quería desahogarse y contarle batallitas de su juventud. Sus padres lo aprovechaban para salir a tomar algo o dar una vuelta. ¿Qué harían sus padres si Álex fuera un chico normal?, si dijera que sí todas las veces que lo invitan a salir por las noches. Pero aquello no iba con él. Prefería quedarse en casa, jugar a la consola o leer algún libro de fantasía o ciencia ficción. Aunque eso supusiera soportar al abuelo. Había desarrollado la capacidad de jugar o leer con el sonido grave y pausado de la voz del anciano de fondo, sin llegar a escucharlo de verdad. No consideraba que fuera un niñato desagradecido —había escuchado todas las historias del abuelo muchas veces—, pero no quería escuchar una y otra vez cómo su abuelo había pescado la trucha más grande que se había visto nunca en el Arla. Sus padres se habían negado a ponerle cerrojo en el cuarto y él, perezosamente, retrasaba el momento de independizarse.

Cerró la puerta del baño y encendió el grifo. A pesar del calor, abrió el agua caliente, como todos los días. Le encantaba, fuera verano o invierno, abrir la puerta del baño al terminar y dejar salir el vaho por el pasillo, como si fuera un superpoder. También le gustaba acabar la ducha y que no se viera nada en el espejo, todo vapor, como si estuviera en una nube. Se quitó las gafas y se miró en el espejo para verse borroso. Álex estaba delgado, tanto que la gente normalmente se sorprendía cuando decía que era celador. Sus tíos siempre bromeaban con que un día se le iban a partir los bíceps al levantar a un enfermo. Se miró los brazos, dos ramitas. Había probado de todo para ganar peso y músculo, pero nada había funcionado. La ropa le quedaba enorme y la que le ajustaba era ropa de niño que le quedaba corta. Aquellas miradas sorprendidas, los comentarios de sus tíos, el mote en el colegio…, todo aquello se paraba en casa, en los libros, en los videojuegos y en el trabajo. En el hospital a veces incluso se le olvidaba que estaba delgado.

Ya salía el agua bastante caliente, la reguló y entró en la bañera. Alguien debía de haber dejado el tapón puesto, porque el fondo estaba cubierto de agua hasta los gemelos. Se agachó y palpó, puesto que no llevaba las gafas, pero el desagüe estaba libre. Apagó la ducha y salió, se puso las gafas. Todo parecía normal. Se encogió de hombros y se metió de nuevo en la ducha tras quitarse las gafas otra vez. Que lo arreglaran sus padres, no quería que entrara su abuelo y lo encontrara aún sin duchar. Se enjabonó sin prisa, disfrutando del agua sobre su cuerpo, y se dijo que quizá debajo del agua todos los cuerpos fueran iguales, como los gatos por la noche. Cuando salió, el agua llegaba casi al borde de la bañera. Se quedó mirando un rato entre el vapor, esperando a que bajara el nivel del agua. Se secó y cuando se puso los calzoncillos vio cómo el agua comenzaba a desbordar la bañera. El grifo estaba cerrado. Colocó la toalla en el suelo para que absorbiera el agua e intentó abrir la puerta para buscar a su padre, pero estaba atascada. Empezó a dar golpes. Cerró la llave de paso del agua, pero esta continuó saliendo de la bañera, cubriendo sus pies.

Álex escuchó a su abuelo al otro lado de la puerta.

—En el Arla ya no hay truchas como las que había antes.

—Abuelo. Abuelo, escucha. —Se acercó y se puso las manos en la boca para amplificar el sonido—. Abuelo, avisa a mis padres, la puerta no se abre.

—El Constantino y el Herminio eran buenos pescadores, pero no tanto como yo, aunque siempre andaban pavoneándose.

—¡Abuelo! Escucha. Mis padres. Se está inundando el baño.

Aquello no tenía sentido, el agua debería estar saliendo por debajo de la puerta, mojando los pies de su abuelo. Quizá su abuelo, muy oportunamente, había elegido ese preciso instante para perder la cabeza del todo. El agua ya le llegaba por la espinilla.

—Aquel día llevábamos solo un par de horas pescando. Un par de horas no es nada. Hay que saber aguantar, esperar. Los peces son desconfiados, pero también son tontos.

—¡Papá! ¡Mamá! —Volvió a golpear la puerta.

Su abuelo comenzó a hablar más alto.

—La clave está en el cebo, Alejandro, en el cebo siempre. Con el cebo adecuado, todo pica.

—¡Abuelo, calla, por favor! —Lo dijo más alto y más agudo de lo que le hubiera gustado.

El ritmo de subida del agua había aumentado y ahora le llegaba por el ombligo. Se miró en el espejo. Tenía que ser una pesadilla, no podía estar pasando de verdad.

—Aquella trucha. Llevábamos un par de días sin comer. Apenas unas gachas y un poco de pan duro con agua. Nunca has visto una trucha así de enorme. Entonces pasábamos mucha hambre. Los chicos jugaban a imaginarse platos, mentían acerca de lo que se comía en casa.

Álex cerró los ojos y dejó que el agua le subiera al pecho antes de comenzar a llorar. Gritó y volvió a golpear la puerta.

—Las nutrias, por aquel entonces había nutrias en el Arla, se comían los peces más grandes. Son muy listas y saben mal. Si pillábamos alguna la matábamos a palos. Pero aquello solo pasó un par de veces. Siempre se iban antes de que llegáramos. Son más listas que los peces y recuerdan bien. No les gustan los hombres.

Dejó de llorar, el agua le cubría la barbilla. Flotó cuando ya no hizo pie y, al tocar el techo, tomó aire y se sumergió. La luz iluminaba en un solo haz el espejo. Se acercó. Iba a morir.

Vio su figura escurrida, fina, las marcas de las costillas, las clavículas, los hombros. Dio un puñetazo a nada en concreto. El gesto fue inútil y quedó deslavado por la lentitud del movimiento. La voz del abuelo seguía sonando a través de la puerta como si no se encontrara bajo el agua.

—Aquella noche mi madre lloró mientras repartía la trucha entre todos los hermanos y me dio un beso. Le temblaban las manos cuando la cogió. «Mire, madre, para usted, mire qué hermosa». Mi madre era muy buena. Se murió. Que nunca te falte el pan, Alejandro, que nunca te falte el pan.

Álex dio un grito bajo el agua y pateó el espejo. El cristal se quebró y notó una corriente que indicaba que el agua estaba saliendo por la grieta. Volvió a golpear. Se hizo sangre en el talón. El cristal se hundió y el espejo se partió. El agua comenzó a salir del baño por el hueco del espejo, un hueco negro.

—Otros murieron, porque a veces hay que morir, supongo. Y no está en manos de nadie decidir quién coge la trucha más grande. Es la naturaleza, nada más. No hay nada de malo. Había niños que se tragaban carroña y telas.

El agua salió y cuando alcanzó el nivel más bajo del espejo, comenzó a descender tal y como había venido, como si siguiera escapándose por el agujero de la pared. Del hueco del espejo salía aire, viento, y se escuchaban ramas, como si allí hubiera un bosque oscuro y antiguo. Contuvo la respiración para escuchar mejor. Algo se acercaba a través del bosque, pisadas sobre las hojas y las ramas. Una silueta se fue haciendo clara en el hueco del espejo. Alejandro se reconoció a sí mismo, pero más grande, con músculo. Sonreía. Aquel chico era muy guapo, estaba en calzoncillos, como él. La figura se acercó y estiró las manos por encima de los bordes rotos del cristal. Álex se dejó abrazar.

Olía a su ropa, a las sábanas de su habitación, tenía el olor de los aparatos nuevos en su cuarto. La figura lo sostuvo por los hombros, después le agarró la cabeza y volvió a acercarle.

El abrazo fue más fuerte esta vez. Álex notó la mano sobre su nuca y sintió la presión. Intentó separarse. Escuchó crujir un hueso y el abrazo se intensificó. No podía respirar ni gritar. Escuchó crujir más huesos. Después cayó al suelo, desmadejado y con el cuello roto.

Las zapatillas de su abuelo se arrastraron sin prisa hacia su cuarto.

INTERLUDIO
No somos nadie

De ordinario anuncian estos álamos al hombre; hay por allí algún pueblo, tendido en la llanura al sol, tostado por éste y curtido por el hielo, de adobes, muy a menudo, dibujando en el azul del cielo la silueta de su campanario.

Miguel de Unamuno

Raúl Ramos

7 de julio

Curva de Arla había olvidado la lluvia de hacía días. Ya había olvidado, incluso, el entierro.

Los había a los que les parecía hasta raro que nadie más hubiera muerto aún esa semana. Sobre todo, a las señoras del rosario. Estas señoras se encontraban cada mañana y cada tarde en el tablón de anuncios de la iglesia antes de ir a la compra o a pasear; eran grajos, apiñados en una rama sobre un endrino, muy negras, muy apretadas, aprovechando la fresca. Se decepcionaban al encontrar el corcho vacío, sin ninguna nota encabezada por una cruz. Si alguna llegaba y veía un papel clavado, se acercaba corriendo, deseando ser la primera en enterarse, y después esperaba satisfecha junto al cartel para darle la noticia a las demás. Quizá no vieran bien la tele o el periódico, pero desde la otra punta de la plaza distinguían el folio y los ribetes negros. Echaban a correr con las alpargatas, con una mano doblada en la cadera y otra cerrando la chaqueta de punto, asegurándose mientras andaban de que nadie se les iba a adelantar. Saborear esa muerte en primer lugar les dejaba un sabor de victoria, de supervivencia sobre las demás. Pero después necesitaban a las otras, claro, necesitaban la comunidad para dar rienda suelta a la pena y al pesimismo: No somos nadie, tuvo una buena vida, fíjate, con lo joven que era, fumaba mucho, era una bendita, nunca se quejaba, ni una sola vez lo vi yo en el médico, el Señor la tenga en su gloria, me acuerdo yo mucho de su hermana, fíjate, fíjate, fíjate, no somos nadie, no somos nadie, no somos nadie.

Eso el primer día, el primer día nunca se hablaba mal de los muertos, pero se puede ir afilando ya el puñal en la memoria para las mañanas y las tardes en las que no hubiera nota. Los días en los que el tablón estaba vacío eran tristes, al principio. Habían sobrevivido, sí, pero tendrían que aguantar su dolor en silencio y soledad, no tenían excusas para la melancolía, para pensar en la muerte, otro día más que debían vivir mirando hacia delante y no hacia atrás, como a ellas les gustaba. Esos días, si el ambiente era propicio, que solía serlo si alguna cogía del codo a otra mientras andaban; esos días se podían hacer confidencias sobre otros muertos anteriores: Pues se conoce que los ha dejado sin nada, la hija, de la pena, se ha buscado al bandido ese, la verdad es que estaba echado a perder, para ver así a su mujer, está mejor muerto, qué descanso para la familia, te diré, sin acritud, fumaba como un carretero, todo el día en el bar, te diré, te diré, te diré. Cuando se les acababa el rumor o no era bueno, no hilaba con otros o a alguien le parecía de mal gusto, se encogían de hombros, gallinas esponjándose, y se marchaban con sus plumajes de lutos y ayes o de perfumes y batas de flores, hacia el mercado o la plaza, con un ruido de alpargatas y ruedas de carro de la compra. Al menos, pensaban muchas sin confesárselo a las demás, podían quejarse del precio de las cosas, aquello era siempre un valor seguro, aquello las mantendría unidas.

Don Prudencio sabía de la costumbre y salía tarde de casa adrede. Le gustaba el silencio de la iglesia y le molestaban los feligreses que usaban la religión para satisfacer sus deseos retorcidos. Prudencio se había hecho cura por dos razones, por el padre Javier, que había sido su confesor y jefe de estudios del colegio jesuita en el que había estudiado, y por Bernarda. Aquellos días de verano, solía reflexionar cuando se acostaba o mientras preparaba la misa. Le angustiaba lo mucho que había olvidado aquella primera vez, hacía veinte años, cuando también había visto un pesar; cuando había estado solo con Bernarda. Podía recordar con nitidez el miedo, la angustia, los detalles del pesar, pero solo desde que había sido visitado por segunda vez. Antes no había recordado apenas nada.

Aquello ocurría por obra de Dios, lo tenía claro, entraba dentro de su plan divino. Quizá Dios debería mostrar a todos las obras de la sombra para que creyeran. Miró el reloj antes de doblar la esquina; seguro que las señoras del rosario ya estaban revoloteando cerca del tablón. A él no le gustaba ser el portador de malas noticias. Cada vez que recibía una llamada de un número desconocido, algo se le removía dentro del corazón, como un pequeño animal que se recolocara mientras dormía. Muchas veces se quedaba mirando el teléfono porque sabía que, si no contestara, no habría muerte. Cada vez que pulsaba el botón, una persona moría.

Su vida cambió completamente después de la primera visita, comprendió que Dios tenía un plan para él, que había sido bendecido y debía pasar la palabra del Señor a los demás. Dejó Magisterio y entró en el seminario. Cuando lo hizo, sintió que todo por fin encajaba, que seguía su rumbo. Quizá Dios quisiera que fuera él quien revelara los secretos de la sombra, del Diablo, a la Humanidad. No, qué tontería. Los hombres debían creer en Dios sin amenazas. No le gustaba hablar del infierno o del cielo. La fe no crece por el miedo o la ambición. La fe es amor y el amor no se debe forzar. Cruzó la plaza y vio las casas con las ventanas abiertas, había sido una noche calurosa. Quizá ayudara a que la gente fuera a misa, donde siempre hacía fresco. Aquello tampoco le gustaba, pero era mejor que tener una iglesia vacía. Sabía de muchos pueblos que se habían quedado sin cura y en los que apenas daban misa una vez al mes. Qué desperdicio de Iglesia, de edificio, de esfuerzo, de fe. No quería eso para Curva, aunque aquellos días le preocupaba mucho más El paso y todo lo que conllevaba. ¿Nacería algún niño a tiempo? Suspiró, consciente de que lo único que podía hacer era cerrar los ojos y santiguarse cada vez que aquellos muchachos con la cabeza abierta aparecían a los pies de su cama y lo señalaban en silencio. Apuró el paso mientras rezaba un avemaría. En la iglesia se sentiría más fuerte.

Sabía que el guardián tenía que ser él. Dios lo había señalado una vez para que se sacrificara por su pueblo cuando era joven y ahora lo volvía a llamar para que cuidara de Curva. Suspiró y entró en el templo.

Raúl no se levantaba pronto, aunque se despertaba siempre al amanecer. Su sobrina sabía que no debía molestarlo hasta que él no saliera del cuarto, y aquella libertad le daba mucho gusto, le hacía sentirse importante, el señor que nunca había sido. Había soñado de nuevo con Juan Ramos, pero de manera indirecta. Se alivió de no verlo a los pies de la cama al abrir los ojos como el día anterior. Lidia le había jurado que la Rosario no había vuelto a aparecérsele, pero no estaba seguro de si podía creerla o la muchacha le había dicho lo que quería escuchar. Después de todo, él también la había mentido al decir que tampoco había visto más a Juan. Si Lidia había visto a la niña, de nada serviría que se lo hubiera dicho, pues nada podía hacer el viejo carbonero. Giró la cabeza, vio la mesita con el vaso de agua y se sintió muy viejo, un inútil. Desde hacía unos meses, se sorprendía de despertar con vida, de poder moverse. Aquella mañana le dolían los huesos, como si tuvieran fuego por dentro, pero sabía que era cosa de la pesadilla.

En el sueño estaba también Pablo, subido a la carbonera, cómo no. Como cada vez que lo veía cuando tenía fiebre. En aquella ocasión, Raúl, que era viejo en el sueño también, lo observaba todo desde arriba, sentado en las ramas altas de un chopo. En concreto en una muy fina que lo obligaba a estar en tensión para no quebrarla. Él, que tenía vértigo incluso de subirse a la carbonera, lo veía todo desde arriba. Raúl sabía lo que iba a ocurrir. Había soñado tantas veces con la muerte de Pablo que ya en el propio sueño era consciente de ello. Pablo sudaba y no llevaba camisa, solo los pantalones de trabajo arremangados y las botas. La misma ropa, la misma expresión, que el día en que había muerto. «Si caigo, ¿me ayudarás?», le había preguntado en el sueño. Y, después, Pablo había sonreído sin esperar respuesta. Raúl había intentado bajar del árbol, gritar, pero no podía moverse ni emitir ningún sonido. Escuchaba los pies de Pablo sobre la carbonera como si el sonido viniera de dentro de él, notaba el calor de la carbonera, cómo hervía, era una víscera inflamada, algo a punto de explotar. Le había pedido que bajara y le diera la mano. «Desde aquí casi puedo tocarte. ¿Me ayudarás?». Entonces se había dado cuenta de que Juan también estaba allí, sentado con él en la rama. Llevaba la misma ropa de campesino que en sus apariciones y la cabeza llena de fango. Lo único que no cuadraba era la soga que arrastraba al cuello y los moratones a su alrededor. Estaba muy serio y lo miraba. Raúl, ya por la mañana, sudaba solo de recordar la pesadilla. La manta, siempre necesaria en Curva durante las noches, da igual verano que invierno, le dio mucho agobio de pronto. Retiró las sábanas y la manta de lana con esfuerzo, últimamente todo le costaba mucho, y se sentó al borde de la cama. Las piernas tardaban un tiempo en responder y siempre se alegraba de que nadie le viera en aquel momento.

Cuando Raúl se había dado cuenta de la presencia de Juan, Pablo había hundido un pie en la carbonera, atravesando el barro, y Raúl había dejado de mirar al pesar. «Ahora tienes que ayudarme, Raúl. No quiero morir, lo sabes. Me habías prometido…». El pie se hundió un poco más. Juan se quitó la soga y la dejó caer hasta la altura de Pablo. Raúl había intentado gritar, pero ningún sonido salía de su garganta. Estaba sentado en la rama, viejo e impotente. Sabía que si se movía caería y moriría. El pie de Pablo había abierto un poco la carbonera, que palpitaba como un dolor de cabeza y emitía un brillo rojizo de brasa, de carbón mal apagado. Pablo se movía intentando zafarse de la cuerda, y Juan, muy serio, con la cara cubierta de fango, trataba de echarle el lazo al cuello. Las manos de Pablo nunca tocaban la cuerda, solo la atravesaban. La soga por fin se le había enganchado al cuello. «Ven a buscarme, Raúl». Cogió el vaso de agua de la mesilla, que parecía gaseosa después de pasar la noche, y se lo bebió. Tuvo que ayudarse con las dos manos. La pesadilla había sido más real que otras veces. Juan había tirado entonces de la cuerda, alzando a Pablo como un atún, con una fuerza que seguro no tenía. Al principio Raúl no pudo mirar a Pablo, solo a Juan. Raúl sentía la cuerda sobre su propio cuello, veía por el rabillo del ojo cómo Pablo intentaba quitarse la soga. No podía respirar. Bajó la vista a Pablo, que también lo miraba sin comprender, como un perro o un niño que está enfermo. Eso siempre le había generado aprensión a Raúl. Tenía muchísimo miedo al alzhéimer, a morirse sin saber qué le estaba pasando. Pablo era un perro cojo que no sabía por qué no podía andar. En el sueño había muerto así, con aquella mirada. Después, Juan había tirado la soga y Pablo había caído sobre la carbonera, reventándola en una pústula de lava. Y Raúl se había despertado. Dejó el vaso en la mesilla de nuevo y suspiró mirándose los pies. A veces, alzar la cabeza era simplemente demasiado esfuerzo. Cerró los ojos. Al abrirlos vio los pies de Juan sobre la alfombra.

Pasó el resto del día con Juan pegado a él. Otras veces, al ignorarlo había desaparecido, pero en esta ocasión no fue capaz de hacer que se fuera. Lo tuvo detrás mientras desayunaba y mientras Lidia le contaba su idea absurda del museo. Entonces había notado que el fango de la cara de Juan le goteaba por la espalda y se le metía por la piel, lo sentía en las venas, corriendo hacia sus ojos. Le atoró la garganta y lo ahogaba hasta el punto de no dejarle respirar y casi matarlo de un ataque de tos. Mientras Lidia hablaba, lo tenía escurriendo por los ojos como una virgen ensangrentada. La había echado de casa antes de que se diera cuenta y el enfado hizo que Juan se retrajera unas horas. Había comido en silencio y después se había retirado a su cuarto a dormir la siesta; aunque supo, cuando vio a Juan esperándolo en la habitación, que ya nunca volvería a dormir.

Mientras se desvestía, el pesar lo miraba sin hablar, como todas las veces que se le había aparecido. Entendió que la mirada de él era de tristeza, no de seriedad o de enfado. Vio, debajo del fango que chorreaba, las ojeras y la profundidad de los iris. Sintió cómo se descascarillaba la fachada, vio los nervios, el agobio, las ganas de gritar, la imposibilidad de enfrentarse a la vida. Lo mismo que él sentía cuando no podía ponerse en pie por las mañanas hasta pasados unos minutos. La misma impotencia que había sentido al ver morir a Pablo.

Parecía que su compañero acababa de caer en la carbonera a pesar de que habían pasado más de cincuenta años. ¿Cómo había podido vivir tanto tiempo después de aquello?, ¿qué había estado haciendo con su vida? Juan y él se sentaron en la cama. Olía a tierra, aunque era un olor demasiado fuerte, como si un animal se pudriera debajo del fango. El pesar extendió el brazo y le rodeó los hombros. Raúl se relajó. Notó que se vaciaba debajo de la camiseta interior de tirantes con la que dormía. Era el pájaro al que nadie alimenta en el nido y al que acaban tirando. Sintió que su piel se arrugaba aún más hasta casi desaparecer. No entendía por qué seguía vivo. Esos años, esa vida, no eran suyos. No había hecho nada con todo ese tiempo. Intentó compensar la culpa cuidando de su padre y de su hermana, pero aquel sacrificio no era suficiente. Se dio cuenta, por primera vez, de que en realidad ya estaba muerto, de que había muerto cuando todo aquello había sucedido. Se miró las manos, los restos de las quemaduras, concretamente, y no los encontró. No supo diferenciarlos de otras manchas de la edad. Aquellas manos no eran sus manos. Juan se levantó y abrió el cajón de las medicinas dejándolo todo perdido de barro.

Se acercó, en una mano sostenía quince lexatines —de los que todos los médicos recetaban a los viejos en cuanto los notaban angustiados— y en la otra el vaso de agua. Raúl tragó saliva. Volvió a escuchar la voz de Pablo en su cabeza. No había ido a buscarlo, había sido un cobarde. Se dio cuenta de que permanecer vivo, envejecer, había sido un acto de cobardía. Había sido tan cobarde que no había permitido a su cuerpo morir. A eso se refería Pablo en el sueño, a que no se había muerto para ir con él. Cogió las pastillas, se introdujo unas cuantas en la boca y las tragó con el agua. Juan sonreía y le ayudaba con las manos. El vaso y las pastillas estaban cubiertos de barro, pero no importaba. Siguió tragando pastillas hasta que no quedó ninguna. Juan lo ayudó a tumbarse en la cama y se tumbó encima de él arropándolo. Era todo de fango y sintió que construía una coraza a su alrededor mientras se hundía más y más en la oscuridad.

Las señoras de la iglesia pasaban, ya de vuelta, con el carro medio vacío, por delante de la iglesia. Miraban de reojo el corcho, a veces don Prudencio les había dado alguna alegría tardía, pero no se atrevían a mirar directamente por miedo a ser descubiertas por las demás. Hija, qué morbosa eres a veces, pareciera que estás deseando que se muera alguien. Pero casi nunca se daban cuenta cuando las demás miraban. A veces por la destreza de la mujer, a veces porque los ojos los tenían puestos ellas mismas en el tablón de anuncios. A la vuelta del mercado, el tablón seguía vacío. Las señoras suspiraron. Ay que ver a cómo están los tomates, es un robo, una vergüenza.

Don Prudencio las escuchó pasar y negó con la cabeza. Se fue a casa a comer y después se sentó en el butacón del salón, encendió la tele y le quitó el volumen. Ver movimiento le ayudaba a pensar. Los dos hermanos se le habían aparecido varias veces a lo largo del día, pero de momento siempre los había espantado con un avemaría. La Virgen no lo dejaría solo. Estaba quedándose dormido cuando escuchó el sonido del teléfono. Los dos pesares estaban junto a la entradita, donde había dejado el móvil. Sonrieron. Prudencio miró la hora. Uno de los pesares cogió el teléfono y se lo alargó. Tenía la mano llena de sangre y ahora había aparecido, en la otra, una piedra grande y redonda.

Segunda parte

La oscuridad de los vencejos

*Castilla miserable, ayer dominadora,
envuelta en sus andrajos desprecia cuanto ignora.
¿Espera, duerme o sueña? ¿La sangre derramada
recuerda, cuando tuvo la fiebre de la espada?
Todo se mueve, fluye, discurre, corre o gira;
cambian la mar y el monte y el ojo que los mira.
¿Pasó? Sobre sus campos aún el fantasma yerra
de un pueblo que ponía a Dios sobre la guerra.*

*¡Oh tierra ingrata y fuerte, tierra mía!
¡Castilla, tus decrépitas ciudades!
¡La agria melancolía
que puebla tus sombrías soledades!*

ANTONIO MACHADO

Almudena

Tarde

6 y 7 de julio

Visto con perspectiva, perece imposible que pudiera ignorar las señales —aunque, más que señales, eran evidencias— de que algo extraño estaba ocurriendo en Curva aquellos días. Y, sin embargo, lo hice, las ignoré. Todas y cada una de ellas. Aquella tarde, la del 6 de julio, cuando ya habíamos regresado a casa, yo de la piscina con los niños y Saúl de la serrería, tuvimos una discusión. Había encontrado, por fin, mi cuenta secreta.

Se había acercado al banco —cosa extraña, porque siempre había confiado en mí para esos trámites con fe ciega— a preguntar por un crédito para el coche. Por más que a mí me había dicho que no necesitaba realmente aquel modelo tan extravagante, la verdad era que se había encaprichado de él y no estaba dispuesto a ceder y a renunciar tan fácilmente como lo había hecho otras veces. Y ahí había empezado el drama. Yo le eché en cara vigilarme, espiarme y no confiar en mí, pero lo hice solo por defenderme, con la rabia del niño que ha sido cogido en una falta y lo niega todo. La mitad de aquel dinero era suyo y tenía tanto derecho como yo a saber qué había hecho con él. Hubo bastantes gritos, no pienso reproducirlos ahora, pero hasta los niños se asustaron. Nosotros no solemos gritar. En mi casa siempre había tenido que soportar los estallidos de ira de mi hermano, por lo que, una vez que conseguí mi independencia, los gritos fueron lo primero que desterré.

Saúl se puso muy nervioso, yo sé que estaba confuso. Lo sé ahora y lo supe en ese momento. Decidí que atacarlo no era una buena idea, porque sabía que era el más débil de los dos y no se merecía aquello. La culpa había sido mía, aunque me costara reconocerlo, aunque me envenenara reconocerlo. Tenía a Daría creciéndome en las venas, por mucho que tratara de negármelo, y los gritos la hicieron desarrollarse, tener más control. Me dieron ganas de empujar a Saúl, me imaginé amenazándolo con uno de los cuchillos. No llegué a hacer nada, afortunadamente. Me cuesta reconocerme en aquellos pensamientos. Me asusté. Me asusté mucho y me empezaron a temblar las manos. Yo aún, cabezona como siempre, no entendía que aquella era la voz del pesar en mi cabeza. Lo dejé allí plantado, en la cocina, y salí a la calle, asustada de mí misma.

Inconscientemente puse rumbo a casa de Javi. Sabía que Saúl me estaría mirando desde la ventana y que verme dirigirme al portal de mi amigo lo tranquilizaría, aunque en ese momento solo quería hacerle daño, que sufriera. Me hubiera puesto a hacer el amor con un desconocido allí mismo, en la plaza, solo porque sabía que él estaba mirando. Así que a mitad de camino me detuve. No solo porque no quería tranquilizar a mi marido, sino porque no quería ver a Javi. Estaba en medio de la plazoleta, varios grupos de personas paseaban o charlaban aprovechando los últimos rayos de sol. Dios mío. El aspecto que debía de tener. Yo conocía a muchas de aquellas personas, sino a todas. En ese momento no les presté atención, no las miré. Estaba como en otro mundo. Me costó varias respiraciones tranquilizarme y notar que volvía a tener el control de mí misma. Salí de una bruma, volví a ver los contornos del pueblo entre la niebla. El cielo estaba violeta y no corría nada de brisa, por lo que los castaños parecían dibujados, paralizados en una foto. Escuché los murmullos, el roce de los pies sobre los adoquines de la plazoleta. La vergüenza me consumía, por lo que aún no me atrevía a volver a casa. Sabía que me tocaría pedir perdón, dar explicaciones, y no estaba en absoluto preparada para ello.

Di la vuelta al edificio de Javier, directa a un pequeño sendero que rodea el bosque y que va a parar a las naves de las afueras del pueblo, un sendero en el que hay algunos bancos tranquilos. Me senté en uno de ellos, aún temblando un poco, y escuché los pasos de Bernarda saliendo del bosque, a mi altura. No supe que era ella hasta que no la miré, por supuesto. Nunca he tenido un sexto sentido o me he fiado mucho de mi intuición. Bernarda era, casi, la última persona con la que quería hablar. En esos momentos, la cuenta y Saúl ocupaban todos mis pensamientos, en ningún segundo se me había ocurrido pensar en Daría o en Bernarda. Desde que había salido de casa, eso sí, tenía la imagen de mi abuelo grabada en la cabeza. No entendí por qué, pero aquello era lo que más vergüenza me daba de todo, imaginar que mi abuelo me veía en aquellos momentos.

Márchate, le dije.

Almudena, calla, calla y escucha.

Me puse en pie. Aún estaba nerviosa y la adrenalina de la discusión regresó rápido.

No me da la gana, no voy a callarme, déjame en paz, deja en paz a mi familia, deja en paz a Javier.

Ella estaba muy seria. La luz violeta del atardecer hacía que su cara pareciera hecha de arena gris. No se amilanó ante mis palabras.

Ten cuidado con la Daría, por favor, me dijo únicamente.

Se dio la vuelta y pareció marcharse, pero se giró al llegar al primer árbol.

Lo digo por tu familia, Almudena, lo digo por Javier.

Y siguió andando. Aquellas palabras fueron un soplido en unas brasas.

¡Vuelve aquí!, le grité.

Ella se detuvo. Bernarda era perfecta para descargar mi ira, Bernarda era una amenaza, a ella podía sacarle los cuchillos, a ella podía perseguirla y agarrarle el cuello con manos oscuras, con dedos como cuchillas. A Bernarda podía hacerle daño y podía disfrutar. Estaba de espaldas.

No quieres escucharme, para qué quieres que me quede, ¿vas a matarme, Almudena?, ¿es eso lo que quiere Daría?, ¿eso te dice que hagas?, ¿quieres ver lo que se siente?

Se giró y se acercó a mí. Yo respiraba muy fuerte.

Es increíble la manera en la que lo recuerdo todo. Lo recuerdo mucho más claro ahora que cuando sucedió, que al día siguiente. Tenía el veneno de Daría, del pesar, corriendo por mi cuerpo. Como unas raíces negras, igual que las raíces que le salen a las judías cuando los niños las ponen en un algodón, solo que negras y moradas, raíces moradas que eran venas que debían de ser visibles, que la propia Bernarda vería —sin duda— en mi frente, en mis manos. Aquellas venas que eran savia de violencia. Daría. Me abalancé sobre ella, la empujé contra un árbol con toda mi fuerza, que no era poca.

Déjame en paz, déjame en paz, déjame en paz.

La golpeé contra el tronco repetidas veces. Ella me miraba con sus ojos oscuros, muy seria, parecía decir: aguantaré esto si lo necesitas. Mis manos agarraban los hombros de Bernarda y vi las venas moradas y negras, las raíces, y me asusté. La solté y di unos pasos hacia atrás mirándome el dorso de las manos. Aquellas raíces palpitaban. Bernarda se acercó. No parecía tener ninguna herida. Me puso una mano en la frente y me desmayé.

Cuando me desperté, apenas unos minutos después, estaba sentada en el mismo banco. Mis manos eran normales, no había rastro de Bernarda. Me obligué a pensar que todo había sido una alucinación. Me había quedado dormida después de la rabia, del enfado, como cuando los niños se quedan dormidos tras un berrinche. Eso era todo. Enterré lo que sentía, los avisos y las intuiciones, como siempre. Estar enfadada, gritar, cansa mucho. Me había sugestionado, sin más. Qué tonta. Y me lo creí porque quise creerlo, porque era más fácil que asumir la verdad de lo que estaba sucediendo; de lo que me estaba sucediendo.

Me acordé de mi abuelo otra vez, que siempre decía que las cosas existían independientemente de que creyéramos en ellas. Que el hecho de que no supiéramos nada de un pez abisal no hacía que ese pez no existiera. Él era ateo, pero respetaba mucho a mi abuela, creyente. Siempre me decía eso cuando yo criticaba a mi familia por ir a misa. Fui una adolescente muy resabiada, que siempre tenía todas las respuestas. Si algo no se puede demostrar —Dios o los pesares, por ejemplo—, no existe. ¿Qué hubiera dicho mi abuelo si hubiese vivido El paso como lo estaba viviendo yo? Quizá todo hubiera sido diferente porque mi abuelo lo habría aceptado igual que lo aceptó el padre Prudencio, sin que eso supusiera un choque con sus creencias. Puede que eso fuera lo que me faltara a mí. Fe. Mi abuelo creía en su mujer, Prudencio en Dios —imagino—, pero yo... Yo solo tenía los números del banco y los insectos. Podía creer en la evidencia y en lo que sabía de física y biología. Era imposible que mis manos contuvieran sangre morada. Y con eso me bastó. A pesar de haberlo visto, de haberlo vivido. ¿También se negaron los primeros exploradores a reconocer que había cisnes negros cuando los vieron? Fui estúpida y perdí un tiempo valioso que al final provocó una desgracia y una muerte.

Una mujer en bicicleta pasó de vuelta hacia el pueblo y me saludó levantando la cabeza, aunque no recuerdo quién fue exactamente. Pero era del mundo real, lo que veía, lo que era permanente; no las raíces moradas. Ya era prácticamente de noche y estaba más calmada. Me puse de pie. En el móvil tenía una llamada perdida de una de las madres con las que nos turnábamos para llevar a los críos a la piscina o al pantano. Le devolví la llamada, necesitaba más realidad, horarios, problemas de niños.

Hola.

Hablaba muy bajito.

Hola, ¿ha pasado algo?

Había demasiado silencio.

Sí, espera, no es nada.

Escuché cómo se movía, después el aire; había salido al exterior.

Ahora, perdona, mira, es que han operado a mi suegra, estoy en Burgos, he tenido que venirme corriendo.

Vaya, lo siento.

Sí, no te preocupes, creo que no es muy grave, se cayó bajando las escaleras… Bueno, no te suelto el rollo, la cosa es que he dejado a las niñas con mi madre y me tocaba a mí llevar a los niños al pantano y, pues, no voy a poder.

Claro, ya supongo.

Ya sé que hoy te ha tocado a ti, pero… tener a las niñas todo el día en casa de mi madre encerradas me da cosa.

Ah, vale, ya veo por dónde vas, claro, mujer, perdona, me ha pillado un poco de sopetón, no te preocupes, yo me las llevo.

¿Seguro?

Claro, hija, ya ves tú, si hoy apenas me han dado guerra, no te preocupes, a las once estoy donde tu madre.

Muchas gracias, Mude, no sabes el favorazo que me haces.

Nada, mujer, ya lo siento.

Gracias, gracias, mañana te veo. En cuanto llegue mi cuñada de Inglaterra, me vuelvo, un beso.

A pesar de todo lo que me ha pasado, no tengo muy claro que crea en el destino, aunque sí he de reconocer que, si no existe, la casualidad tiene mucha pinta de saberse lo que se hace también. Quizá haya algo en el mundo, algo que equilibre la sombra —que hace que una guardiana no muera cuando se la golpea contra un árbol—, que va empujando las cosas para que caigan donde tienen que caer. Operan a una anciana, mi amiga no puede quedarse con sus hijas... Ahí ya empezó a ir todo rodado. Pero ¿dónde comenzó la cadena? ¿Con la discusión, con el coche, con la cuenta, con la idea de que mis hijos no vivieran en Curva? Tantos años atrás. Me miré las manos, me acaricié las venas, de su color habitual, y suspiré. Volví a casa. Ya era de noche. Por el caminó seguí pensando en mi abuelo. Hasta el día en que se murió, nunca lo escuché quejarse. Quizá era algo heredado de la posguerra, aunque no era muy conservador. Al contrario, siempre me estaba repitiendo que no dejara que nadie me dijera qué hacer con mi vida, que estudiara, que fuera culta, que solo la gente inteligente puede darse cuenta cuando la están manipulando. A él le hubiera gustado estudiar. Hubiera sido buen científico, estoy segura.

Tenía un cacao impresionante en mi cabeza y empecé a pensar mal de mi abuelo, como si él hubiera querido imponerme sus anhelos, manipularme. Quizá yo nunca hubiera querido ser entomóloga, o profesora de biología, quizá era mi abuelo viviendo a través de mí. Igual por eso me daban tanto asco las moscas. No fui capaz de darme cuenta de que Daría seguía dentro de mí haciendo de las suyas, manipulando y envenenando mis pensamientos. Y eso que yo adoraba a mi abuelo: alguien incapaz de manipular o de obligar a nadie a hacer nada. Recuerdo que nos dejaba libros, como sin querer, por toda la casa, a ver si mi hermano o yo los cogíamos. Sin decir nada, sin imponer, sin obligar. Y fui tan estúpida de dejar que Daría me volviera contra él.

Saúl estaba dando de cenar a los niños. Me preguntaron que dónde había ido y les dije la verdad, así lo sentí, les dije que estaba enfadada conmigo misma porque había hecho una cosa mala. Sebas me preguntó si me iban a castigar y yo dije que sí, que tenía que pensar en el castigo. Les di un beso, les dije que al día siguiente yo los llevaría al pantano y me fui a la habitación a ponerme el pijama. Saúl entró a los cinco minutos.

No me digas que lo sientes, no has hecho nada malo, le dije.

Se quedó en silencio mirándome, muy serio.

¿Por qué lo has hecho, Almudena?

Noté que hacía un gesto para cogerme la mano, pero se quedó a medio camino.

¿Vas a abandonarme?, ¿vas a llevarte a los niños?

Aquello fue demasiado. Lo cogí de la mano con una de las mías y con la otra moví su barbilla para que me mirara.

No, nunca, no, ese dinero era para los niños.

Le expliqué todo, le expliqué que no quería que se convirtieran en curveros, que no quería que se quedaran allí si no querían hacerlo, que tuvieran elección.

¿Tan mala es nuestra vida, te arrepientes de no haber terminado la tesis?, me preguntó.

Nuestra vida es genial, Saúl, pero es la que hemos elegido nosotros, nosotros nos fuimos y volvimos, somos felices, yo decidí no acabar mi tesis, ya no tenía sentido, ya no estaba mi abuelo, alguien había descubierto las mariposas antes que yo.

Descubierto científicamente hablando, claro, la gente de Curva las había conocido siempre. Aquellas malditas mariposas que tanto le habían gustado a mi abuelo. Antes, sobre todo en verano, podía vérselas revolotear por la fuente o en cualquier charco junto al pilón. Me gustaba ir a verlas a la puerta de la vaquería, justo después de pasar las reses y dejar todo el abrevadero desbordado y vacío, cuando el resto de los niños aún no se habían despertado. Siempre he madrugado mucho. Especialmente de pequeña, cuando cada día era una oportunidad de descubrir algo. Me despertaba cada mañana como si fuera el día de Reyes. Ir al colegio o no salir de casa, todo era igual de interesante para mí. Hace mucho ya que perdí esa curiosidad y, sobre todo, esa capacidad de maravillarme. Quizá la sombra sea como esas mariposas azules. Para Bernarda, natural; pero para mí, que era una forastera en su mundo, aquello debía ser estudiado y descubierto, con la estupidez y la soberbia del científico y del hombre blanco; descubrir algo que lleva siglos existiendo.

Sabes, continué diciéndole, y lo sabes bien, que hay mucha gente aquí que está atrapada, que vive en otro siglo.

Pero ¿por qué no me lo dijiste?

Lo abracé, me sentía muy ligera en ese momento, como si el viento se me pudiera llevar si no me agarraba a él.

Tengo miedo, Saúl, siempre he tenido miedo, lo siento, lo siento.

Hicimos las paces y no hizo falta dar más explicaciones. Saúl y yo habíamos sido amigos antes que pareja, por lo que nos conocíamos mucho más de lo que otras parejas suelen conocerse. No nos hacía falta nada más. Me costaría recuperar la confianza que le había robado con esa cuenta, y sentía que no contarle lo de Bernarda y Javier sería otra puñalada, pero no quise añadir más leña al fuego. No aquella noche. Javier no estuvo en mi pensamiento ni un solo instante, ni siquiera Bernarda. Decidimos que Saúl se cogería unos días de vacaciones y nos iríamos a París con parte de ese dinero que yo había ahorrado, a Disneyland. Me pareció muy buena idea y nos acostamos contentos. Había olvidado, y aunque lo hubiera recordado me habría dado igual, la petición que me había hecho Javier sobre no llevarme a los niños fuera de Curva de Arla. Si quería ocuparme de Javier, y en aquel momento no sabía si quería, tenía que coger fuerzas, tenía que ser más Almudena que nunca. Quedamos en que nos iríamos dos días después. Al día siguiente por la noche cogeríamos los billetes.

Nunca llegamos a irnos, claro. A partir de esa noche todo se precipitó y ya no hubo marcha atrás. Tardamos mucho tiempo en ir a París, en salir de Curva de Arla de nuevo. Normal, supongo. Ninguno de los que sobrevivimos dejamos el pueblo, al menos ese verano. Teníamos miedo de que volviera a pasar, de que se volviera a abrir la puerta.

A la mañana siguiente, viernes, unas horas antes de que Lidia discutiera con Raúl y de que este se tomara las pastillas, amaneció un día pesado, un día de moscas, como lo llamaría mi abuelo. El cielo estaba azul, pero el aire parecía lento y opresivo, sentía que en cualquier momento podría desatarse una tormenta. Hice una tortilla de patatas, aquella vez sí, quizá para demostrarme que podía, que no había moscas, o para desafiar al destino, a la sombra, a los pesares. Me reí, estaba de verdadero buen humor. No miré ni una sola vez la ventana de Javi.

Las niñas de mi amiga nos esperaban en el portal de su abuela. Eran dos mellizas de la edad de Luis que toleraban a Sebas porque lo habían adoptado como si fuera su hermano pequeño. Hablaban muchísimo y, aunque peleaban también mucho entre ellas, cuando estaban con otro adulto se comportaban perfectamente. Me pregunté si Sebas y Luis harían lo mismo cuando otras madres los llevaban a algún sitio o los invitaban a comer. Mi humor empezó a torcerse cuando se coló una mosca en el coche. Los niños iban hablando y ya había tenido que regañar un par de veces a Luis por darse la vuelta en el asiento para hablar con sus amigas. La mosca me estaba poniendo nerviosa y aparqué en el pantano con mucha tensión, como si mi propio cuerpo, o aquella mosca, supieran lo que iba a suceder después.

El pantano es uno de los cientos de pantanos que se habían inaugurado durante el franquismo. Habían inundado, incluso, un pueblo. Nunca he sabido el nombre. Seguro que Javier sí lo recuerda, le encantan esas leyendas y esas historias. Los chicos, en los años de sequía, cuando yo era más joven, trepaban a la torre del campanario, que era lo único visible, y se lanzaban desde allí al agua; quizá lo sigan haciendo. He visto fotos de esa torre, cubierta de liquen verde, una especie de iglesia zombi. Eso es lo único que es real de la leyenda del pantano. Pero se dicen muchas otras cosas, claro. Se dice que, si buceas en el pantano y escuchas las campanas de la iglesia, significa que morirás esa misma noche. También se dice que las almas de los que vivían en el pueblo te arrastran y te hunden al fondo para que vivas con ellos en su pueblo fantasma. Javier siempre se encargaba de buscar la leyenda de turno para justificar no bañarse o no soltarse del patinete. Siempre ha sido un poco cobarde, es curioso que al final se quisiera sacrificar por todos. Igual la cobardía era otra de sus capas.

Para construir el pantano, habían hecho que el Arla se desbordara en aquel valle de pinares, en aquel terreno pedregoso que tan poco podía parecerse a una playa. Había un chiringuito que estaba construido con madera y hormigón y que servía paellas en platos de plástico y manteles de papel. En el que a mí me encantaba tomarme una cerveza con las chanclas llenas de hierbas y de barro, mientras los mosquitos me acribillaban las piernas. Era una especie de tradición, aunque con los niños, ese día, no podría hacerlo. Del chiringuito, llegaba el ritmo machacón de alguna canción de moda. Aquel año había llovido bastante y el agua llegaba hasta los pinares en muchos sitios. Nos costó encontrar un lugar en el que dejar las toallas que no estuviera plagado de piedras o de piñas. Por supuesto, me clavé una nada más sentarme. El suelo era de arena dura y gorda, casi como hormigón deshecho, y todo olía a pino y a pescado. Los pinares siempre me han producido una sensación extraña, igual que adentrarme en el templo de un dios desconocido. Tan altos, tan oscuros. A diez pasos del chiringuito ya no se escuchaba la música. Nunca sabes lo que puede haber más allá, detrás de unos árboles. Estar en el pantano, incluso rodeada de gente, siempre es estar escondida, amortiguada, debajo de un edredón, aunque ese edredón pudiera matarte.

La presión del tiempo, aquel viento caliente y a la vez pesado, trajo enseguida un montón de nubes. Los niños decían que el agua estaba fría, como cada año, y se aburrían en las toallas. Se quejaban de que había piedras o piñas y se las tiraban unos a otros, se reían por cualquier cosa, y Sebas y Luis se molestaban como dos moscas somnolientas. Después de la comida conseguí un rato de paz y se quedaron todos dormidos en las toallas. Yo le mandé una foto a Saúl de los niños echados muy juntos y me tumbé para seguir leyendo. El aire pesado de tormenta y el sonido amortiguado de los otros niños que jugaban en el agua me hicieron dormirme enseguida.

La clasificación de insectos del libro y las moscas de la tormenta se colaron enseguida en mi sueño. He de decir que yo solo tuve una pesadilla con la Daría, justo el día antes de verla en la carretera, y desde entonces no había vuelto a verla. Tampoco la vi en ese sueño, aunque sé que ella estaba detrás de la pesadilla. En el sueño yo estaba muerta, no lo sabía porque me viera desde fuera o porque me mirara en el espejo, era una certeza. No respiraba. Sin embargo, podía moverme y seguía caminando. Eso hacía en el sueño, caminaba sin poder respirar. Hay un camino de tierra en Curva de Arla que llamamos las calzadas, por donde sube la romería en septiembre; yo andaba por las calzadas. Intentaba respirar, pero no podía. Trataba de convencerme de que era absurdo que intentara respirar, que estaba muerta. Como si pudiera racionalizar algo así; lo mismo que había hecho la tarde anterior con las raíces moradas. También era absurdo que me moviera, pero debía hacerlo. Escuchaba en la cabeza zumbidos de moscas, quizá aquel zumbido fuera real, de las moscas que había en los pinares del pantano, que volaban bajo y torpemente porque había tormenta y porque era su hora. En el sueño yo tenía las moscas dentro, ya que estaba muerta. Andaba sin rumbo, el camino era siempre el mismo, y yo tenía las manos hinchadas, como si me hubiera muerto bajo el pantano, con las venas moradas y también del color de las algas, ese verde putrefacto de la lechuga podrida. También había una voz que hablaba, muy bajito, pero yo solo escuchaba el zumbido de las moscas. Caí de rodillas y seguí arrastrándome. Notaba las piedras, Dios mío, cómo lo recuerdo, notaba las piedras en las rodillas; recuerdo el dolor de las heridas, como si fuera real, notaba cómo las piedras llegaban hasta el hueso, el ruido que los huesos hacían al rasparse con las piedras, ese sonido de chirriar de dientes, que se escuchaba a pesar de las moscas y de aquella voz que susurraba. La voz a veces se hacía más fuerte y decía que estaba muerta. Sufría mucho, pero tenía que llegar a algún lado. Las manos, que también estaban ensangrentadas de arrastrar todo el cuerpo, de pronto comenzaron a supurar un pus verdoso, burbujas de aquel líquido mezcla de sangre y verdín. Las pústulas crecían y dolían. De pronto estallaban y de ellas salía una mosca, dos moscas. Moscas verdes, grandes y negras, peludas. De las llagas aparecían las patas delanteras, como si hubieran venido reptando dentro de mis dedos, y después sacaban los ojos y se escuchaba el sonido de chapoteo y las sentía escocer en las heridas. Sacaban las alas, muy despacio, como si se asomaran al embozo de una cama, solo que las sábanas eran mi piel. Moscas que no volaban, sino que trepaban por mis brazos y llegaban a mi cara, se me posaban en los ojos, en la boca, se me metían por la nariz. Una tras otra, decenas de moscas, cientos de moscas. Mis manos eran miles de moscas, una masa negra que zumbaba y que me acariciaba con sus pelos y sus patas al trepar sobre mí, al trepar sobre ellas. Intenté gritar, pero más moscas se me metieron en la boca, me atraganté, las notaba vibrar en la boca, en la lengua, notaba cómo crujían si las mordía sin querer. No sabía si era peor abrir o cerrar la boca. No podía ver nada, tenía moscas escociéndome en los ojos, dentro de las orejas, debajo de los párpados. Noté cómo un tropel de moscas entraba en mi garganta y al intentar sacármelas con las manos, al ser mis manos moscas, solo conseguí atragantarme más. Me hundí en una negrura vibrante y llena de patas diminutas, mientras el zumbido aumentaba de intensidad. De pronto, me desperté en el pantano, muy agitada. Los niños seguían durmiendo. Yo sudaba. No había ninguna mosca alrededor. Supongo que sería más o menos la hora a la que murió Raúl. Desperté a Luis y le dije que iba a darme un baño a la orilla, que no se asustara si no me veía. Asintió y volvió a apoyar la cabeza sobre su hermano.

Sentía mucho asco, así que me puse en la orilla a mojarme el cuerpo entero. No quise entrar de golpe por si me mareaba. Aún me daba vueltas la cabeza. Una libélula pasó rozando mis pies y tuve un escalofrío. El agua del pantano olía a agua de río, a trucha y a cangrejo, pero siempre era mejor eso que la sensación de suciedad. Desde la orilla podía ver perfectamente a los niños y volví cuando noté que se despertaban. No sé bien explicar la sensación que tenía dentro. Por un lado, quería llamar a Javier, contarle el sueño, que le buscara una explicación, aunque fuera una explicación que tuviera que ver con Bernarda, escuchar su voz; pero, por otro lado, tenía la necesidad de actuar como si nada hubiera ocurrido. Si le daba alas a aquella locura, acabaría siendo real. Temblaba un poco aún, cuando volví a la toalla. Quizá si hubiera sido menos cabezota y hubiera seguido mi instinto… Bueno, ¿quién sabe? Puede que nos hubiéramos salido de la carretera y nos hubiéramos matado volviendo a casa. Mi parte racional, una vez más, ganó, aunque a medias. Me convencí a mí misma de que era mejor marcharse pronto del pantano, aunque no enseguida. A pesar de que se estaban aburriendo, sabía que los niños no accederían a marcharse pronto, así que para calmarlos les propuse alquilar un patinete como los que cogíamos con Saúl y Javi, para que los niños pudieran saltar al agua sin peligro, y después les compraría un helado antes de volver a casa. Accedieron encantados, evidentemente. Con la excusa de no dejar las cosas desatendidas, metimos todo, a excepción de las toallas, en el coche. Así me costaría menos, pensaba ingenuamente, llegar pronto a casa. No habría helados, no llegaríamos pronto a casa. Quizá la sombra ya lo sabía.

Cogimos el patinete y enseguida solo se escuchó el agua que despedíamos al pedalear Luis y yo. El pantano, la mal llamada playa, fue ensordeciéndose a medida que nos alejamos de la orilla. Sebas quiso ponerse en lugar de su hermano, pero sabía por experiencia que para alejarse de la orilla era necesaria mucha fuerza y bastante iba a tener que hacer yo ya con Luis ayudándome como para dejar a Sebas. Nos alejamos lo suficiente como para que nos cubriera al saltar, pero no tanto como para no ver la orilla y la bandera del puesto. Cuatro niños en un pantano es mucha responsabilidad. Me senté en el banquito de la parte trasera mientras observaba cómo los niños se tiraban por el tobogán. Risas, chapoteos, algún quejido, alguna disputa por el orden, pero todo bien.

Veo el fondo, veo el pueblo.

No seas mentiroso, Luis.

Lo juro, listo.

A ver, déjame las gafas.

Ponte las tuyas.

Están en la mochila.

Pues te quedas sin ver a los muertos.

¡Mamá!

Luis, hijo, deja de decir tonterías, subid los dos, que os estáis alejando mucho.

Qué va, mira, estoy muy cerca.

Que vengas, he dicho.

Las dos niñas estaban en el agua también, pero agarradas a la escalerita. Me puse en pie y los niños entendieron que se la estaban jugando. Nadaron tranquilos hasta la barca. Subieron los cuatro.

¿Has visto el pueblo de verdad?, preguntó una de las hermanas.

Claro, da mucho miedo, hay hombres alga.

No le hagas caso, es un mentiroso de cuidado.

Tú te callas, listo, los he visto y me han dicho que van a venir a por todos nosotros.

Ay, Luis, hijo, cállate un poco ya con los muertos; si no os tiráis más, volvemos a la orilla.

No, no, no, no, no.

Subieron corriendo y se tiraron de nuevo. Me los quedé mirando. Tanta fuerza, tanta juventud. ¿Cómo hace el cuerpo para tener tanta energía? Quizá deberíamos tener esa fuerza ahora, de adultos, que tenemos más madurez, no cuando somos niños y no podemos hacer nada, no podemos decidir. ¿Para qué necesitan tanta energía unos niños? Y, sin embargo, qué fuerza.

Los muertos, los muertos.

Ay, Luis, vale ya.

Luis hacía una ahogadilla.

Vale ya, Luis, te la estás ganando.

Pero si yo no he hecho nada.

La niña no salía del agua. Me puse en pie. No veía su bañador rosa. El agua no era tan profunda ni tan oscura, veía las piernas de los demás. Me lancé al agua con la blusa sobre el bikini. Quizá habían pasado solo unos segundos, pero yo ya estaba asustada. Supongo que estaba sugestionada por el sueño o inconscientemente ya sabía que algo no iba bien. Mi reacción asustó más a los niños, que se pusieron a gritar y a chapotear.

¡Subid ahora mismo!

Me sumergí, el fondo estaba claro, pero solo un par de metros a mi alrededor. Había muchas algas, pero ni rastro de ella. Me acerqué más. Entre las algas, de pronto, vi una mano, buceé hasta el fondo, apenas había dos metros, cogí la mano y tiré de ella. Un cuerpo de mujer estaba medio enterrado en el fango. Al sacarlo me di cuenta de que no era la pequeña, era el cuerpo de Daría. De las heridas de su vientre empezó a manar sangre que se convirtió en humo rojo subiendo a la superficie. Le colgaban las tripas. Solté la mano y grité, aunque solo salieron burbujas. Daría se movió, abrió los ojos y miró al pedalo; comenzó a nadar hacia allí. Aún se veían las piernas de los niños mientras intentaban subir arriba. Junto al lugar donde había estado Daría, quizá en el mismo sitio, vi la pierna de la melliza. Me acerqué y cogí a la niña, estaba morada. Al agarrarla me di cuenta de que mis manos estaban cubiertas de venas negras. Escuché movimiento y al girarme vi cómo Daría cogía la pierna de Sebas y lo hundía en el agua. Solté a la niña, fue un instinto, no un pensamiento. En realidad, es algo que he reconstruido después, la niña debió de volver a hundirse, y buceé hasta Daría. Sebas pataleaba y era un remolino de burbujas. Escuché una zambullida cuando casi llegaba, imaginé que sería Luis. Agarré a Daría del cuello, Sebas me miraba a los ojos, apreté hasta que desapareció en un remolino de burbujas. Agarré a mi hijo y subimos a la superficie. Ayudamos a subir a Sebas, que vomitó sobre el barco. Tosía, pero estaba bien. Luis estaba a mi lado en el agua.

¡Sube ahora mismo!, grité, histérica.

Me volví a sumergir. Me sumergí cuatro veces más hasta que llegaron los socorristas. Los tres niños estaban llorando. No había ni rastro de la niña. Tampoco del pesar. Solo algas y fango. Ayudé a los socorristas hasta que me pidieron que volviera a la orilla con los niños, con las piernas agarrotadas. Nos remolcaron. A mí me ardían las piernas, quería arrancármelas. Llegó la Guardia Civil. La niña superviviente llamaba a su madre y a su hermana y yo estaba paralizada, en la orilla, cubierta con una toalla, temblando. Solo quería volver al agua, no responder a la niña, no responder a mis hijos, quería buscarla hasta caer desmayada o muerta, que nadie pensara que había sido yo la que la había ahogado. Cuando llegó la Guardia Civil tuve ganas de correr, de huir, como si de verdad la hubiera matado. Me palpitaba el corazón en todo el cuerpo.

La he matado yo, dije finalmente.

Cálmese, señora, está muy alterada.

La he matado yo, la he matado yo, la he matado yo.

Tuvo que venir Saúl, también vino la madre desde Burgos, una ambulancia, todo el pantano, medio Curva de Arla. Yo seguía repitiendo que la había matado yo, a pesar de que los niños habían dicho que yo no estaba en el agua cuando la niña había desaparecido, de que Sebas había contado que yo le había salvado. Ni él ni Luis habían visto a Daría, su mandil de cuadros grises, su reguero de sangre. Trajeron el cuerpo cuando ya anochecía, cubierto por una sábana dorada. No quise verlo. Mi amiga se echó a llorar en mis brazos y yo no entendía por qué no me pegaba o me arañaba. Daría había matado a la niña y yo era Daría. Me miré las manos. Tenía la piel azulina del frío, las venas oscuras, casi negras.

Carlos

El tanatorio

8 de julio

—Pues que lo he perdido, Carlos, qué va a significar. Ya te dije que era muy pronto para decírselo a nadie y para venirme a vivir aquí.

Estaba en sujetador delante de ti, acababa de salir del baño y llevaba en un puño, eso había dicho, unas bragas manchadas. Solo veías las gomas saliendo de su mano. No pudiste diferenciar si estaba aliviada o triste. Te miró un segundo y después bajó la cabeza, entró más en la habitación, cogió una bolsa del armario de los zapatos, metió las bragas y se dio la vuelta; buscaba algo en el suelo.

—A ver —dijiste.

La Pilar cogió su vaquero de debajo de la cama y se sentó para ponérselo. Después marcó un número en el teléfono y se lo puso en la oreja, sosteniéndolo con el hombro.

—¿A ver el qué? —te miró.

—La sangre. Nuestro hijo.

—Carlos, por favor, no me pongas de mala hostia. —Se abrochó el vaquero y se levantó—. Más de mala hostia, concretamente. ¿No vas a venir conmigo?

Metió la bolsa de plástico, que había dejado en el suelo, en el bolso. Colgó.

—¿Dónde vas?

—A por unas putas compresas, Carlos, a por eso voy. Y después al médico, que no me cogen el teléfono. Puto sábado. Me tocará ir a urgencias. Joder. ¿No vienes?

Como no contestaste, se puso la blusa, cogió el bolso y bajó las escaleras. Tú te quedaste donde estabas, en calzoncillos, con los puños en la cadera, como un guardián del aire. Miraste la puerta del baño mientras escuchabas los escalones. Esa puerta, esos minutos que ella había pasado dentro separaban una paternidad de un fracaso. Ella entró embarazada y salió con la regla. Te preguntaste si habría abortado, si aquello no sería una farsa. Escuchabas esa voz de nuevo: ¿por qué no había querido enseñarte la sangre? Entraste en el baño. En la papelera tampoco había nada. Ya ni siquiera estaban los condones porque desde que te dijo que estaba embarazada, hacía dos días, lo habíais hecho a pelo. Ibas a quitarla, ¿para qué querías tú, un tío, una papelera en el baño si no era para tirar condones llenos de corrida? Ahora aquella papelera también era un fracaso. Tenías la sensación de que te estaba mintiendo y además de que lo hacía porque sabía que te molestaba.

—¿Qué haces?

Ella te miraba desde la puerta del baño. Había vuelto a subir.

—Lo que me da la gana. Es mi casa.

—Escucha, Charly. Ven. He subido a hablar contigo, ahora iré a por las compresas.

Se había sentado sobre la cama, en los pies, como hacen en las películas cuando quieren reconciliarse con la pareja. Ahora iba a convencerte de que ella no había tenido la culpa de perder el niño. Eso sí lo había perdido, claro, quizá tuviera cita en la clínica más tarde y aquello fuera una pantomima. Señaló un hueco a su lado y te sentaste. No te gustaba hacerlo sin camiseta porque los abdominales se te doblaban un poco y parecían pequeños michelines. Aún podías bajar algo más de grasa, te habías distraído con toda la mierda del castillo y la huerta; aquello no podía ser. El embarazo tenía que ser un impulso, no una carga. Cogiste la camiseta de tirantes que estaba tirada sobre la cama y te la pusiste.

—Sé cuánto querías tener un hijo, Charly, pero quizá esto haya sido una señal. Es muy pronto.

La miraste. Había empezado bien, pero aquello de la señal y el tiempo era una patada en los cojones. Te pareció una falsa. Te dio asco su paternalismo. Te subía un fuego extraño, blanco, por el pecho. Subía compactado, como el vapor dentro de una olla a presión. Estabas callado porque literalmente pensabas que le quemarías la cara al hablar, harías que desapareciera en una llamarada blanca, de cera derretida, que desharía la cara de Pilar para convertirla en un montón de sangre mezclada con mierda, en lo que ella había convertido a tu hijo.

—No estoy preparada, Carlos. No aún. Te quiero mucho, lo sabes. No, mírame, no mires al suelo, mírame cuando hablo, joder. Te quiero. Quiero tener un hijo contigo, pero ahora no. Es demasiada presión. Simplemente… no puedo, Charly, de verdad. Y esto… es un alivio, sinceramente. Una falsa alarma.

La habías mirado, como había pedido, eras un mierda que solo servía para obedecer: a tu novia, a tu padre, a esa voz; pero enseguida volviste a mirar al suelo porque tenías miedo de que se te notara el desprecio en la cara. Tenías que dejarla embarazada otra vez antes de que tu padre se enterara, tenía que ser ya mismo. Podías despreciarla mientras te la follabas, pero sin que se enterara, porque tenía que ser ya. Tragaste despacio un par de veces mientras te miraba. El fuego seguía allí, pero ya no subía, giraba en espiral dentro de ti como esas fotos del espacio que salen por la tele.

—Di algo, por Dios.

Cogió tu mano. Te consolaba porque a ella no le hacía falta consuelo, porque el que había perdido un hijo, supuestamente, eras tú, no ella. Te consolaba como a una mujer. Miraste el sello dorado en tu anular. Tus dedos eran los de una mujer, eras una mujer y ella llevaba los pantalones. Si te viera tu padre en ese momento… La rechazaste con brusquedad y te pusiste en pie.

—Ya está bien de mariconadas. Seguiremos intentándolo. Vamos a seguir intentándolo.

Te quitaste la camiseta. La Pilar se puso en pie.

—¿Ahora?

—Ahora mismo.

—No me escuchas, Carlos, no me escuchas. —Se llevó una mano a la frente, como hacía tu madre cuando se quejaba de ti. Te dieron ganas de abofetearla. Te acercaste un paso, pero se quitó la mano y se la llevó a la sien haciendo el gesto de la locura—. Te digo que no quiero tener hijos por ahora, que acabo de tener un aborto, y quieres follar. Tú no estás bien, chico.

La agarraste de la mano, si seguía haciendo ese gesto tendrías que quemarla con el fuego blanco. No estabas loco. Joder, eras el único cuerdo de todo ese puto pueblo. Apretaste un poco. Se revolvió y se sacudió la mano. Te miró con asco. Ella, que había matado a tu hijo, o que quería hacerlo, te miraba con asco. Cogió el resto de la ropa que había traído desde que se había enterado del embarazo, la metió en la maleta de mala manera y se fue en silencio. Bajó unos escalones y volvió a subir.

—Ni siquiera me has preguntado si estoy bien ni pensabas venir conmigo. Vete a la mierda, Carlos.

Y volvió a marcharse. La dejaste ir porque la estabas poniendo a prueba. Estaba destinada a tener a tu hijo.

Te pusiste unos pantalones, una camiseta y, en cuanto el sonido de su coche se apagó, te subiste en el tuyo. Estabas seguro de que te había mentido, de que iba a abortar. Hacía un día de mierda, medio nublado. Acariciaste el llavero de oro. Tu padre no podía enterarse de esto. Arrancaste pasado un rato y fuiste al centro de salud, donde esperabas pillarla. Tuviste que dar un rodeo porque no querías acercarte por tu casa, no fuera que te viera tu padre, no fuera que te preguntara qué tal y lo supiera. Tu padre lo sabría nada más verte. Esas cosas los padres las saben.

Te diste cuenta entonces, cuando viste el aparcamiento vacío, de que era sábado y de que el centro estaba cerrado. Pensaste ir al hospital de Sallón, eran las urgencias más próximas, pero, antes de ir, pasaste por su casa. Si el coche no estaba en su casa, irías donde fuera para detenerla. Llevaba a Carlos Medina dentro del útero. Era tuya mientras llevara a tu hijo. No había querido enseñarte la sangre, no había querido tener al bebé en ningún momento. Mentirosa. Aparcaste dos calles detrás de su casa y fuiste hasta allí. Ella llegaba en ese momento y te escondiste detrás de un coche. Aparcó en el vado de su garaje. Notabas el fuego blanco cada vez más arriba, en la boca casi, sabía ácido, a zumo de naranja caducado, a arcada. Y estaba muy caliente, quemaba. Era un fuego nacido para ser expulsado, para arrasar, no querías contenerlo. Notabas que los dedos te quemaban también. Los llevabas separados, todo lo posible, rígidos, eran cañones de escopeta.

Seguías agachado detrás de un coche. Te imaginaste que quizá estaba llamando a tu padre, que los dos se reían de lo nenaza que eras, de que no habías sido capaz de dejarla preñada. Y te imaginaste que tu padre se ofrecía a preñarla él y que ella aceptaba porque necesitaba un hombre de verdad. Todos habían notado, seguro, que Javier Castillo te intentaba llamar, te intentaba contagiar su puta feminidad por el teléfono y, a pesar de no habérselo cogido, algo debía de haberse colado por las ondas. Te sentiste sucio. No querías decirles a tus padres que ya no había nieto, así que tenía que haber nieto. Ella no había querido avisar a tus padres tan pronto, seguro que porque ya pensaba abortar desde el primer momento. Qué vergüenza ir ahora a reconocer ante tu padre que no eras un hombre. Te consolaba pensar que había sido culpa de ella, pero, si de verdad hubieras sido válido —así lo vería al menos tu padre—, la hubieras preñado igual. Ya se habían hecho chistes sobre la virilidad que atravesaba condones, esos chistes no podían ser retirados, te gustaban. Tú eras ese esperma que atravesaba el látex y fecundaba. A pesar de que aquello nunca hubiera ocurrido. Pero nadie debía saberlo, igual que nadie debía saber que Pilar no estaba embarazada, si es que aquello de la sangre en el baño era verdad. El fuego blanco la haría callar.

Abrió la puerta del coche. La Pilar salió. Lloraba. Llevaba la maleta y una bolsita de supermercado. La caja cuadrada de compresas se transparentaba perfectamente.

Aquello no probaba nada. Entró dentro de casa. Ella te podía haber seguido, podía haberse dado cuenta de que eras más listo que ella y parar en el súper a comprar las compresas solo para tener algo que probar. Aquello tenía sentido. Si iba a casa, ¿no tendría compresas allí?, ¿no tendría su madre? Todo era un paripé para mentir, pero no ibas a picar. Te sacudiste las rodillas, llenas de polvo. Tenías que hablar con ella, tenía que enseñarte la sangre de las bragas o no podrías parar el fuego. Era por su bien. Te miraste en el retrovisor del coche en el que te escondías, para asegurarte de que no parecías un loco y entonces viste detrás de ti a Ramón Medina, a unos cien metros, apuntándote con la escopeta. Te giraste y allí estaba, no desapareció como en las películas. Era de día, cualquiera podía verlo. Tenía media cabeza reventada por un disparo. Era el Ramón Medina que habías visto en alguna foto, delgado y vestido con el uniforme de la gasolinera.

—Estoy despierto —dijiste, deseando que no fuera verdad y que la Pilar estuviera aún preñada y Ramón no hubiera vuelto.

—Pum —dijo Ramón sonriendo, pero sin disparar, con media boca, dejando caer un hilillo de sangre coagulada al hacerlo. Como un niño—. Pum, pum, Carlos.

Bajó la escopeta y se dio la vuelta. A cada paso su cuerpo iba engordando más y más, como el tuyo en el sueño, como un dibujo animado grotesco. Giró la calle. Entonces, en el momento en el que su bota negra desapareció de tu vista, sentiste de nuevo el aire en los pulmones. El fuego había amainado. Hacía calor fuera, no dentro. Escuchaste las hojas de los castaños que adornaban la calle moverse con la brisa, un par de pájaros. Te sudaba la frente y te temblaba la mano del anillo. Escuchaste un coche y al mirar viste que era el de Pilar, que ya estaba en medio de la calle y se alejaba.

—Mierda.

Corriste a tu propio coche, olvidando a Ramón Medina, notando cómo la carrera hacía que aquel fuego blanco creciera de nuevo dentro de ti. Ahora se extendía por las piernas y los brazos y te hacía sentir muy bien. Carlos Junior estaba vivo y no ibas a permitir que Pilar abortara.

Que encontraras el coche de Pilar parado en un semáforo al dar la vuelta a la manzana no lo consideraste un golpe de suerte, no había suerte que valiera cuando se hablaba del destino. No tenías miedo de perder el coche o de que te reconociera, todo iba a salir bien porque así lo decía el fuego blanco. Te contrarió un poco que girara hacia las afueras del pueblo, pero te confirmó que se iba fuera de Curva, es decir, que te había mentido con todo, que las compresas eran una estratagema para librarse de ti. Conducía más rápido de lo normal. Te carcajeaste, solo una vez, en voz alta, porque te hacía gracia sentirte tan superior, hasta te daba un poco de lástima que fuera tan ingenua. El hijo era de los dos, seguro que ella no podía abortar si te negabas. Te la sudaba lo que decían las feministas. El niño necesitaba una madre. No ibas a ser un hazmerreír. El coche giró hacia el cementerio y cruzó el puente sobre el Arla.

¿A qué demonios estaba jugando? En aquella zona había menos tráfico, así que tuviste que aminorar la marcha para no pegarte mucho. Quizá te había descubierto. No, el fuego blanco no mentía. El coche pasó de largo el cementerio y, por fin, entró en el aparcamiento del tanatorio. Lo seguiste. Por fortuna, el aparcamiento estaba abarrotado, así que pudiste aparcar lejos de su coche. Te bajaste y fuiste hasta el de Pilar, pero estaba vacío, había sido más rápida que tú. Miraste en dirección a la entrada del tanatorio y viste un hombre con traje, de espaldas. Era el padre de Pilar. Dijiste: «Me cago en la hostia puta» en alto, no chillando, pero sí en alto, porque sentías, aunque quizá no demasiado conscientemente, que, si no lo verbalizabas, le pegarías un puñetazo a la ventanilla del coche y lo destrozarías. La muy puta te había engañado. Alcanzaste al padre de Pilar.

—Buenas tardes.
—Hombre, Carlos, hijo, ¿qué haces aquí?
—Vengo a ver a un pariente de mi padre.

Él asintió, distraído. Subisteis los tres escalones que separaban el aparcamiento de la entrada.

—A Raúl Ramos seguro que no, claro —dijo y sonrió.

Tú le miraste extrañado, aunque él seguía mirando al frente. Raúl Ramos era el viejo que había estado en el huerto con el maricón y los otros. No sabías que hubiera muerto, aunque quizá eso explicase que te pareciera ver a Bernarda por la ventana la otra noche y que el puto Javier Castillo te hubiera obligado a apagar el teléfono.

—No, no, claro.

Os acercasteis a los carteles de la entrada donde se indicaba quién había en cada una de las diez salas. Muchas para un pueblo normal, a veces insuficientes para Curva. Había siete ocupadas.

—Madre mía —dijo Julio—. Aquí está. Vengo a ver a una prima mía. Pobre mujer. Se ha caído por la ventana mientras la limpiaba. Cincuenta años, dos hijos y un nieto pequeño. Dicen que el marido la ha empujado, yo no me lo creo. Pilar estaba en la ducha, así que me he llevado su coche y que coja el mío si sale. Díselo. Que no lo hubiera dejado en la puerta.

—¿Te ha dicho algo?

—¿A mí?, ¡qué va, chico! —Al decir eso sí te miró, casi por primera vez—. Marcho. Queda bien.

Se fue por uno de los pasillos y te quedaste allí plantado, sintiéndote como un estúpido. El fuego blanco ya no corría por tus brazos, era una bola pesada que giraba en el estómago y que gritaba que eras idiota y que te habías dejado engañar de nuevo.

—Por fin, Carlos. Qué bien que estés aquí. ¿Has venido por Raúl?

Te giraste justo en el momento en el que Javier Castillo se acercaba por detrás y te intentaba poner una mano en el hombro. Diste un paso atrás.

—¿A ti qué mierda te pasa, tío? ¿No te dije ya que me dejaras en paz?

Lo miraste con enfado. Javier te pareció diferente, un poco más alto, quizá. Tampoco lo conocías más que de aquella noche, puede que los sentidos te estuvieran jugando una mala pasada. El fuego comenzó a trepar otra vez. No dio un paso atrás, como esperabas que hiciera. Algunas personas se pararon cuando se iban a acercar al cartel. Os miraban echándoos la bronca por discutir en ese sitio. Tenías muchas ganas de pelearte con Javier, de pegarle, de destrozarle el careto. El fuego volvió a crecer y te subió por la garganta. Javier sonrió.

—No hay tiempo para estas tonterías, Carlos. Deja las machadas, que no me interesan, necesito hablar contigo.

La gente de alrededor os miraba. Te estaba tendiendo una trampa, pero no ibas a caer.

—Que te jodan, maricón de mierda.

Una señora te llamó sinvergüenza. Te diste la vuelta y saliste al aparcamiento. Escuchaste que Javier iba detrás, ¿por qué no te tenía miedo, por qué no huía? No te giraste.

—Raúl ha muerto. Bernarda intentó contactar contigo ayer. Estás en peligro, Carlos. Todos lo estamos. La sombra, la puerta…

Te paraste al llegar al coche y te giraste.

—Te juro, Javier, te juro, que quiero hacerte daño, mucho daño. Vete porque si me sigues tocando los cojones no respondo. ¡No respondo y te mato aquí mismo!

Él se detuvo con las manos en los bolsillos, parecía que no le acabaras de amenazar, que fuerais dos colegas charlando.

—Lo sé. Es Ramón. Yo también quiero hacerte daño, Carlos.

Sacó una navaja del bolsillo. Era una navaja con el mango de madera, vieja, parecía tener una hoja muy larga. Os mirasteis a los ojos. Javier estaba tranquilo y cogía la navaja como si supiera usarla. Te dio miedo.

—¿Me estás amenazando?

—No. Te estoy diciendo que sé lo que te pasa. Siento lo que os pasa a los cuatro, cuando estáis cerca sé lo que sentís, casi escucho lo que pensáis. Tienes miedo, Carlos. Es normal.

A medida que iba hablando sentías cómo el fuego iba extendiéndose, cómo te quemaba cada fibra de tu ser. ¡Qué iba a saber él!, ¿cómo se atrevía a compararse contigo? Sabías que la única manera de calmar el fuego era actuando, él o tú. Lo veías clarísimo. Javier iba a matarte, un maricón iba a matarte.

—¡Cállate de una puta vez!

Te adelantaste y lanzaste un puñetazo, pero Javier se movió un poco, con calma y lo esquivó. Te caíste al suelo. Notabas cómo el fuego se te escapaba por los ojos, la boca, la nariz. No entendías cómo Javier no podía verlo, cómo no se asustaba.

—No, Daniel. Basta.

No sabías con quién hablaba. Lanzó la navaja entre los arbustos mientras tú te ponías en pie. Veías todo a través de una neblina blanca, tenías el fuego en los ojos. Empujaste a Javier contra el coche y lo cogiste del cuello con una mano. Se dejó hacer. Juntaste las dos manos y empezaste a apretar. Seguía sin parecer asustado. Apretaste más, no entendías por qué no escuchabas la fractura de algún hueso, por qué no intentaba moverse. Javier te miraba a los ojos. Los tenía muy abiertos. Estabais tan cerca que solo podías mirarle un ojo cada vez. Notabas cómo el fuego se iba disipando y entraba en los ojos de Javier. Lo soltaste y diste un paso atrás. El fuego se había ido. Te sentiste mal, igual que las noches que cenabas pizza.

—Vete, por favor. No quiero hacer esto —dijiste.

Se colocó la camiseta y sacó otra vez del bolsillo la misma navaja que había lanzado a los arbustos. Volvió a lanzarla. Tú estabas apoyado en otro coche, recuperando la respiración, con las manos bajo los codos, intentando apresarlas.

—Tienes que venir esta noche, por favor. Queremos ayudar. La puerta se abrirá a medianoche si no elegimos un nuevo guardián.

Pasó a tu lado, muy cerca, pero no te dijo nada. Negaste con la cabeza tres veces.

—Tengo mi propia mierda, no me interesa la vuestra, por favor.

Lo miraste mientras se alejaba.

Suspiraste y te diste cuenta de que te temblaban las manos. Habías querido matar a un hombre. ¿Qué habría pasado si te hubieras encontrado a la Pilar en lugar de a Javier? Escuchaste un ruido de ramas a tu izquierda. Ramón Medina, con media cara destrozada por un disparo de escopeta, gordo como estaba en tus sueños, apareció entre los arbustos. Llevaba una navaja de las de Javier abierta en cada mano. Sonreía, aunque solo con un lado de la boca, el otro colgaba deforme y hecho una papilla de dientes y carne.

—No eres real.

Se acercó. Estaba hinchado, fofo. Iba desnudo aquella vez. Mucho más que su cara, te daba asco su cuerpo, su tripa, sus pechos casi de mujer, pero peludos, el cuerpo sudado, la polla y los huevos colgando, flácidos y también sudados. El aire comenzó a oler a aceite de freidora. Te apuntaba con las navajas. Parecía un toro calculando dónde iba a clavar el cuerno.

—Esto no es un sueño, Carlos.

Lo dijo con media boca, con un sonido ahogado y lleno de babas y sangre. Te giraste, buscando a Javier, pero no lo viste en ningún sitio. Notabas el fuego blanco, aunque no en ti, en Ramón. Podías sentirlo. A ti ya te había abandonado, habías perdido la oportunidad. El ojo de Ramón se volvió blanco y el fuego, líquido como la lava, comenzó a caerle por la cara, por lo que quedaba de ella, quemándosela. Olía a carne podrida. Andaba con pasos firmes y seguros, estaba ya muy cerca y no podías moverte. Como a veces cuando te despertabas de las pesadillas y creías notar que había alguien en tu habitación. Habías decepcionado al fuego y el fuego iba a llevarse carne. La carne que tú no le habías querido dar.

—No eres real, no eres real, no eres real.

La primera puñalada entró en un lateral del estómago. La notaste más por el susto de que fuera real que por el propio dolor, pero después te dolió mucho. Nunca habías sentido un dolor así, la hoja de la navaja era de hielo y de fuego a la vez, estaba llena de sal y de tierra. Entró como si tuviera garras y raíces y las raíces te corrieran por el cuerpo. Te quedaste sin aire. Una gota de fuego blanco cayó sobre ti cuando Ramón se inclinó, te quemó la camiseta, la carne. Detrás fueron otras gotas. Tenías a Ramón encima, sonreía de forma grotesca. Sus pechos estaban sobre tus pectorales, sus muslos aprisionaban tu pierna contra el coche. Olía a sudor. La segunda puñalada dolió igual, fue al otro costado. No podías gritar porque no tenías aire. Comenzaste a llorar. En las películas se tardaba mucho menos en morir. Ramón giró las navajas, muy despacio. El dolor era insoportable, solo querías que parara, le pediste que te matara ya, sin palabras, mirando a su ojo blanco. Ramón sonrió aún más, escupiendo sangre sobre tu boca, y siguió girando las navajas.

Javier

¡Absalón, absalón!

7 y 8 de julio

No vieron ni a Daniel ni a Rosario durante el resto del día, después de enterarse de la muerte de Raúl y marcharse de la huerta. Aquellas ausencias le resultaron a Javier aún más desconcertantes que la propia muerte de Raúl. Cuando llegaron, les abrió la sobrina, temblando. Se acababa de encontrar el cadáver del tío Raúl y no se había atrevido aún a llamar a nadie. El tío estaba en la cama. Lidia se arrodilló y puso una mano sobre la de él. Raúl parecía tranquilo. Javier se había imaginado una mueca horrible o algo más grotesco. Raúl se había ido en paz. Estuvieron allí mucho rato. Cuando se fueron, ya era entrada la noche, así que decidieron ir directamente a las huertas.

Javier le contó lo que había averiguado por el camino. Los dos estaban preocupados porque no sabían bien lo que significaba todo aquello. Además, Javier estaba algo confundido, no entendía por qué había percibido la muerte de Raúl. En la huerta solo estaba Prudencio. Ni rastro de Almudena o de Carlos. Javier supo dentro de sí que los dos se encontraban bien. Bernarda no tenía muchas explicaciones. La grieta se había abierto más. Tenían que hacer el ritual pronto, pero necesitaban a Carlos y a Almudena para que fuera lo más efectivo posible.

Hubo un silencio tenso cuando Bernarda preguntó si alguien estaba preparado para ser el guardián hasta que habló el padre Prudencio.

—Lo más lógico es que lo haga yo. No tengo familia y soy el más viejo. Que Dios me perdone si esto es pecado, pero no puedo negar lo que mis ojos han visto. He metido mis dedos en las llagas de los costados. No puedo dudar.

Bernarda asintió. Raúl, la verdad, nunca había sido una opción. No les daba la impresión de querer vivir otros doscientos años. Los demás se quedaron en silencio, quietos. A Javier aquella solución le parecía la más lógica también, pero una parte de él, suponía que su parte más racional, aún seguía luchando contra la realidad. Le costaba creer que estuvieran hablando tan fríamente de la muerte de una persona. Aunque quizá deberían haberlo hablado así antes, no haber esperado tanto confiando en un nacimiento que no había llegado.

Quedaron la noche siguiente en el huerto para celebrar el rito con o sin Carlos y Almudena.

—Un día es mucho tiempo, esta noche morirá mucha gente, pero sería peor si fracasamos. Si no vienen mañana, será más peligroso, aunque tendremos que intentarlo igual. Mi marido lo realizó solo, pero la sombra era menos fuerte. Estábamos más preparados. Será peligroso. Será peligroso.

Los miró.

—Prudencio, Lidia, mañana os explicaré el ritual detenidamente y me ayudaréis a prepararlo todo.

Todos salieron menos Javier, que se quedó para preguntarle a Bernarda sobre las sensaciones que estaba teniendo y sobre el ritual.

—Es la cercanía de Daniel. Por eso precisamente prefiero que no conozcas aún cómo se ejecuta el ritual.

—Pero dijiste que los pesares no eran esas personas, eran ecos, sombras.

Ella asintió y lo miró muy seria. Era imposible, pero a Javier le pareció más vieja que nunca, como si todos sus verdaderos años estuvieran empezado a florecer en su rostro.

—Pero Daniel no es un pesar, por mucho que nos empeñemos en llamarlo así, cariño. Es otra cosa. Creo que algo mucho peor. Sospecho que es algo que se pegó al pesar de tu abuelo y que lo absorbió. Lo siento, Javier. De veras que lo siento.

Se pasó la noche en vela, con las luces apagadas, mirando la casa de Almudena. Saúl y ella habían vuelto muy tarde, quizá habían ido a cenar. Después la luz del cuarto de su amiga había seguido encendida toda la noche. Solo había visto el coche entrar por el garaje. Ni siquiera su silueta acercarse a la ventana en ningún momento.

Daniel había permanecido continuamente detrás de él. Desde que había salido de la huerta no había dejado de verlo. No le hablaba, menos mal, pero sabía que estaba allí, muy pegado a él. Javier ya ni se molestaba en limpiarse la tierra de la nuca. Había momentos en los que incluso echaba de menos cuando lo había cogido del cuello, ese gesto protector que él no había sentido como amenaza. Su Thomas Sutpen particular.

¿Qué iba a hacer hasta la noche siguiente? Quería hablar con Almudena más que nunca, pero no sabía si sería una buena idea. Tenía que creerle, tenía que protegerla de sí misma, de su testarudez. Había visto el coche saliendo de nuevo por el garaje cuando amanecía. La madre de Saúl había entrado en el bloque un poco antes. Algo había pasado, pero él no podía percibirlo aún. Sentía a Almudena borrosa y nublada. Cuando vio desaparecer el coche, se sentó en el sofá y miró a los ojos a Daniel. El hombre lo miraba en silencio, muy serio, tenía los zapatos llenos de tierra, tierra que iba soltando por todo el apartamento. Cerró los ojos para hacer que se fuera, pero, al abrirlos, allí seguía. En la mesita que tenía delante del sofá había aparecido la navaja que le había ofrecido la primera noche.

Se levantó y fue al baño a darse una ducha. Daniel lo siguió y, al llegar allí, la navaja estaba sobre el lavabo.

—No voy a matarme —dijo. Al momento se arrepintió. Se le estaba haciendo muy complicado ignorarle.

—No quiero que te mates. Quiero protegerte, que te hagas un hombre.

Se miraron a los ojos. Daniel había sido guapo, pero el comienzo de la vejez y probablemente la muerte de Bernarda le habían dejado marcas de dolor en la cara que afearían cualquier rostro. La tristeza, la dureza del campo, el polvo de la pobreza. Cada uno de los surcos en la cara del pesar contaba una historia. Javier suspiró y se desnudó. Se duchó y se tumbó en la cama después de secarse. Haría algo de tiempo y después iría al tanatorio.

Se durmió sin quererlo y soñó con la quinta de *¡Absalón, Absalón!*, con una presencia amenazante que hacía que se perdiera en aquel laberinto. La casa sureña se convertía, de pronto, en la casa de sus abuelos y después en el piso de Madrid que había compartido con Hugo.

Daniel seguía allí, a los pies de la cama, estaba de espaldas a él. Era mediodía. Se vistió con una camiseta negra y unos vaqueros y se marchó al tanatorio. Odiaba conducir, pero no podía pedirle a nadie que lo llevara y no se fiaba de cómo iba a reaccionar Daniel cuando se encontrara con más gente. Quería ver a Lidia o a alguno de los demás, quizá el padre Prudencio estuviera allí también. Daniel lo seguía sin hablar como si fueran Eurídice y Morfeo. Javier estuvo tentado de irse a la huerta, de dejar a Daniel fuera por un tiempo. De momento, podía controlarlo, había cosas más importantes. En cierta medida, incluso se sentía un poco acompañado por él.

No encontró a nadie en el tanatorio. No esperaba encontrar a Almudena o a Carlos, claro, pero la intuición le decía que debía permanecer allí, esperar. La lógica lo empujaba a marcharse a la huerta, donde seguramente estuvieran todos, pero ya hacía tiempo que no hacía caso de la lógica. La de la razón era Almudena, la entomóloga, él era el de la pasión, el profesor de literatura, el escritor atormentado.

Se quedó en un sofá de escay blanco delante de la sala de Raúl Ramos. El aire acondicionado estaba a tope, a pesar de que el día no era excesivamente caluroso, y eso hacía que el escay tuviera una sensación fresca bastante desagradable. Javier vio entrar y salir a miembros de la familia y a curiosos y vecinos. Había mucha gente en el tanatorio y Javier tuvo claro que era todo culpa de los pesares. Miró a Daniel, que estaba sentado a su lado, con las manos sobre las rodillas y el pantalón de pana; sin mirarlo, con el sombrero puesto. Cuando todo acabara, tendría que escribir un libro sobre aquello. ¿Aunque quién iba a creerlo, si lo escribiera?, ¿quién iba a creer además que se iba a poner a escribir? A los demás, a Almudena, les seguía diciendo que iba a escribir, que iba a aprovechar el verano, esos dos largos meses, para hacer el borrador de una novela. Había leído muchos artículos con consejos de escritura en internet, tenía un par de libros sobre escribir y, sin embargo... Él sabía que en el fondo nunca escribiría nada. No se atrevía a reconocerlo ante los demás. No podía ser simplemente un profesor de colegio en un pueblo de Sallón. Eso era no ser nadie. Y él no había nacido para ser nadie. Conscientemente sabía que toda aquella presión era absurda y que valía tanto ser profesor como ser presidente del Gobierno, que quizá era más importante incluso lo primero, pero eso era para la gente normal. Y Javier no era de ese grupo de gente. También sabía, lo había hablado con un montón de amigos maricas, que aquella presión no era suya en exclusiva. Muchos habían abandonado sus ciudades o pueblos no por homofobia, sino por ir a la capital y ser alguien. Hay en el ambiente un olor rancio que dice que puedes ser maricón siempre que tengas dinero y seas guapo. Un maricón pobre no se acepta igual. ¿Para qué hacerse maricón y no ser especial? Hay que tener la pareja perfecta, el trabajo perfecto, vestir impecable, ser culto, gracioso… Javier se preguntaba si después de lograr todo aquello llegaría a sentirse satisfecho. Y quizá por eso precisamente no escribía. Bastante tenía con sus fracasos amorosos y con su fracaso homosexual. Ni entre los maricas había podido encajar nunca. No era feliz en Madrid porque echaba de menos Curva, pero en Curva resultaba que tampoco había vida para él.

Se puso en pie. Daniel lo imitó. Tenía que marcharse de allí o entraría en una espiral de pensamientos de la que, quizá, Daniel se aprovecharía. De hecho, existía la posibilidad de que, a pesar de que no hubiera abierto la boca, aquellos pensamientos se los provocara él. Al levantarse, notó que llevaba en el bolsillo algo pesado. Lo sacó y vio la navaja. Daniel se había acercado demasiado. Javier lo había permitido. Y ahora había tocado la navaja. Aquello no era bueno. La tiró a la basura mientras se dirigía a la salida.

Entonces vio a Carlos Medina plantado delante del panel informativo, con los hombros anchos, la camiseta de tirantes —totalmente fuera de lugar en un sitio como ese— y la tensión en el cuerpo que a Javier siempre le hacía pensar en un animal preparado para saltar o huir. Se acercó y, para no asustarlo, antes de tocarle el hombro, le dijo:

—Por fin, Carlos. Qué bien que estés aquí. ¿Has venido por Raúl?

Se giró, asustado. Quizá, le pareció a Javier, asustado de sí mismo mucho más que de la interrupción de Javi.

—¿A ti qué mierda te pasa, tío? ¿No te dije ya que me dejaras en paz?

Ese miedo y ese desconcierto duraron un instante, enseguida fueron sustituidos por un levantar de barbilla y un sacar pecho. Javier notó que Carlos se preparaba para defender su territorio, aunque él no quería quitarle ninguno, solo quería mantenerlos a todos a salvo. Notó —sin necesidad de pasarse la mano por la nuca— la arena y la tierra. También notó el peso de la navaja otra vez en el bolsillo. No quiso tocarla. Comprendió, con una claridad que le pareció incluso desconcertante, que los pesares se preparaban para algo.

—No hay tiempo para estas tonterías, Carlos. Deja las machadas, que no me interesan, necesito hablar contigo.

—Que te jodan, maricón de mierda.

Y se marchó. Javier había escuchado muchísimas veces aquel insulto, como cualquier gay, pero aquella vez sintió que accionaba un resorte desconocido, una furia nueva. Siempre había dejado pasar esos insultos, pero estaba cansado, muy cansado. Daniel se puso detrás de él, tan cerca que le respiraba en una oreja, y notó cómo introducía su mano de pesar en el bolsillo, cómo apretaba la navaja. De Javier dependía que aquellas humillaciones terminaran. Sacudió la cabeza y respiró hondo. No era Carlos el que hablaba, tenía que recordarlo, era el pesar. Carlos estaba contaminado, quizá ya perdido. Aun así, sabiendo que quizá corría más peligro él que Carlos, lo siguió hasta el aparcamiento, en un intento de aplacar la fuerza del pesar. No quiso mirar a Daniel, pero sabía que lo estaba enfureciendo por no haber cedido a sus deseos de violencia.

—Raúl ha muerto. Bernarda intentó contactar contigo ayer. Estás en peligro, Carlos. Todos lo estamos. La sombra, la puerta...

Se dio la vuelta y lo amenazó.

Javier respiró despacio. Lo tranquilizó el sentir que Carlos estaba mucho más asustado que él. Metió las manos en los bolsillos, acarició la navaja.

—Lo sé. Es Ramón. Yo también quiero hacerte daño, Carlos.

Sacó la navaja, despacio, intentando parecer amigable, como si quisiera acariciar un gato desconocido. Se la enseñó. Era inútil, Javier lo sabía; una vez que había tocado aquel arma, no dejaría de aparecer en su bolsillo hasta que la usara, hasta que ese hierro se tomara alguna vida.

Intentó explicarle la situación, pero Carlos gritó, se adelantó y lanzó un puñetazo que Javier esquivó con facilidad. Notaba que era Daniel el que guiaba sus movimientos. El hombre se puso a su lado cuando Carlos cayó al suelo. Le señaló la navaja que aún tenía en la mano. Estaba cerrada, pero de la hoja chorreaba sangre.

—No, Daniel. Basta.

La lanzó entre los arbustos y al momento sintió el peso de una nueva navaja en el bolsillo. Daniel sonreía. Aquello dio ánimos a Javier para resistirse. No iba a jugar el juego del pesar. Carlos se levantó, lo empujó con fuerza contra un coche y empezó a ahogarle con las dos manos. Iba en serio, apretaba con fuerza. Javier podía verlo en sus ojos, cubiertos por una neblina blanca muy tenue, como un velo. Javier se relajó, aquello era todo, el pesar, Ramón Medina. Él tomaría aquella furia, se la quedaría para sí, él libraría a Carlos de ese peso. No podía hacerle daño. La neblina desapareció y Carlos lo soltó.

—Vete, por favor. No quiero hacer esto —dijo, parecía avergonzado. Como los heteros con los que se había acostado a lo largo de su vida, sobre todo en Curva, aquellos que después tenían mujer e hijos, que cuando se emborrachaban a veces le mandaban un mensaje de WhatsApp, pero que siempre acababan arrepintiéndose, diciendo aquella misma frase, siempre después de correrse. Carlos se parecía tanto a aquellos hombres que Javier casi sonrió, pero prefirió dejarlo solo. Se colocó la camiseta y sacó otra vez del bolsillo la misma navaja que había lanzado a los arbustos. Volvió a tirarla.

Le pidió que fuera esa noche a las huertas. Javier no esperó respuesta, pasó a su lado y lo vio negar tres veces, sin atreverse a mirarle a la cara. Le dio la impresión de que nunca había estado tan asustado. Daniel había desaparecido, aquello hizo que Javier se reafirmara en sus decisiones. Había salvado a Carlos y se estaba salvando a sí mismo. Su instinto funcionaba. Se alejó y escuchó cómo Carlos decía:

—Tengo mi propia mierda, no me interesa la vuestra, por favor.

Claro que tenía su mierda, todos la tenían. Pero Carlos, que a ojos de Javier siempre se había sentido solo —quizá porque siempre había estado solo de verdad—, debía de pensar que su mierda solo podía solucionarla él mismo. Y no podía estar más equivocado; Carlos, Javier mismo, no podrían solucionar su mierda si no estaban juntos. Aquella era la clave y aquella había sido siempre la clave en momentos de dificultad. Si Javier, que jamás contaba sus problemas, lo había llegado a comprender, Carlos podría. Decidió, no obstante, dejarlo solo y volvió al tanatorio. Tenía la camiseta un poco sucia de polvo. Quiso creer que de polvo que le había pegado Carlos cuando lo empujó contra el coche y no de tierra de Daniel. Se sacudió y volvió a sentarse en el sofá frente a la sala de Raúl Ramos. Pensó en Raúl, en la calma del hombre, en los secretos que había guardado desde pequeño. No notó la navaja en el bolsillo, no vio a Daniel. Intentó pensar en los otros, pero o estaban bien o se encontraban demasiado lejos. De pronto, al poco de llegar, volvió a sentir a Carlos. Estaba muy asustado de nuevo. Se puso en pie y salió corriendo al aparcamiento. Varias mujeres vestidas de negro se giraron y algunas incluso lo criticaron por correr en el tanatorio. Javier no les prestó atención. Al salir al aparcamiento, sintió la primera puñalada en un costado. Tan fuerte que tropezó y casi cayó por las escaleras. Una mujer lo agarró. Carlos lo estaba llamando. Se levantó la camiseta, no tenía ninguna herida, pero sentía el dolor, un dolor extraño, de sal y vinagre, en las entrañas. Se soltó de la mujer y siguió corriendo. Vio a Carlos a lo lejos, apoyado en un coche. Al principio pensó que estaba solo, pero al acercarse comenzó a distinguir la forma de su pesar. Era la primera vez que veía el pesar de otro. Ramón Medina estaba podrido, apoyando su peso sobre el chico, aplastando a Carlos. Sintió la segunda puñalada, de alambre oxidado, pero aquella vez no se detuvo. Al llegar junto a Carlos, Ramón soltó al chico, que cayó al suelo con los ojos abiertos, y se giró hacia él.

—Márchate —le dijo al pesar.

Ramón sonrió con media boca, la que le quedaba. Un líquido asqueroso le chorreaba de los ojos y la nariz. Dio un paso y el pesar dejó de sonreír. Notaba a Daniel detrás de él. Javier, empujado por el hombre, se acercó y puso su mano sobre la frente de Ramón, sobre lo que quedaba de ella. Su mano y, encima, la mano de Daniel. El pesar desapareció justo cuando los dedos de Javier lo rozaron.

Se agachó sobre Carlos y vio a su lado los pies de Daniel Ramos. No le prestó atención. El chico estaba vivo, era fuerte. Supo que podría sobrevivir. Notaba sus heridas, pero más apagadas, como si algo estuviera amortiguándolas. El chico lo miró. Sintió la mano de Daniel sobre su hombro.

—Javier —dijo Carlos.

Sacó el teléfono y marcó el número de emergencias. Pidió una ambulancia e ignoró el peso de la navaja en el bolsillo de nuevo. Levantó la camiseta de Carlos, que estaba llena de agujeros quemados y se la quitó. Las heridas no parecían muy profundas, no sangraban demasiado. Tenía algunas quemaduras, pero no eran graves. Presionó las heridas con la camiseta.

—Lo veo.

Carlos estaba mirando al lugar en el que estaba Daniel.

—No le hagas caso, Carlos. No lo escuches, no le hables. Ramón se ha ido.

Asintió y cerró los ojos.

—Quería matarte. Y a Pilar. Y a mí. Quería matarnos a todos.

Javier no sabía si se refería a que Ramón quería matarlos a todos o el propio Carlos.

—Lo sé —dijo, aun así.

Miró las botas gastadas y sucias de Daniel. ¿Hasta cuándo podría aguantar la presión de tenerlo todo el tiempo encima? Era como si Carlos y él estuvieran destinados a hacerse daño el uno al otro. No iba a consentirlo. Mientras fuera consciente de las intenciones de Daniel, podría sortear su influencia. Pero ¿y si lo estaba distrayendo?, ¿y si la ambulancia llegaba, Carlos moría y la navaja que llevaba en el bolsillo, que siempre llevaría en el bolsillo, era la que había apuñalado al chico? La sacó y abrió la hoja. Estaba llena de sangre, estaba seguro de que era la sangre de Carlos. Limpió sus huellas con la camiseta del chico y la tiró entre los arbustos. Antes de que se la escuchara caer, la notó de nuevo en el bolsillo. Se imaginó que Daniel sonreía, pero no quiso mirarlo.

Carlos había visto a Daniel, él había visto a Ramón. Aquello no era buena señal. Tenían que ir al huerto lo antes posible, aunque Carlos primero tenía que ser visto por un médico. ¿Qué podía hacer? Si se lo llevaban al hospital, la sangre de Carlos tendría menos fuerza en Curva, los pesares ganarían terreno. Pero no podía dejarlo así, Ramón acabaría con él. Llamó a Lidia, pero tenía el móvil apagado. Deseó que eso fuera una señal de que se encontraba con Bernarda.

Y al pensar en Bernarda lo sintió. Lo vio. Su cuerpo y su mente dejaron de estar en el aparcamiento. Estaba en el huerto, era Bernarda y Bernarda moría. O, mejor dicho, desaparecía, puesto que llevaba muerta más de cien años. Sintió una luz apagarse y volvió al aparcamiento. Había dejado de apretar la herida. Bernarda estaba muerta, se había ido. Escuchó la ambulancia a lo lejos.

—Carlos, tengo que irme.

El chico lo agarró de la mano. Estaba recuperando las fuerzas. Javier levantó la camiseta llena de sangre y vio que la herida había disminuido. Supuso que tenía algo que ver con la muerte de Bernarda.

—No.

No dijo nada más, pero seguro que aquello para Carlos había sido mucho. Lo máximo que haría por pedir ayuda. Después de la muerte de Bernarda, sintió a los demás con más fuerza, supo dónde estaban y el miedo que tenían, a pesar de la distancia. Almudena estaba en el hospital de Sallón, lejos de Curva. ¿Qué demonios hacía allí? Aunque no tenía miedo, estaba cansada y quizá no a salvo, pero la notaba amortiguada, como escondida dentro de sí misma.

—Carlos, tengo que volver al huerto. Escúchame. Vas a ponerte bien. Bernarda lo ha dispuesto así. Busca en el hospital a Almudena, la profesora de biología.

—¿Qué?, ¿para qué?

—No sé. Búscala. Permaneced juntos. No os separéis. Y no volváis a Curva, de momento. Es peligroso.

Al menos eso los salvaría a los dos. La ambulancia se paró. No había ni rastro de Daniel. Los curiosos empezaban a llegar. Javier se quedó hasta que lo subieron a la ambulancia. Les contó que había sido una caída, Carlos asintió y lo confirmó. Le dio sus datos al guardia del tanatorio por si lo necesitaban y, cuando la ambulancia se fue, aún con las luces y la sirena a la vista, se montó en el coche. Daniel se sentó a su lado. Javier llevaba en la mano la camiseta ensangrentada de Carlos y en el bolsillo una navaja.

La nieve por dentro

1925

Juan Ramos se despierta de otra pesadilla. Últimamente tiene muchas. Esta noche ha soñado con la maestra, la que murió hace unas semanas. Solo se acuerda de que tenía miedo y de que ella salía en la pesadilla. Nada más, salvo unos ojos amarillos y algo de barro. Es invierno, aún no ha amanecido, y Juan siente que ha nevado, aunque al abrir los postigos de la ventana ve que no. A veces tiene esas sensaciones: de que ha nevado, de que aquella tarde lloverá, de que hay niebla. Su madre dice que es un poco bruja, como su abuela, que lo llamaba tener *calosfríos*. A su padre no le hace gracia que diga esas cosas, que su madre lo llame bruja y que él diga que va a nevar, y le tiene prohibido que lo vaya pregonando. Juan antes no entendía, cuando era más pequeño, pero ahora entiende y calla. Y no sabe si será bruja o no, pero a veces siente que ha nevado estando en la cama y casi siempre que lo siente, al abrir la ventana, ha nevado. Vuelve a cerrar los postigos porque su hermano Lucas aún duerme. Desde que el Ramón se ha casado y tiene a la Manoli y al Paquito, hay mucho más espacio en el cuarto, aunque a veces se pregunta que para qué quiere él el espacio si no tiene nada. Una radio que se compró cuando hizo la mili y unas camisas para los domingos y las fiestas. Y la radio ya apenas la escucha. Solo cuando ponen pasodobles. Está harto del «cirujano de hierro» y su lucha contra el cáncer del caciquismo. Se pone el pantalón de pana y la camisa de franela, y baja al piso de abajo. Su madre ya está en la cocina con su padre, tienen un candil encendido sobre la mesa. A veces se pregunta si dormirán algo. Se los imagina como búhos sentados en sus esquinas de la cocina, haciéndose viejos y moviéndose solo cuando entra alguien, con los ojos siempre abiertos. Si no fuera por los gritos nocturnos de su padre, no sabría si sus imaginaciones son ciertas o no. Su padre enciende el fuego de la cocina en ese momento y su madre está echando la leche recién ordeñada del cubo a la cazuela, que está posada sobre la cocina. Aún lleva puestas las madreñas llenas de barro y estiércol.

—Buenos días.

—Buenos días, hijo, Juan —dice Basilio sin girarse. Está arrodillado con un brazo metido en la boca del horno.

—Madre, ¿quiere que vaya ordeñando a las demás mientras se despierta el Lucas?

—Anda, sí, ves, hijo, yo te preparo algo para desayunar.

Juan se acerca a ellos para salir por la puerta de atrás, la que da a la cuadra. Cuando pasa por delante de la madre, le agarra la cara con una mano mientras con la otra aún sostiene el cubo.

—Espera, espera.

Juan se intenta revolver:

—¿Qué hace, madre?

—Deja, leñe, estate quieto.

Posa el cubo en la pila de cerámica. Lo mira despacio.

—Tienes las ojeras negras. No me gusta. —Le toca la frente—. No tienes calentura, pero... Esos ojos. Como escarabajos son. ¿Has tenido pesadillas?

Juan no se ha visto en ningún espejo, pero se nota las ojeras y las bolsas de los párpados. Si se pasa los dedos, le duelen como moratones. Por encima y por debajo de los ojos, hasta el hueso de la mandíbula. Basilio se incorpora.

—Ya estamos con las pesadillas y las ojeras. Matilde, cojones, no empecemos.

Ella lo ignora.

—¡Qué sabrás, tú! Calla, hombre, ¿no tendrás cosas que hacer que andas aquí oliendo en la cocina?

—A la cuadra, Juan. Y tú a hacer el desayuno, coño, ¿o te crees que estoy aquí gastando carbón por gusto, por verte a ti caliente mientras me marcho al monte a pasar frío?

Ella lo suelta, pero no deja de mirarlo, muy seria. Le da el cubo y se vuelve hacia su marido.

—Ya va el desayuno, ya va. No sabes más que gruñir. Ni preocuparse por los hijos puede una ya. Qué cruz. ¿No ves la leche ahí encima calentándose? ¿Qué quieres, que la mire hervir?

Su padre se sienta en una silla, pero no dice nada.

—Con permiso. —Y Juan sale de la cocina.

—He ordeñado solo a la Rosita, Juan. Mira a ver las otras. —Oye a su madre cuando está abriendo la puerta de la cuadra.

—Sí, madre —responde sin detenerse, sin saber si lo ha escuchado.

La cuadra está prácticamente a oscuras. El olor fuerte de los animales y el estiércol lo ayuda a despertarse, es un olor ácido que siempre asocia a las mañanas. Orina en una esquina antes de acercarse a las vacas. Matilde ha dejado un cabo de vela en el murete que separa las vacas de la gocha. Coge el taburete de madera y se acerca a los animales. Las tres vacas lo conocen y después de mirarlo siguen a lo suyo. A Juan le gustan las vacas. Mucho más que las ovejas y no digamos que las gallinas. De pequeño, eso lo cuenta su madre muchas veces cuando están oyendo la radio, Juan quería ser torero. Se pasaba el día entre las vacas, haciéndoles aspavientos para ver si lo embestían. Juan nunca ha visto una corrida de toros. En Curva solo han podido marear alguna vaquilla o correr las vacas en las fiestas. Cuando se fue a la mili, pensaba poder ir a ver una, pero ni a eso le dio tiempo. Su hermano Lucas, cuando tenían doce o trece, le pedía que se fugaran y se fueran a Madrid, a ser toreros, pero Juan solo se reía y se negaba. Algún día, pensaba, algún día.

Rosita, ya ordeñada, está en el comedero, esperando el desayuno. Juan pone algo de paja en él, después de dejar el cubo y el taburete, y las otras dos vacas se acercan. Sus ojos son como cantos de río mojados. Una de ellas, la Juanita, está ya muy mayor. No sabe qué planes tiene su padre, pero debería pensar en buscar una ternera para sustituirla. Antes de que los militares quitaran al alcalde, su padre se ganaba unas cuantas perras haciéndole tareas en la cuadra, cuidándole el ganado. Hubiera sido fácil que le vendiera barata una ternera o que le dejara quedarse con alguna de las que parían las de ellos, pero ahora… El nuevo alcalde, el Extranjero, que ni es de Curva ni de Sallón, no ha querido saber nada de Basilio. Juan piensa que su padre debería ir a hablar con él, pero Basilio siempre le dice que es mejor no mezclarse con los militares y no hacerse destacar. Suspira y piensa si no será ya tarde para eso. Juan no se enteró bien, pero cree que su padre ya tuvo un encontronazo con el Extranjero cuando detuvieron al otro alcalde. El Lucas habla. En la tasca hablan. Mira los animales. Espera que su padre haya pensado en eso.

Desde que la Ana María y los niños viven con ellos, cada vez necesitan más perras y su hermano Ramón parece no enterarse. Ramón pensará que los que sobran allí son Lucas y él, claro. Lucas pronto se casará con la Ramira, pero Juan no tiene dónde ir. Si la Amparo no se hubiera marchado a la capital…, otro gallo cantaría. Pero es bobada pensar en eso. ¿Qué iba a hacer? No iba a obligarla a quedarse ni quería irse él a la capital. Se sentía un niño, aún. La Amparo era una niña cuando marchó. A veces se sorprende al recordar que tiene veinte años, como si de pronto alguien le hubiera robado cinco de golpe, sin dejarle vivirlos, como si la noche anterior hubiera estado jugando a los toreros con sus hermanos. Se pone a ordeñar las vacas intentando no pensar en eso ni en las pesadillas. Se da cuenta de que la cuadra está muy silenciosa. La cochina se remueve en la pocilga de al lado y gruñe quedamente, pero por la ventana no entra ruido del corral. Las vacas solo resoplan de vez en cuando, con placidez, igual que dormidas. La mañana parece densa de pronto, como el agua que está a punto de congelarse en el río. Acaba de ordeñar y deja el cubo fuera del alcance de los animales. Por la ventana ya entra algo de claridad grisácea, es raro que el gallo no se haya arrancado a cantar. Las tres vacas se lo quedan mirando con sus ojos negros, grandes como puños, cuando encara la puerta del corral. Incluso la cerda parece quedarse quieta, de espaldas a él.

Juan tiene un mal presentimiento, pero trata de convencerse de que es cosa de la pesadilla, de las malditas pesadillas. Su madre le dice que esas las ha heredado de su padre, que a veces se despierta gritando y habla en sueños, pero Basilio no quiere que comenten el tema delante de él. Aun así, Juan sabe que su madre tiene razón, porque a veces se ha despertado de sus propias pesadillas por los gritos de su padre y por eso sabe que no son búhos, aunque todos fingen en la casa que no han escuchado nada cuando sucede. Hay un silencio extraño después de los gritos de su padre, un silencio tenso, de no moverse en la cama o no soltar el aire; que nadie sepa que se han despertado. Mucho más silencio, seguro, que cuando todos duermen. La Manoli es la única que rompe a llorar con sus cinco años inocentes. Se sacude el escalofrío, se pone una chamarra que hay colgada de una punta y sale al corral. Allí deja de escuchar a las vacas y el silencio es aún más profundo. Las gallinas, dentro del alambrado que rodea el gallinero, están todas despiertas, parecen un poco alborotadas, se mueven de forma confusa, aunque en silencio, también como si estuviesen a punto de congelarse. Las mangas de la chamarra le quedan grandes y se encoge dentro. El cuello de la prenda huele a vaca, a estiércol. No se oye nada más en el pequeño patio que es el corral. Juan abre el gallinero y las aves se quedan quietas mirándolo de lado, con un solo ojo. Las gallinas siempre le han gustado poco. Son Lucas o su madre los que tienen que cogerlas, apretarles el pico, doblarles el cuello y darles el corte en la nuca. Le da mucho asco desplumarlas; calientes, mojadas, esponjadas, hinchadas de muerte. Lo hace, por supuesto, porque se imagina lo que dirían su padre o sus hermanos si se negara, pero no puede evitar el asco, imaginar que toca una bolsa llena de ojos, ojos de iris negros, con las venas inflamadas. Como los de las truchas que pescan en el río. Ojos de peces. Cuando está desplumando las gallinas, no puede dejar de imaginarse eso y sabe que los ojos lo están mirando, aunque él no puede verlos, y con cada bandazo, al tirar de las plumas calientes y separarlas de la piel muerta y blanquecina, el cuello de la gallina se balancea y el ojo que es un grano de maíz negro se mueve y siempre lo mira a él.

—¿Qué os pasa, hombre? —dice a las gallinas, aunque lo hace por darse coraje. El vaho sale lento y pesado y se queda unos segundos junto a su cara como el humo de los cigarros.

Entra en el corral y las aves no se mueven. Hay una luz grisácea, casi azul, en el amanecer que hace que los contornos de las cosas se mezclen, como si formaran parte todas de la misma cosa, una cosa universal, sin límites. Ve un par de huevos y se dice que ya que está allí es mejor cogerlos. Las gallinas solo se apartan cuando él las roza con el pie. Ha olvidado ponerse las madreñas y se está llenando las alpargatas de barro y mierda de gallina. No ha llovido; de hecho, ha helado, incluso, pero allí siempre hay barro, pegajoso y casi negro. Su madre lo va a poner pingando cuando entre. Más vale que lleve algunos huevos. Coge uno y, al apartar una gallina para coger el otro, ve al gallo. Está en el suelo, en una esquina, tapado por una mata de hierbajo y el bebedero. Juan no lo ha visto porque la luz aún es insuficiente y el gallo es prácticamente negro. Está muerto, o eso le parece a Juan en un primer vistazo. Tiene las alas abiertas y el cuello torcido; mira al cielo con un solo ojo, la cresta llena de barro. Cuando se agacha para cogerlo, el gallo parpadea y abre el pico. Juan detiene el avance de la mano. El gallo, asustado, intenta aletear o moverse, pero solo consigue revolverse más en el barro y que el cuello se le tuerza de nuevo. En una postura casi en espiral. Juan piensa que va a escuchar el crujido de los huesos del cuello y le parece notar el chasquido en su propia nuca, pero este no llega, el cuello sigue torciéndose y él siente la tensión debajo de la cabeza y es demasiado consciente de todos los músculos de su propio cuerpo. Se gira y ve cómo todas las gallinas lo están mirando a él. El gallo, usando sus últimas fuerzas, brinca un poco en ese momento y el cuello cae dentro del bebedero, que es una lata vieja de jurel. La cabeza se hunde en el agua y el ojo no deja de mirarlo. Juan sabe que tiene que hacer algo, pero está tan quieto como las gallinas. Un par de burbujas suben del agua, pero nada más. Vuelve la calma, ya más azul, del amanecer. El gallo parece no sufrir. Hay un silencio de entendimiento, como de comunión, entre las aves y él.

—¿Estás bobo?, ¡remátalo, hombre!

Juan se asusta y mira hacia arriba, hacia la ventana de su habitación desde la que le está hablando su hermano Lucas. Mira después a las gallinas. Quiere contestar, pero no sabe si el sonido las asustará. Siente que no debe gritar. Se agarra, más bien se sostiene, la mano del huevo con la otra. Lucas está solo con la interior, se encoge de frío y se aleja de la ventana negando con la cabeza.

—¡Ya bajo yo, ingeniero! —grita. Y al rato—: No, madre, a usted no es.

Lucas lo llama ingeniero porque Matilde siempre ha dicho que Juan es el más espabilado de los tres, que si hubiese tenido perras lo habría mandado a estudiar a Zaragoza o a Salamanca.

Juan vuelve a mirar al gallo. Ahora sí parece que esté muerto, aunque su ojo sigue fijo en él a pesar de la postura. A pesar de que debería estar mirando al cielo, aunque quizá esté mirando al cielo. Las gallinas siguen sin moverse, siguen mirándolo solo con un ojo, y Juan se queda quieto esperando a su hermano, imaginando tocar el vientre de las gallinas, de ese gallo muerto, hinchado de semillas, hinchado de ojos sin párpados que miran, que escuchan, que hablan.

Hoy le toca a él sacar las ovejas. Se pone el jersey de lana y la chamarra y su madre le da el zurrón con un trozo de pan, un poco de queso y otro poco de chorizo. Matilde no le dice nada de las ojeras, su padre está aún sentado en la cocina, pero, por la mirada que le echa al despedirse, Juan sabe lo que piensa.

—Adiós, madre. Adiós, padre.
—Adiós, hijo, lleva cuidado.
—Descuide.

Sale de la casa y se dirige hacia la taina donde tienen la corte de las ovejas. No ha nevado, pero ha caído una helada. Juan siente algo de decepción al haberse equivocado y no sabe qué hacer de la sensación de nevada que lleva dentro. La hierba cruje bajo las botas. El agua del reguero parece bajar perezosa, como rodando sobre las piedras. Lucas no le ha dicho nada del gallo. Cuando salió a cogerlo, llevaba muerto muchos minutos. Las gallinas se espantaron en cuanto su hermano puso un pie en el corral.

—Trae, anda —dijo cuando lo cogió de las patas.

Y ahí acabó todo. Después entraron a desayunar. Matilde no dejó de quejarse de lo joven que era ese gallo y de lo malo que les había salido. Su padre ha prometido ir a preguntar por otro en cuanto vuelva del monte. Mientras Juan se lleva el pequeño rebaño, Basilio y Lucas van a hacer algo de leña.

Las ovejas balan al verlo y salen en tropel en cuanto abre la cancela. No son muchas, no llegan a diez, pero algo es algo. Todas lo miran cuando salen, con esa mirada cobarde de los corderos que nunca saben si su señor está de buen o de mal humor. Coge la cachava y sale tras ellas. Sultán, el mastín, se acerca a él cuando todas las ovejas están ya subiendo la cuesta del monte y le frota la cabezota contra la rodilla. El perro es el único que parece encontrarse a gusto en la corte y a gusto en la calle; contento si viene Juan, contento si va Lucas. Juan le da un par de golpes en el costado y la cabeza y el perro se separa, contento, y va tras las ovejas sin mirarlo y dando dos ladridos graves que resuenan por toda la ladera. Juan cuenta las ovejas, siempre lo hace. Al abrir la puerta y al guardarlas. Sube la cuesta mientras expulsa vaho por la boca. El vaho parece menos denso a medida que amanece. Una de las ovejas está preñada, pero aún le quedan días. Tras el primer impulso, las ovejas ralentizan el paso y Juan va a su altura ya el resto de la mañana.

A veces piensa en las pesadillas, a veces no. A veces se siente un cobarde por haberse quedado en Curva y no ir detrás de la Amparo, a veces siente que la cobarde fue ella. La oveja preñada va casi siempre a su lado y lo mira. Nunca bala. Es un día gris. Juan no sabe si siguen en noviembre o ya es diciembre. Dentro de nada, la matanza. Tendrán que matar la gocha y el animal ignora lo que le va a pasar. Eso la hace más feliz. Él tampoco querría saberlo. La muerte debería ser así, de pronto, sin saber qué va a suceder, qué está sucediendo. Juan no quiere pasar miedo, no quiere tener miedo a la muerte. Si él fuera la gocha y muriera, se iría del mundo como si no lo hubiese pisado, se borraría entre sus hermanos, entre sus vecinos. Como la luz de antes en el corral. Se iría como el gallo, sin haber hecho nada. Nunca ha estado en Madrid, nunca ha visto el mar, nunca ha conocido mujer. Suspira porque a veces puede ser peor. El abuelo se quedó ciego antes de morir y se cagaba encima. La gorrina va a gritar, casi le parece escuchar ya el agudo chillido del cerdo, recordando matanzas pasadas. Ese grito es el reconocimiento de la muerte. Quizá es el de la vida. Quizá la gocha no sepa que está viva, no sea consciente de ello, hasta que vea el cuchillo, hasta que los vea a los cuatro rodeándola. Ahí sabrá que está viva. Quizá hacer la matanza sea una manera de que todos se den cuenta de que están vivos. A veces alguien tiene que morir para que los demás lo sepan.

A media mañana llegan a la poza del Manso y Juan decide sentarse en un tocón a almorzar, entre unos chopos. La poza es un pequeño ensanchamiento del río en el que las arenas hacen que vaya más despacio, como si el agua, una vez llegada allí, no supiera bien qué dirección tomar, casi con ganas de estancarse. Quizá por eso se llama así, o quizá cruce las tierras de algún manso; su abuelo lo hubiera sabido, seguro. Juan viene en verano a bañarse a veces con sus hermanos, a quitarse el polvo cuando en las montañas las ovejas no han dejado nada que lo tape del sol y del viento. Las ovejas se expanden por el prado y él saca la navaja y el chorizo. Usa el pan como tabla para cortarlo y lo va comiendo despacio, pinchándolo con la punta del cuchillo. El perro se sienta cerca en cuanto huele la carne. Juan evita mirarlo para no sentir lástima del animal, aunque no funciona y le acaba dando un trozo de pan manchado de chorizo. Al otro lado del río ve los carrizos y las espadañas, que son los únicos que resisten el invierno. En las zonas en las que el río da mimbres no hay más que restos y hojas de chopo en descomposición.

Después de comer, se sacude las migas y se acerca al río a beber. No le gusta traerse la bota y sabe que Lucas la disfruta más. El sol no acaba de salir y se esconde detrás de las nubes, que parecen manchurrones de ceniza. Se ve reflejado en el río al acercarse a beber. Ve sus ojeras. Le parece que tiene los ojos algo más claros, quizá manchados de ceniza también. ¿Por qué pensará esas cosas?, ¿por qué piensa que sus ojos o el cielo están manchados de ceniza, que sus padres son búhos?, ¿por qué tiene tantas pesadillas? Sus hermanos no pensarán esas cosas, seguro, no se distraen con tonterías. Sus hermanos saben dónde hay que dar el hachazo para que caiga el árbol, cómo matar una gallina, y no hay nada más allá de eso. No se imaginan bolsas llenas de ojos de peces, no dudan de si el árbol sentirá dolor al troncharse. Es como si Juan viera todo desde fuera, como se ha imaginado hasta ahora las corridas de toros, como se imagina a veces su vida, como si tuviera que buscar explicaciones a lo obvio.

Bebe agua y al separarse, por el rabillo de la mirada, le parece ver un ojo amarillo en el lecho fangoso del río. Se sobresalta, pero después se da cuenta de que la oveja preñada se ha acercado también y se refleja en el agua. El animal se espanta del respingo de Juan y se aleja. El mastín alza las orejas y lo mira, como si supiera que la oveja se ha espantado por su culpa. Vuelve a mirar el agua. No sabe por qué, pero esos ojos los ha visto antes, quizá en los sueños. Busca en el lecho del río hasta que vuelve a reprocharse pensar en boberías. Cuentan que hay gente que se vuelve loca de leer muchos libros, pero Juan no ha leído ninguno en su vida. En su casa no hay ni una Biblia. Se va a poner en pie y, justo entonces, vuelve a ver aquellos ojos. Primero una vez, después otra. Los ojos siempre aparecen en un lugar diferente del río y, cuando Juan enfoca la mirada, se van. No sabe si los está viendo en realidad o no. Empieza a respirar agitadamente y se frota las manos. Está de rodillas, sin atrever a moverse. Acerca la cara al agua y nota el frescor, apoya las manos en las hojas húmedas y podridas de los chopos de la ribera. Hace frío. Está en tensión, esperando a que los ojos aparezcan de nuevo y va moviendo la cabeza de un lado al otro cuando cree verlos, pero ellos son más rápidos. Tiene que verlos y tiene que mirarlos. Sultán ladra. Una sola vez. Juan parpadea y se da cuenta de que había dejado de respirar, de que su nariz casi roza el agua. Suelta el aire. Se gira para ver que todos los animales lo están mirando. Las ovejas y Sultán. En silencio e inmóviles. Cuando Juan lo mira, el perro se acerca y coloca la cabeza a la altura de su cara. Juan lo acaricia en el cuello y se pone en pie. Desde allí, con el perro a su lado, vuelve a mirar el lecho del río un rato, pero no ve ningún ojo, no siente la tensión. El perro se da la vuelta, camina un par de pasos y lo mira, instándole a continuar el paseo, como si se asegurara de que no vuelve al río. Juan cierra los ojos un instante. No ha sido capaz de ver ninguno de los ojos claramente, y, sin embargo, los tiene dibujados en la cabeza, como las ilustraciones de los periódicos. Un ojo muy redondo, Juan intuye que de algún animal, con el iris amarillo y la pupila no del todo oscura, desvaída, como muerta. Brillante, sin venas, una pupila vacía y un iris del tono de los dientes de león. Sultán lanza un gruñido bajo, casi sin abrir el hocico, y el muchacho se pone en marcha. Las ovejas lo siguen. No vuelve la cabeza a la poza hasta que no deja de escuchar el ruido de la corriente. Aún les queda mucho camino, en invierno hay que irse lejos para que las ovejas puedan pastar algo. Ve a lo lejos las espadañas moviéndose con el viento, despidiéndose de él o, quizá, piensa nervioso, riéndose.

No va al bar desde que Lucas y él discutieron con los Castillo sobre su padre. Fue ahí donde escuchó que Basilio había tenido un encontronazo con el Extranjero, el alcalde de Guadalajara que les han enviado de la capital. Su hermano sí que ha vuelto a ir, claro, a él le gusta ese ambiente. A Juan tampoco le disgusta, pero no quiere más jaleos con nadie. Bien es verdad que los aires están más calmados, pero la detención de un Medina parece haberlo revuelto todo otra vez. Lucas le ha contado que en el bar se dice que ha sido su padre el que ha vendido al Medina porque fue el que lo acusó a él de haberse aprovechado de su amistad con el anterior alcalde. Que si era un cacique y no sé qué influencias. Juan no ha hablado con Basilio, ni Lucas ni nadie, pero sabe que eso es mentira. Las dos cosas. Sabe que si su padre se hubiera aprovechado de algo no tendrían tres vacas viejas y una gocha. No se caería la taina a trozos. Y también sabe que su padre nunca iría a hablar con los militares por su propia iniciativa. Lucas, cuando Juan le dijo lo que pensaba, se encogió de hombros. Eso era algo muy típico de Lucas, el desentenderse, ver las cosas pasar a su lado y contemplarlas desde fuera, como el que ve pasar la gente por la ventana. Quizá por eso, piensa Juan, quizá por eso a su hermano no le importa matar gallinas y puede mirar a los ojos de los cochinos cuando llega la matanza.

Cuando Juan vuelve de cerrar las ovejas, Lucas no está y su madre le dice que ha ido a la taberna. Es de noche. Las noches en invierno caen de golpe, como si alguien hubiera apagado un candil. A Juan hoy le ha pillado ya llegando a la corte y se alegra de haber calculado bien el tiempo para poder contar las ovejas antes de encerrarlas. Su padre está en casa de los vecinos preguntando por un gallo nuevo. La Ana María y los niños descansan en la cocina, su hermano Ramón también ha ido al bar. Matilde guisa algo en una cazuela.

—Voy a asearme un poco, madre.

—Ven, ahora vas, déjame verte, come algo.

Juan se acerca a la Matilde y sonríe un poco. Hace ya varios años que es más alto que ella. La Manoli se separa de su madre y va corriendo hacia él. Juan alza a la niña mientras se acerca a su madre.

—Ella con su tito en la boca todo el día. Enamoradina perdida —dice la Ana María sonriendo.

Juan le da un sonoro beso en la mejilla y la baja. La niña sonríe y se vuelve con su madre, contenta y un poco avergonzada. Matilde lo mira en silencio.

—Vaya pelos, hijo. Vamos a cortarlos un poco.

Matilde le hace ir por el taburete de ordeñar y las tijeras del pescado, y le coloca un paño alrededor del cuello. La Ana María sale de la cocina cuando empiezan y se lleva a los niños.
—¿Hace mucho que se ha ido el Lucas, madre?
Ella está detrás de él, pasándole la mano por el pelo, como si decidiera qué racimo de uvas coger primero en una parra.
—¡Qué se yo! En cuanto volvió con tu padre. Ese no para quieto. Ya puede ponerlo bien firme la Ramira. Con un par de críos, espabilará. Mira el Ramón lo quietecín que se está. Ese seguro que viene en un rato. Bien dicen que la juventud se cura, hijo. Tampoco está mal que alterne un poco, mientras no me aparezca a las tantas…
Su madre sigue hablando mientras le corta el pelo, pero Juan deja de escuchar. Huele a patatas cocidas, puede que con las últimas costillas de la matanza anterior. Le parece agradable el tacto de las tijeras en el pelo y el sonido. Se imagina las tijeras negras, del mismo hierro que la plancha; están algo desgastadas y las hojas no encajan bien, pero su madre las usa como si fueran nuevas. Le gusta el ruido cuando se cierran, igual al de la tapa del caldero. Se alegra de que su madre esté detrás de él y no note que no la está escuchando. La voz de su madre lo tranquiliza. Habla de los nietos, de lo cabezón que es su marido, del gallo… Ese rato se le hace a Juan muy corto porque está preocupado por el Lucas. No quiere que vaya al bar desde que detuvieron al Medina. Ha escuchado que el hijo está ennegrecido de rabia y que no quiere oír hablar de ellos. Lucas dice que si deja de ir al bar va a ser peor, que va a parecer que a Basilio se le ha soltado la lengua, que él no tiene nada que ocultar o por lo que huir, así que sale y sale por sus santos cojones. Lucas, Lucas. Aunque también le ha pedido a Juan que no le diga nada a sus padres de lo del hijo del Medina, porque el Lucas es un bocazas bravucón, pero no es tonto. Y sabe que su madre puede armar la de San Quintín si se entera de que hay un Medina que quiere contarles las costillas.

Aunque la verdad es que le extraña que, de ser eso es cierto, no se hubieran enterado. La Ana María y el Ramón salen bastante de casa y ella les cuenta todo de lo que se entera en el mercado y en la iglesia. Teme por su hermano Lucas, aunque se alegra de que el Ramón esté con él. No le gusta ser el pequeño, ni le gustaría ser el primogénito y tener que defender a nadie. Su madre consigue calmar un poco esos nervios y, como si lo hubiera sentido, le dice que ya ha terminado. Apenas hay pelos castaños en la toalla y en el suelo. Parece que en realidad su madre no le ha hecho nada. Se pone en pie y la mira.

—Qué buen mozo. Qué tonta la Amparo. Pero ya vendrá otra, ya.

—Sí, madre. Usted no se preocupe por eso.

—¡No me voy a preocupar! Otro como tu padre. Me preocupo lo que me da la gana, que para eso sois mis hijos. Tú eres el que no te debes preocupar por mí. Ale, vete a asear. ¿No vas al bar a tomar un vino? Cenaremos enseguida, pero…

—No, madre, no se preocupe. Me cambio y bajo.

Sale de la cocina con la sensación extraña de la nieve. Como si su madre supiera o hubiera visto algo de él que ha tratado de ocultarle. Se siente un poco avergonzado y sabe que no es porque Matilde le haya herido el orgullo al recordarle a la Amparo. Ya habrá otras, y eso lo sabe. O no las habrá, y tampoco le importa mientras el Ramón no lo quiera echar de casa. Sube y se quita la camisa. Baja en camiseta interior y sale al corral. Las gallinas están escondidas dentro del gallinero y él se acerca al cubo de agua y se lava la cara, las axilas y los brazos. Hace mucho frío y enseguida ve salir el vaho de su cuerpo. Se queda unos segundos embobado mirando el humillo y se imagina deshaciéndose, como la nieve al sol. Imagina que ese humo sale de su carne y de sus huesos, que se van encogiendo. Resopla, se sacude y entra de nuevo. Venga a imaginar bobadas. La Ana María ya está en la cocina de nuevo. Él sube y se pone la camisa de franela otra vez. Por la ventana ve cómo llegan sus hermanos y su padre. Traen un pollo vivo cogido por las patas. Sus hermanos entran, su padre suelta al pollo en el corral y los sigue. Vienen riendo y eso lo tranquiliza. Escucha a sus hermanos subir las escaleras. Lucas abre la puerta; tiene en la cara los colores del vino.

—Ingeniero, dice madre que bajemos a cenar.

Se lleva el dorso de la mano a la boca y chupa una herida.

—¿Qué te ha pasado?

Ramón se carcajea detrás de él.

—Tu hermano, que es un chulo y padre ha traído un pollo que no se deja asustar. Más bravo que el Lucas, va a ser.

Lucas lo mira.

—Calla, mastuerzo, qué hablarás. Ese bicho es un demonio. Menudo pico gasta. Pero ya se ha hecho un enemigo en esta casa, bien te lo digo yo.

Juan sonríe y sigue a sus hermanos escaleras abajo. Por un momento se olvida de los gallos muertos, las amenazas y los ojos amarillos. Una parte de él quiere insistir en la sensación de la nevada, quiere que considere el picotazo a su hermano un mal augurio, pero no deja que ese pensamiento anide en su cabeza y lo sacude lejos. Se obliga a pensar en otra cosa, pero no funciona. Su padre no está en la cocina cuando llega, así que aprovecha para decir:

—Creo que mañana va a nevar.

Al día siguiente no ha nevado y Juan no sabe cómo explicarse esa sensación que tiene dentro, como de espera. También se despierta antes de que amanezca y también sale del cuarto sin despertar a Lucas. No entiende por qué no ha nevado y no puede dejar de pensar en que hay algo que se le está escapando, algo como oculto en la niebla. Sabe que parte de esa sensación la provoca que no pueda recordar sus pesadillas. Esa noche no recuerda nada, pero se despierta como si no hubiera dormido nada en toda la noche, agarrotado y angustiado, igual que si la gocha hubiera dormido encima de él. No recuerda nada, pero no duda de que ha tenido otra pesadilla. Se alegra de que sus padres estén en la cocina con la vela y no con el candil. Intenta no acercarse mucho, pues sabe, lo nota por cómo le duelen, que sus ojeras deben ser más profundas aún que las del día anterior. No ha nevado y eso está mal. Desayuna antes de que bajen sus hermanos y se marcha con las ovejas. Hoy le tocaría irse con su padre, pero prefiere dejárselo a Lucas. Basilio no es muy hablador, ni con sus hijos ni con nadie, sobre todo cuando toca cortar leña, pero Juan prefiere estar solo porque lleva la nieve dentro. Su padre es, ante todo, un buen hombre. A Juan le gustaría ser como él, tener las cosas claras acerca de lo que está bien y lo que está mal, lo que hay que hacer. Saber que es mejor vender la leña a los carboneros y comprarles el carbón que usar ellos directamente la leña, por ejemplo. Que seis ovejas están bien, que cinco son pocas. Y llevar sus decisiones hasta las últimas consecuencias, como había hecho la Amparo. Juan se agarra a pequeñas seguridades para seguir adelante, se agarra a que las ovejas deben comer, a que hay que ordeñar a las vacas, a que hay que cortar leña. Sentir que nieva y ver nevar. Una cosa cada vez, todos los días. Luego sembrar, regar y recoger en la pequeña huerta. Pero hoy no ha nevado. No ha nevado y eso es una pequeña grieta por la que se cuela el viento. Juan no puede decidir cuándo empezar a sembrar, si patatas o berzas; cuándo es el mejor momento para matar a la gorrina, a quién comprarle otra. Qué hacer cuando no nieva y se nota dentro que sí. Su madre sabe cuándo debe cortarse el pelo, lo manda afeitar. ¿Cómo puede ver ella la diferencia entre un día y otro?, ¿cuánto puede crecer un pelo en una noche para que su madre decida que ya no vale el largo?, ¿qué largo es ese?, ¿cómo va a decidir por su cuenta cuándo debe afeitarse, cuándo es demasiado pelo, demasiado de todo?

Aún es de noche cuando llega a la taina, aunque el sol ya va iluminando un poco. El día sigue gris, cubierto de lana sucia.

Las nubes parecen clavadas, quietas, y Juan tiene la impresión de que son las mismas nubes del día previo y eso lo inquieta y le genera mucha angustia, como si en su camino por el cielo las nubes lo hubieran visto y se quedaran a señalarlo.

Hoy la oveja preñada parece que no quiere salir, pero finalmente lo acompaña, como si la perspectiva de parir sola fuera peor que la de parir en el monte. No se separa de Juan y lo mira desde abajo, casi de reojo, pero constantemente. Sultán no se acerca a ellos, pero cada pocos pasos se para y espera a que lo alcancen. La oveja lo hace sentirse marcado y, de un modo absurdo, sucio. La culpa de que el perro no se haya acercado a recibir sus caricias. No quiere que alguien los vea, pero en el monte apenas se cruza con nadie nunca, así que eso no es un problema.

Llegan a la poza del Manso y la oveja preñada se separa algo de él. Decide alargar ese momento de soledad tranquila y cierra los ojos al silencio calmado del Arla. La corriente suena suave, como si corriera sobre juncos. Escucha un chapoteo y abre los ojos, sobresaltado, por si alguna de las ovejas, la preñada quizá, ha caído al agua. No sería la primera vez que esos animales estúpidos dan problemas. Nada ha cambiado en el claro y Juan se acerca al remanso. Los animales lo miran. El río parece tranquilo, todo normal, pero sabe que no se ha imaginado el ruido. No hay ranas ni culebras en invierno. Se encoge de hombros, pero se queda mirando el río, el fondo. Las ondas y el fango parecen hacer dibujos frente a él y deja de escuchar las ovejas. Se han quedado quietas y lo están mirando. Nota que la preñada se acerca y se pone a su lado de nuevo. Se arrodilla y se acerca a la superficie del río. Algunas gotas lo salpican. Ahora solo puede escuchar la corriente, la tiene dentro de la cabeza. De fondo, también, de vez en cuando, escucha el ladrido de Sultán, pero lo siente como un recuerdo de un ladrido, como si se estuviera forzando a imaginarlo por encima del agua, de la corriente. No es la corriente lo que quiere tocar. Le atrae el fango del fondo, hecho de montones de granos de arena, granos que no se dejan arrastrar, que permanecen quietos a pesar de la corriente. Sin darse cuenta mete las dos manos en el agua y toca el fondo. El frío del agua es un navajazo en los dedos y las muñecas, pero no le importa. Una nube de barro se alza y se vuelve a posar despacio cuando la lleva la corriente. Tiene las manos enterradas hasta las muñecas y sabe que debe ir más abajo, sabe que no tocará roca, que todo permanecerá igual. Se agacha más y descubre que ya no escucha los ladridos ni la corriente, sabe que ahora escucha el barro a pesar de que no escucha nada. Y entonces vuelve a ver los ojos, semienterrados, dos ojos abiertos tapados por un velo de arena, justo delante de los suyos. Aún ve su reflejo cerca del agua. Los ojos amarillos se superponen a los suyos. Mueve las manos sin sacarlas del fango y trata de apresar los ojos, pero lo que agarra es una cara. Un poco más allá ve otros ojos; ahora, tan cerca del agua, puede ver todas las caras. El fondo de la poza está formado por muchas caras, de ojos amarillos, sin párpados, que lo miran. Nota la forma de la cabeza cuando la sujeta, pero al apretar más, la cabeza se aplasta entre sus dedos y desaparece. Juan hunde más los brazos y tiene que girarse para no meter la cabeza en el agua. Ya está hundido hasta los codos. Escucha un balido que es un desgarro, real, no un recuerdo. Se tumba sobre las hojas descompuestas de los chopos y mira de nuevo. Vuelve a ver la cara y los ojos. Tiene la nariz y la boca dentro del agua. No sabe si la cara que ve es la suya o es otra. Hay cientos de caras en el fondo del agua y Juan quiere cogerlas todas, pero sabe que debe hundirse más. Hunde la cabeza para poder meter los brazos hasta casi las axilas en el agua. Tiene los brazos totalmente estirados dentro del barro. Nota cómo el barro lo abraza y no sabe decir dónde empieza el fango y acaba su cuerpo. No tiene frío. Abre los ojos bajo el agua y ve su rostro cubierto de tierra mirándolo con ojos amarillos. Escucha de nuevo el ladrido del perro, amortiguado por el agua, pero real, y se pregunta qué está haciendo. A su lado el agua parece hervir en pequeñas ondas y Juan sabe que ha comenzado a nevar. Trata de echarse hacia atrás y tomar aire, pero no puede. No siente sus brazos, forman ya parte del lecho de la poza. Los ojos amarillos lo miran con angustia. Empieza a revolverse. Algo tira de él desde el fondo del río y su nariz toca el fango. Intenta sacudirse, sin lograrlo. Siente que debe quedarse quieto, que todo es mejor así, pero no deja de escuchar el ladrido del perro. Cada vez más claro. No aguanta más y abre la boca para respirar, traga agua y respira fango, le arde el pecho y siente cómo le explota, igual que los escuerzos cuando les tiran peñascos. Ya no ve nada, todo es un revoltijo de fango y de agua sucia. El fuego y la presión acaban en unos segundos, aunque a él le parecen eternos. Trata de gritar, tiene la boca llena de tierra y la tierra sabe a carbón y a cristales. Después hay un silencio en el que ya no escucha los ladridos y poco a poco deja de sentir el fuego, apenas nota las sacudidas en las piernas, revueltas en el barro de la orilla. Vuelve a escuchar a la oveja al final, cuando todo se acaba, un pequeño balido que es un grito agudo y se va apagando poco a poco. Solo quedan, muy cerca de él, delante o dentro de su cabeza, mirándolo, unos ojos amarillos cubiertos por el fango.

Lidia

La primera ausencia

8 de julio

Cuando el despertador del teléfono comienza a vibrar, Lidia lo apaga antes de que suene. Lleva casi toda la noche despierta, alternando entre sueño y vigilia, teniendo pesadillas que, en realidad, son mezclas de recuerdos y de reflexiones que ha hecho en la cama. No ha vuelto a ver a Rosario, pero la siente, sabe que está allí, con ella. A veces se ha despertado con la sensación de que le arde la cara, como si estuviera muy cerca de un fuego.

Sus padres se ofrecieron a llevarla al tanatorio al día siguiente en cuanto la vieron entrar por la puerta. En Curva de Arla las noticias vuelan y Raúl era uno de los ancianos más mayores e importantes del pueblo. Lidia suspira, retira las sábanas, se acerca a la ventana y la abre. Se queda allí asomada, muy seria, como desafiando al bosque de chopos que tiene delante. Se imagina a su madre en silencio, agazapada en cualquier rincón de la casa, esperando a que salga para preguntarle qué tal está. ¿Estás ya bien, estás ya bien?, ¿estás mejor, estás mejor? La madre de Lidia no tolera la tristeza o, al menos, la demostración de la tristeza. Cree que, preguntando muchas veces, todo se soluciona. Aunque lo único que su madre ha conseguido con los interrogatorios es que ella se guarde sus penas para sí misma. Se permite estar triste muchas veces en su cuarto, pero solo allí dentro. Por eso le gusta que su ventana dé a un bosque. Está triste por Raúl, quiere estar triste por Raúl y no desea que su madre intente arrebatarle eso.

Escucha a sus padres hablar, siempre se levantan muy temprano. Se aleja de la ventana, aunque la deja abierta, tiene la impresión de que el aire está cargado de malos pensamientos y necesita que se ventile.

No tiene remordimientos por haberse enfadado con él. Sabe que Raúl no estaba molesto y que no había dicho de verdad aquello de que no volviera. Lidia pensaba regresar más pronto que tarde a verlo, pero quería recuperarse antes del orgullo herido. No había sido posible. No tiene remordimientos, pero sí una pena, honda y sincera como un cubo de cenizas. Sobre la mesa, sin haber sido tocado de nuevo, está el informe para el museo. Aún no tiene nada encima, pero sabe que poco a poco se irá cubriendo de papeles urgentes, cosas necesarias —o simplemente más apetecibles— y finalmente desaparecerá dentro de su escritorio. La carpeta no tiene ni polvo, pero ella ya lo siente muerto. Pone la mano encima y piensa que Raúl la tocó con los dedos y que todo lo que Raúl ha tocado alguna vez contiene un poco de su esencia. Aunque lo tocara para rechazarlo, Raúl está en el proyecto.

Escucha pasos acercándose a la puerta y sabe que es su madre. Respira hondo y aguanta el aliento. Tiene pensamientos raros que intuye que vienen de Rosario porque le arde la cara cuando los formula. Piensa que quiere gritarle a su madre que la deje en paz, que se busque su vida; y quiere hacerlo de verdad, de todo corazón, desea que su madre llame a la puerta para gritar. Ha pensado toda la noche en levantarse y coger algún lápiz o algún boli de la mesa y clavárselo. Ha pensado en cortarse con las tijeras para que sus padres se despertaran, porque no entendía por qué ellos no estaban sufriendo. Eso también lo piensa en ese momento, con la mano aún sobre la carpeta y la sombra de los pies de su madre detrás de la puerta, escuchando para saber si está despierta o dormida, para saber si puede preocuparse por ella o no, si ya se le ha pasado la pena, si ya es feliz. Y a Lidia le arde la cara y le desea a su madre la misma tristeza que tiene ella, lanzársela como un rayo o como un puñetazo o un empujón. Apretarle el corazón como lo siente ella apretado cuando se imagina que Raúl se murió pensando que era una niña mimada. Imagina el corazón de su madre aplastado entre sus manos de ascuas. También se ve empujándola por la ventana o por las escaleras.

Respira hondo dos, tres, cuatro veces, y ve los pies de su madre desaparecer. Javier le ha advertido. Sabe que son pensamientos de Rosario, no suyos, pero teme no poder controlar al pesar mucho más tiempo. Ahora solo quiere gritar, pero si lo hace le dará fuerzas. «Márchate», piensa, «no te quiero dentro de mí». Y la cara deja de arderle. Tienen que hacer el ritual esa misma noche, quién sabe si no será ya tarde.

Decide aprovechar para meterse en la ducha. Es una forma de decirle a su madre que está despierta sin tener que hablar con ella; teniendo tiempo para quitarse algo las ojeras y fingir que está menos preocupada de lo que está. Solo un poco de iluminador bajo los párpados. No suele maquillarse, pero espera que su madre no note nada porque además va a ponerse un vestido para ir al tanatorio y eso tampoco suele hacerlo. A Raúl le gustaban las tradiciones.

Cuando está acabando, suena el teléfono de casa y aprovecha para irse de nuevo a su cuarto sin que su madre pueda interceptarla en el camino. Su padre abre la puerta de la habitación de ellos en cuanto sale del baño. Se miran.

—¿A las nueve te parece bien?

Ella asiente y él se dirige a las escaleras sin decir nada. Solo la mira con ternura, aunque sin paternalismo. Lidia nota cómo se le relaja un poco el cuello. Su padre estará allí y estará bien. Se mete en el cuarto para vestirse. Durante ese tiempo, desde que vio a Rosario por primera vez, a veces se pregunta por qué a ellos, por qué a ella. La sensación de sentirse especial que tanto le gusta cuando imagina su escultura a la puerta del museo se le atraganta como una raspa de pescado. La historia está llena de locos que se creían especiales. Desde Nerón hasta Hitler.

Al bajar, sus padres están desayunando. Han hecho tostadas. Lidia sabe que lo han hecho para que ella se siente a desayunar porque en general nunca toman más que un café y un par de galletas, a veces en la encimera, de pie. Tiene mucha pereza, pero su madre está en silencio y le da pena haber pensado en gritarle. Se sienta y coge una tostada mientras su padre le sirve un vaso de leche con un chorrito de café, frío como a ella le gusta.

—¿Qué tal has dormido, hija? —pregunta su madre.
—Regular.
—Ay, qué vida esta. Te acompañamos al tanatorio y nos quedamos allí un rato, ¿vale? Que me acaba de llamar la Tere.

Lidia mira a su madre, que evidentemente quiere que ella le pregunte por lo que le ha dicho Teresa, una amiga de toda la vida de su madre. Aprieta el cuchillo. Va a estar toda la mañana suspirando hasta que alguien le pregunte, a pesar de que a nadie le interesa la Tere ni su vida. Nota de nuevo el calor en la cara y se apresura a responder antes de tener ganas de contestarle mal o clavarse el cuchillo en la mano.

—¿Qué ha pasado?
—Ha muerto su hermano, el Lucas. Ha ido a arrancar el tractor esta mañana y ha fallado el freno de mano cuando comprobaba la rueda, o se ha ido la calza, o vete a saber. Espero que tengan el ataúd tapado, pobre hombre.

Lidia mira a la pared. Se imagina a un pesar susurrándole cosas al Lucas, diciéndole que quite la calza, que se coloque delante del tractor; se lo imagina sonriendo mientras la máquina pasa por encima del hombre, mientras escucha crujir los huesos de las piernas, estallar los músculos, sonriendo cuando se le revientan las tripas en la cara. Se imagina a la Rosario sonriendo mientras pega a su madre y eso hace que se tranquilice. No le dará el gusto. Muerde la tostada, sus padres la están mirando.

—Qué horror —dice, porque es lo que su madre quiere escuchar.

No es que no piense que ser atropellado por un tractor no es una muerte horrible, es solo que entiende ese horror, lo ha racionalizado. Sabe de dónde viene y eso lo hace menos aterrador. Y lo nota cerca, en la nuca, como Javier nota el polvo o el aliento que había, que quizá haya aún, en casa de Raúl Ramos.

Su madre suspira y dice mientras se levanta:

—Me voy a arreglar. Qué cruz de vida. Igual hasta lo hizo aposta él. Vete a saber.

—Mujer...

—No estaba bien, el Lucas, ya lo sabes. No me hagas quedar ahora como la mala o la insensible. Algo tendrá que no se ha casado.

Su padre niega con la cabeza mientras su madre sube las escaleras. Ella sigue comiendo porque no quiere hablar ni que nadie le hable, no porque tenga hambre.

—Tu madre es muy cabezona. Cree que van a llevarlo al tanatorio ahora, cuando no hace ni dos horas que ha muerto. Además de esa manera. Espero que, cuando vea que no vienen, quiera bajarse a casa. Yo creo que al Lucas no lo llevan ni al tanatorio. Así que cuando quieras que nos volvamos de ver al tío Raúl, nos venimos.

Lidia asiente. Él se pone en pie y le coloca una mano en el hombro. Bernarda y Javier tienen razón. Los pesares están descontrolados. Lidia se levanta, deja la taza en el fregadero y por la ventana mira el camino de tierra, desde donde Rosario, vestida con un saco de patatas y con la cara quemada, la saluda. Es la primera vez que la ve desde su regreso de la huerta a la muerte del tío. Lidia la mira sin expresión en la cara y cierra los ojos antes de girarse.

Cuando salen en el coche, Rosario no está a la vista, pero Lidia la siente agazapada en el coche, enredada en sus pies, durante todo el camino. Su madre se esfuerza por ser insoportable, por soltar suspiros y frases hechas como si a ella se le hubiera muerto alguien. Lidia se sienta sobre sus manos porque quiere tirarle del pelo o coger el volante de su padre.

No pasa apenas tiempo en el tanatorio. Hay mucha familia de Raúl y casi todos consideran que ella no es una verdadera Ramos.

El ataúd está cerrado y tras los saludos de rigor decide irse antes de que su madre la obligue a esperar al Lucas. Javier no ha aparecido. Ni Javier ni nadie. Así que Lidia piensa que puede estar en el huerto. Durante el camino de vuelta está con los ojos cerrados, en silencio, concentrada en no dejar pasar ningún pensamiento negativo que desate la tormenta de Rosario. Su madre, quizá porque su padre le ha dicho algo, permanece callada. Tiene que quedarse en el huerto el resto del día o no podrá controlar al pesar.

—Yo voy a ir a dar un paseo. Luego he quedado, no sé a qué hora vendré.

—¿Cómo que no sabes a qué hora vendrás?, entonces, ¿hago comida o...?

—Cariño, ve tranquila —corta su padre.

—Pero...

—Vale, ya.

Y los dos entran en casa. Lidia se queda en silencio un segundo mirando la entrada. No ha sentido ganas de gritar a su madre y eso la alivia. Se siente ridícula allí plantada con un vestido negro. Ve al final de la calle, en el camino opuesto a las huertas, a Rosario, sonriendo. ¿Por qué no se acerca a ella? Nota cómo le arde el tobillo, la marca que le hizo el primer día. Se la mira y ve que ha crecido, que ahora ocupa casi el doble, ya parece una mano. Se gira hacia Rosario y le enseña el dedo corazón. La niña sigue quieta.

Echa a andar y escucha cómo Rosario anda. Si se para, la niña se para. No se gira para comprobarlo. Sorprendentemente no tiene miedo. Sigue andando hasta que de pronto Rosario se para, a pesar de que ella sigue adelante. Se gira. La niña está en la puerta de su casa. La abre y entra. Lidia echa a correr hasta su casa, notando cómo le arden las piernas y las manos, y se detiene de golpe. Rosario no puede hacerles nada a sus padres. Rosario, no, pero ella, sí. Se da cuenta de que es una trampa. Se da la vuelta. Echa a correr hasta la huerta. La cancela está abierta, Bernarda está dentro, sentada bajo la encina. Se pone en pie en cuanto la ve llegar. Lidia tiene mucho calor y el vestido negro se le pega al cuerpo. Bernarda se acerca y le coge las manos. Está mucho más vieja de lo que estaba la noche anterior, aunque quizá fuera la falta de luz. Lidia le cuenta lo que ha pasado y ella la abraza.

—Has hecho bien.

—Yo, si hubiera entrado… yo, quería proteger a mis padres.

—La Rosario te conoce. Lo sabe. Mira.

La separa y la acerca a la cancela. Al otro lado del sendero está la Rosario, sentada entre las ortigas, parece enfadada. Lidia suspira y comienza a tranquilizarse.

—¿Ella podría haberles hecho daño a mis padres?

—Ahora son fuertes. Quizá, sí. Pero no va a soltarte para irse con ellos. Tú eres mejor, tu sangre es más fuerte.

Se acercan a la encina y se sientan en la hierba.

—Estás a salvo aquí. Debemos esperar a que vengan los demás, hay que hacer el rito cuanto antes.

Permanecen en el huerto toda la mañana. Bernarda le explica que el ritual debe realizarse lo más cerca posible de la encina y que solo tiene que ver con el corazón del guardián y las intenciones de las palabras. Bernarda le habla y la chica siente que la está haciendo responsable de todo, que ella será la que tenga que coger ese corazón, quizá sacarlo del cuerpo de Prudencio, y enterrarlo. Traga saliva. El cura ha quedado en traer unas pastillas que hagan todo más sencillo y menos violento.

—El corazón debe estar cubierto de tierra porque es la tierra de la que beben las raíces de la encina. Tendrás las manos manchadas de la sangre y la tierra. No te las limpies. Debes darte prisa, antes de que el alma de Prudencio abandone el pueblo. Luego apoya las manos en el lugar donde hayas enterrado el corazón y di las palabras.

—¿Qué palabras?

La muchacha no se siente capaz de memorizar nada en ese estado, pero Bernarda las repite durante tantas horas que es imposible pensar en otra cosa. Es casi una oración que habla de la tierra, la sangre, el polvo y el olvido. Casi parece un poema. Cuando Bernarda se asegura de que lo ha memorizado le dice:

—Pero las palabras no son nada. Tienes que creértelo, Lidia. Por eso sería mejor que no lo hicieras tú sola. Por eso la fe de Javier lo haría más sencillo. Todo dependerá de si crees en lo que estás haciendo.

Ella asiente. Bernarda parece exhausta después de explicarle todo y deciden descansar unos minutos. Lidia está nerviosa, pero en el huerto no tiene cobertura y no puede llamar a nadie. No sabe si los demás están bien. Se lo dice a Bernarda.

—Lo están, aún puedo percibirlos.

—¿Aún? —pregunta Lidia.

Bernarda la mira. Tiene los ojos negros, hundidos en la cara, como si se estuviera consumiendo y arrugando. Hay un poso de tristeza en su mirada. Tristeza, cansancio y resignación.

Bernarda es una mujer a punto de rendirse. Suspira. Qué le debe de estar pasando para que se esté dando por vencida.

—Aún.

Lidia se acerca y casi puede oler la muerte cuando la coge de la mano, la mano que es un pajarillo caído del nido.

—Estás muriendo.

Ella sonríe con tristeza.

—Otra vez. Sí. Lo vi cuando se abrió la grieta. He tenido pocas premoniciones, creo que no es un poder asociado a mi tarea, quizá es algo que he heredado de mi familia... A veces no se han cumplido, pero esta... Todo lo que he visto, ha pasado.

—¿Qué significa eso?

—Significa que, si no encontramos un sustituto, la puerta se abrirá del todo esta misma noche. Puedo notar cómo Daniel se hace más fuerte a medida que yo me debilito. Él ya puede percibiros mejor que yo. Si él controla a los pesares, si es lo que yo creo...

Se sientan en la hierba y continúa:

—Daniel no es un pesar, pero se está metiendo en la sangre de Javier. No es un pesar, es algo peor, estoy segura. Y Javier está resistiendo, pero Daniel le está dejando probar su poder, le está haciendo ver lo fuerte que podría ser con él. Si entra en Javier del todo, si destruye a Javier y se queda con su cuerpo, podrá entrar aquí. Si entra aquí, la puerta se abrirá del todo. Aunque Prudencio sea el nuevo guardián. Quizá el padre no tenga poder para parar a Daniel dentro de un cuerpo. La sangre de Javier... La sangre de Javier es tierra de estos campos, es la fuerza que Daniel necesita. —Niega con la cabeza—. No es Daniel. Lo llamo así, pero no lo es, es... otra cosa. No sé qué es, la sombra, quizá, que ha tomado su forma para asustarme, para imponerse a Javier. —Hace una pausa y parece decidirse a contar algo—. Bajo esta encina descansa mi corazón y en aquella el de Daniel. Por eso los pesares no pueden entrar aquí. Es necesario renovar esos votos. No me he atrevido a desenterrar el corazón de Daniel porque en teoría no debería haber nada en ese lugar, solo polvo consumido.

Lidia se levanta, puede que Bernarda no se atreva, pero ella tiene que saber si Daniel es un pesar o es el propio Daniel. Bernarda sigue diciendo cosas sin mucha coherencia y no le suelta la mano. La mira suplicante mientras habla, aunque no parece estar allí. Habla de sus recuerdos en Curva y de besar la tierra y unos calabacines. Una racha de viento mueve las hojas de la encina, contestando quizá a las palabras de Bernarda. Lidia no sabe qué decir o qué pensar. Le suelta la mano. El pelo de Bernarda se está volviendo transparente y Bernarda respira con dificultad. Se gira mientras la mujer sigue hablando y se dirige a la encina. De pronto, Bernarda se calla un segundo, parpadea y la mira como si acabara de despertar. Se vuelve a arrodillar, ya pensará en el corazón de Daniel más tarde. Comienza a hablar de nuevo, muy alto y muy rápido:

—Javier debe resistir, tenéis que encontrar un nuevo guardián y cerrar la puerta, expulsar a Daniel antes de que sea tarde. Pero sobre todo tenéis que proteger a Javier. Él no puede saberlo. Javier tiene miedo y Daniel se alimenta de ese miedo. Si cree que puede rechazar a Daniel, lo hará. Y, si no conseguís otro guardián, la puerta se abrirá de todos modos esta noche, y entonces nada podrá protegeros.

Bernarda cierra los ojos.

—Quizá este haya sido siempre un lugar maldito. Va a ocurrir pronto, lo sé.

Prudencio entra en ese momento en la huerta, parece tranquilo. Ve a Bernarda, que permanece callada, y se agacha junto a ella.

—¿Qué ocurre?

Lidia le pone en situación mientras el sol se va anaranjando.

—Es terrible. Han muerto más de diez personas hoy —les dice como contestación mientras se sienta junto a Bernarda.

No va vestido con sotana, ni siquiera lleva el alzacuellos, aunque sí que porta una cadena con una cruz—. Estoy preparado, Bernarda. Dios lo ha querido así.

Saca un cuchillo del bolsillo y un bote de pastillas. Ella lo mira y sonríe.

—Debemos hacerlo ahora, debéis hacerlo vosotros dos. Los demás no creo que vengan.

La mujer habla raro y Lidia se da cuenta de que no tiene dientes, de que quizá se los haya tragado. Le cuesta mantenerse sentada y se ladea.

—Ponte bajo la encina —le dice a Prudencio—. Sentado sobre el círculo donde no crece hierba.

El cura obedece. Bernarda se pone la mano en el pecho en ese momento. Después se la lleva a un costado.

—Carlos —dice—. Carlos.

Gira la cabeza sin soltarse y mira la entrada a la huerta. Daniel está allí, apoyado, sonriendo. Lidia lo ve por primera vez y sabe que es él sin ninguna duda. Prudencio regresa y coge a Bernarda antes de que se desplome sobre la hierba. Respira trabajosamente.

—Debéis acabar el ritual. Javier vendrá. Hago mías sus heridas, Daniel. Hago mías sus heridas. —Prudencio sujeta la cabeza de Bernarda. La mujer sangra por los costados. Ha dejado de respirar. La mano cuelga como una perdiz en el cinturón de un cazador.

Prudencio cierra los ojos de Bernarda y se pone a rezar. Lidia mira la cerca, Daniel ha desaparecido, pero ahora puede ver no solo a Rosario, sino también a dos jóvenes con las cabezas abiertas.

Carlos

Urgencias

8 de julio

Había una mosca en la ambulancia. Se movía por encima de vosotros y nadie más que tú parecía prestarle atención. La enfermera te hacía preguntas, pero tú no contestabas a ninguna de ellas. No porque no la escucharas, sino porque no te daba la gana. No sentías dolor. Te sentías cansado. Podías haber peleado por levantarte, hacer que te dejaran en paz, pero no te apetecía. La mosca nunca se posaba, daba vueltas y vueltas, y tú, aunque quizá solo lo imaginabas, escuchabas el molesto zumbar de sus alas por encima de las voces.

Te habían tapado las heridas, pero sabías que ya no tenías nada, que habían desaparecido. Cerraste los ojos y los notaste escocer. Querías apretártelos con los dedos, ver las flores de colores y las estrellas, pero no podías, tenías las manos pegadas a la camilla y la enfermera te apretaba una de ellas para que no la movieras.

Tenías que encontrar a la profesora. Javier tenía razón. Y habías dejado al maricón solo, con aquel hombre con sombrero y cara de vaquero del oeste. Daniel Ramos te había mirado y ese único segundo había llenado de tierra todo el fuego blanco. Ramón se había ido, pero sabías que debajo de la tierra aún quedaban rescoldos. Cuanto más te alejases de Javier —cómo te jodía admitir aquello—, más fácil era que volviera Ramón. Y aquella vez, si volvía, tenías claro que ibas a dejar que te matara. Mejor tú que cualquier otro.

—No quiero matar a nadie —dijiste.

Eras consciente de lo que pasaba a tu alrededor, pero solo de un modo vago.

—Nadie va a morirse —te contestó la enfermera.

La mosca seguía dando vueltas dentro de la ambulancia y, por un lado, querías que alguien abriera la puerta y la dejara salir y, por el otro, necesitabas que estuviera allí, dando vueltas como una amenaza. Quizá por eso no se posaba en ningún sitio. Por eso solo te vigilaba o te seguía, como los buitres a las reses perdidas, esperando el momento de la muerte.

Llegasteis al hospital y, a pesar de que nadie fue capaz de encontrar tus heridas, decidieron hacerte algunas pruebas. Había bastante ajetreo aquella noche y te pareció que nunca te atendía la misma persona. Te dieron un pijama de hospital para que no cogieras frío mientras esperabas en el box. Por suerte, no viste en ningún momento a la Pilar. Esperabas que estuviera bien y que hubiera decidido ir al médico el lunes.

—Está en shock.

—La llamada habló de una caída, pero no tiene ni rastro de ninguna herida ni contusión.

—¿De quién es esa sangre?

—¿Hemorragia interna?

—Debería pasar la noche aquí.

Todo el mundo hablaba como si no estuvieras presente, y, en parte, era cierto. Ya habías asumido la muerte, la habías abrazado y de pronto algo te había escupido de nuevo a la vida. Una vida sin Pilar y sin hijos. Se te hacía raro pensar en la Pilar, como si fuera el personaje de una película que hubieras visto y que te gustaba mucho. Te parecía, ahora que el fuego estaba dormido, que había sido otra persona la que había pensado que podía haberte engañado con lo del aborto. De manera rotunda supiste que vuestra relación estaba acabada. Te miraste las manos, mientras el personal sanitario seguía hablando, y te dieron miedo. Ramón Medina debería haberte matado, así todos los demás estarían a salvo. Te aguantaste las ganas de llorar y esperaste a que te dejaran en una habitación. Te habían hecho radiografías, un escáner y mil mierdas más. Te dejaron en observación hasta que tuvieran los resultados. Compartías el cuarto con otro hombre, que también estaba solo y que dormía. Te levantaste sin hacer ruido y buscaste tus pantalones y las deportivas en el armario; después abriste el del otro paciente y buscaste una camiseta. Te la pusiste —te quedaba enorme— y entraste en el baño.

La camiseta era azul cielo y estaba llena de flores hawaianas rosas. Te encogiste de hombros. Podría haber sido peor. No tenías cara de enfermo, pero tampoco sabías de qué tenías cara o quién eras. Ya no eras Carlos Medina, la cara te había cambiado, como si el dolor de las puñaladas, la tierra, la sal, las raíces que te habían crecido por dentro la hubieran cambiado. Tenías varias arrugas, quizá siempre las habías tenido, y estabas muy pálido. Aunque eso puede que fuera por los fluorescentes. Te levantaste la camiseta; ni rastro de las heridas o de las cicatrices. Aquellas puñaladas solo se te iban a notar en la cara, lo supiste enseguida, en el mirar. Había una tristeza seria y adulta en tus ojos. Mierda.

Saliste sin hacer ruido del baño y luego de la habitación. No tuviste que pasar por el puesto de enfermería para salir del ala y alcanzaste uno de los ascensores. En la papelera tiraste los indicativos de la muñeca. Bajaste a la cafetería siguiendo una corazonada. Tenías que encontrar a Almudena. No sabías para qué, pero se lo debías al profesor. Y no querías deberle nada a nadie y menos aún a Javier. Te había salvado la vida, le devolverías el favor, acabaríais con esa pesadilla y seguiríais cada uno por su lado.

Había poca gente en la cafetería. El corazón te dio un vuelco cuando confundiste a un hombre gordo, que tomaba algo de espaldas a ti, con Ramón Medina. Empezaste a sudar. Tenías que comportarte. A nadie en el hospital le importaba lo que hacía un chaval que decía que se había herido y que no tenía nada, pero, si empezabas a actuar de forma extraña, quizá la cosa se complicara y empezaran a hacer preguntas más serias. Javier había sido listo al no mencionar las puñaladas. La policía habría llegado antes que la ambulancia y la cosa se hubiera puesto fea para los dos.

La profesora estaba allí. En la mesa más alejada de la gente. Sujetaba entre las manos un vaso y tenía delante, sentado, un hombre que, supusiste también, sería su marido, tu primo lejano. Ella parecía no prestarle atención y miraba por el ventanal. El hospital estaba situado sobre el cerro del Pedrazo y desde allí se veían, a lo lejos, los montes del valle del Arla. Te preguntaste si estaría tratando de ver las luces de Curva, a cuarenta kilómetros. Por fin había anochecido del todo. Los dos parecían cansados, como si no hubieran dormido, e imaginaste que ella estaba siendo acosada por otro pesar igual que tú.

Te acercaste un par de pasos, pero te detuviste de golpe. ¿Qué le ibas a decir?, ¿te reconocería? Estaban en un hospital, quizá hubiera pasado algo y no tuvieran la noche para fiesta. Puto Javier Castillo. ¿Por qué no había sido él quien había ido a hablar con la profesora? Durante un segundo viste una chica, de unos dieciséis años, vestida con un mandil negro, una falda y una blusa de cuadros grises. Fue solo un segundo, pero estuviste seguro de verla. La chica mesaba el cabello de la profesora y sonreía. A sus pies había un charco de sangre. Mierda. El pesar desapareció en cuanto lo viste, pero te dio la impresión de que se giraba hacia ti. En ese momento, la profesora también se giró y te miró a los ojos, en silencio. Debías de parecer un pesar, allí plantado en medio de la cafetería, totalmente ajeno a los sonidos amortiguados de cucharillas y platos de cerámica, a las toses y los susurros. Con esa ropa que no era tuya y la cara de viejo que se te había puesto.

Tu padre te diría, podías escucharlo en tu cabeza, que todo aquello eran gilipolleces. No. Diría «mariconadas». Todo aquello eran mariconadas. Que ningún gordo se te estaba apareciendo, que estabas inventándote la aparición, las puñaladas, el olor. Que lo estabas inventando todo para no reconocer que no eras capaz de controlar a la Pilar, que no eras capaz de dejar embarazada a tu novia. Era como si tuvieras su voz en la cabeza diciéndote qué hacer y observándote constantemente. Si Ramón Medina te mataba, aquello solucionaría un problema. Te tocaste las cicatrices de los costados, las ausentes, por encima de la camiseta, y sentiste un punto de rencor por aquello que te había salvado y por Javier Castillo, que había hecho desaparecer a Ramón solo tocándole la frente. Sentiste rencor hacia todo. Todo, el mundo, Pilar, tu padre, el fofo de tu jefe, todo conspiraba para que las cosas nunca te salieran como tú querías.

Y entonces percibiste el olor y sentiste el fuego blanco de nuevo en el estómago; muy pequeño. Pequeño pero real. La profesora miró por encima de tu hombro un segundo y volvió a tus ojos. Ramón Medina había vuelto. Empezaste a respirar agitadamente. No debías dejar que se diera cuenta de que ya no podías defenderte. Te dieron ganas de correr hacia la profesora, pero no hiciste nada. Tensaste los músculos de la espalda esperando otra puñalada. Te la imaginaste, casi la sentiste como habías sentido las primeras. Estabas en un hospital, si pasaba quizá te volvieran a salvar. Devolviste la mirada a la profesora, desafiante. No la desafiabas a ella, claro, pero era lo que tenías delante y no querías girarte y ver el ojo de Ramón, su sonrisa burlona envuelta en sangre y sus dientes arrancados por la bala. ¿Seguiría siendo obeso o habría vuelto a su forma normal? Ella asintió y se volvió hacia su marido, que miraba un teléfono. Le puso una mano sobre la suya, sonrió y le dijo algo. El hombre asintió y se levantó. Te giraste hacia la barra y fingiste que esperabas a que alguien te atendiera por si te reconocía. Ramón se rio detrás de ti, con una carcajada grumosa de sangre y fuego blanco. No sabías dónde estaba, pero no querías darte la vuelta. Olía a carne podrida. Cuando una mujer con acento extranjero se giró hacia ti para preguntarte qué querías, le dijiste que no con la cabeza y volviste a mirar hacia la mesa de la profesora. Saúl pasó a tu lado sin siquiera verte y se fue. Ella te miraba, muy seria. Te acercaste deprisa, intentando no correr, y notaste los pasos de Ramón detrás de ti. Te lo imaginaste enorme, como un gran elefante de fuego blanco y vísceras, de grasa purulenta que hervía. No viste a la niña y la profesora no pareció ver a Ramón cuando te acercaste a la mesa. Ocupaste el lugar de su marido y te quedaste callado, con las manos en las piernas, sin saber qué decir.

—¿La has visto? Me ha dicho que puedes verla.

Miraste hacia el sitio en el que habías visto su pesar por última vez. Asentiste.

—La he visto solo una vez. Te acariciaba el pelo.

La profesora movió los hombros como si le hubieras dicho que tenía una araña. Aquel gesto infantil, de indefensión, te repulsó. Podrías haberla abofeteado allí mismo si no te hubieras dado cuenta de que ese pensamiento, ese deseo, no provenía de ti, sino de Ramón Medina. Su aliento, el mismo que salía de los camiones de basura al acabar la ronda, te envolvía como una nube fétida. Respiraste por la boca, pero aquello fue peor, el olor se te coló en la lengua, te hizo saborearlo. Era salado como el sudor y sabía, también, a hierro y a carne en mal estado.

—Es insoportable. No puedo más. He... —Se miró las manos—. Creo que he matado a una niña.

Te callaste. Tú casi matas a Javier Castillo. Hubieras matado a la Pilar, te hubieras dejado morir. Podrías matarla a ella. No se te ocurría ninguna razón por la que no pudieras —por la que no debieras— matar a la profesora. Seguro que se lo merecía, seguro que era débil. No. No eran tus pensamientos. A ti te la sudaba lo que pensara aquella mujer. Aquella mujer no sabía que Pilar había abortado, quizá ni siquiera la conociera. Negaste con la cabeza, pero lo hiciste para ti mismo, aunque, de nuevo, la profesora se pensó que la negabas a ella, quizá pensó que no te creías que había matado a una niña. Claro que lo creías.

—¿Nos estamos volviendo locos? —preguntó.

Ella te miró. No te parecía la clase de persona que se vuelve loca. Mantuviste aquella mirada unos segundos, intensos, de silencio. El olor de Ramón Medina se atenuó, como si se hubiera alejado o como si te hubieras acostumbrado a él. La profesora se echó un poco hacia atrás en el respaldo, quizá su pesar hubiera dejado de tocarle el pelo. Estuviste tentado de girarte y ver si, en efecto, Ramón Medina se había alejado, pero no lo hiciste. No hacía falta. Los dos juntos erais más fuertes, más racionales. Eso era lo que quería Javier. Por eso quería que estuvierais juntos.

—Javier me dijo que te buscara.

Respiró hondo.

—Mi marido no tardará en volver. ¿Dónde está Javier?, ¿qué está pasando?

—No sé. Me dijo que te buscara, que no me separara de ti. Creo que ha pasado algo en el huerto. Él está distinto, es...

Te callaste. No podías decirle que no parecía marica.

—Carlos, ¿qué le ha pasado a Javier?

Ella se sabía tu nombre, tú jamás consideraste que fuera importante ni siquiera escuchar el suyo hasta que Javier te lo había pedido. Te miraba a los ojos de una forma autoritaria. No hubieras querido tenerla de profesora en el instituto. Debías responderle, pero, en el fondo, todo lo que tenías eran intuiciones. Quizá Javier siempre hubiera sido así y tú, simplemente, no lo sabías. Pensaste en las navajas y en el vaquero.

—Hay un hombre con él.

Ella guardó silencio, esperando a que continuaras, pero de reojo miró la puerta de la cafetería.

—Es un hombre mayor. Yo lo he visto. No como la tuya. Es... distinto, no desapareció. Tenía una navaja. Javier tenía una navaja y me dijo que quería hacerme daño, pero que no lo haría. Me dijo... Tiró la navaja, pero tenía más. Hizo que Ramón desapareciera. —Te giraste un poco para señalar con la barbilla a tu pesar—. Me pareció distinto. No estaba asustado.

Ella asintió. Puso una mano sobre la tuya, que seguía en tu muslo. Estaba fría y la notaste húmeda. No con la humedad del sudor, sino como si acabara de tener las manos sumergidas en agua. Las venas de la mano eran de color gris oscuro, casi negro. Ella miró su propia mano y la retiró.

—Tenemos que ir al huerto. Tenemos que ayudar a Javier —dijo.

Los dos mirasteis en dirección al valle. No querías volver al huerto.

—No voy a permitir que Javier muera. Nadie más va a morir. Tiene que haber otra manera de acabar con esto. Hay que terminar con esta locura de una vez. No tiene sentido, no es real, no puede ser real. Soy científica, tiene que existir una explicación. Y, si existe, deberíamos poder controlarlo. Todo es natural. Esto —señaló a los pesares— tiene que ser natural. Si existe en la naturaleza es natural y explicable. Únicamente es desconocido.

Te miró muy seria como si acabara de explicarte un tema en clase.

—Javier dijo que no había tiempo, que nos quedáramos juntos y que...

—Sí, me imagino a Javier diciendo eso. Pero Javier no es un héroe. Yo no voy a quedarme aquí contigo. Me voy. Si quieres estar conmigo, estarás conmigo allí. ¿Tienes coche?

Sabías que tenía razón, que Javier había querido salvaros, pero que, si os juntabais todos, los pesares serían más débiles. Se puso en pie y viste, otra vez por un segundo, a su pesar detrás de ella, con los brazos caídos y el rostro enfadado. Te miraba. Del abdomen, abierto y ensangrentado, le colgaban todas las vísceras.

Javier

Tiempo de silencio

8 de julio

Bernarda había muerto. Javier lo sabía, no porque no pudiera percibirla, nunca había sido capaz de eso, sino porque había visto su muerte y, además, había aumentado su capacidad de percepción de los demás. Ahora no solo podía saber dónde y cómo se encontraban sus compañeros del huerto, sino que también percibía quién de sus vecinos portaba la sangre. No había muchos, pero Javier sabía dónde podría encontrarlos. También notaba los pesares. Se estaban reuniendo todos en el huerto. Si no los controlaban ahora, mucha más gente moriría.

Las carreteras estaban casi vacías. A pesar de que había refrescado, parecía que los curveros intuían que algo estaba pasando y habían preferido mantenerse en casa. Las terrazas de los bares estaban casi vacías. Como un martes de febrero de madrugada. Sintió un escalofrío y siguió conduciendo. Daniel permanecía a su lado. Sonreía. Javier lo sabía a pesar de que no le prestaba atención, ocupado como estaba en la carretera y en su nueva percepción, que lo hacía estar en varios sitios al mismo tiempo. Olía a tierra mojada, pero no había llovido.

Sabía que la puerta se estaba abriendo. Sabía que corrían un grave peligro. Lo corrían mucho antes de que Bernarda se fuera, pero su desaparición lo había acelerado todo. Bernarda era la última barrera que había entre los pesares y la gente de Curva. Javier había visto el tanatorio, había comprobado el número de personas que habían muerto en las últimas horas, desde la muerte de Raúl. Si eso sucedía con la muerte de uno solo de ellos, no quería imaginarse lo que sucedería si, tras la desaparición de Bernarda, los cinco restantes morían.

A medida que pasaba el tiempo, la percepción aumentaba. Era una sensación extraña. Lidia estaba en el huerto con Prudencio. Los pesares esperaban fuera de la cancela y otro Daniel Ramos, una proyección, quizá, los acompañaba. Javier sabía que el verdadero era el del asiento del copiloto, igual que él podía estar en el huerto y a la vez estar viendo a Almudena en el hospital, viéndola despertar, expulsar a Daría de su cuerpo, justo cuando la ambulancia que llevaba a Carlos Medina entraba en urgencias. Y nada de eso le impedía ver los semáforos, frenar, acelerar. Nada de eso le hubiera impedido, lo sabía, mantener una conversación con Daniel si hubiera querido.

Llegó a la ermita y aparcó frente al parque de los viejos. Se internó en las huertas cuando casi era completamente de noche. Daniel lo seguía en silencio. No lo escuchó correr, pero, siempre que se giraba, estaba justo detrás. Se paró a tomar aliento después de la última curva, cuando ya se veía la huerta. Los pesares se volvieron hacia él. Javier, sin haber escuchado jamás sus historias, los conoció a todos. Vio a los hermanos que se habían matado a pedradas, el hombre ahogado, la niña quemada. Sabía los nombres, podría llamarlos, hablar con ellos. Incluso los de Almudena y Carlos estaban allí. También la réplica de Daniel. Él podía hacer que se fueran con solo rozarlos, pero sabía que volverían.

En teoría, a pesar de que intuía que sería un buen guardián, no estaba destinado a ello. Era injusto. Sabía que Prudencio era mayor, que no tenía familia y que estaba acostumbrado a dedicar su vida a los demás, pero eso no impedía que Javier sintiera cierto resquemor.

Daniel se paró a su lado y después caminó hasta ponerse en el centro de los pesares. El segundo Daniel desapareció. Todos miraron al que le había acompañado.

Javier se movió hacia la cancela sin que le prestaran atención. Daniel parecía estar comunicándose con los pesares sin hablar con ellos, pues miraba alternativamente de uno a otro. Dudó si abrir la sebe. En teoría, los pesares no podían atravesarla y entrar en el huerto. Probablemente hubieran estado ya dentro de no ser así, pero no sabía hasta qué punto podía confiar en lo que Bernarda había sabido. Las reglas parecían haber cambiado. Suspiró, abrió la cuerda y empujó. Cerró al pasar. Los pesares se volvieron hacia él y lo miraron. Daniel sonreía de nuevo. Aquello asustó a Javier.

Lidia y Prudencio estaban arrodillados junto al cuerpo de Bernarda, que estaba bajo la encina. Lidia se giró y lo miró muy seria. Javier se acercó. El cadáver de Bernarda parecía antiguo, desenterrado después de varias décadas. Tenía pequeños jirones de carne sobre los huesos, una sonrisa macabra de animal muerto y un rastro, leve, como el plumón de un buitre, de pelo blanco enmarañado sobre la calavera. Lidia lo miró en silencio mientras se acercaba. El padre Prudencio parecía rezar algo.

—¿Dónde estabas?

Javier suspiró.

—En el tanatorio. He visto a Carlos.

—Bernarda ha muerto. Otra vez. Se ha ido.

—Ya lo sé.

Lidia miró por encima del hombro de Javier, hacia los pesares, y después volvió a mirar a Javier. Parecía que intentaba averiguar algo.

—Algo malo está pasando, Lidia. Puedo veros a todos, sé dónde estáis, lo que hacéis. A medida que pasa el tiempo, sé más cosas. Puedo escuchar a Almudena mientras te digo estas cosas, está hablando con su marido. Creo que me estoy convirtiendo en Bernarda.

Lidia negó con la cabeza y se acercó a él. Se apartaron del cura y se pusieron de frente a la sebe. Daniel los miraba. Se había levantado viento y hacía tiempo que había anochecido del todo. Lidia lo cogió de las manos.

—Javi, no es Bernarda, es Daniel. —La chica no lo miraba a los ojos—. Supongo que ya lo sospechabas. Bernarda me avisó. Daniel no es un pesar, creemos que...

—¿Creemos?, ¿quién?

—Bernarda y yo.

Javier soltó sus manos. Así que Bernarda había confabulado con Lidia.

—¿Y qué creéis, si puede saberse?

Lidia volvió a mirar hacia Daniel.

—Bernarda no quería decirte nada porque no sabía cómo reaccionarías, no sabía si eso le daría más fuerza a Daniel. Hasta ahora lo has controlado, pero se está haciendo fuerte, has dejado que crezca, has usado su poder.

—Es el poder de Bernarda. Lo he usado para salvar a Carlos.

Lidia negó con la cabeza.

—Sabes que a Carlos lo salvó Bernarda. Lo sabes.

—No. Yo estaba allí. Yo vi al pesar, vi a Ramón Medina apuñalando a Carlos. Yo hice desaparecer a Ramón. No Bernarda. Carlos iba a matarme, yo lo detuve.

—Ella dio su vida por...

—¿Y de qué hubiera servido si yo no expulso a Ramón?, ¿qué hubiera impedido que volviera para herir a Carlos?

Javier sabía que, a pesar de lo que había hecho, Ramón acabaría volviendo, sabía que estaba al otro lado de la puerta, pero no dijo nada. Miró a Prudencio. Tampoco dijo nada. ¿Es que opinaba como Lidia?

—No lo sé, Javier. Todo lo que te estoy diciendo es por tu bien. Aún no es tarde. Si Daniel no ha podido entrar es porque no está del todo en ti. No lo dejes avanzar, no uses más su poder.

—Pero ¿no entiendes que eso es precisamente lo que ellos quieren? Si rechazo el poder de Daniel, no nos queda nada. Si lo acepto, habrán logrado ponernos a los unos contra los otros. Estamos pensando que la solución es un extremo u otro, y quizá haya otra manera. No, Lidia, la solución no es tan simple como la planteas. Bernarda ya no está. No hay guardián, la puerta se está abriendo. ¿No lo notas? Son cada vez más fuertes, no podremos contra ellos. ¿Qué sabemos en realidad?, ¿podremos hacer el rito sin Bernarda?, ¿qué pasará si Prudencio muere y eso abre del todo la puerta?, ¿dime, Lidia?, ¿has hablado de eso con Bernarda?

Bajó la mirada y entrelazó los dedos.

—Pero...

—No. Nada de peros. —Por un momento se sintió como si estuviera dando una clase o como si fuera su madre cuando lo sermoneaba—. Tenemos que pensar y tenemos que pensar juntos. Hay que decidir y rápido. No podemos desconfiar unos de otros.

Aunque ya era tarde para Javier. Lo sabía. Le pasaba siempre. Ya no le afectaban las traiciones, pero sentía que había hecho el ridículo, como en las relaciones, como con su familia. Cuando descubría que los demás habían hablado de él, que pensaban algo que no le habían dicho, sentía que le habían dejado hacer el ridículo. Se sentía dolido. Él hubiera dado la vida por aquellas personas, pero ellos lo consideraban una amenaza. Quizá hubiera sido mejor hacer caso a Almudena y haberse marchado de vacaciones fuera de Curva. Quizá entonces todo esto le hubiera pasado desapercibido, hubiera vuelto, otra persona hubiera cerrado la puerta, o no, y hubiera seguido con su vida. ¿Por qué nunca era capaz de ser egoísta, de pensar en sí mismo?

Tenían que confiar los unos en los otros, cierto, pero eso era la teoría. En la práctica, por mucho que Javier se esforzara, la relación con Lidia se había roto. Ya no había vuelta atrás, algo se había quebrado, su amistad era un plato partido que siempre tendría una cicatriz, que siempre acabaría perdiendo porcelana, por mucho que se pegaran los pedazos. Le había pasado con Hugo, le había pasado con casi todo el mundo menos con Almudena. Y con los libros. Los libros siempre estaban ahí, siempre podía regresar a *Tiempo de silencio* y el monólogo de Pedro seguiría siendo el monólogo de Pedro. Seguiría vagabundeando por las calles de Madrid, leyendo sobre ratones, abortos y verbenas. La gente, no. Le hubiera gustado convertirlos a todos en personajes de libro.

—Javier. —La voz de Daniel sonó grave. Lidia levantó la cabeza y miró al profesor, no al pesar—. Ven. Tenemos que hablar.

—No vayas —dijo Lidia.

—Venid los tres, no es ningún secreto lo que tenemos que hablar. Puedo hablarlo a voces si preferís.

Prudencio se puso en pie y se acercó.

—Vete de aquí, sombra —dijo el cura.

Ramón Medina se acercó a la cancela y la empujó. A sus ojos no era la figura grotesca que, Javier lo sabía, veía Carlos, sino un joven vestido con el uniforme de una gasolinera, con media cabeza volada por un disparo. La puerta se movió un poco. Daniel sonrió. El otro pesar retrocedió unos pasos y se quedó junto a los demás, detrás de Daniel.

—Me necesitáis, os guste o no. Dentro de poco, no solo podrán moverla. Este lugar está perdiendo su protección. Soy vuestra última esperanza.

Todos se miraron. Javier quería acercarse y hablar, pero sabía cómo sonaría eso si lo dijera en voz alta, sabía cómo se lo tomaría Lidia. Y si lo sabía, eso indicaba que no estaba bajo la influencia de Daniel tanto como ella se pensaba.

—Dejad de perder el tiempo. Si quisiera convencer a Javier, podría hablar con él sin que os enterarais. Puedo hacer que solo él me escuche. Os estoy dando la oportunidad de que salgáis con vida, de que mucha gente que queréis salga con vida. Solo quiero una cosa a cambio.

Lidia y Javier se miraron. Prudencio había tomado la iniciativa por ser el más mayor, pero Javier sabía que nada de lo que dijera el cura podría contra la decisión que tomaran ellos dos. Lo sabía igual que percibía todo lo demás, de un modo inconsciente y plenamente certero.

—Hablaremos contigo, pero todos juntos —dijo Lidia.

—Es una locura. —Prudencio sonó más sorprendido de lo que, pensó Javier, le hubiera gustado.

—Escucharemos, pero después también decidiremos, todos. Tiene que haber otra manera —continuó la chica.

—Sigue sin parecerme buena idea. Vamos a hablar con un demonio, no se negocia con las fuerzas del mal, no se les presta oído. Así es como han entrado en ti, Javier, así es como te tientan. No sé qué son, pero sin duda son enviados de Satanás.

Satanás parecía algo muy lejano, algo de cuentos y leyendas. Los pesares estaban allí. Javier no sabía qué era la sombra ni de dónde había surgido. Hasta donde él sabía, podía existir la sombra perfectamente sin necesidad de que existiera ninguna divinidad. Quizá aquello fuera tan natural como la hierba misma. Daniel no le habló en la mente, ni siquiera notaba la tierra en la nuca.

—¿Y Dios dónde está?, ¿por qué no baja con los ángeles y todas sus espadas de fuego?

—Dios está en nosotros, hijo. Nos ha dado la fuerza para vencer ante estos demonios. Los hombres son lo único que se interpone entre el reino del mal y el de los cielos. Quizá Dios nos haya creado para eso, para vencer al mal.

—No hay tiempo para debates teológicos. Debemos estar unidos —dijo Lidia.

Javier estaba de acuerdo. Aunque le hubiera gustado rebatir al padre Prudencio, se calló. Todo hacía pensar que, al igual que Dios, si es que existía, la sombra era culpa de los humanos, de sus acciones. No expresó en voz alta sus pensamientos. No quería poner en su contra a Prudencio y siempre había envidiado la fe que tenían los creyentes. Él no era capaz de creer ni siquiera en sí mismo.

Daniel permaneció impasible, tranquilo, aunque no sonriendo, mientras ellos se acercaban.

—Habla, sombra —le dijo Prudencio.

—Ya no podéis convertiros en guardianes utilizando el proceso que os ha contado Bernarda. Si matáis a este hombre, solo os mancharéis las manos de sangre, enterraréis un corazón bajo la encina, tal y como yo enterré el corazón de Bernarda, pero nada sucederá. —Hablaba sin mover las manos, casi como si recitara un texto aprendido de memoria. Javier se preguntó cuánto tiempo llevaría Daniel preparando ese momento—. El ciclo se ha roto y necesitáis crear otro. Otro como el que iniciamos Bernarda y yo hace doscientos años. Bernarda os indicó cómo sustituirla, cómo traspasar sus poderes y recuerdos a otro cuerpo; lo entiendo, es lo que parece más lógico, podríais haber sabido lo que sucedió desde que ella nació, saber es importante, y Bernarda sabía muchas cosas que no os contaba. —Cerró los ojos—. Yo no soy un pesar. Soy más que ellos. Conservo mis recuerdos, no soy un eco, soy yo. —Abrió los ojos y se tocó el pecho con el índice y el corazón—. Yo estaba destinado a ser guardián, a cerrar la puerta, a portar la sangre. Mi sangre es tan poderosa como la de Bernarda porque es la misma que la de Bernarda —cerró el puño sobre el pecho—, pero ella no debía ser guardiana. Dejamos de llamarnos hermanos cuando llegamos a Curva. Vinimos buscando la puerta, buscando al antiguo guardián. Esta sangre es mucho más antigua que este pueblo, es más antigua que todos los pueblos, pero se ha ido diluyendo, se ha marchado. Como nosotros cuando nos marchamos del lugar donde nacimos porque así nos lo indicó nuestro padre. Bernarda nunca debió haber sido la guardiana, sino yo. Cuando murió ella, cuando murió el guardián anterior, por el amor que le tenía, decidí enterrar su corazón bajo la encina, hacer el ritual, decir las palabras. Lo hice a pesar de que sabía que no era lo correcto. —Daniel hablaba con calma, sin mirar a nadie en concreto, aunque Javier sabía que hablaba sobre todo para él. Vio en su cabeza retazos de los recuerdos que narraba Daniel, a la vez que percibía cada una de las emociones de sus compañeros y escuchaba la conversación entre Almudena y Carlos. Vio la encina, el cadáver de Bernarda, vio el llanto de Daniel—. Ella debía decir las palabras, enterrar mi corazón, lo habíamos decidido, ella se quedaría como matriarca, ella dirigiría la familia. Y no fue así. Decidí asumir su cometido para darle una segunda vida, pero lo preparé todo para volver. Cuando mi cuerpo murió, ella enterró mi corazón cerca del suyo, sin decir las palabras, solo para que descansaran juntos. —Javier vio a Bernarda, ya guardiana, entre lágrimas, sacando un corazón del pecho. Vio a la mujer besar ese órgano, mancharse los labios. Y lo vio porque él era el corazón. Supo que Bernarda se lamió los labios, tragó la sangre. Lidia y Prudencio se giraron pensativos hacia la otra encina del huerto, no hacia donde señalaba Daniel—. Durante todos estos años me he alimentado de la sombra para no desaparecer, para guardar los recuerdos, para acumular fuerzas. Dormí, aferrado a ese corazón, ese trozo de carne mezclado con la tierra, alimentando la raíces de la encina, respirando por sus ramas. Ese trozo de carne que gracias a la sombra aún dura, convertido en una roca, en algo fuerte e inquebrantable. Dejé de ser solo corazón y fui también tierra y árbol, de ahí fui aire. Siempre anclado a este huerto, como un burro en un molino, esperando el momento, la oportunidad, notando la sangre. Cuando la puerta se volvió a abrir, sentí la sangre nueva casi igual de potente que la mía en Raúl y en Javier. A veces, la gente porta la sangre de fuera y rejuvenece la nuestra, qué sangre tan brillante. —Miró a Javier, pero enseguida volvió a mirar un punto indeterminado. Había colocado, sin que Javier se diera cuenta, las manos en la espalda, como un profesor dando una clase—. Pero Raúl era viejo, no tenía la fuerza para hacer lo que tenía pensado hacer. Así que elegí al joven, la sangre fresca, al muchacho confundido. Aún quedaba mucho, tenía que hacerte un hombre, Javier, pero ya no hay tiempo para eso. Absorbí el pesar que te estaba destinado, que te buscaba, el pesar de Francisco Castillo, tu abuelo, y conseguí alargar la cadena que me ancla a ese árbol. La sombra me ha hecho poderoso, pero no soy la sombra, no tenéis por qué temer, la tengo detrás, la contengo. Yo estaba destinado a ser el guardián, no Bernarda. Y ahora que vosotros no podéis, yo soy vuestra única oportunidad de cerrar la puerta. Yo soy la puerta. —Lo dijo muy despacio e hizo una pequeña pausa. Mostró sus palmas, como si tratase de demostrar que era inocente. Sus manos, Javier lo sabía, aunque no pudiera verlo, estaban llenas de tierra—. No le conté nada a Bernarda porque no estaba en su destino creerme. Solo hubiera empeorado las cosas. Puedo hacer que los pesares se vayan, Javier lo sabe; si me dejáis pasar al huerto, si me dejáis convertirme en guardián, puedo hacer que desaparezcan del todo y para siempre. Pero necesito vuestro permiso para entrar al huerto. Si esperáis a que la puerta se abra, será demasiado tarde. No podré hacerlo con todos los pesares aquí. De momento me obedecen, se piensan que soy la sombra, notan mi poder, están acostumbrados a dormir en mí, en eso que emana de mí; se sienten seguros, pero no tenéis mucho más tiempo.

Javier vio a Almudena y a Carlos saliendo del hospital.

—Si estás anclado a esta huerta, ¿por qué no puedes entrar? Nos ocultas algo, demonio. Estás tratando de engañarnos.

Daniel miró a Prudencio con la cara muy seria. Lidia asintió a sus palabras.

—Un cura siempre ha sabido de engaños, supongo. Y cree el ladrón que todos son de su condición. —Hizo una pausa, desafiando al cura—. Yo soy Daniel Ramos, pero también soy el pesar que estaba destinado a Javier. Soy las dos cosas y las dos cosas mezcladas con la sombra. Soy tres y seré cuatro antes de convertirme en el guardián. Mientras el pesar forme parte de mí, no podré entrar en la huerta, la protección es más antigua que yo y que Curva.

—¿Cuál es la trampa? —preguntó Lidia.

—Necesito un cuerpo para volver, un cuerpo con un corazón nuevo. Un cuerpo en el que mezclar el poder de la sombra con la sangre del guardián, la sangre de la tierra. Eso es lo que yo gano con todo esto. Un cuerpo joven y la inmortalidad. Con la sombra y la sangre, podré cerrar para siempre la puerta, podré domar la sombra, usarla, exiliarla.

A Javier no le pasó desapercibida, como no se le habría pasado a los demás, la palabra «usarla».

—Necesitas mi cuerpo —afirmó Javier.

Lidia y Prudencio lo miraron.

—Sí. Solo he podido expulsar al pesar de Carlos desde tu cuerpo, es tu cuerpo el que recibe las percepciones de mi poder, lo sabes. Solo me sirve el tuyo.

Hubo una pausa. Daniel se puso mucho más serio antes de continuar:

—Pero únicamente necesito el cuerpo. Lo que eres tú, tu esencia, tus pensamientos, tus recuerdos, tu forma de ser, se marchará. Desaparecerás, absorbido como el pesar de tu abuelo. No serías más que un recuerdo para los que te han conocido, pero tú dejarías de existir, te consumirías poco a poco en mí, te ahogarías. No quedaría nada de ti, ni un eco, ni un rastro. Estás convencido de que serás el guardián, de que ese es tu destino. En cierto modo lo es, ya lo has probado a través de mí, pero tendrías que dejarte llevar. Tu cuerpo sería el guardián. Solo tu cuerpo. —El cielo se había encapotado y unas tímidas gotas comenzaron a caer sobre ellos y sobre los pesares—. Si de verdad quieres salvar a toda esta gente, tendrás que desaparecer. Debes tomar una decisión. No tenéis mucho tiempo. La lluvia dará paso a la tormenta y la tormenta, a los pesares.

Y calló. Como si nunca hubiera hablado. Se dio la vuelta, muy serio, y se colocó junto a los otros. El grupo permaneció en silencio. Lidia se acercó más a Javier y puso una mano sobre su hombro. Sentir el peso de esa mano era diferente a sentir el peso de la mano de Daniel. Los dedos de Lidia no hacían presión, no agarraban.

—Javier —comenzó Prudencio.

—No, padre, ahórreselo. Déjeme pensar.

—No hay nada que pensar. Tiene que haber otra salida. ¿Qué pasa si le dejamos entrar y nos traiciona?, ¿qué pasa si nos mata a todos cuando tome tu cuerpo?

Javier se encogió de hombros. No tenían mucho tiempo, en eso sí que no cabía ninguna duda. Sintió dentro, aunque quizá fuera un truco de Daniel, cómo los pesares iban tomando más conciencia de sí mismos. La lluvia comenzó a caer con fuerza y se escuchó un trueno lejano.

—¿Y qué pasará si Prudencio se sacrifica y eso abre la puerta del todo en lugar de convertirlo en guardián?

—Vamos a calmarnos. Conocemos dos posibilidades, pero puede haber más. Hemos dicho que todos íbamos a tomar una decisión y eso haremos.

Lidia señaló la encina en la que se encontraba el cuerpo de Bernarda, cuyos huesos parecían en ese momento poder deshacerse con un soplido de aire. Almudena y Carlos se estaban acercando a la huerta. Los pesares se alertaron, hambrientos. Daniel le envió una idea, dejando claro que era él quien la enviaba: el hombre no estaba seguro de poder contener a los pesares. Otro rayo cayó mucho más cerca. Los tres se encogieron un poco al verlo y escucharlo. El relámpago y el trueno cayeron a la vez.

Todos permanecieron en silencio. Javier miraba las cuencas vacías de la calavera de Bernarda. Sabía que Daniel lo usaba, que le hacía chantaje. No lo había verbalizado, pero su mensaje quería decir que dejaría morir a Carlos y a Almudena a manos de los pesares. Aquello también provocaría la apertura de la puerta. Javier quiso sumergirse en esas dos cuencas vacías. Lidia lo miraba, estaba seguro, pero él trató de no percibir nada más, ni a Lidia con su pregunta muda, ni a Almudena y a Carlos, que acababan de ver a los pesares y estaban asustados. Trató de silenciar todo menos aquellos dos ojos negros, esas dos cuencas vacías. No quería el miedo de Almudena, la incertidumbre de Lidia, la desconfianza de Prudencio. No quería tampoco lo que percibía de fondo, como susurros, aquellas voces a las que no prestaba atención, pero que sabía que estaban allí. Las llamadas de auxilio, las muertes, los vecinos perdidos. Vio todo ese horror, a la vez y despacio, de golpe, pero asimilándolo todo, y lo rechazó. ¿Era ese dolor el ser guardián o era el corazón de Daniel Ramos, durmiendo en la oscuridad y podrido? Aquellos dos ojos oscuros le devolvieron nada más que vacío, silencio y descanso. Una paz muerta como la que no había experimentado en mucho tiempo. La nada, el alivio.

—¡Basta! —gritó mirando la puerta de la sebe—. Daniel, puedes pasar, te doy permiso, Almudena y Carlos entran también, los demás se quedan fuera, tienes mi consentimiento, eres bienvenido.

En su lengua de duende

1965

Ya está. Ya ha llegado la hora. Tengo la boca seca. Pensaba que la muerte me cogería en la cama, dentro de muchos años, rodeado de hijos y de nietos. Uno piensa que las muertes trágicas, las de golpe, solo les suceden a los demás. Uno piensa que los Castillo ya han tenido suficiente. Pero se equivoca, claro. Morirse no duele tanto. Lo que más molesta es la sed. El martinico permanece delante de mí, me mira curioso, quizá riéndose por dentro. Mi mano sigue atrapada entre los engranajes del tractor, escucho cómo gotea la sangre hasta el polvo del sembrado, o quizá me lo imagine. Cada gota es un recuerdo, una persona, un golpe en la nuca.

En una gota veo a la abuela Ana sentada junto al ventanuco, sin correr los visillos, esperando a alguien. Alguien que tardará mucho en llegar. La veo a contraluz, como la veía muchas tardes de silencio, tardes pesadas de verano, oscuras y frescas en la entrada, cada uno en un taburete. Y la veo guardiana del verano, en aquel ventanuco del silencio, hasta que dice: «Anda, marcha, ya bajó el sol». El sol no baja si la abuela no lo mira. «Abuela, se oyen chicos, ¿ya ha bajado el sol?», digo a veces. «No. Son niños tontos, Paquito. No quieras ser tonto». No dice más y yo me imagino cómo es Curva bajo el sol del verano. Me lo imagino amarillo, como las manchas que se ven si miras mucho una pared blanca. Y me imagino a los otros niños buscándose con las manos porque no se ve, guiándose por el sonido de las chicharras, que es como suena el calor. Allí dentro del portal se escuchan muchas porque la abuela está siempre en silencio y se te meten dentro y te dan calor a pesar de las paredes de piedra. La abuela nunca suda porque es la guardiana del verano, pero a mí se me caen las gotas por la espalda. Detrás de mí solo hay un jarrón azul con unas ramas de algo que no conozco, que hacen cosquillas, que son como vahos de color polvo y que crecen cerca de los juncos. Nada más.

El martinico ríe como si las plantas de aquel recuerdo le hubieran hecho cosquillas y yo cierro los ojos. El sudor me cae por la frente. Me pica. Me lo quito con la mano libre y me abro un poco el mono de trabajo. No debería haber perseguido al martinico, pero eso no lo he decidido yo. Me ha engañado un martinico, hay que ver. Cuando los engranajes se han juntado sobre mi mano he sentido que todo encajaba, que ahí era donde tenía que estar. He escuchado crujir los huesos como si fueran de otro, como huevos de codorniz. Y no he gritado porque con la primera gota de sangre he visto cómo acaba todo. Después, el resto de las gotas han sido como una cuenta atrás.

En otra gota, mamá me manda a la cama porque soy el pequeño, pero en realidad lo hace porque quieren hablar de cosas que no puedo conocer, cosas de la guerra. Solo me llevo un año con mi hermano, pero él puede salir cuando quiera porque ayuda al tío Ramón y también se puede quedar a escuchar las conversaciones en la cocina. Yo me marcho al cuarto y espero despierto todo lo que puedo porque si mi madre viene, y me encuentra sin dormir, me cuenta historias. Me habla de los diaños, los frailecillos, los martinicos, los enemiguillos y los ujanos. Y a mí me gusta que me diga cómo son y para qué sirven. Y me advierte contra los endriagos, contra el tragaldabas y el zamparrón. Yo me quedo dormido escuchando esas historias y después sueño con ellas.

Soñar con los frailecillos es un poco como morirse. Uno siente que la sangre se le escapa de a pocos y la niebla se mezcla con la habitación, con la respiración de mis hermanos y de mi madre, y aquel ritmo es el ritmo de los duendes y los trasgos. Yo sueño que corren por los sembrados buscando patatas, gruñendo como conejos pero contentos. Igual de contentos si encuentran patatas o si no.

Al principio he pensado que el martinico solo quería comer, robarme algo de cebada. No traen tanta suerte como los enemiguillos, pero a mi familia le hubiera venido bien atrapar uno. Pero aquello no está escrito en mi sangre porque ahora veo perfectamente todo lo que llevo dentro y no hay martinicos. Este no corre. Es bastante feo y los de mi sueño siempre sonreían y gritaban en su lengua de duende. Después se acababa la sangre, como se va a acabar ahora, y me despertaba.

Bajo el sol, sin dejar de mirar al martinico, me doy cuenta de que soy un lápiz; un lápiz como aquellos que siempre tenía que robar a escondidas para hacer mis dibujos. Dentro del lápiz estaban ya todas las imágenes, todas las figuras y las sombras; igual que dentro de mí están todas esas historias de Curva, a veces de gente que no he conocido. Y el lápiz, yo, solo podemos escribirnos por las puntas, derramando lo de dentro. Cada gota aumenta el dibujo que estoy trazando sobre esta tierra, entre los rastrojos de la cebada. También llegará el momento en el que el lápiz se desgaste y ya no pueda pintar más. Dejará de existir y se quedará repartido por el papel. ¿Me quedaré yo repartido por la siembra? No, a mí me enterrarán, entre sollozos y maldiciones, pero al final, dentro de muchos años, también acabaré aquí.

«Madre, ¿dónde lo ha puesto?», preguntan mis hermanas al caer otra gota, cuando no encuentran algo. Para ellas todo tiene un sitio y, si se aparece en otro lado, aunque ese lado sea mejor, gritan: «¡Vaya desorden!». «El martinico, hija, el martinico». Mi madre pone cada noche, en medio de la puerta, una lata con lentejas. Si el martinico quiere entrar, tendrá que contarlas y se le hará de día. Yo lo único que quiero es que el martinico no entre en el cuarto y a veces me lo imagino, cuando no puedo dormir, arañando la puerta con sus manos de niño pequeño. Si algo se arrastra, es un ujano asqueroso; si se desliza, un endriago, y si el viento golpea las ventanas, es que el tragaldabas por fin ha dado conmigo. Y vienen porque yo he hablado con alguien de mi padre o he contado lo que escucho en la cocina. «Madre, déjese de tonterías», porque, a ellas, el martinico no les da miedo, a ellas solo les esconde el cazo o les ensucia los trapos o les cambia de lugar las judías pintas. Yo sé que el martinico no quiere jugar, quiere cambiarse conmigo, robar mi sitio de niño y dejarme en el monte convertido en un ser arrugado con ropas de fraile.

Hace dos días, durante un entierro, me acordé de los martinicos otra vez. Vi a la abuela sentada en el banco de la iglesia como si estuviera en el taburete del portal y miraba a una esquina de la iglesia, no al cura. En aquella esquina no había nada. Solo el hueco de la Virgen de madera que robaron por San Blas. Y pensé que quizá había sido un martinico el que había robado la imagen. Nadie lo sabía. Solo mi madre y yo, quizá mi abuela, que lo había sabido mirando el hueco. Por eso no me asusté esta mañana cuando el martinico me salió de detrás del tractor.

La abuela Ana y mamá asumirán mejor mi muerte porque saben que hay familias que nacen con una nube negra entre los ojos y que de vez en cuando a alguno le toca el granizo. Casi, mi Casilda, no lo llevará tan bien, pero lo aprenderá a las malas. Mis nietos nunca la conocerán entera porque está a punto de quebrarse. Las tres se harán compañía, se mantendrán vivas. Aun así, Casilda pensará cada noche en mí y en su mala fortuna.

Lo peor de morirse no es solo la sed, también es tener tiempo para pensar. Porque has visto que con tu muerte te llevarás muchas risas y la risa es la mitad de Casilda. Me entran ganas de gritar. Pero no lo hago. Los remordimientos van y vienen en oleadas, junto a los recuerdos de la sangre, que se mezcla con las palabras que no dice el martinico.

Me gusta dibujar. Aprovecho los cartones de tabaco o las cajas vacías para gastar el lápiz de la abuela. Es la única que no me regaña, aunque a veces pienso que lo hace porque no me presta atención. Dibujo duendes y, cuando conozco a la Casi —mejor dicho, cuando crecemos y la vuelvo a conocer—, le hago dibujos en los que salimos los dos, pero somos dos nutrias, o dos zorros. No le gusta que le dibuje duendes, pero los martinicos son los que mejor me salen. Mamá dice que si viviera en la capital sería artista, pero mi hermano me quita el lápiz y me dice que soy un egoísta y un derrochador, que no pienso en nadie. El tío Ramón asiente por detrás y se guarda el lápiz en el bolsillo.

Veo en la sangre a unos hombres antiguos; es una multitud que se detiene cuando llega a una cueva. Visten cuero y vienen huyendo. Dentro de la cueva, hay un hombre viejo que no habla su idioma. El viejo va desnudo y se acerca a los hombres y las mujeres, los toca en la frente y después hace unas cruces en el suelo, por todo el terreno alrededor de la cueva, cerca del río, a lo largo de la ribera. Pasa muchas horas haciendo cruces. Los hombres bajan de los caballos —los que lo tienen— y se ponen encima de las cruces porque allí levantarán sus casas. Tocan la tierra y asienten, en reconocimiento. El viejo vuelve dentro y los hombres se olvidan de él. Nadie entra en la cueva, es como si no existiera. Cuando las casas ya están levantadas, el viejo sale de la cueva y se adentra en el bosque, camina en silencio hasta una encina y se sienta debajo con los ojos cerrados. El tiempo pasa y la cueva se hunde, las piedras caen y después las quitan para levantar la iglesia, pero el hombre sigue bajo la encina, durmiendo.

El martinico no se mueve y cada vez lo veo más borroso. Habla y no escucho nada, es como si sus palabras fueran recuerdos desordenados y, a la vez que dejo mi vida, siento que mi muerte se suma a otras muertes y la sangre me ciega los ojos, cubiertos con un velo granate. A veces me despierto y estoy con la abuela, el martinico sigue hablando en su lengua de duende, otras veo a mi padre arrodillado en una cuneta, suplicando, y allí me duermo y sueño con la tierra y el martinico. Las imágenes, de lo que ha sido o será —porque está ya todo escrito en esas gotas que chupa el polvo—, se mezclan en la cabeza y me marean como el pacharán. Pero cuando consigo anclarme a las chicharras y al entumecimiento de la mano, veo al martinico, con su túnica y su barba, con su cara de patata vieja y su sonrisa malévola. Varios buitres dan vueltas alrededor del campo, pero no me dan miedo. Sé que me encontrará mi hermano cuando Casilda vaya a buscarlo. Y sé que nadie me habrá comido. Sé que a la Casilda le saldrán dos bolsas grandes bajo los ojos y que, aunque sonría, en ellas llevará guardada una pena honda hecha de suspiros. Me siento culpable por dejarla sola, pero a medida que pierdo sangre me siento más aliviado, porque detrás de las personas que veo hay una sombra, que está incluso detrás del martinico. También sé que nacerá un hijo mío, a pesar de que la Casi no tenga fuerzas, y que tendré nietos. Y es entonces cuando vuelve la sed como un puñado de polvo. Esa sed que no es mía y que es la misma sed de mi padre cuando tuvo que ponerse de rodillas frente a unos hombres con los que había ido a la escuela y que le iban a disparar.

Cae otra gota. Aunque no conozca a mi hijo, sé que lleva dentro la maldición, como la llevo yo y la llevó mi padre. La bala que lo mató ha seguido dando vueltas hasta engancharse en mi mano y después ha salido de nuevo a buscar a otro Castillo. Veo a mi nieto Javier morir y volver a nacer de esa sombra. Veo al bisabuelo llegando a Curva y veo a Curva alegrarse. Nunca me he preguntado de dónde había venido, pero eso no puedo verlo en la sangre porque no pasó en Curva.

Al final, cuando ya los recuerdos y la realidad se mezclan tanto como el horizonte de la tierra los días de verano, el martinico se acerca y me echa el aliento en la cara, me cierra los ojos —su piel es como la de las lagartijas—, y yo siento que abre la boca y me mete dentro. Su aliento huele a polvo y a fuego, como las gomas del tractor después de todo el día labrando. Ya no tengo la mano atrapada, sino que caigo. Noto mis dedos, rotos, sin dolor. No abro los ojos en esa caída, esa caída que es igual que la de los sueños, siempre al borde de la vigilia, pero sin llegar a despertarme. Veo detrás de mis ojos a cada habitante de Curva, los que ha habido y los que habrá. Son tantos que superan a las estrellas, pero sé sus nombres y enlazo con hilos dorados los otros curveros de los que son familia y después esos lazos se vuelven rojos y se juntan en un ovillo que es una gota de sangre, muy redonda, que gira muy deprisa para que no se salgan todos. Entro en la gota, soy la gota. Y caemos al polvo bajo el tractor.

Almudena

Noche

8 de julio

Durante el viaje de vuelta a casa, después de salir del pantano, vi a Daría en las cunetas, en cada curva del camino. Me estaba esperando y se abalanzaba sobre el coche cuando nos acercábamos, como los perros salvajes de los pueblos. Tenía una expresión enfurecida en la cara, llena de venas negras. Aquella vez fue cuando pude verla mejor, distinguirla, aprenderme sus facciones. Era evidente que estaba cogiendo mucha fuerza y que todo había sido culpa mía. Estaba furiosa y eso hacía que arrugara la frente y los labios. Tenía el pelo dentro de un pañuelo y se sujetaba las vísceras con una mano mientras corría hacia el coche. En la otra llevaba un cuchillo. La primera vez que apareció, pegué un respingo y mi marido y mis hijos me miraron, pero no dijeron nada. Luis y Sebas estaban asustados. Intentaba no mirarlos porque me moría de la vergüenza. Luis era el que más me miraba a través del espejo retrovisor, pero los dos lloraban en silencio con pequeños hipidos.

Saúl no decía nada, solo se escuchaba el sorber de los niños atrás y, a veces, el sonido del intermitente del coche. En ocasiones, mi marido me ponía la mano sobre el muslo y me miraba de reojo, pero permanecía serio, centrado en la carretera. Los focos al moverse iluminaban los pinos, la calzada y, de vez en cuando, el mandil de cuadros y la falda negra. Ahora ya sé exactamente lo que le pasó a la Daría y, saberlo, quizá, me hubiera hecho sentir algo de compasión por ella en lugar del desprecio y odio absoluto que sentía en aquel momento. Siempre he sido especialista en transformar todo aquello que no conozco o que me da miedo en odio, en desprecio. Supongo que es por mi mente racional. Me pasa con la religión, me pasa con cualquier pseudociencia, el tarot, la adivinación, el reiki… Y Daría me daba miedo. La escuchaba golpear contra el coche, pero ninguno de los otros miembros de mi familia parecía oír nada, así que me concentré en fingir que no la veía, que nada estaba pasando. Nada excepto que una niña acababa de morir. Por mi culpa.

Ninguno de los tres volvimos a ser los mismos después de aquel día de pantano. Ni yo, ni Luis ni Sebas. A Sebas le afectó un poco menos, quizá porque lo recuerda con menos claridad. La muerte puede que no le haya afectado tanto, pero el cambio en su hermano lo hizo, sin duda. Luis se acercó mucho a la hermana que había sobrevivido, y los dos se pasaban el tiempo hablando en voz baja y jugando a juegos que ya nunca implicaban correr o gritar. Después han pasado a ver la tele, a ojear la tablet y a permanecer en silencio. En un principio, pensé que el silencio era prueba de que la amistad se estaba acabando, de que el trauma los acabaría por separar, pero al parecer se necesitan. He estado atenta muchos años a ellos para asegurarme de que estuvieran bien. Luis nunca me pareció necesitar un psicólogo, aunque de vez en cuando me observaba en silencio, fijamente, como si quisiera decirme algo, pero nunca se animara. Yo le pregunto, qué otra cosa puedo hacer, pero me cuesta distinguir el trauma de la propia adolescencia. Quizá sea una mala madre, quizá deba llevarlo a terapia o debí haberlo hecho cuando todo acabó, pero en el colegio me dicen que el niño actúa con normalidad, que está asimilando la pérdida y creciendo. Saúl también piensa que me preocupo demasiado, que los niños son duros; pero él no estuvo allí. Mis dos hijos tuvieron contacto con Daría, con la sombra; Sebas incluso fue atacado por ella. Que no pudieran verla no quiere decir que no influyera en ellos.

Casi lo último que recuerdo de aquella noche es ver a Daría en la plaza de garaje. Estaba marcando sus manos ensangrentadas por toda la pared. Me miró a los ojos. Cuando se apagó el motor del coche fue cuando empezaron a nublarse las cosas. Tengo pocos recuerdos de aquella noche. Sé, por lo que me ha contado Saúl, que la pasé en vela hasta el amanecer, apenas parpadeando, sentada en el borde de la cama o tumbada bocarriba. A veces iba al salón, a oscuras, y me sentaba en el sofá. Saúl había conseguido quitarme el bikini, pero no consiguió que me duchara o que me pusiera otra ropa. Me lo imagino tratando de hablarme, preocupándose por los niños, dándoles de cenar, acostándolos. Me extraña mucho que Sebas no llorara o que Luis no dijera algo. No lo recuerdo. La siguiente vez que volví a ser consciente fue en el hospital. Sentí el pinchazo de la aguja para sacarme sangre y me asusté. La enfermera me agarraba fuerte el brazo. Tenía a Daría detrás de mí peinándome el cabello. Supe que era ella por el olor a sangre. Me estaba embadurnando el pelo con su sangre. Notaba cómo el líquido viscoso me penetraba en la cabeza y se extendía por mi propia sangre, mezclándose con ella, engrosando las raíces que eran mis venas.

Estaba vestida con una camiseta de tirantes y un pantalón de chándal gris. Supuse que Saúl no había sido capaz de ponerme nada mejor. Parecía una mujer recién salida de la cárcel, aunque es algo que pienso ahora, claro, con perspectiva. En aquel momento solo podía pensar en cómo había llegado hasta allí.

¿Qué ha pasado?, pregunté.

No se preocupe, está en el hospital, ha tenido un episodio nervioso.

Eso fue lo que me dijo la enfermera y recuerdo pensar que se lo estaba inventando. Aquella mujer no tenía ni idea de lo que me había pasado, pero tampoco le interesaba. Seguro que no hubiera estado tan tranquila si hubiera podido ver al pesar. Pregunté por mi marido y después por Javier.

Su marido está esperando fuera.

Me señaló la puerta con la barbilla y me quedé quieta mirándola. No podía moverme. O creía no poder moverme. Era como si hubiera olvidado completamente cómo hacer que mi cuerpo respondiera. Tenía el brazo estirado en la postura en la que lo había soltado la enfermera y vi las venas negras, hinchadas, el bote de sangre negra que se había llevado la mujer para ponerlo con las otras muestras. Tuve miedo de que mi sangre se mezclara con la de los demás, que la infectara; pensé que Daría se iba a infiltrar en el cuerpo de todos los enfermos, a entrar por las heridas, lamiéndolas, hasta hacer que todos mataran a alguien, que se mataran a ellos mismos. Una masacre dentro del hospital. Quise estirar la mano y coger el tubo, tragármelo, pero no pude. La enfermera se giró y me miró.

¿Necesita ayuda?

No lo sabía. Nunca en mi vida me he sentido más indefensa, más inútil. Daría me colocó las manos sobre las orejas y dejé de escuchar. Negué con la cabeza y, haciendo un gran esfuerzo, levanté las manos hasta las suyas y las separé de mi cabeza. La enfermera me miraba extrañada. Apuntó algo en su libreta. Sonreí, aunque seguro que aquella sonrisa fue aún más perturbadora, y traté de ponerme en pie. A medida que iba moviendo más músculos del cuerpo, la influencia del pesar disminuía. La enfermera se quedó muy seria. Aún seguía notando a Daría detrás de mí, pero el entumecimiento desaparecía. Volvían los recuerdos, los flashes de la noche. Nada de ese día hasta el momento del pinchazo. Me levanté con esfuerzo y salí fuera. Cada gesto era una lucha, como si se me hubieran dormido todos los miembros. Saúl se levantó de golpe de una de las sillas de plástico y corrió hacia mí. Llevaba en la mano una rebeca. Él estaba en pijama, es decir, con un pantalón corto de deporte y una camiseta vieja de tirantes.

Cariño, ¿cómo estás?

Sonreí.

Me hicieron muchas más pruebas. Según Saúl, algunas eran repeticiones de pruebas que me habían hecho mientras yo no era consciente de mis actos. Tuve un breve encuentro con un psiquiatra, pero rechacé tomar ninguna pastilla. Saúl insistió en que al menos algún tiempo, pero yo me negué. Me esforcé en salir del aturdimiento, en superar el pánico. No podía dejarme vencer. Las drogas la ayudarían, estaba segura, a tomar el control de mi cuerpo, del mismo modo que el cansancio lo había hecho aquella noche. ¿Por qué no había aprovechado mi cuerpo habiéndome tenido dominada tantas horas? Podía haber matado a mi familia mientras dormía, haber saltado por la ventana, haberme cortado las venas. No hizo nada. Quizá porque mi cuerpo estaba débil, quizá porque ella no estaba lo suficientemente fuerte o porque, me gusta pensar, mi voluntad, aunque anulada, seguía siendo demasiada oposición para ella.

Me paso los días pensando en esas estupideces y al final siempre llego a la misma conclusión: que las fichas de dominó estaban ya colocadas hacía mucho tiempo. Quizá no había hecho nada simplemente porque no le tocaba. ¿Y qué me había despertado?, ¿el pinchazo?, ¿la propia Daría? Luego he sabido que fue la llegada de Carlos al hospital, claro, pero en aquel momento no lo sabía y aquel pensamiento me aterró. Había estado dentro de mí, no podía estar segura de que mis pensamientos fueran míos. Me esforcé por aparentar ser una mujer cualquiera, asustada, aunque normal. La fuerza de Daría había disminuido porque Carlos venía aún imbuido por el poder de Daniel Ramos a través de Javier. Todo eso en aquel entonces no lo sabíamos, pero no dejo de pensar que me salvó la vida. Aunque quizá solo fuera otra ficha en el dominó que caía justo donde tenía que caer cuando tenía que hacerlo.

Bernarda había muerto, aunque morir no sea la palabra adecuada, ya que ella había muerto hacía muchos años. A veces el lenguaje se queda corto. Habría que inventar una palabra para esa otra muerte, esa desaparición definitiva. La idea no llega a encajar del todo, pero decir que Bernarda se silenció es lo más parecido que se me ocurre para hablar de esa segunda muerte. Se silenció para que Carlos viviera, y aquello, a la vez, me salvó la vida. Se la salvó, quizá, a mi marido, a mis hijos, a algún empleado del hospital. Inocentes, todos.

Pienso en ellos como inocentes, pero no en mí. Aunque la culpa era de mi sangre, no mía. Hay que ver hasta qué punto uno es responsable de su propia sangre, de algo que le viene dado solo porque un óvulo y un espermatozoide se encuentran, solo porque un hombre y una mujer se atraen una noche. Y ese gesto te hace responsable de tu sangre, te crean y te dan un fardo de cosas, un fardo de púas y de cardos que tienes que cargar, que te pincha y no puedes quejarte, que si pincha a otros es culpa tuya. Y el fardo no se va haciendo más leve, no se divide cuando tienes hijos, se multiplica, y se lo pasas a ellos. Quiero a mis hijos con todas mis fuerzas, pero soy culpable de haber contribuido a pasarles la sangre, el fardo, y eso hace que ellos sean inocentes y yo no. Otra vez me pierdo buscando el hilo. Si Carlos no hubiera ido al tanatorio, si Raúl no hubiera muerto, si Javier… Sé que es absurdo, pero me da cierta confianza. Ese hilo infinito que sigo a veces también me ayuda a seguir atada a la realidad. El hilo, seguido en dirección contraria, hacia el futuro, volviendo a tumbar las fichas de dominó en mi cabeza, me da seguridad, me hace recordar lo que pasó y vuelvo al presente.

Una de las médicas insistió en realizarme otro escáner pasadas unas horas, pero yo llevaba ya en el hospital más o menos quince y estaba exhausta. No había dormido nada. Saúl insistió en que, si no me iban a ingresar, debíamos regresar a casa y dormir. Ella prometió que sería la última, que solo hacía falta esperar un poco más. Es curioso que a mí no quisieran ingresarme y a Carlos sí. Quizá el dominó de nuevo. Nos fuimos a la cafetería y allí fue donde me encontró Carlos.

Había tomado conciencia plena de mi cuerpo, del tiempo y del espacio. Incluso me había acostumbrado a la presencia cansina y lastimera de Daría detrás de mí. La sangre en el pelo había desaparecido, aunque ella seguía peinándome. Pude comprobar que, cuanto más racional era, menor poder tenía sobre mí. Cuando me dejaba llevar por las emociones, como había ocurrido en el pantano y a la vuelta, ella ganaba terreno. También comprobé —y aquellas pruebas empíricas de que su comportamiento respondía a un patrón me daban confianza y seguridad— que solo con ser racional no bastaba para alejarla completamente de mí. Había algo más. Por ejemplo, la cercanía de Carlos. Aquello hizo que me soltara el pelo, por fin. Aquella sensación fue maravillosa. Fue como relajar los ojos después de pasar mucho rato en el ordenador, o notar que un zumbido molesto de pronto se para. La ausencia como alivio. Los pesares estaban ganando fuerza, pero tenían puntos débiles. Lógicos. Yo no lo había descubierto antes, evidentemente, porque me había negado a creer en su existencia. Una vez que había aceptado aquello como algo natural, solo que desconocido —como siempre decía mi abuelo—, podía racionalizarlo, y racionalizarlo, para mí, siempre consistía en buscar una solución. Aunque no fue la razón la que nos salvó aquella noche, eso tengo que admitirlo.

Daría me avisó de que el chico se encontraba allí. Yo estaba mirando por la ventana cómo se acababa de esconder el sol.

En menos de diez minutos pasé de sentirme segura en el hospital, donde raramente podía herir a alguien, a forzar a Carlos a marcharnos a Curva.

Me giré para mirarlo y me costó reconocerlo. Llevaba una camiseta de flores bastante hortera y tenía bolsas bajo los ojos. Me pareció, incluso, que tenía los músculos algo hinchados, como los cuerpos de los ahogados o los que toman esteroides. Supe que era él cuando, como en un destello, vi a su pesar. Aquel hombre con un disparo en la cabeza, que goteaba sangre y me miraba fijamente, me provocó un escalofrío. Dudo que fuera mucho más desagradable que la chica que me había mesado el pelo con su propia sangre, pero quizá me había acostumbrado a ella de un modo familiar que, ahora que lo pienso, debería haberme preocupado bastante. Siempre me ha asombrado la capacidad del ser humano para asimilar el dolor. Otro mecanismo de defensa para no volverse locos. O lo asimilamos o no podemos seguir adelante.

Le dije a Saúl que fuera a buscarme otro té, a pesar de que tenía el mío casi lleno, y que antes fuera al coche a buscar la rebeca que había guardado tras mis múltiples rechazos. Él asintió. Sonrió, quizá aliviado y contento de que cada vez estuviera más presente. Que recordara que habíamos dejado la rebeca en el coche cuando habíamos salido a dar un paseo le dio, estoy segura, la sensación de que todo empezaba a ir bien.

Cuando vi a Carlos Medina fue cuando me di cuenta de que teníamos que marcharnos. Javier le había pedido que permaneciera conmigo porque sabía, seguro, que aquello debilitaría a nuestros pesares. Cuantos más de nosotros estuviéramos juntos, mejor sería para todos. En un primer momento, pensé en marcharnos de allí sin avisar a Saúl, pero ahora me alegro de no haberlo hecho. Aquello hubiera sido horrible para él, que también llevaba un día entero sin dormir, preocupado como yo nunca lo había visto. No se merecía aquello. Saúl volvió cuando yo aún estaba hablando con Carlos. Venía, solícito como siempre, con mi rebeca y el té.

Saúl, cariño, este es Carlos Medina.

Sí, lo conozco, bueno, conozco a su padre, ¿qué tal estás?

Bien, gracias.

¿Estás solo?, ¿les ha pasado algo a tus padres?

No, qué va.

Saúl, tenemos que irnos, tengo que ayudar a Javier.

Saúl estaba de pie, un poco ridículo, con el té en una mano y la rebeca colgando del otro brazo.

¿Cómo?, ¿dónde?

A Curva, sé que parece una locura, pero tengo que ayudar a Javier.

¿Qué ha pasado? De eso nada, no tienes que ayudar a nadie, Javier debería ayudarte a ti, ¿de qué estás hablando?

Saúl, por favor, escúchame.

No, no, señor, vamos a hacerte esa prueba y después nos vamos a casa, a casa, con tus hijos y tu marido, a descansar, no has dormido en más de veinticuatro horas y quieres irte a ayudar a Javier, ¿con qué?, ¿lo ha dejado con otro chico? Estoy cansado, Almudena.

Saúl estaba más irritable que de costumbre. No lo culpo. Yo no hubiera accedido de encontrarme en su situación. De ningún modo. Carlos se quedó con nosotros hasta que me hicieron la última prueba y, mientras, no volvimos a hablar del asunto. Yo sabía que Saúl estaría rumiando lo que le acababa de decir, y probablemente estaría ya empezando a sentirse mal por Javier. Tenía que dejarle tiempo, aunque tanto Carlos como yo estábamos muy impacientes. Todo el cansancio y el sueño habían desaparecido, y la lejanía momentánea de Daría me había espabilado.

Saúl se acabó de relajar cuando nos dieron los resultados. Todo había sido un susto. Accedió, durante el viaje de vuelta, ya bajo la lluvia, a dejarme ir a ver a Javier. Prometí explicarle todo luego, aunque no tenía ni idea de qué iba a decirle, y pareció creer que tenía algo que ver con Carlos. Puede que se pensara que habían tenido una aventura y que Javier la había liado de algún modo. No quise sacarlo de su error y prometí regresar a casa lo antes posible. Me encontraba bien, probablemente parecía estar mucho mejor desde que había aparecido Carlos, y aquello fue suficiente para él. Cuando estábamos aparcando, Saúl recibió una llamada de uno de sus compañeros para contarle que otro de los socios se había cortado las manos en la serrería y que se había desangrado aquella tarde. Volvió a sacar el coche y se marchó hacia allí. La policía estaba esperando para levantar el cadáver, y él, como socio, quería estar presente. De nuevo las fichas de dominó. No quise pensar, lo quiero pensar ahora, que algún pesar que nosotros no conocíamos, de los muchos que pululan por las tierras de Curva, había sido el responsable de aquello. ¿Cómo puedes cortarte las dos manos por accidente?, ¿cómo puedes cortártelas adrede? Una mano, lo entiendo; dos, para cortarse dos manos hace falta un pesar. Me imaginé la escena, yo conocía a aquel hombre, era simpático, muy divertido, aunque bebía demasiado. Iría vestido con el mono del taller, casi puedo escuchar el sonido de la sierra, el hombre acercando las dos manos, el sonido de la carne cortada, la sangre salpicándolo todo. Por lo que me contó Saúl, aquello fue horrible. No pudieron volver al trabajo en una semana y nadie sabe qué pasó en realidad. Quizá Prudencio o Javier sí lo sepan. Javier en ese momento era una especie de conciencia omnipresente en todo Curva. No lo envidio.

Carlos y yo, ya libres de mi marido, nos fuimos corriendo al huerto sin preocuparnos de que la luz de Javier estuviera apagada, de la lluvia y de que mi marido pudiera darse cuenta de que le había mentido si volvía. Aquello no pasó. A medida que nos acercábamos al huerto, yo podía notar mucho más a la Daría. La escuchaba respirar, sentía sus pasos, el aire que hacía al mover los brazos. Supongo que lo mismo le pasaba a él, porque me miró un poco asustado. Cuando llegábamos, me di cuenta de que incluso podía ver a Ramón Medina detrás de Carlos, caminando bamboleante y sonriendo con un lado de la cara, el que le quedaba. Él miró a Daría también. Aquello no era bueno.

Aunque peor fue lo que nos encontramos al girar el último recodo. El resto de los pesares, incluso el que había perseguido a Raúl Ramos, estaban allí. Un hombre con sombrero, y vestido de pana y camisa, se giró nada más vernos. Era alto y delgado, seco y áspero. Carlos me puso una mano en el hombro y se acercó a mi oído.

Ese es el de Javier.

Los demás nos miraron. Había, además de Daniel y del pesar de Raúl, una niña con la cara quemada y dos chicos —dos hermanos, supe después—. Daría me puso sus manos en los hombros. Ramón Medina hizo lo mismo sobre los de Carlos. Empezaron a empujarnos hacia el grupo de pesares, mientras Daniel sonreía.

Basta, gritó Javier desde el otro lado de la sebe.

Estaba serio, muy serio, me alegró tanto verlo que sentí que se me aflojaban las piernas, aunque quizá fuera de la tensión acumulada, de no saber lo que estaba pasando y de la impotencia. Todo lo que cuentan en los libros o las películas que la gente siente en los momentos de tensión, en los instantes decisivos, es mentira. Javier no nos miraba, y en aquel momento pensé que había esperado que no apareciéramos, que habíamos estropeado su plan para salvarnos. Mi vida podría haber acabado allí y yo no habría sentido nada. Era incapaz. No me atreví a mirar a Carlos por si leía en mis ojos que estaba abandonada a mi suerte al fin, sin capacidad de elección. Había elegido ir a la huerta y había perdido. Sentí que precisamente aquello era lo que Daría había querido, no una petición velada de Javier. Los pesares se detuvieron y Daniel Ramos miró a Javier.

Daniel, puedes pasar, te doy permiso, Almudena y Carlos entran también, los demás se quedan fuera, tienes mi consentimiento, eres bienvenido.

La puerta se abrió, los pesares nos soltaron. Daniel se colocó entre nosotros dos sin mirarnos y entramos al huerto.

Lidia

La primera puñalada

8 y 9 de julio

—Daniel, puedes pasar, te doy permiso, Almudena y Carlos entran también, los demás se quedan fuera, tienes mi consentimiento, eres bienvenido.

Todos callan. Los pesares y los vivos. Lidia no sabe qué hacer. No sabe si Javier tiene razón o se ha vuelto loco del todo. No sabe si ha hecho mal no echándolo del huerto en cuanto llegó. Pero ¿qué iba a hacer? Bernarda lo hubiera sabido, o Raúl, pero ninguno de los dos está allí, ninguno de los dos está vivo. Mira a Javier mientras la sebe se abre y las tres figuras entran. Le parece, en este momento, un héroe trágico del romanticismo, un alemán que ha vendido su alma al diablo. Es la mirada, sin duda, esa forma de entrecerrar los ojos, con las cejas embarulladas, enfadado. Quizá crea que no es la solución más adecuada, pero que de momento es lo mejor que tienen. Ella confía en Javier, quiere confiar en Javier, pero Lidia no es ninguna heroína del romanticismo. Nunca le ha gustado esa época. Nacionalismos por todas partes, mujeres pálidas, grandes gestos. Y por eso no entiende a Javier, aunque lo intenta. No entiende por qué quiere sacrificarse, ¿qué cree que tiene que demostrar para ser válido?

Almudena se acerca a Javier y lo agarra de la cara. Muy decidida. En esos gestos se nota que es madre y que es maestra. Es firme y es cariñosa.

—Dile que se vaya.

Mira a los demás cuando Javier no contesta, cuando evita su mirada, cuando apunta los ojos al suelo, a la hierba. Llueve y los truenos se escuchan cada vez más cerca.

—No hay tiempo de sensiblerías —dice Daniel.

Parece más nítido, quizá así lo ha visto Javier siempre, aunque puede que sea solo sugestión. Lidia nota, en la noche y a esa distancia, la suciedad en la ropa de Daniel, la pana, el cuero, la tela. Huele a tierra mojada y Lidia no sabe si es el olor de Daniel o el olor del huerto. Un relámpago lo ilumina todo. Hace cada vez más calor, como si estuvieran dentro de una olla a presión. Lidia no puede creer que todo vaya a acabar de noche, con una tormenta, como si estuviera viviendo una mala película de miedo. Se escucha el trueno.

—Déjame, Almudena. Esto lo hago por ti.

La mujer retira las manos. Carlos está detrás de ella, pero no habla. Quizá esté avergonzado por no poder hacer nada. Algunos tíos son así. Algunos tíos se mueren antes de reconocer que necesitan ayuda de unas mujeres, un cura y un gay. Hay un silencio tenso y parece que entre cada frase pasan muchos segundos, muchos minutos, como si supieran que tienen las frases contadas, que al decir la última de ellas todo se va a acabar. Llueve un poco más fuerte. Daniel da un paso y se coloca junto a Javier. Le pone la mano en la nuca, con un gesto casi cariñoso. Almudena habla:

—Puede que me haya equivocado viniendo aquí cuando no querías que lo hiciera, pero, ahora que estoy, no voy a quedarme de brazos cruzados.

Y se interpone entre los dos, apartando la mano del pesar, de la sombra o de lo que sea que es Daniel en este momento. Entonces cae un rayo, muy cerca de ellos, sobre la encina junto a la que se encuentran los restos de Bernarda. Lidia se sobresalta y casi se cae. Nota que el corazón se le quiere salir del pecho y sabe, aunque intenta no pensarlo, que nunca ha estado tan asustada. La encina arde. Daniel sonríe. El fuego ilumina todo el huerto y ninguno se mueve. Se escucha ruido en la sebe y, al mirar hacia allí, Lidia ve cómo los pesares se están amontonando junto a la puerta, la empujan y, finalmente, la abren, la tiran al suelo y caminan sobre ella. Lidia busca a Rosario entre los pesares, como si fuese su responsabilidad.

Javier entonces aparta a Almudena, se gira y agarra de los hombros a Daniel, que no deja de sonreír.

—Hazlo.

Los demás no se mueven y Lidia piensa que ya está todo decidido, que da igual, que la piedra ya está rodando pendiente abajo. El pesar asiente, aún sonriendo, y coloca su mano, de nuevo, sobre la nuca de Javier. Los dos están muy cerca y se sujetan, como si fueran a besarse o a apuñalarse bajo la lluvia. Javier parece determinado, pero Lidia se pregunta en qué pensará en ese momento. Algo se tiene que pensar, algo tiene que gritar el corazón de Javier, que no se ha despedido de nadie, que se marcha enfadado. Almudena no se mueve, parece rendida, como si la actitud de antes fuera solo postureo. El pesar y él se miran a los ojos y, poco a poco, ante la vista de todos, Daniel se desvanece y Javier cae al suelo de rodillas, con los ojos cerrados, aunque no llega a desmayarse del todo.

Suceden tantas cosas a la vez que Lidia no sabe a qué prestar atención. Lo ve todo paralizada, como fuera de su cuerpo. Los pesares se dispersan por el huerto, pero no se acercan. Los miran, eso sí, de forma amenazadora. El fuego sigue quemando la encina, cada vez con más furia, y Lidia nota el calor de las llamas en su cara y en su piel, pero no llegan a tocar el esqueleto de Bernarda. Almudena se ha agachado junto a Javier y los demás permanecen juntos, entre las llamas y los pesares, bajo la lluvia.

En el tronco de la encina, roja y ardiente, ha aparecido una grieta negra que lo recorre de la copa a las raíces. Una grieta que se ensancha y se encoge, que palpita, aunque puede que sea efecto de las llamas. Cuesta mirar directamente al fuego, pero Lidia se esfuerza, mirar es lo único que puede hacer. Quizá esté dentro de una pesadilla. De esa grieta palpitante surge una sombra que al principio es confusa, amorfa, y que a medida que crece toma la forma de un hombre en uniforme militar. Está a contraluz, pero se ve claramente que le han disparado en el pecho. Lidia reconoce el uniforme del ejército republicano. Después la grieta vuelve a palpitar y aparecen dos mujeres con las manos atadas y amordazadas, con unos vestidos o unos camisones empapados en sangre.

La puerta se ha abierto.

Si Daniel ha conseguido lo que quería, si han perdido a Javier, solo tienen una oportunidad y es confiar en la sombra, confiar en que el pesar no los haya engañado. Lidia espabila, como si un profesor hubiera dicho su nombre durante una explicación a la que no estaba prestando atención.

—¡Javier! —grita—. Daniel, quien seas. La puerta.

Los pesares permanecen haciendo una barrera frente a la salida. Ahora llueve con más fuerza. Los nuevos pesares que acaban de aparecer de la encina se acercan a ellos y la grieta parece calmarse un poco, aunque no desaparece, quizá espere el siguiente parto. Lidia sabe lo que hay que hacer para cerrar la puerta. Sabe que deben completar el rito, hacer el sacrificio. Coge el cuchillo que ha traído Prudencio, y que está abandonado en el suelo, y se acerca al cuerpo del profesor. Javier se levanta del suelo y aparta de nuevo a Almudena. Pero ya no es Javier. Lidia lo nota claramente. La postura ya no es la de Javier, medio encogido, pidiendo perdón, es una postura regia, erguida y orgullosa. La sonrisa de Javier ya no es amable y ancha, sino que ahora está ladeada, amenazadora. Con los ojos abiertos. Javier ya no está. La sombra comienza a parir otro pesar, pero Daniel alza las manos y la grieta se detiene. Todos los pesares se quedan quietos. Las venas de Javier se oscurecen y Lidia sabe que eso es la sombra.

—Idiotas —dice, con la voz de Javier—. Por un momento pensé que no ibais a creerme. —Comienza a caminar hacia la salida—. Matadlos.

Los pesares se ponen en movimiento y se acercan. La grieta vuelve a palpitar. Lidia corre hacia los pesares, pero no los busca a ellos, quiere alcanzar a Javier. La lluvia se le mete en los ojos. Rosario salta sobre ella y consigue agarrarla de un brazo. La mano de la niña arde, quema, y Lidia se para y hace fuerza para soltarse, pero no deja caer el cuchillo. Le pega una patada y la niña se suelta. Tiene una expresión vacía y furiosa debajo de las quemaduras, con los ojos enrojecidos en lugar de blancos. Se gira hacia Javier y vuelve a correr. Si Daniel no quiere completar el ritual, ella lo obligará. Lidia ha pensado en la posibilidad de ese engaño, pero no entiende qué sale ganando Daniel dejando que la sombra entre en Curva. La sombra es más poderosa que él, él es solo un resquicio, un aborto de la sombra. Si consigue abrir la puerta completamente, Daniel no tendrá ningún poder, será consumido por la sombra. Siendo guardián, aunque aún estuviera atado a Curva, por lo menos podría tener más libertad que estando anclado a una encina.

Y entonces se da cuenta. Recuerda la reflexión que tuvo días atrás: Lidia hubiera usado la muerte de un ser querido para acercarse a ellos. Daniel nunca ha sido Daniel. Bernarda no se había dejado engañar, pero al final ellos habían caído. La sombra ha estudiado con calma a Bernarda, se ha alimentado del corazón de Daniel, lo ha usado para intentar engañar a Bernarda, atacarla en un momento de flaqueza. La sombra ha esperado con la paciencia ancestral de los cazadores a que Bernarda se debilitara. Y le ha funcionado al no intentar acercarse a ella, sino hacerlo a través de Javier. Lidia lo ve tan claro que casi se detiene en la carrera. No es que Daniel haya usado la energía de la sombra, sino que «es» la sombra. Daniel fue la fachada, igual que ahora Javier es la fachada. Toda esa clarividencia no es más que un segundo, todas las ideas se ordenan no de forma consecutiva, sino de golpe. Bernarda no había caído en la trampa, pero tampoco había descubierto el engaño. No había llegado a la conclusión, quizá con la última esperanza de que todo fuera cierto, de que no había nada de Daniel en ese espectro que los acechaba. No pueden completar el ritual con Javier, pero tampoco deben permitir que salga de la huerta. Lidia comprende y, casi a la vez, consigue llegar hasta él y clavarle el cuchillo en los riñones. No tiene fuerza suficiente y solo lo introduce hasta la mitad a pesar del impulso. En las películas parece más sencillo. Javier sigue andando sin inmutarse, como si le hubiese picado un mosquito. Lidia saca el cuchillo, lo que provoca que un borbotón de sangre caiga de la herida, y, cuando va a volver a clavarlo, Almudena la agarra.

—No. No. Javier está dentro.

Lidia se zafa, furiosa. El pelo mojado se le pega a la cara.

—¿Qué dices? ¡Estás loca! Javier se ha ido. Se ha ido para siempre. No es Javier ni Daniel. Esa cosa es la sombra, no podemos dejar que salga del huerto.

Almudena se coloca delante de Lidia, su rostro sereno. Lidia sabe que nada de lo que diga hará que la mujer comprenda. Ve entre la lluvia cómo Javier sigue caminando hacia la sebe. Si abandona la huerta, todos estarán condenados. Solo si permanece dentro del huerto tienen una oportunidad de completar el ritual y cerrar la puerta, necesitan la sangre de Javier para el ritual tanto como la necesita la sombra. Intenta empujar a Almudena, pero la mujer se aparta y le pone la zancadilla. Lidia cae al suelo, sobre la hierba mojada, y suelta el cuchillo. Hunde la boca en el barro y, al darse la vuelta para limpiarse la cara, Almudena se coloca sobre ella y la agarra de las muñecas. El pesar de Almudena, una chica joven, está detrás de ella, untando de sangre el cabello de la profesora. Lidia forcejea, escupe tierra, y, de pronto, Almudena deja de mirarla y levanta la vista. El pesar también se ha detenido; se ha girado y ha soltado el cabello de Almudena. Lidia supone que eso significa que Javier ha abandonado el huerto y aprovecha ese momento de distracción para darle un rodillazo a la profesora y levantarse. Busca el cuchillo y, cuando lo encuentra, se da cuenta de que Javier no ha salido del huerto. Se ha quedado parado y se ha dado la vuelta. Mira hacia la encina que no arde, hacia la escena que está teniendo lugar lejos de ellos, bajo la lluvia.

Prudencio está de rodillas, cavando con las manos en el barro, junto a la otra encina, la que no está en llamas, donde ella le ha dicho que Bernarda enterró el corazón de Daniel. Carlos lo defiende forcejeando con los pesares. Otros dos, esta vez el de un niño con el cuello roto y los brazos y piernas en posturas imposibles —probablemente despeñado— y el de una niña amoratada y en bañador, acaban de salir de la encina. La grieta de la sombra, la puerta, es ahora más ancha y palpita con más virulencia. De la grieta comienza a surgir un líquido viscoso, como lava negra, que cae a los pies de la encina y avanza por la hierba, quemándola sin llama. El líquido toca el esqueleto de Bernarda y lo consume, lo evapora. La encina sigue ardiendo como si fuese una antorcha, aunque el fuego parece no extenderse ni apagarse por la lluvia. Lidia intuye lo que está haciendo Prudencio, es a él a quien está mirando Javier. Se lleva la mano al costado, como si por primera vez hubiera reparado en la herida de Lidia. Aun así, no la mira. Está dudando, como si no entendiese lo que está sucediendo en el huerto, como si no supiera quiénes son esas personas y esos pesares.

—Javier, por favor. Entra en razón. Sácalo de tu cuerpo.

Almudena sigue de rodillas, bajo la lluvia, cuando habla. De pronto, Javier parece comprender, no a Almudena, sino la escena que está viendo, y su expresión cambia. Se vuelve oscura, de enfado. Esta expresión tampoco se la ha visto Lidia nunca a Javier, aunque quizá todas sean parte del propio Javier. Quizá estuvieran ocultas. Como lo están, Lidia está segura, dentro de ella. No es la misma que hace unas semanas, cuando cogió el autobús de vuelta a Curva. Quizá los demás están viendo en ella, ahora mismo, expresiones nuevas. No había pensado jamás que pudiera apuñalar a un hombre por la espalda y, sin embargo, lo ha hecho. No solo lo ha hecho, sino que está convencida de que tiene que volver a hacerlo. Aunque aquella cosa no sea un hombre. Habita en Javier, en lo que había sido Javier, pero no lo es. Lidia solo puede ver esa expresión de ira durante un segundo, porque, al segundo siguiente, Javier echa a correr. Lidia lo sigue.

Almudena no la detiene y los demás pesares no le prestan atención. Consigue alcanzar a Javier y lo apuñala de nuevo, aunque esta vez en el hombro. La sombra cae de rodillas, con el cuchillo clavado. Rosario y otros dos pesares, uno de un hombre con la cara cubierta de fango y el de la chica con las tripas colgando que tocaba el pelo de Almudena, se dan la vuelta, dejan de mirar a Prudencio y van a por Lidia. Ella saca el arma de la herida. Daniel se levanta y sigue caminando con el brazo derecho colgando, inútil. Ya no corre. La sangre se mezcla con el agua de lluvia, se diluye y empapa la ropa de Javier. Rosario la agarra de un brazo con bastante más fuerza que la otra vez y la arrastra al suelo, cuando Lidia va a perseguir a Javier de nuevo. La chica cae y suelta el cuchillo. Después de forcejear para soltarse, se da cuenta de lo mucho que le quema el roce. Sale humo del antebrazo. Bajo la mano llena de pústulas de la niña, nota cómo el calor, el dolor, se expande por el brazo y grita, perdiendo fuerza. Rosario sonríe y algunos mechones de pelo chamuscado y mojado de lluvia caen sobre Lidia. La niña la agarra de las dos muñecas y comienza a arrastrarla por el huerto, entre el barro y la hierba mojada. Lidia forcejea, intenta agarrar los brazos de la niña, aunque quemen. Ve a Almudena, que sigue de rodillas mirando la escena bajo la lluvia.

—¡Almudena! —grita—. ¡Almudena!

La profesora la mira y se levanta. Corre y empuja a Rosario mientras los otros pesares se abalanzan sobre ella. Lidia aprovecha para ponerse en pie. No presta atención al dolor de las manos, que ahora le sube hasta los hombros. No las quiere mirar. Ve, un poco más lejos, cómo Javier empuña una navaja y amenaza a Carlos. Rosario vuelve a agarrarla, esta vez del cuello, y Lidia cae, intentando quitársela de encima. La niña aprieta y le impide respirar. De pronto la presión se libera. Rosario la ha soltado y se gira de nuevo hacia Almudena, que empuña el cuchillo y no para de apuñalar a la niña. Un líquido anaranjado, que puede ser pus y que huele como tal, salta de las heridas de Rosario y quema a las dos mujeres cuando cae sobre sus cuerpos. Lidia tose y trata de levantarse, pero cae de rodillas. De pronto, Prudencio sale corriendo, esquivando a Javier y a Carlos, que forcejean, y va de una encina a otra. Los pesares dejan lo que están haciendo y se giran hacia él. Javier lo mira y echa a correr, pero Carlos se lanza sobre él y los dos caen al suelo. Varios pesares se abalanzan sobre Carlos. Se escucha el grito del chico cuando uno de ellos le pisa el tobillo. Javier sale del barullo para perseguir al cura. Lidia consigue ponerse en pie y se acerca a las llamas. Prudencio esquiva a otro pesar y llega a la frontera con el líquido. Lleva en las manos un bulto informe que Lidia sabe que es el corazón de Daniel, lo protege con su cuerpo lleno de barro. Se detiene y lanza con asco y fuerza el bulto que carga. Es negro y parece duro como el carbón. Al caer a los pies de la encina, el corazón hace un ruido de chapoteo y después se hunde en la negrura para no volver a salir. Javier alcanza por fin al cura y Prudencio recibe dos puñaladas en la espalda. Cae de rodillas. Javier lo empuja, dejando el arma clavada. Los pesares se quedan quietos. Lidia no sabe si lo han conseguido o no, todo permanece estático. Daniel Ramos, en el cuerpo de Javier, se gira hacia la salida y entonces cae al suelo como un ciervo abatido por una bala. Lidia aprovecha y se acerca a Prudencio.

La grieta se paraliza, el líquido deja de manar. De pronto, Lidia es consciente de lo agitado que le late el corazón y del ruido de la lluvia. Todos se levantan menos Prudencio y Javier. Lidia se inclina sobre el cura y ve de cerca las puñaladas. La navaja aún está clavada, pero poco a poco desaparece. Sin embargo, la herida, no. Le toma el pulso; nada. Algo empuja a Lidia al suelo y ve que los pesares han vuelto a ponerse en marcha, aunque ahora parecen actuar de forma un poco errática, sin la coordinación de antes. Solo uno, el que no tiene cara, la ha apartado y arrastra el cuerpo del cura hacia el líquido corrosivo. Almudena, con el cuchillo, pelea con Rosario —que se ha levantado de nuevo— y contra su propio pesar. Lidia, por un momento, ha pensado que lo habían conseguido. La puerta parece palpitar otra vez. Un nuevo pesar comienza a formarse.

Carlos, liberado del acoso, se acerca cojeando hasta Almudena y los pesares. Los demás pesares continúan moviéndose erráticamente por el huerto, como si la sombra no pudiese controlarlos a todos a la vez.

Sabe lo que tiene que hacer y parece que es la única que puede hacerlo. Se acerca al pesar que arrastra el cura y lo golpea con una piedra en la cabeza hasta que cae. Han eliminado a Daniel, pero sabe que la sombra sigue acechando, que solo han conseguido expulsarla del recuerdo de Daniel. Si no terminan el ritual, volverá a través de la puerta. A voces llama a la profesora para que le alcance el cuchillo. Almudena se acerca corriendo y se lo tiende.

—Espero que sepas lo que haces.

Y se vuelve para continuar ayudando a Carlos. Lidia se inclina sobre Prudencio y le clava el cuchillo en el pecho. El hombre tiene el rostro contraído, como si hubiera muerto sufriendo. La lluvia empapa a Lidia y ya no distingue dónde empieza el vestido y dónde el cuerpo. Le tiemblan un poco las manos. Se escucha el sonido de la carne fresca al desgarrarse con el cuchillo. Los nuevos pesares se fijan en ella y comienzan a acercarse. Hace dos cortes sin encontrar el corazón. Hay demasiada sangre.

La lluvia se detiene. Comienza a recitar el salmo que le enseñó Bernarda mentalmente. «Tierra y sangre, tierra y olvido». Deja el cuchillo y separa la carne de Prudencio con las manos. Una lágrima le cae por la mejilla. Solo una. No llora más en toda la noche. «Piedra, nieve y polvo». Vuelve a coger el cuchillo y saca el corazón del cura, que parece una paloma caída de un nido. Lo hace con esfuerzo, cuesta cortar la carne, lo acaba de aprender y siente que no va a olvidarlo nunca. Tarda mucho y se escucha el sonido de las fibras crujir y romperse. Las manos están llenas de sangre. Se pone en pie y se va corriendo a la otra encina, la que no arde. «Niebla y silencio».

Otro pesar se forma en la grieta, un hombre con las manos amputadas y sin ojos. Por la ropa, Lidia deduce que es uno muy antiguo, probablemente medieval. Entierra el corazón de Prudencio en el mismo hoyo que había hecho él mismo antes. Se pone en pie. Carlos y Almudena están en el huerto y, aunque no van a decir el salmo con ella, eso cuenta. Bernarda les aclaró que cuantos más, mejor, que su fuerza se sumaba. Pero han perdido a Raúl y probablemente a Javier y a Prudencio.

Las dudas no son beneficiosas, recuerda Lidia, y deja de contar cuántos son. No es el momento de pensar. Confía en que Almudena y Carlos sean suficientes para defenderla de los otros pesares, que se han vuelto todos hacia ella.

—Tierra y sangre, tierra y olvido —comienza en alto—. Piedra, nieve y polvo. Niebla y silencio. Y lo ofrecemos y lo somos. Y lo somos y lo seremos.

Hace una pausa. La sangre de las manos le escuece en las quemaduras. Nota cómo alguien le tira del pelo; también la agarran de las piernas. Trata de ignorarlo y aguanta el dolor.

—Y lo somos y lo seremos. Lo soy y lo ofrezco —termina.

Las palabras en sí no importan, importa el sentimiento, el empeño que se pone, el ritmo, su aliento. Y ella cree. No en algo superior, sino en ella misma, cree en lo que está haciendo, en su propia fuerza. Lidia nota cómo le sueltan el pelo y la pierna. Permanece un instante conteniendo la respiración. Mira hacia la otra encina. El líquido sigue manando, denso.

Al principio, Lidia piensa que no ha funcionado, pero después ve a Prudencio incorporarse. El cura se mira las manos y, después, se gira. Los mira a todos y asiente. Se levanta y cierra los ojos un segundo. Los pesares, que se han detenido por todo el huerto, lo observan. Comienzan a caminar lentamente hacia la grieta y se introducen en ella como si estuvieran de procesión. La lava negra también regresa, poco a poco, y entra en la grieta. Después al cura hace la señal de la cruz y la puerta se cierra, la grieta se hace cada vez más fina y desaparece. Solo queda el fuego de la encina, que poco a poco se va apagando. El resto del tronco, negro y retorcido, humea. La madera está partida en dos en el lugar en el que se encontraba la grieta, en el lugar en el que cayó el rayo. Todos se miran, cansados y heridos. Lidia se arrodilla y se mira las manos. El dolor la recorre por fin como un latigazo. Tiene las manos en carne viva, llenas de ampollas hasta casi el codo. Alza la vista y respira profundamente.

—¿Alguien podría llamar a una ambulancia?

Carlos sale de la huerta con el teléfono en la mano y entra al poco tiempo.

Almudena se acerca al cuerpo de Javier y se agacha sobre él llorando. Carlos regresa y le pone una mano en el hombro a la profesora. Lidia siente que se le encharcan los ojos y respira hondo para no llorar. No en ese momento. Lo han conseguido, han cerrado la puerta. Siente la ausencia de Javier como si fuera una piedra en los pulmones, que le impide respirar y que tira de su estómago hacia abajo. Quiere ir y abrazar el cuerpo del profesor, unirse en su sacrificio, pero el dolor de Almudena es más fuerte y decide respetarlo.

De pronto, Carlos se arrodilla, aparta a Almudena con nerviosismo y se acerca a Javier, poniendo el oído sobre la nariz del profesor; se ve la ansiedad en sus ojos. Le pone una mano en el cuello y otra sobre el pecho.

—¡Respira!, ¡está respirando, joder! ¡Rápido!

Carlos

Maternidad

9 de julio

Cuando todo hubo terminado, cuando Prudencio levantó las manos e hizo la señal de la cruz, te dejaste caer sobre la hierba mojada del huerto y miraste al cielo, al cielo negro que empezaba a clarear por las esquinas. Respiraste hondo y sentiste el dolor en la pierna. No era tan intenso como para pensar en una rotura, pero estaba ahí. Saliste a pedir una ambulancia y al volver viste a Almudena sobre Javier y te acercaste renqueando. Los viste a todos, perdidos, como tres sonámbulos que se han despertado en medio de la noche en el salón.

Javier parecía un muñeco tirado en el suelo. Los brazos y las piernas estaban abiertos en una posición ridícula, como si fingiera correr en el suelo. Te agachaste y cogiste del hombro a Almudena. Lo hiciste sin pensar. Tenías la impresión de que ahora sabías muchas más cosas, sabías lo que tenías que hacer. Aquel gesto te reconfortó como si hubiese sido a ti a quien te hubieran puesto las manos en los hombros. Había mucho silencio en el huerto. Después te agachaste y descubriste que Javier aún estaba vivo. Almudena, visiblemente nerviosa, no había sido capaz de notar la leve respiración del hombre. Los miraste de nuevo.

—Yo iré al hospital con Javier y con Lidia.

Prudencio asintió en silencio. Parecía el más asustado de todos. Sentiste pena por él, por todo lo que le estaría pasando en aquel momento. Aquel hombre que no tenía corazón, que era una carcasa que se sostenía por vosotros, por la sangre de los curveros. Aquella mirada duró solo un instante, pero te preguntaste si tú hubieras sido capaz de hacer lo mismo. Apretaste los puños y los abriste. Sabías de tu fuerza destructora, pero nada más. Tú también estabas asustado, estabas la hostia de asustado, pero sabías lo que tenías que hacer, ahora sabías lo que tenías que hacer. Comprendiste, en ese momento, mientras esperabas a que llegaran las dichosas ambulancias, a Javier. Comprendiste por qué tuvo tan claro que tenías que buscar a Almudena. Harías todo lo posible por salvarle la vida, quizá así por fin quedaras en paz con él. Notabas que ese fuego blanco se había ido y que una pequeña quemazón había quedado en su lugar. El fuego había corroído tu centro y lo que había debajo era poderoso, era algo tranquilo que respiraba como un dragón de la suerte dormido.

Cuando llegaron las ambulancias, te preguntaron con quién querías subir y lo tuviste claro. Subiste con él.

Notabas cómo la enfermera evitaba miraros, quizá para darte el espacio o la libertad de cogerle de la mano. No lo hiciste. Pusiste una mano sobre su pecho y la dejaste allí hasta que notaste sus latidos, después la retiraste.

—¿Estás bien? —te preguntó la enfermera.

Asentiste. Luego te miró la pierna.

—Parece un esguince. Deberás pasarte tú también por Urgencias. Ha debido de ser un golpe fuerte.

—¿Cómo?

—El accidente, que ha debido de ser fuerte.

Y volvió a mirar hacia la pared de la ambulancia. Te pusiste nervioso. No habías preparado ninguna excusa, nadie había preguntado. Todo era muy extraño. La enfermera no podía hablar en serio de un accidente. ¿Dónde estaba la policía, los coches, las pruebas de alcoholemia? Al llegar al hospital, nadie te hizo ninguna pregunta, todos dieron por sentado que habíais tenido un accidente y se llevaron a los heridos. Te dejaron solo en Urgencias, esperando a que algún médico quedara libre para mirarte la pierna. Nadie pareció preocupado por si te habías golpeado la cabeza en el supuesto accidente.

Los padres de Lidia aparecieron enseguida, como si os hubieran seguido en la ambulancia. Te sorprendió que vinieran vestidos con ropa de calle y que no hubieran saltado de la cama al hospital. Cuando entraron, no supiste que eran los padres de Lidia, por supuesto —ni siquiera te sonaban de Curva—, pero después de hablar con el encargado de recepción, que te señaló con un dedo, se acercaron deprisa. Antes de que hablaran ya sabías quiénes eran. Te pidieron explicaciones, ellos sí, sobre el supuesto accidente, te preguntaron que si eras su novio y qué hacías con su hija. Lo hablaban todo como rezando, como pidiendo que los tranquilizaras. Explicaron que un conocido los había llamado. La madre, un poco más agresiva que el padre. Aquella ansiedad ajena te tranquilizó y respiraste hondo. Les pediste que se sentaran, les dijiste que todo estaba bien, que en el coche iba Lidia y también iba Javier, que solo eran amigos. Ignorabas si conocían a Javier, pero eso pareció convencerlos de que no eras el novio de su hija. No es que tuvieras muy buena pinta con los pantalones sucios de verdín y de barro y con una camiseta enorme de flores medio desgarrada, pero te dolió un poco ese alivio en sus rostros.

Acabaste de hablar y se quedaron en silencio. Dijeron «Bueno» y se levantaron, más despacio, y se fueron al mostrador otra vez. Aquella vez, los dejaron pasar. Esperabas que no transmitieran esa ansiedad a Lidia. No te caía mal, era una más de aquellas chicas con las que no podías hablar en una discoteca. Notabas cómo, cada vez que Lidia te miraba, te hacía culpable de algo.

La Pilar no había sido así, aunque tampoco era perfecta, también habíais discutido por su culpa, evidentemente. No soportabas que te obligara a ver *Gran Hermano* u *Operación Triunfo*, sabiendo, además, que al día siguiente madrugabas. O la manera que tenía de desaparecer cuando había partido y dejarte solo. Tu padre nunca veía el fútbol con tu madre, pero a ti sí que te hubiera gustado verlo con la Pilar. Y en aquel momento te había parecido bien que se fuera porque te obligaba a hacer lo que tenías que hacer, que era ver el fútbol con tu padre o con tus amigos, porque la verdad era, aunque te costara reconocerlo, que ver el fútbol solo te aburría bastante.

No, Pilar tampoco era la chica que necesitabas. Era casi una epifanía darse cuenta después de seis años, como encontrar a Wally tras haber estado horas y horas mirando un puto dibujo. Wally, en realidad, siempre había estado allí, solo que a veces no habías sido capaz de —o no habías querido— verlo.

Y todo eso no borraba el hecho de que habías sido un estúpido, un cerdo y un cretino. Respiraste aliviado porque Pilar no se hubiera quedado embarazada. Quisiste pensar que había sido Ramón, dentro de tu cabeza, el que te había obligado a pinchar los condones, pero no pudiste engañarte. Sabías que aquello había comenzado mucho antes de que se abriera la puerta, de que Ramón Medina te lanzara una piedra desde lo alto del castillo. Sacaste el teléfono y buscaste el contacto de Pilar, pensaste si llamarla y contarle todo, pero no lo hiciste. Eras demasiado cobarde. Lo mejor que podías hacer para compensarla era desaparecer de su vida.

Una doctora te llamó. Te levantaste y cojeaste hasta ella. Nadie parecía recordar que hacía unas horas habías estado en ese mismo sitio y te habías escapado sin dar explicaciones. En frío, la pierna te dolía más. Te diagnosticaron el esguince que todos intuíais que tenías y te llevaron al pasillo donde se encontraba Javier. Lidia vino a despedirse con sus padres. Llevaba las manos vendadas. Parecía cansada, pero contenta. Sentiría el mismo alivio que sentías tú. Se agachó y te dio dos besos. Sentiste aquellos besos como lo que eran, un reconocimiento a lo que habíais vivido juntos y, a la vez, una despedida, un: «Nunca he tenido nada que ver contigo y no quiero tener que ver nada con gente como tú». Te pusiste en pie y le diste un abrazo a la chica, que levantó los brazos y te rodeó con ellos, sin llegar a tocarte con las vendas. Cuando os separasteis, ella sonreía. Se marchó por el pasillo con calma.

Respiraste hondo y escribiste un mensaje en el que le contabas a Pilar todo lo que habías hecho. No buscando su perdón, casi le rogabas que te denunciara.

Lo leíste dos veces mientras te temblaba el labio. Cerraste los ojos y lo borraste del todo. Asumir tu culpa no pasaba por hundir la vida de Pilar o llenarla de odio. Necesitabas que alguien te pegara un puñetazo. Mejor que ella viviera en la ignorancia. Bastantes motivos tenía ya para odiarte.

Saber que había una persona que te odiaba te hizo sentir mejor porque, aunque cambiaras, aunque hubieras aprendido, ese hecho no se borraría jamás y Pilar estaría allí para recordarlo. No decírselo a nadie te daba miedo porque ese Carlos que había pinchado condones podía seguir dentro de ti.

Empezaste a llorar en silencio, tranquilo. Y estuviste así durante al menos diez minutos, sin siquiera levantar la mano para limpiarte. Llorabas despacio, con gotas bien separadas, que resbalaban con calma. De pronto, aquel llanto también paró y suspiraste, sonreíste y te limpiaste con los bajos de la camiseta.

Un médico salió al rato para comunicarte que Javier se encontraba estable y te dijo que podías ir a casa o a la cafetería a esperar, que podían llamarte cuando hubiera algún cambio. En un principio todo estaba bien, el profesor iba a sobrevivir.

Seguía inconsciente. No sabías si irte o quedarte. Aún sentías esa absurda sensación de que Javier moriría si lo abandonabas, pero también sentías que todo estaba bien, que todo iba a salir bien. Decidiste dar un paseo hacia la cafetería apoyado en la muleta.

Andabas despacio por los pasillos, mirándote las manos y pensando en que aquellas manos habían pinchado los condones, habían intentado matar a Javier, muchas veces habían hecho daño a otros en peleas. Quizá deberías haberte quemado las manos tú y no Lidia. Tus manos, todo tú, eran una fuerza destructora que a veces se desbocaba, por eso Ramón había tenido tan sencillo encender aquel fuego blanco. Sin embargo, en ese momento, aquello te parecía absurdo. Aquellas mismas manos habían construido la casa en la que vivías, también arreglaban el motor de tu coche cuando algo fallaba e incluso limpiaban el pescado cuando tus padres venían a comer. También eran manos que sabían dar placer. Volviste a mirarte las manos y te parecieron más suaves, incluso finas, y te preguntaste cuál de las dos manos eran las reales. Quizá las dos. Y aquello era lo más difícil de aceptar de todo. Y dentro de aquellas posibilidades, de aquel abanico, tenías que decidir quién eras o quién querías ser y aprovechar todas las ventajas de aquellas manos para construir lo que quisieras construir.

Te perdiste por el camino entre todos aquellos pasillos idénticos y acabaste en el ala de Maternidad. Todo el pasillo olía a bebé recién nacido y se escuchaba un llanto a lo lejos en alguna de las habitaciones. Te acercaste al control y pediste indicaciones para ir a la cafetería, era absurdo seguir fingiendo que podías orientarte. Te atendió una enfermera ya mayor. Mientras hablaba y te daba indicaciones sobre unas escaleras, viste una pila de panfletos sobre adopción. Sin dejarla acabar, le preguntaste si podías coger uno. Ella te miró confundida, quizá por la edad o por la interrupción, pero te lo dio. Como si no pudiera parar, ignorando la interrupción, te acabó de decir dónde estaba la cafetería y saliste del ala en la dirección en la que señalaba su dedo. Hojeabas el panfleto cuando te cruzaste con el médico de Javier. Te dijo que estaba consciente, aunque dormía, que podías pasar a verlo. Se ofreció a llevarte hasta la habitación. Doblaste el folleto y lo guardaste en el bolsillo del chándal, cerrándolo con cremallera para no perderlo.

Almudena

Amanecer

9 de julio

Cuando le conté a Saúl lo del huerto habían pasado ya unos días. Carlos fue al hospital con Lidia y con Javier; lo decidió sin dar lugar a réplica, como cuando Saúl o yo nos ofrecíamos para bañar a los niños o a hacer la cena. Creo que era su manera de agradecerle que le salvara la vida, aprovechando que Javier estaba inconsciente. En aquel momento, en realidad, nadie sabía que estaba inconsciente; no sabíamos, siquiera, si iba a sobrevivir. Prudencio nos dijo que confiáramos, pero yo no supe si lo decía como cura o como guardián. Desde aquella noche quizá ya nadie sepa nunca si habla como cura o como guardián. El caso es que, como me habían liberado de la misión de cuidar de Javier, pude irme a casa a descansar.

No tengo muy claro lo que sentí cuando Carlos dijo que Javier estaba vivo. Una parte de mí siempre había creído que Javier estaba vivo, de otro modo no me hubiera revolcado por la hierba y el barro con Lidia. A veces tengo sueños recordando aquella noche. Quizá sea la menor de las cicatrices que podría habernos quedado y al menos podemos hablarlo entre nosotros, yo incluso puedo hablarlo con mi marido. Los sueños no son, siempre, pesadillas. A veces simplemente rememoro aquella noche: la lluvia que era sorprendentemente cálida, el fuego de la encina, la pierna torcida de Carlos, los ojos de miedo de Lidia… Muy pocas veces aparecen los pesares y casi nunca Daría, como si hubiera hecho las paces con ella. En ocasiones pienso si no la habré asimilado, si en realidad no se habrá infiltrado en un rincón de mi cuerpo, de mi sangre, como una semilla que espera mejores tiempos para germinar. Hay, en el mundo vegetal, algunas especies que lo hacen, que pueden vivir aletargadas muchos años esperando el momento preciso. Hay larvas que también lo hacen. Y quizá Daría no aparezca en mis sueños porque es una pequeña larva en mi cerebro que un día crecerá y… Mejor no pensarlo. Bajar por ese camino es peligroso, quién sabe si eso despertará la larva, quién sabe si existe.

Y por eso prefiero no pensar cuando sueño con la noche del huerto, con las caras de los otros, con el agujero en el pecho del padre Prudencio, el hueco que aún chorreaba cuando se puso en pie e hizo la señal de la cruz a la encina. Después de aquel gesto, vacío de significado, pero lleno de poder, el aire pareció moverse de nuevo. El agua que nos cubría se volvió fría y ese fue el único momento en el que de verdad creí de manera consciente que Javier estaba muerto. Me arrodillé junto a él dispuesta a amortajarlo tal que un hijo. Como si nadie más fuera a velarle, como a los primeros muertos de sida que todos repudiaban y temían. Pero llegó la mano de Carlos. Las dos manos, mejor dicho. La primera en mi hombro, fuerte y con confianza. Tranquila. No sé si el propio Carlos ha sido consciente alguna vez de aquel gesto, de esa mano. Dudo que haya tocado así a nadie antes, dudo que se haya atrevido. Esa mano ya no venía del Carlos de antes, el que había pinchado condones siguiendo una voz que le decía lo que tenía que hacer. Y cuando me tocó ya no quise mostrar mi dolor.

Todo en un instante. Aquella noche lo había vivido con intensidad todo, y las emociones cambiaban de un segundo para el otro, como me sucedió durante el segundo embarazo. Hablar de Carlos al final siempre me lleva a hablar de niños. Esa mano en el hombro fue la primera y se llevó el dolor. La segunda, sobre Javier, se llevó la muerte. Como si hubiera sido la mano de Charly la que lo hubiera resucitado. Es imposible e irracional pensar así, pero yo ya no me juzgo por tener esas sensaciones, las dejo venir, las mastico un poco, busco una explicación y se marchan. Y la mano de Carlos trajo la vida de Javier, quizá porque me había tocado a mí primero, y aquella momentánea conexión entre los tres, porque yo también estaba tocando a Javier, aunque para mí estaba muerto, fue lo que le dio la vida de nuevo. Yo lo estaba tocando y estaba muerto, quizá estaba tan nerviosa que no podía verlo o interpreté su pulso como mi propio latir.

Carlos dijo que estaba vivo, que iría con él al hospital. Prudencio dijo que confiáramos, que todo iba a salir bien, y yo callaba, viendo cómo hablaban y decidían entre ellos, mirando el agujero en el pecho de Prudencio, la falsa manera que tenía su pecho de hincharse al hablar, como si aún necesitara el aire. Cerré los ojos y la mezcla de madera quemada, humedad y barro me llenó las narices, y pensé que me iba a estallar el pecho porque se me iba a meter todo el campo dentro. Supe que aquello era que se me limpiaba la sangre. Lo comprobé y mis venas no eran negras, aunque quizá ya habían vuelto a la normalidad al desaparecer Daría. Volví a inspirar, esa vez queriendo que entraran el espliego, el orégano y el brezo, intuyendo que quedaba poco para el amanecer. Y me fui a casa. Liberada y sin esperar siquiera la ambulancia.

Saúl había intentado esperarme despierto, pero se había dormido en el sofá con la tele encendida, aunque sin volumen. Encogido como un niño —quizá con algo de frío—, a sus casi cuarenta años. Cuando entré en la casa, estaba amaneciendo y la silueta de Saúl, a contraluz y aún iluminada por los brillos de la tele, me provocó mucha ternura. Como ver a un recién nacido o abrir un regalo el Día de la Madre. Me puse a llorar en silencio, sonriendo como una estúpida, con las llaves en la mano.

A veces se me hace extraño pensar en esos detalles, pensar que después de haber peleado con pesares, después de haber estado a punto de morir por una energía, un ser, un dios, algo más grande que todos nosotros, yo seguía teniendo mis llaves en el bolsillo, aquellos diminutos objetos que me ataban a la realidad, a otro mundo. Qué insignificantes unas llaves y qué bien me hacía notarlas en la mano, oler el salón, que olía a plastilina, como todos los salones donde hay niños, el olor de mi casa, el de mi marido, pálido y dulce como el corazón de una manzana. Lloré y no me avergüenza decirlo. Me avergonzó en su momento, seguramente, pero también aquello me dio risa y me quedé un rato en el quicio mirando dormir a mi marido y llorando y riendo.

Cuando me cansé, me fui a la habitación, hice una bola con toda mi ropa, incluida la interior, la metí en una bolsa y la tiré a la basura. Me duché, me puse un pantalón corto de deporte, una camiseta vieja de la peña y preparé café. Cuento todo esto porque es importante, porque es la razón por la que no le confesé nada a Saúl aquel día. Porque hice café. Y he dicho confesar casi sin pensarlo, sin saber si ha sido un lapsus o si de verdad siento que me confesé, que tenía algo que confesar. Si relatar o narrar no hubieran sido verbos mejores.

Serví dos tazas y, cuando me giré para ponerlas sobre la mesa, mi marido entraba en la cocina, aún medio dormido. Se agarraba los codos, como las madres que se levantan cuando sus hijos vuelven de fiesta. Nos sentamos en la mesa en silencio, mirándonos con la seguridad de que, de momento, no había más que decir. Hacía calor, la tormenta iba a dejar un día bochornoso de sol picante. Respiré hondo y me sorprendí de no sentirme cansada.

Después de todo lo que había vivido, yo solo pensaba en cómo iba a enseñar ciencias en el instituto. Qué sabía yo en realidad de la física, la química, la biología y, sobre todo, de nuestro mundo. Vi claramente que tenía en mi mano una esquina de un puzle, algo que casi era una imagen, pero quizá el puzle tenía miles de piezas y habíamos encajado solo unas decenas. Lo peor no era que solo hubiera encajado esas piezas, sino que no podía ver más. Quizá podía centrarme en eso, en mostrarles aquellas piezas a los alumnos. Era tan clara la diferencia de tener o no tener a la Daría conmigo que me pregunté cómo había podido ser tan estúpida de no creer a Javier desde el comienzo.

No me sorprendió que Saúl se creyera absolutamente todo lo que le conté acerca del huerto un par de días después, cenando en Sallón. En realidad, siempre sospeché que Saúl me creería, quizá por eso no le había contado nada. Saúl me dijo que había salvado la vida de Javier, pero yo no estaba de acuerdo. Puede que indirectamente, pero yo solo había puesto pegas y entorpecido las acciones de los demás. Fue Carlos el que me salvó a mí de Daría, enviado por Javier, y fueron los demás los que derrotaron a los pesares. Yo solo fui egoísta. Mis acciones indirectamente salvaron a Javier, pero si la sombra, dentro de él, hubiera salido del huerto… Me agradaba que Saúl me viera con esos ojos y yo sabía que él era mi lugar seguro, mi sitio en el que sentirme mejor. Por eso en cuanto salí del huerto supe que acabaría contándole toda la historia. Pero no aquella mañana. No delante de los niños, aunque estuvieran dormidos. No quería causarles más traumas. Por el momento nunca se lo hemos dicho. Podrían soportarlo, claro que sí, pero de momento no veo la necesidad. Quizá un día se crucen con Prudencio por los caminos y les diga que necesita su ayuda, quizá los dos porten la sangre, son hijos de una Castro y un Medina, son hijos de Curva. Pero eso ya no me da miedo.

Y a partir de ahí todo es historia. No estaba preocupada por Javier. Ya no me he vuelto a preocupar por él, no del modo en el que lo hacía antes. Apenas miro sus ventanas y ya no lo llevo a rastras a comer al asturiano. Me cuenta de sus chicos y de su blog y no me estrujo el cerebro pensando si me lo cuenta todo o se queda cosas; está bien así. Y sin embargo, siento que lo quiero más que nunca.

Supongo que todo sigue como antes, con algunos cambios. Carlos se queda con los niños de vez en cuando para que Saúl y yo, o Saúl, Javier y yo, vayamos por ahí a cenar, al cine o incluso a alguna verbena. Discutimos a veces, mis hijos son insoportables como adolescentes: silenciosos, distantes e hirientes; y a veces me siento ahogada dentro de Curva de Arla, pero en el fondo todo va bien. Me marcho a Madrid, a que la gente me empuje en la Gran Vía. La vida no se detiene, ¿no? No se ha detenido en las guerras ni en los desastres naturales. Como las llaves. Si hubiera muerto aquella noche en el huerto, lo hubiera hecho con las llaves de mi casa en el bolsillo y esas llaves seguirían abriendo la puerta. Una acción sin sentido. Es horrible cómo las llaves de los muertos siguen abriendo puertas. Si toda la humanidad desapareciera ahora mismo, pum, de un plumazo, quedarían las llaves, y los alfileres y las hebillas de los cinturones. Y si alguien de fuera, un extraterrestre o un mono del futuro, viera las llaves y las hebillas, ¿podría saber para qué servían solo con mirarlas?, ¿contiene la llave a la puerta?, ¿se la presupone? Qué terrible. ¿Quién encajaría una llave en una cerradura si ni siquiera su forma coincide? Pensarían que los dientes serrados y distintos servían para identificarnos. Y en el fondo lo hacen un poco, ¿no? Las cuatro llaves de mi casa nos identifican como familia, las llaves del colegio me identifican como profesora y, además, como tutora de cuarto, con la llave de la clase. Tendrían muchas pruebas de ello y los carnets habrían desaparecido. Pensarían, quizá, que nos enseñábamos las llaves unos a otros para identificarnos, que un llavero lleno significaba pertenencia a muchas familias, muchas tribus. Aunque quizá no comprenderían y no habría nadie que se lo explicara. Las llaves tendrían otro significado, otra función, quizá, pero no la nuestra.

Y puede que nosotros viéramos solo una llave en el huerto aquella noche. Quizá nos pasemos el resto de nuestras vidas sin saber qué significa lo que vimos, o interpretándolo mal, como unos monos del futuro. A veces me da escalofríos pensarlo y me saco las llaves de los bolsillos y las miro y veo que siguen igual, que son las mismas. Y al guardarlas yo no soy una llave, mi marido no es una llave, mi familia tampoco; pero quizá mi bloque de pisos sí que sea una llave, una pequeña, de buzón, y Curva sea una llave más grande, y quizá Castilla sea una gran llave de hierro, vieja y grande, un poco oxidada, que sigue funcionando sin enterarse de que su dueño ha muerto.

Lidia

La primera memoria

30 de octubre

Lidia deja la maleta en el suelo de la habitación y se sienta sobre la cama. Por la ventana apenas se ven los chopos, la niebla cubre toda la alameda y llega hasta casi su ventana. Parece que alguien ha pintado de gris los cristales. En el autobús todo había estado despejado, pero, al subir el alto del Sabino, ya se veía el valle del Arla cubierto de niebla. El autobús había entrado en la niebla y había salido después como una aguja que atraviesa una bola de algodón sucio. Y Lidia se había quedado dentro de aquel algodón gris. Había tenido una sensación extraña al ver la niebla. Solo habían pasado unos meses, pero todo lo vivido aquel verano, los pesares y las muertes, le parecían muy lejanos, envueltos en aquella misma niebla. Tuvo miedo de volver de golpe a los recuerdos, al terror, el insomnio y las pesadillas de sentir a Rosario con ella. Incluso había escondido las manos bajo los muslos en el asiento cuando el autobús enfiló la carretera, como el que se prepara para la caída en la montaña rusa. Todo aquello se había quedado en Curva e incluso le había resultado difícil conjurar los recuerdos —tratar de ordenarlos cronológicamente— en cuanto había abandonado el valle.

Bernarda nunca se lo dijo, pero Lidia sospecha —lo sospecha ahora que ha vuelto, que los recuerdos se han ordenado y se han vuelto nítidos— que el Arla es una frontera no solo entre la sombra y el mundo, sino también una madre celosa, un punto de energía, algo que impide que los secretos de Curva salgan hacia fuera, algo que impide que a nadie le extrañara que en un verano muriera un porcentaje tan alto de la población de golpe, que protege de curiosos y extraños. No habían tenido noticias de la sombra durante estos meses, pero, al entrar en Curva, Lidia se había preguntado cómo podía haber olvidado o, más bien, cómo podía haber dudado de si la sombra había sido real. En Curva la sombra camina con los curveros y los mira a los ojos, les habla de tú.

—¿Has desayunado? —grita su madre desde la cocina.

—Sí, mamá. Voy a deshacer la maleta, ahora bajo y me tomo un té —grita ella.

—¿De limón? Solo tengo de limón, hija. Aquí solo hay manzanilla o té de limón.

—Da igual. No grites, que ahora bajo.

—¡Vale! —contesta, aún gritando.

La escucha exagerar mientras murmura que, si hubiera sabido, habría comprado té rojo, que Lidia siempre toma té rojo y que, como ella no, pues no tiene, que mira que fue ayer a la tienda y se le olvidó, que tiene muchas cosas en la cabeza y, claro, que no da con todo, que bastante que se había acordado de la carne y del papel de cocina porque se había dejado la lista y ella ya no tiene la cabeza como antes, que su marido se lo toma a broma, pero que está perdiendo la memoria y que a ver quién va a hacer todas las cosas que hay que hacer cuando ella falte, que el día que ella no se preocupe por la compra o por limpiar, en esa casa se va a vivir como en la Edad Media. Lidia sonríe. Sabe que habla para ella misma y se reconoce en ese gesto, porque ella a veces lo hace también, cuando cocina o cuando prepara cosas.

Tiene puestos unos guantes finos de algodón. Se ha acostumbrado a llevar guantes cuando sale de casa, aunque no tiene ni idea de qué hará el verano siguiente, cuando haga demasiado calor como para justificar su uso. Supone que nada, que no los llevará, y eso estará bien. Se los quita. Las quemaduras ya han cicatrizado hace mucho y ha recuperado la movilidad de las dos manos sin problema. Le gusta rozarse las cicatrices, las quemaduras, con los dedos, aunque allí en Curva las cicatrices son otra cosa, ya no toca piel nueva y quemada. O no solo. Tiene las palmas quemadas, llenas de líneas y de formas esféricas de colores. Casi parecen llamas fosilizadas. Como un cuadro de Van Gogh en tonos carne. No lleva los guantes por vergüenza, pero le fastidia mucho dar explicaciones. No le gustan las miradas de los extraños, las historias que puedan imaginarse para justificar unas quemaduras así. Nunca se acuesta con chicos que le pregunten por las cicatrices porque cuando ha bebido un par de copas no es capaz de recordar una historia coherente, no es capaz de saber si lo que está diciendo es lo real y Rosario lo inventado. No quiere olvidar y a medida que pasa tiempo fuera de Curva siente cómo el recuerdo se va diluyendo, escapando de ella como si fuera la arena de un reloj. Estar en Curva le da la vuelta al reloj y lo tumba. Dentro del pueblo nunca tiene que dar explicaciones de sus manos a los desconocidos.

Suficientes explicaciones tuvo que darles a sus padres. Su madre llegó a insinuar que ella misma se había provocado las quemaduras porque estaba deprimida por la muerte de Raúl. Ella dijo que no, pero su madre aún sigue mirándole las manos cuando cree que ella no se da cuenta. Las mira con pena, como a un anuncio de ONG en la tele o como un picotazo en la esquina de una mesa cara, algo con lo que tiene que convivir, pero que no es justo que exista. Su madre quiere que todo esté bien, y esas manos lo impiden porque recuerdan que algo salió mal.

Se levanta de la cama y coloca los guantes sobre el escritorio, en el hueco grande que dejó el portátil cuando se lo llevó. Se fija, entonces, en la carpeta del proyecto de museo y sonríe porque de eso también se había olvidado. Ya acumula polvo. Abre la maleta. No ha vuelto a Curva desde que se marchó en septiembre. Javier, un poco antiguo, la llama de vez en cuando y le dice que Carlos ha preguntado por ella.

Comienza a sacar sin prisa la poca ropa que ha traído para pasar el puente. Casi todo jerséis gordos porque en Curva noviembre ya significa frío en los huesos para todo el día.

Saca el ordenador y lo coloca en su sitio, apartando los guantes. Vuelve a mirar el proyecto y lo coge. Cierra la puerta del cuarto, como si tuviera miedo de que dentro de esa carpeta estuviera guardado Raúl y se fuera a escapar por la puerta abierta. Acaricia la tapa, despacio, como a un animal asustado. Ha cogido la carpeta para abrirla y ver la idea loca que había tenido, pero ahora cree que solo con acariciar los bordes, las gomas, las solapas, es suficiente. Le parece que dentro hay una niña, la idea de una niña, ingenua y absurda, y le da la razón a Raúl, esté donde esté. Se queda un rato tocando la carpeta, minuciosamente, asegurándose de que, si alguna huella de Raúl queda en el plástico, ella la ha absorbido. Es inútil conservar la carpeta como una reliquia cuando ella misma puede ser una. Ella no se va a gastar.

Piensa en Raúl y recuerda la historia de su compañero muerto en la carbonera. Le hubiera gustado tocar las quemaduras del dorso de la mano de Raúl con las suyas en la palma y piensa, quiere pensar, lo desea, que eso hubiera producido algo, quizá un entendimiento completo, y ella por fin hubiera podido encajar del todo las piezas del tío, aquello que sabe que le ocultaba tan celosamente. Pero eso no es posible. Deja de acariciar la carpeta y la pone de nuevo sobre el escritorio. Cambia de opinión, la abre y tira en la papelera su contenido. Rompe los folios, los presupuestos, los dibujos del museo.

Rompe, en su mente, la estatua en la puerta que alguna niña está mirando. Cuando acaba, está exhausta. Sonríe. Y en ese momento, como si de verdad sus quemaduras hubieran tocado las del tío Raúl, tiene una idea. Abre la puerta y le grita a su madre que por favor le suba el té, que tiene que hacer un trabajo para la universidad del que no se acordaba.

Tiene la maleta a medio deshacer, pero abre el portátil y se sienta en el escritorio. Inicia el procesador de textos. Se queda mirando la pantalla unos segundos, con la sensación de nuevo de estar en otra montaña rusa, después mira la niebla a través de la ventana, como si quisiera empaparse de ella. Sabe, de hecho, que no podrá escribir nada si sale de Curva. Su madre viene, le deja el té y le comenta algo acerca de la maleta, del trabajo y de la universidad, y ella asiente a lo que sea que ha dicho hasta que se marcha. No quiere hablar porque si habla quizá las ideas se le vayan de la cabeza y no puede permitirlo. En un cajón encuentra el cuaderno con las notas de sus conversaciones con Raúl, pero no lo abre, no necesita consultar nada, solo lo quiere como amuleto. Después comienza a escribir:

Nací en Curva de Arla en agosto de 1936, cuando mi padre recogía el trigo y la guerra aún no había llegado al valle. Mi madre, que se llamaba Paloma, me decía que yo era rubio porque ella había pasado muchas horas doblada con la hoz mientras estaba embarazada, debajo del sol de Curva, que es un sol más amarillo que el del resto del mundo. Por eso en Curva todo es amarillo en verano: el trigo, los girasoles, la arena del camino, las paredes de las casas y mi pelo cuando era pequeño. Ella quería llamarme Lorenzo, pero mi padre no quiso, quería un nombre que nadie conociera en Curva, que fuera único como mi pelo rubio. Y me llamaron Raúl, aunque me hubiera gustado llamarme Lorenzo o con algún nombre de ave castellana —azor, buitre, milano, vencejo—, como mi madre, que era un pájaro y que cantaba cuando hacía la comida y cuando segaba y cuando lavaba la ropa en el río. Aunque hubo una vez durante la guerra que el río bajó lleno de sangre durante dos días y las mujeres se quedaron sin lavar la ropa, en silencio, cada una en su casa. Eso me contaba siempre mi madre de la guerra, que allí en Curva siempre hubo mucho silencio y que no se pudo lavar la ropa. Y no decía más. De la guerra no se habla y quizá de aquello se me quedó un silencio dentro, mamado de mi madre, que hizo que se me oscureciera el pelo. Todos llevábamos la ropa mojada del Arla, nos lavábamos y regábamos con su agua, comíamos de su tierra. El arla nos fecundaba y nos moldeaba, rodeaba el pueblo y lo hacía suyo. Éramos hijos del Arla, y por eso vivimos en su curva, en ese brazo protector de padre.

»Mi madre era un poco como el Arla, y recuerdo que, para enfurecimiento de mi padre, se dedicaba a sisar comida en casa para repartirla entre los niños que habían perdido a sus padres en la guerra. Yo jugaba con aquellos niños sin saber que estaban marcados, que detrás de los ojos tenían dos bolas negras. Mi padre lo consentía con mala cara, quizá temiendo que se nos metieran en la casona, que nos pegaran enfermedades, que sus padres hubieran muerto por razones políticas y aquello nos salpicara, pero no decía nada porque mi madre era una paloma. Aunque después de la guerra se matara a las palomas, y a los gorriones y a los gatos. Se mataba cualquier cosa porque a nosotros también se nos mataba. Nos hubiéramos comido las piedras de la iglesia si nos hubieran dejado. El hambre de la infancia, que no entiende, el hambre de unos padres que tienen hijos con hambre es algo vigoroso y grande como una bajada de río. Me dolía el estómago todos los días y mis padres apenas comían para que lo hiciéramos nosotros, que siempre pedíamos más, como los polluelos de un nido o las truchas. Un niño de Curva comenzó a vomitar sangre en medio de la plaza y se cayó al suelo muerto porque, al parecer, había estado comiendo piedras. Y lo entendía. Yo mismo me hubiera comido mis manos. A veces soñaba que me comía los dedos, e incluso llegué a morder y chupar trapos. Aquel niño fue el primer muerto que vi, el primero que toqué; pero vi muchos más después de ese. Ni siquiera me impresionó que aquel niño muriera. A nadie le importó. Aquel fue el primero y desde entonces he ido saltando de muerto en muerto hasta convertirme en uno de ellos.

Lidia se separa del ordenador. El té se le ha enfriado. Sonríe y se acaricia las quemaduras. Abre la ventana para que entre la niebla y vuelve al teclado.

Javier

El príncipe destronado

9 de julio y 28 de junio

Cuando era pequeño, a veces, se imaginaba cómo sería su muerte. Miraba a sus compañeros y elegía una a una las palabras que dirían en su entierro. Sus compañeros, especialmente aquellos que peor lo habían tratado, los que lo llamaban gordo o maricón, serían los primeros, los que más llorarían. Obligaba a sus compañeros a disculparse entre lágrimas en sus fantasías, a reconocer que era una gran persona. Se imaginaba siempre que su entierro era multitudinario, que todo el mundo se arrepentía por no haberlo sabido valorar y no haberlo tratado mejor. Pensar en aquello lo hacía sentir bien. Le servía para seguir adelante, para ignorar las risas de sus compañeros en gimnasia, los chistes. En lugar de contestar a las preguntas de la profesora, pues su validación solo provocaba más risas, Javier se sumergía en su propia muerte. Como cuando había suspendido el examen sobre Miguel Delibes solo porque la profesora había decidido hacerlo oral. Cuando era más pequeño, con la aprobación de los profesores era suficiente, pero ellos, con el tiempo, también se habían ido alejando, incapaces de controlar a los compañeros de Javier. Y él había dejado de refugiarse en su inteligencia y había empezado a esconderse en su imaginación.

Ya de mayor, sustituyó aquellas fantasías por otras en las que era descubierto como un artista o un *influencer*; un pensador. Se imaginaba siendo famoso, con miles de seguidores, ganando un Goya o un Grammy. Igual que le pasaba con el libro que no había escrito. Se imaginaba la presentación, la cantidad de ejemplares que vendería, las palabras de admiración de otros escritores, la adaptación del libro a película, el estreno, la cantidad de premios que ganaría, la casa que podría comprarse entonces… Como muchos gais, nadaba entre la confianza en un talento innato absoluto y el sentimiento de nunca ser suficiente.

Aquel recuerdo fue lo primero en lo que pensó Javier al despertar; también en la decepción porque la muerte no había sido así, como la había imaginado de pequeño. Aún no había abierto los ojos y supo que estaba vivo. No había visto nada. Ni túnel, ni luz ni experiencia más allá de la muerte. Solo el vacío, la negrura, el silencio. Sintió ternura y pena por aquel niño que imaginaba su entierro y quiso abrazarlo, decirle que todo iba a estar bien, que era suficiente, que no importaba lo que los demás pensasen.

No era consciente del tiempo pasado, solo de la imagen de Daniel muy cerca de su cara y después el estar tumbado pensando en el colegio. Abrió los ojos y reconoció una habitación de hospital. Estaba solo. No había nadie llorando su muerte, nadie velando su sueño. Se hundió en el silencio como hacía los fines de semana al despertar en su casa de Curva. Cuando sentía que su casa estaba muerta, que era una casa triste, y se preguntaba qué hubiera pasado si no se hubiera despertado, en qué hubiera cambiado el mundo, cuándo se daría cuenta alguien de que había muerto.

Vino un doctor. El médico era un chico joven bastante alegre. Intentó hacer un par de bromas, pero Javier se dedicó a sonreír con tensión hasta que se produjo un silencio incómodo.

Se preguntó si le estaría pasando como en las películas, cuando el personaje despierta en otra realidad y tiene que cumplir una misión para despertarse. No quería más misiones, solo descansar y guardar silencio. Él había estado a punto de morir, o había muerto, que casi era lo mismo. Parecía que de la muerte solo había traído silencio, como si se le hubiera metido dentro una humedad que amortiguaba el ruido. Había sentido, poco antes de que todo se desconectara en su cabeza, la sombra entrando en él. Daniel no había tardado apenas en cubrir su cuerpo, en ahogar su sangre. No le había dado tiempo a advertir a los demás, pero el último pensamiento de Javier había sido el de sentirse traicionado, de nuevo. Como cuando se había enterado de que Lidia y Bernarda le temían o cuando sus compañeras de clase apartaban la mirada al escuchar los insultos de los demás, temiendo que, si decían algo, la ira de los abusones se dirigiera hacia ellas. Y en aquellos tiempos Javier lo había preferido así. Él podía soportarlo, podía ser el muro que contuviera los chistes de los demás. Porque Javier se los merecía, después de todo, porque era gordo, porque era maricón. Pero sus amigas eran buenas y crecían felices porque él las protegía. Al menos hasta el instituto, cuando Almudena había dado un paso al frente y había comenzado a defenderlo.

Si había algo que Javier sabía, y lo veía claro después de despertar, era que la infelicidad, como la sombra, es algo que te absorbe y después ya no te deja. Como el frío en los huesos. Es un sentirse viejo siempre, ser consciente de todo, de todas las miradas, de todas las palabras, de todas las traiciones. La sombra, al entrar, había borrado todos los Javieres que él había creado desde ese niño que fue feliz al colegio por primera vez y al que había empujado bajo capas y capas para que nadie lo viera. La sombra, como una inundación de ácido, lo había borrado todo.

Llamaron a la puerta y, antes de que contestara, entró Carlos Medina. Estaba despeinado, sucio y cojeaba. Javier se alegró de verlo y sintió que iba a ponerse a llorar. Se contuvo, notando cómo se creaba la primera capa. Eso lo hizo sentirse más seguro. Solo tenía que reconstruirse.

—¿Cómo estás? —Carlos sonreía, aunque solo con un lado de la boca.

—Bien.

Y al hablar, sin ninguna razón, aquella capa endeble se deshizo y ya no pudo contener las lágrimas, solo dos, que le cayeron hacia la nariz. Carlos se acercó y le puso una mano en el hombro y después la subió al cuello. Se reía.

—Oye, venga.

Javier se rio también. Se limpió las lágrimas mientras Carlos lo soltaba.

—¿Dónde están los demás?, ¿qué ha pasado?

El chico se colocó en el sofá de las visitas y le contó todo lo que había sucedido desde que había perdido el control de su cuerpo. Le contó cómo Daniel, la sombra en realidad, los había engañado, cómo había intentado huir del huerto y cómo lo habían impedido desenterrando el corazón de Daniel y destruyéndolo. Le habló de Prudencio, de las chicas y el ritual, de las manos de Lidia y de su esguince. También le contó lo del apuñalamiento por la espalda, aunque él casi no lo notaba a causa de los calmantes. Lidia había hecho lo correcto.

Se quedaron en silencio unos segundos. El chico lo miró mientras le observaba. Tenía ojeras y no parecía tan guapo como antes. Era como si hubiera perdido el brillo. Se miraron en silencio. Javier ya no podía notar el dolor ni el miedo del muchacho, pero percibía un poco de congoja en su mirada. Carlos suspiró, sonrió y se puso en pie.

—Tengo que marcharme.

—Sí, claro, evidentemente. Gracias por acompañarme hasta aquí.

Él negó con la cabeza muy suavemente y se quedó callado.
—Javier. Lo siento —dijo pasados unos segundos.
—¿El qué sientes?
—Todo. No haberte creído. Haberte insultado. Las cosas que pensé.

En esta ocasión fue Javier el que negó con la cabeza.
—Agua pasada. Era Ramón el que…
—No. Era yo. Te llamé maricón.
—Pero es que soy maricón, Carlos. Deberías empezar a asumirlo.

El chico sonrió y dejó salir el aire, relajándose.
—Sí, lo eres.

Los dos se rieron.
—Oye, Carlos. Está todo bien, en serio. Agradezco tus disculpas.
—No quiero volver a hacer algo así.

Carlos asintió, aún sonriendo, y le dio la mano. Javier puso la otra sobre la suya. Se despidieron y se fue. Se notaba cálido, el silencio era más acogedor.

Varios meses después, ninguno de ellos había vuelto a ver a Prudencio, pero todos sabían que estaba allí, protegiendo la puerta. Al menos Javier podía sentirlo. Después de salir aquella noche de la huerta, ya no fueron capaces de volver a encontrarla. A Prudencio se le había dado por desaparecido y el pueblo había supuesto que se había caído al río y se había ahogado durante la tormenta. Habían traído un cura nuevo, que ya no era del pueblo. Javier iba por las huertas varias veces a la semana. Le gustaba pasear en silencio por allí y sabía que Prudencio podía verlo.

Una tarde salió cuando ya volvía a hacer calor. Había sido un invierno largo, o eso le había parecido a él, y las nieblas habían tardado mucho en irse. Había habido nieve y mucho viento helado que venía de las buitreras. Javier acababa de dejar a Almudena en su casa después de su comida tradicional en Sallón y paseaba por el camino de las huertas escuchando el aire que movía los chopos y disfrutando de la brisa. Contó las sebes, cuatro hasta la curva, seis después. Ningún cambio. Aquella tarde tampoco volvería.

Pensó en la soledad de Prudencio, en la soledad de Bernarda. Había asumido por fin que Bernarda tenía razón, que no estaba destinado a ser el guardián. No tenía que demostrar nada.

Torció por la misma curva por la que había andado con Lidia antes de la muerte de Raúl. Se giró, pero la huerta seguía sin ser visible. Cada vez le costaba más recordar dónde estaba situada y había mañanas que tardaba mucho en acordarse de lo que había sucedido, de qué conocía a aquellas personas. Intuía que tarde o temprano acabarían olvidándolo todo.

Javier llamaba a Lidia cuando estaba fuera del pueblo, sobre todo desde que había comenzado a escribir la biografía de Raúl. Podía notar cuándo Lidia se acordaba de los pesares y de la puerta y cuándo no. El resto de los habitantes del pueblo parecían haber olvidado la mayoría de las muertes que habían sucedido el verano anterior. Se encogió de hombros.

Se paró y se giró hacia los chopos y la ribera. Prestó atención a los ruidos: se escuchaba algún pájaro lejano y el sonido del río amortiguado por el de las hojas. Respiró hondo. Aquello estaba bien. Todo iba a salir bien porque el pueblo seguía vivo.

Había abandonado la escritura y había abierto un blog de reseñas. Realizaba análisis de lecturas y después los subía a la red y los compartía con sus alumnos. Pasaba las tardes libres, las que no tenía que corregir o preparar lecciones, leyendo junto a la ventana, en silencio. Había aprendido a diferenciar los pasos de sus vecinos, e incluso los de su madre cuando subía a verlo. El silencio le resultaba reconfortante. Se entretuvo pensando en el libro que iba a leer aquella tarde y en el punto de vista desde el que podía abordar su análisis para el blog.

Escuchó un ruido de pasos al otro lado de la curva, pasos que se detuvieron y se alejaron. Javier volvió por el sendero, siguiendo aquel ruido. A lo lejos, al final del camino, le pareció ver a un hombre que giraba para regresar al pueblo. El corazón de Javier comenzó a latirle con violencia. Echó a correr. Al llegar a la ermita, no vio a ningún adulto, solo unos cuantos niños que iban corriendo al parque a pesar del calor, disfrutando de su primera tarde de vacaciones. Todo parecía normal. Se quedó recuperando el resuello en la verja del parque. El sol le arrancaba gotas de sudor fresco. Los niños hablaban a lo lejos, como en las playas.

Sonaron las campanas de la iglesia y miró hacia el campanario. Se dio cuenta de que tocaban a muerto a la vez que unas golondrinas se espantaban con el ruido y volaban en bandada.

Los niños se reían.

Yo echaba la noche y las nieblas

1805

Noté que llegaban mucho antes de que ninguno de mis habitantes se diera cuenta. Las piedras me lo dijeron, temblorosas, vueltas barro. Sentí el alivio de los milanos y las urracas al levantar el vuelo, todos a una vez. Como un dolor que se aleja, dejé de sentir sus patas que se clavan, sus picos inquisidores.

Bernarda Ramos llegó preñada, en una yegua parda que murió nada más dejarla en tierra, como si los dos hubieran venido de muy lejos, de tierras que nadie conocía, y no hubieran descansado un solo segundo. Daniel Ramos llegó a lomos de otro caballo, sin mirar a su esposa ni volver la vista atrás, quizá cumpliendo una promesa. Los animales no supieron decirme si escapaban o venían por voluntad propia, pero llegaron levantando una nube de polvo que parecía una culpa y que se posó sobre mí despacio, tardó varios días en hacerlo, y me llenó las bocas y los ojos de marrón. Ese polvo ya nunca se fue y a veces cae un poco de las piedras viejas cuando suspiran, pero casi todo nos lo hemos tragado y lo trajeron ellos, que fueron directos, sin preguntar, hasta casa del tío Jesús, el que había visto ya más de quinientos inviernos, porque, según parecía, por sus modos de hablar, se debían de conocer. Llegaron a la casa igual que si también a mí me conocieran, tal que me hubieran recorrido a gatas toda su vida. Los vecinos salieron a las ventanas a recibirlos en silencio, como en una romería, y a su paso, sin que ellos los miraran, no se atrevieron a murmurar. El tío Jesús asintió al abrir la puerta y los hizo pasar. Y la yegua de Bernarda, fuerte hasta ese momento, cayó fulminada cuando la mujer puso el segundo pie en la tierra. Entonces fue cuando la sentí por primera vez y vi que su pie estaba hecho de mí, sin haber estado nunca conmigo. No vi diferencia entre ella y yo y sentí el peso del animal cayendo. Ahí fue cuando Daniel ya miró a su mujer y sonrió. Ya estamos, le dijo, sin prestar atención a la yegua. Estamos, contestó ella, hermosa, de diecinueve años rosas y encarnados.

Al día siguiente, Bernarda ya fue al pozo, pues habían asumido en ese breve tiempo, creo yo, que habían vivido siempre en mí, aunque no me conocieran. Y nada hubo de extraño; las gentes se sabían su nombre y la saludaban al pasar, a veces con la cabeza, a veces con una palabra. Bernarda caminaba con la tinaja apoyada en la cadera y me cruzó el cuerpo, siendo un latigazo de hierba. Me acarició del todo y le llené la tinaja de agua fresca para que me bebiera y me dejara en esos labios al sonreír. Para que ese agua inflara las carnes de la criatura que nacería dentro de ella, para que esas carnes fueran terrones de tierra mía.

A la vuelta del pozo, con corrientes y flores, la guie hasta el huerto donde escondía la encina más hermosa de todo el monte. Donde yo me noto el respirar y el latir. Donde muy pocos hasta ese entonces habían estado. Ella se dejó guiar, sin soltar nunca la tinaja de agua. Puso su mano sobre el tronco de la encina y regresó a casa.

Hablaban mucho con el tío, de cosas que no me importaban, de los errantes que habían abandonado, de la puerta, de sellos. De una sombra y de la sangre de Daniel, que era la misma que la de Bernarda, pero más fuerte. Yo no había probado aún la sangre de ninguno de los dos, y después me hartaría de sangre de Ramos, hartazgo hasta el vómito, solo sangre y dolor que se mezcla, se ha mezclado, con mi polvo, que crece de nuevo en las raíces, en el agua del río que me atraviesa, que se junta con mis centros. Hablaban mucho mientras Bernarda se hacía vieja, se secaba, se desangraba en cada embarazo, como una yegua atada en una cuadra con un semental.

Daniel tenía unos pulsos ensordecedores, tambores o campanas de iglesia. Yo quería depositar mis bocas sobre sus muñecas y dejar que aquella vibración me meciese. Quería dormir en su sangre poderosa y que aquellas campanas me dejaran sin sentido, como cuando anida la cigüeña y no deja de crotorar, como el ruido del mortero en la cocina. Soñaba con el día en que Daniel se tumbara sobre mí, desnudo, con las muñecas sobre la tierra, y yo lo abrazara y por fin durmiera en él, sabiendo que, con esa sangre, con los pies de barro de Bernarda, podía sumergirme de nuevo en la tierra y el agua y descansar por fin.

Pero no había descanso porque la gente hablaba y yo escuchaba todas las voces a la vez; las comprendía y, de haber tenido cabeza, con ella hubiera negado; pero negué con los fríos y los vientos, aunque la gente siguió hablando. Helé sus cosechas y traje la nieve, pero era nieve sucia, y la gente siguió hablando. Y se dijo que eran gitanos y que habían escapado de no sé qué tribu africana. Otros decían que venían del mar, de una isla en el centro mismo del mundo que se había hundido cuando la dejaron ellos; igual que la yegua había muerto al dejarla Bernarda.

No sabían, sin embargo, que los dos eran hermanos de sangre, que la protección había derivado en afecto y el afecto en amor; que no entendían de incestos ni de leyes y que aquel polvo que habían traído era su única herencia y que me la habían dado a mí. Yo, que me la comí a paladas con lágrimas en los ojos. Nadie los quería en el pueblo, hasta que empezaron a hacer dineros, hasta que ella murió. La muerte hizo santa a Bernarda y santo a Daniel, que sacó adelante a sus cuatro hijos. Y con aquellos dos santos canonizados, nadie volvió a decir que los Ramos no me pertenecían, que eran de fuera. Los Ramos se preocuparon mucho de compartir su sangre con otras sangres hasta que ya hubiera sido imposible echar a los Ramos sin arrancarme pedazos, sin que todo se derrumbara como un terrón seco por el sol cuando se lo intenta coger con las manos.

El pueblo es débil, les decía Jesús por las noches, iluminados solo por las ascuas, todos metidos en los jergones de la única habitación. El olor a sudor se mezclaba con el del hollín y, en invierno, con el de los animales. El pueblo es débil, decía, como una nana para que se durmieran. El pueblo ha despertado con vuestra sangre y debéis purgarlo. No debe desaparecer, no debe abrirse la puerta. Debéis tener hijos, mezclarlos con esta tierra. Debéis tener hijos, el pueblo es débil. A veces concebían con aquella letanía de fondo, y Jesús disimulaba no escuchar los roces de los cuerpos, los jadeos de Daniel. Daniel concebía pensando en aquella semilla, en la sangre, y Bernarda la acogía con gusto, pues solo así se transmite la sangre. Ella lo buscaba tanto como él y la sangre de los dos se mezclaba bajo las palabras del tío, que rezaba mirando al techo con los ojos cerrados.

En mezclarse fue muy listo Daniel. En eso y en todo, que tenía ojos de garduña. Se aprendió los nombres de los vecinos, recordaba santos, fiestas, y siempre estaba el primero cuando había que cargar peso o llevar a la Virgen. Los vecinos se acostumbraron a verlo y a tratarlo. Les fue calmando el miedo como se apaga una hoguera en las noches de diciembre. Las gentes no se dieron cuenta de que Daniel se les metía un poco por dentro, como un brujo, y, cuando quisieron enterarse, todos deseaban casar a sus hijos con un Ramos, tal y como él había querido.

Después de Ernesto, que nació a los pocos meses de estar conmigo, llegó Antonio y luego Rodrigo. Buena mujer, decía el tío Jesús, sin atender al envejecimiento de Bernarda, a su resequedad, al dolor al respirar, a los prodigios oscuros que aquella sangre estaba produciendo en ella. Y luego llegó María de la Cruz, por fin una niña, pero muerta, nació entre sangres y mareas una noche de luna llena, entre gritos y súplicas de Bernarda, que pidió verla y darle un beso, y a la que el cura se llevó para enterrarla pronto y bautizarla sin atender a su petición. A Bernarda aquel besó se le quedó siempre en los labios y la fue pudriendo poco a poco. Porque las mujeres como Bernarda pueden hacerse viejas por la sangre, pero nunca se marchitan, nunca se mueren. Y Bernarda fue apagándose poco a poco porque aquel beso le chupaba las entrañas, le mordía la cabeza de los huesos.

De todos modos, aún pudo dar a luz a María de los Dolores y a Ramira. Como si se hubiera propuesto no abandonar el mundo sin dejar hijas tras de sí, harta de dar machos, hombres que son bestias y navajas. Puso todo lo que le quedaba en Ramira. Como no era mucho, la niña no llegó al año, y más tarde se vería que la Dolores era la más fuerte y Daniel decidió casarla con un Medina para enlazar del todo ya sus vidas a mí. Los Medina también olían a polvo y su sangre me gustaba porque era agua del río Arla que se había colado en sus cuerpos.

Reconocía en Daniel la paciencia de las piedras, las que aún siguen sacudiendo de vez en cuando el polvo de culpa de los Ramos sobre las cabezas despreocupadas. Daniel se sentaba en la puerta de la casa, ya muertos el tío y la mujer, y esperaba en silencio a que pasaran los vecinos, a cambiar la cara y la máscara para sonreír y ayudar. Y esperaba allí horas, bajo la lluvia si hacía falta, pues estaba hecho de piedra y el agua hubiera tardado mucho en mellarlo. Su paciencia negó el primer hijo a los Medina y el segundo a todo el mundo. Solo se lo dio a su amigo, el padre Antonio, puesto que los primeros de los que se había hecho amigo eran el alcalde y el cura. Al primero le dio su primogénito, borrando su apellido de un linaje terroso que se estaba apagando.

Los Medina supieron ver aquella paciencia, acataron. Y yo me estremecí con unos vientos que diseminaron semillas y fecundaron tierras.

Escucha, hijo, le había dicho en un aparte un día el tío Jesús, cuando Bernarda descansaba de unas fiebres. Tú has de ser el guardián, tu semilla es fuerte, tú eres el que está destinado a marcar el sello. Escucha, hijo, Bernarda se muere y se ha de morir, escucha, hijo, debes buscar otra esposa. Y Daniel asentía, pues yo lo vi en mis centros, y también sentí el temblor de sus pies sobre mí, y ese día el tío Jesús firmó su sentencia de muerte, que fue lo mismo que ponerle la navaja en la mano al mozo. Olvídala, le dijo, olvídala, y agradece los hijos fuertes que te ha dado. Toma esta navaja, le debió de haber dicho, toma esta navaja y clávamela.

Pero no tuvo el valor, así que fui yo quien le proporcionó el arma a Daniel. Quien, cuando Bernarda, aún cubierta de sangre, agonizaba, le puso a la vista la hoja de hierro, grande como una palma abierta, la empuñadura de madera, de mis maderas, hecha para su mano y para el corazón del tío. Fue lo primero que vio Daniel cuando apartó los ojos de Bernarda, ya muerta. No me hizo falta hablarle más. Se puso de pie, se acercó al tío, que esperaba en una silla la muerte de Bernarda, y, sin hablar, lo apuñaló en el pecho una sola vez. Jesús no abrió la boca ni miró a Daniel, solo cerró los ojos y colocó la mano debajo de la herida, como si quisiera recoger aquella sangre que se le escapaba silenciosa. Jesús no tenía corazón, pero mi navaja no seguía las leyes de los hombres, y aquello que no podía morir lo hizo. En el cuarto solo se escuchaba el siseo de la lámpara y el viento golpeando la ventana. Ni siquiera a la niña recién nacida. La pobre Ramira, silenciosa hasta el día de su muerte —justo un año después—, nunca supo emitir ningún sonido y solo aceptó leche a regañadientes, hasta que dejó de esforzarse y de pelear. Sustituí los llantos de bebé con ventiscas. Porque me hubiera abierto las carnes y me hubiera tragado las casas y las gentes si Daniel no hubiera matado a Jesús. Si hubiera sido él el guardián, yo habría abierto la grieta y hubiera saltado, arrastrando los árboles, el monte, los animales y la tierra y el polvo y la culpa. Pero Daniel me dio a Bernarda y aquello calmó mi furia, aunque no mi tristeza. Nevé por una semana entera, hasta que no quedó nada que ver del pueblo y dejé que aquella nieve se derritiera para señalar que aquel era otro pueblo, aunque la sangre fuera la misma y la nieve no hubiera lavado el polvo.

Bernarda murió con veintitrés años que parecían sesenta. Ella, que se había resecado y repartido su vida por el pueblo como si se hubiera ido cortando pedacitos y los hubiera enterrado en mis bocas; aquí un dedo, aquí un pie, un pecho, un ojo, una oreja, el cabello, aquí la frente, las cejas en este otro sitio. Una Virgen paseante, mutilada de sangre y reseca como una monja. Así murió y, como si aquello no hubiera sido todo, yo hice que su marido le pidiera más, la hiciera quedarse para siempre. Es difícil negarme cosas, es difícil que la razón acuda a explicar por qué había una navaja en el lecho de una parturienta o por qué nadie vuelve a preguntarse por el tío Jesús. El polvo que habían traído los dos hermanos también era el polvo del olvido y yo me aproveché de ello, como siempre he hecho y como seguiré haciendo hasta que desaparezca.

Durante la nevada y las ventiscas, Daniel dejó a la Ramira sola en casa y salió, medio desnudo y descalzo, con el cuerpo de Bernarda en brazos, llenándose de sangre. Caminó hasta el huerto y colocó a su mujer, un pájaro caído del nido, a los pies de la encina. Con la misma navaja con la que había dado muerte al tío Jesús, entre lágrimas y copos de nieve que se le metían en los ojos y en la boca, abrió el pecho de su mujer y encontró el corazón, que era carbón de carne; después lo enterró bajo la encina. Apenas recordaba las palabras, el conjuro que ataría el alma de Bernarda a aquel lugar, que la pondría delante de la sombra durante más de cien años. Pero yo no quería que Bernarda se fuera, así que susurré entre la ventisca las palabras, y Daniel repitió llorando y temblando de frío, con los dedos rojos y la cara como un tizón. Las repitió varias veces, mientras cerraba el pecho de Bernarda con las manos, pensando que el alma se había escapado por el agujero de la navaja. Pero Bernarda abrió los ojos y vio a Daniel y sonrió, respirando de nuevo, vacía de cargas.

Le susurré futuros en el viento, que ella comprendió, y se despidió de Daniel, que no comprendía. Ella lo besó en los labios y le dijo que se fuera y que buscara una esposa, que no temblara y que en la muerte se encontrarían, aunque no sabía si aquello era cierto. Daniel no quería, pero Bernarda ahora estaba cubierta de un poder que nada tenía que ver con el de la sangre de los Ramos. Bernarda escuchaba latidos y pensamientos. Daniel se puso en pie, rojo del esfuerzo, pero se marchó. A pesar de que pasaba por allí casi cada día, suplicando a su mujer que lo dejara entrar, nunca la volvió a ver. Y ella lo escuchaba al otro lado, apoyada en la sebe, con dos palabras de polvo en los labios, pero sin abrir la cancela.

Hasta que murió, cuando la niña se hubo casado, Daniel fue todos los días a ver a la Dolores, a obligarse a mirarla a los ojos hasta hacerla incomodar, hasta que se aseguraba de que no era su Bernarda, de que su Bernarda había muerto y que ahora era la guardiana y no quería saber de él. Así es mejor, le había dicho, así te olvidas de mí, te casas con otra. No quiero. Pero Bernarda sí quería y los dos fueron testarudos. Ni uno se casó, ni la otra dejó que la sintieran.

Bernarda iba a veces a ver a sus nietos y les daba caramelos que yo ponía en su bolsillo. Yo echaba la noche y las nieblas para que nadie notara que estaba allí, o para que la vieran hermosa como la abuela que era, sin hacerla más joven. Empapaba sus ropas de oscuridad y de olvidos y dejaba que se echara a la calle. Y ella volvía al huerto acordándose entre lágrimas de que la única hija que le había sobrevivido se llamaba Dolores.

A veces, también acechaba a Daniel mientras labraba, escondida entre las jaras como un cervatillo, y yo cuidaba de que los espinos no lastimaran sus ropas y su piel, que Daniel viera allí un vacío de hojas y sombras, nada más. Bernarda iba a la tierra, cuando Daniel se marchaba, mientras el sol naranja y violeta reventaba contra la sombra de las montañas. Se acercaba allí y tocaba con las manos la tierra que había arado su marido y la besaba, bendiciéndola para que Daniel, la Dolores y los demás hijos comieran aquellos besos, los besos que no había dado a la Maricruz y a la Ramira. Vomitaba aquellos besos como un exorcismo, sobre las lechugas y las patatas. Besaba las judías verdes y los calabacines. Y mientras, entre malvas y negros del sol, la noche iba cayendo sobre mí. Después regresaba a la encina, con las manos llenas de tierra, pero sonriendo.

Daniel murió de viejo y nadie notó al enterrarlo que le faltaba el corazón; que una viuda, vestida de negro por la muerte, no del marido, sino de sus hijas, se acercó al lecho mientras clavaban el ataúd y le sacó el corazón con un beso, sin derramar una gota de sangre, dejando aquel quiste venenoso, aquel tumor del beso no dado a sus hijas, dentro de la cáscara de Daniel, cambiando el cáncer por el corazón de su marido. Y se fue de allí, envuelta en nieblas, con el corazón en la mano, sonriendo como si llevara un gorrión, y lo enterró bajo una encina tierna que me aseguré de regar y de vigilar, de hacer fuerte con cada nevada.

Ella cuidó de mí y a cambio yo hice verdecer las encinas, hice que no murieran. Y dejé que corrieran los inviernos y los veranos, que me llenaran de humo de coche y que me engordaran y después me abandonaran. Vimos la puerta tambalearse y cerrarse de nuevo varias veces. Bernarda me quería, pero yo notaba que al final se tendría que ir, y aquello estaba bien, pues debía reunirse con su marido. Una sombra mezquina quiso hacerse pasar por Daniel, quiso ser lo que Daniel nunca había sido. Usé el viento de nuevo para susurrarle lo que estaba por venir.

Y Bernarda no pudo más, se le llenó el hueco del pecho —que yo había cubierto de espliego y flor de cardo— de un agua sucia de recuerdo y de tristeza, agua negra. Y aquella agua se le subió a los ojos y Bernarda se fue, se escurrió entre sus propios dedos sumida en la pena de protegerme o envenenarse de recuerdo. Se fue dejando su polvo en otras gentes, a las que sí permitió que la vieran, marcando sus corazones con esos besos que repartía en los calabacines para que yo comiera de aquellas gentes durante mucho tiempo más, para que me alimentara de sus sangres y su aliento. Y en ellos, después de que Bernarda los marcara, vi y noté los mismos pies de barro, los besé con mis bocas, y supe que ella iba a seguir allí, como antes había estado, aunque aún no nos conociéramos. Lancé la tormenta de verano, los vientos áridos de Castilla y el polvo del olvido, sacudí las piedras, sin ventisca, pues llegaba otro comienzo, aunque en realidad no era más que la continuación de Bernarda, como siempre había sido.

Postludio
Canción de muertos

*Pero tuve algo más: el cielo aquel, el cielo
de la tarde en Castilla (puro y vasto
como frente de un dios que piensa el mundo.
Un mar de sangre y oro, cuya fiebre
la calmaba, toda azul, la noche honda
con su perenne escalofrío de estrellas).*

Luis Cernuda

Un entierro

30 de junio

Llovía y había un entierro. El nuevo cura no se sabía el *dies irae*. Una señora, apretada bajo un paraguas con su amiga, le dio un codazo a la otra y señaló con la barbilla al joven párroco sin dejar de cantar. El hombre movía los labios, pero no cantaba. Se notaba claramente que no se sabía la letra. La otra mujer negó con la cabeza en señal de desaprobación. Un año llevaba aquel cura en Curva y aún no se había aprendido el *dies irae*. Cantaban, por lo que todo tenían que expresarlo con las miradas, pero ambas sabían que después, en la cafetería, se explayarían bien delante de un chocolate y unos picatostes. Ninguna de las dos sabía quién era el muerto, pero no pensaban irse hasta averiguarlo.

Un hombre mayor, con la nariz como un boletus, las observaba divertido, unos metros por delante. No llevaba paraguas y la lluvia le caía por la cara y el cuerpo, aunque no parecía molestarle. Él sí sabía quién era el muerto y había venido a acompañarlo. Cantó en voz alta, consciente de que nadie podía escucharle a menos que él así lo quisiera. A veces echaba de menos cantar, recibir a los muertos en la puerta de la iglesia. No extrañaba a esas mujeres, por ejemplo, pero en el fondo sentía cierta ternura hacia ellas. Las dos mujeres eran Curva, aunque quizá no se lo merecían, y su sangre brillaba tanto que tendrían problemas cuando murieran. Levantó la vista hacia la iglesia mientras el féretro llegaba. Dio gracias a Dios por permitirle descubrir alguno de sus secretos, por desvelarle el verdadero sentido de su vida. Para él, no había mayor prueba de que todo formaba parte de un plan divino que el hecho de poder entrar en la iglesia cuando quisiera. Le gustaba rezar en el huerto, pero le gustaba mucho más pasearse durante la misa por la iglesia, observar al nuevo cura. Tenía una sangre potente, casi tan potente como la de Javier o la de Almudena, pero no era la sangre de Curva. Qué extraño le parecía ahora aquel edificio, todo lo que significaba. Nunca, a pesar de lo que otros pudieran pensar, había dejado de creer en Dios durante todo ese tiempo, pero ahora aquellas piedras se le antojaban un poco vacías. Eran piedras que el hombre había colocado para tratar de entender a Dios, de delimitarlo, pero eso no podía hacerse. Él lo había comprobado, había tocado un reflejo verdadero de Dios, y eso casi lo había matado. Bajó la vista y se tocó el pecho, el hueco en el que antes latía un corazón. Aún podía escucharlo, aunque ya no latiera en su pecho, sino bajo una encina. Latía con aquella tierra.

Movidos por una competencia invisible pero fiera, los curveros habían aumentado el volumen y la intensidad del canto. A veces cantaban como si quisieran escaparse de sus cuerpos a través de aquella canción. Notaban que la canción nacía de Curva, pero no se marchaba. No subía por el cielo, sino que se enredaba en los pies, como una inundación, y se pegaba a las paredes y a los árboles. Y después respiraban de aquellos árboles y la canción volvía a entrar en ellos, pero mezclada con las voces de los demás, como se mezcla el agua caliente y el agua fría para estar templada. Y entonces ellos eran agua templada, agua del Arla y de Curva, y tenían que cantar porque el que no cantaba no era pueblo. Deseaban a veces —la mayoría del tiempo sin saberlo— deshacerse y convertirse en *dies irae* y enredarse en los pies de la gente o empapar las paredes; ser respirados. Aquella sí que sería la verdadera comunión, el verdadero pueblo. Quizá Curva no era un territorio, era solo una canción de muertos que cada vez sonaba más débil a pesar de los gritos de los que quedaban allí.

El hombre se encogió de hombros sin que nadie le viera, saludó con la cabeza el féretro cuando pasó por delante de él y se marchó antes de que lo hicieran los demás vecinos. Cruzó tranquilo, bajo la lluvia —con las manos en los bolsillos—, por la calle que llevaba a la ermita y a las huertas. La sangre se había renovado, habían venido nuevos vecinos de tierras muy lejanas, habían nacido dos pequeñas. Sonrió. Llovía y había un entierro.

Cada verano, los nublados se cernían sobre la llanura y mientras el cielo y los campos se apagaban lo mismo que si llegara la noche, los cerros resplandecían a lo lejos como si fueran de plata. Aún recuerdo el ulular del viento en el soto, su rumor solemne y desolado como un mal presagio que inducía a las viejas a persignarse y exclamar: «Jesús, alguien se ha ahorcado». Pero antes de estancarse la nube sobre el pueblo, cuando más arreciaba el vendaval, los vencejos se elevaban en el firmamento hasta casi diluirse y después picaban chirriando sobre la torre de la iglesia como demonios negros.

Miguel Delibes

Agradecimientos

Comencé a escribir este libro casi seis años antes de su publicación. Todo gracias a una pesadilla. La historia de la pesadilla original no tiene nada que ver con lo que finalmente ha sido este libro, pero sí aparecía una huerta de mi pueblo en la que se refugiaba gente huyendo de unos espíritus.

Han sido más de cinco años en los que he trabajado en esta historia de manera incansable y constante. Ha sido el más difícil y, a la vez, el más gratificante de todos los retos literarios a los que me he enfrentado en mi camino como escritor. Tengo mucha gente a la que estarle agradecido porque el viaje ha sido largo. Perdón a todos aquellos que olvido.

Para empezar, me gustaría agradecer la atenta lectura de Daniel, Isaac y Juan Carlos cuando esta novela tenía cien páginas más. También la paciencia de Chiki y de Andrés al leerme, escucharme hablar sobre el libro y aguantar mis quejas y momentos de duda. Y, por supuesto, la disposición y el ánimo que siempre me brinda Bárbara Gil.

Agradecer a Alba su disposición a ayudarme con las patatas, los calabacines y el orégano.

A Alberto Marcos y su equipo de Plaza & Janés, primero por confiar en mí y segundo por darme el último empujón que necesitaba para que la novela brillara como lo hace ahora.

A mi familia, porque nunca han dejado que se pierdan las raíces del pueblo en la ciudad.

A Blacos y a Garfín, por darme un hogar y dejarme pertenecer. Por proveerme de historias fantásticas y oscuras. Por hacerme creer en los martinicos.

Y, por último, a la gente de los pueblos que los mantiene vivos contra el olvido y que pelea cada día por ser escuchada y por tener una vida digna con los mismos derechos y el acceso a los mismos servicios que el resto de los ciudadanos.

«Para viajar lejos no hay mejor nave que un libro».

EMILY DICKINSON

Gracias por tu lectura de este libro.

En **penguinlibros.club** encontrarás las mejores recomendaciones de lectura.

Únete a nuestra comunidad y viaja con nosotros.

penguinlibros.club

Penguin Random House Grupo Editorial

penguinlibros